# みしやそれとも

## 考証──紫式部の生涯

上原作和
Sakukazu UEHARA

武蔵野書院

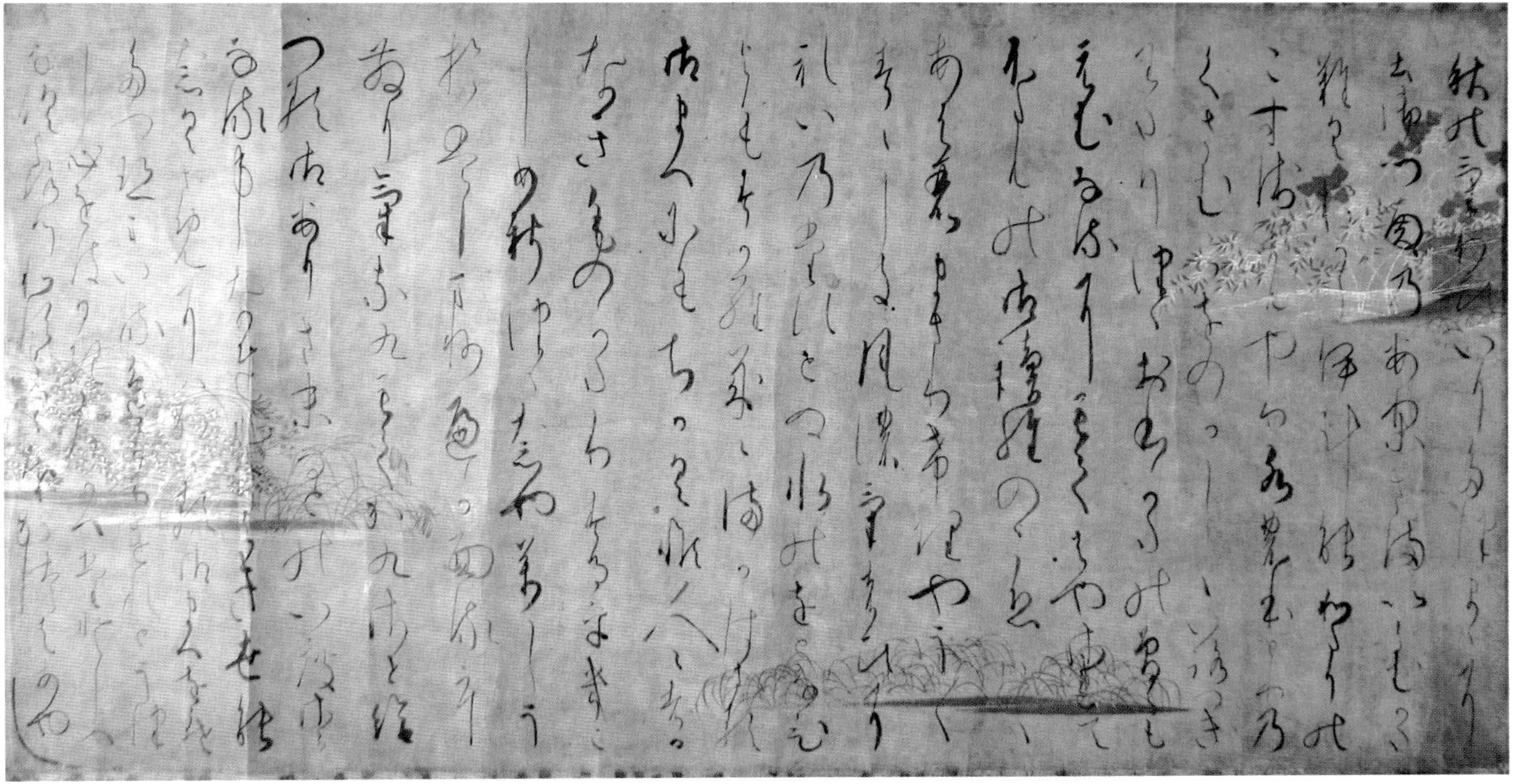

口絵１　別本紫式部日記絵詞（古代学協会蔵）［本書40頁図1参照］

口絵２　紫式部日記絵詞断簡（古代学協会蔵、萩谷朴旧蔵）

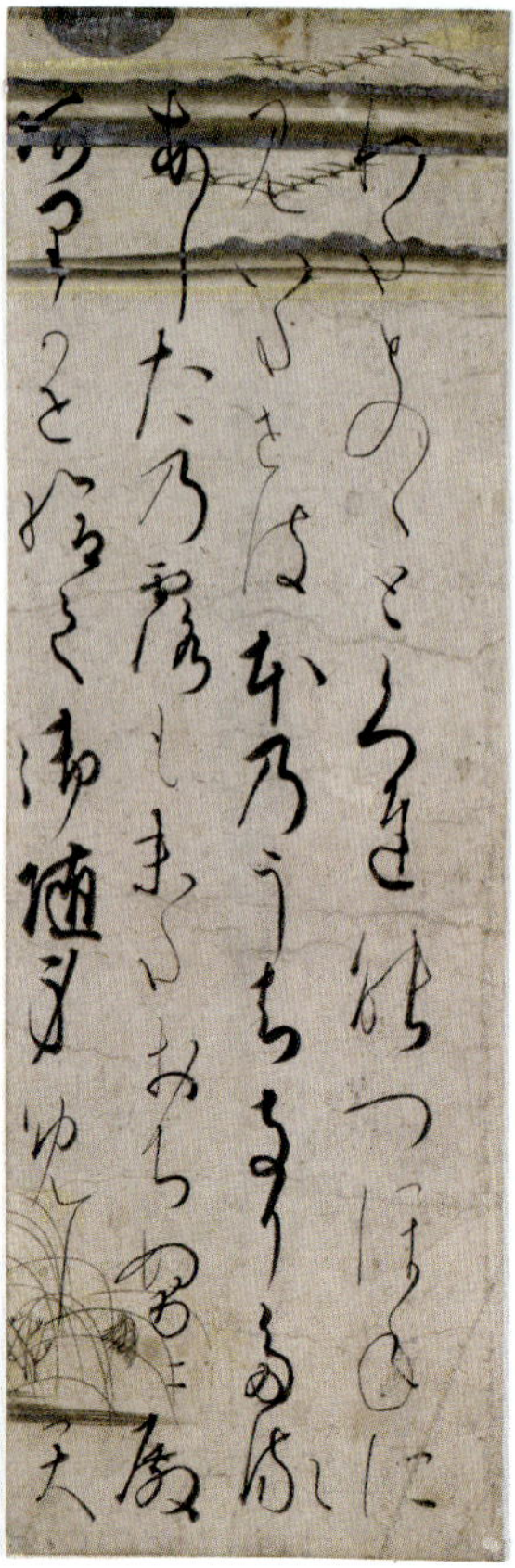

右の二葉（上原注：本書口絵１・２）の日記切について、萩谷氏は、その料紙が金銀泥の下絵を施した立派なものであること、巻子本であること、各紙の冒頭に少し余白があったり、第一紙末尾の一行末に書き余した「し」の一字を改行せずに行末に書き収める工夫が見られることなどの理由から、本文だけ転写した書巻本ではなく、絵と詞とを交互に貼り継いだ絵巻であろうと推論されたが、けだし正鵠を射たものであろう。その点においても、あるいは伝存の『紫式部日記絵巻』に直接連なる資料とも考えられ、わずかながらも邦高親王筆本系以外の本文を伝えるものとして、まことに貴重な存在というべきである。（津本信博）

（津本信博・中野幸一／『宮内庁書陵部蔵本　紫日記』武蔵野書院、一九七四年より）

口絵３　『石清水文書』宣孝筆跡「奉行／少弐兼大介藤原朝臣」（花押）正暦三年（九九二）九月廿日（石清水八幡宮所蔵）

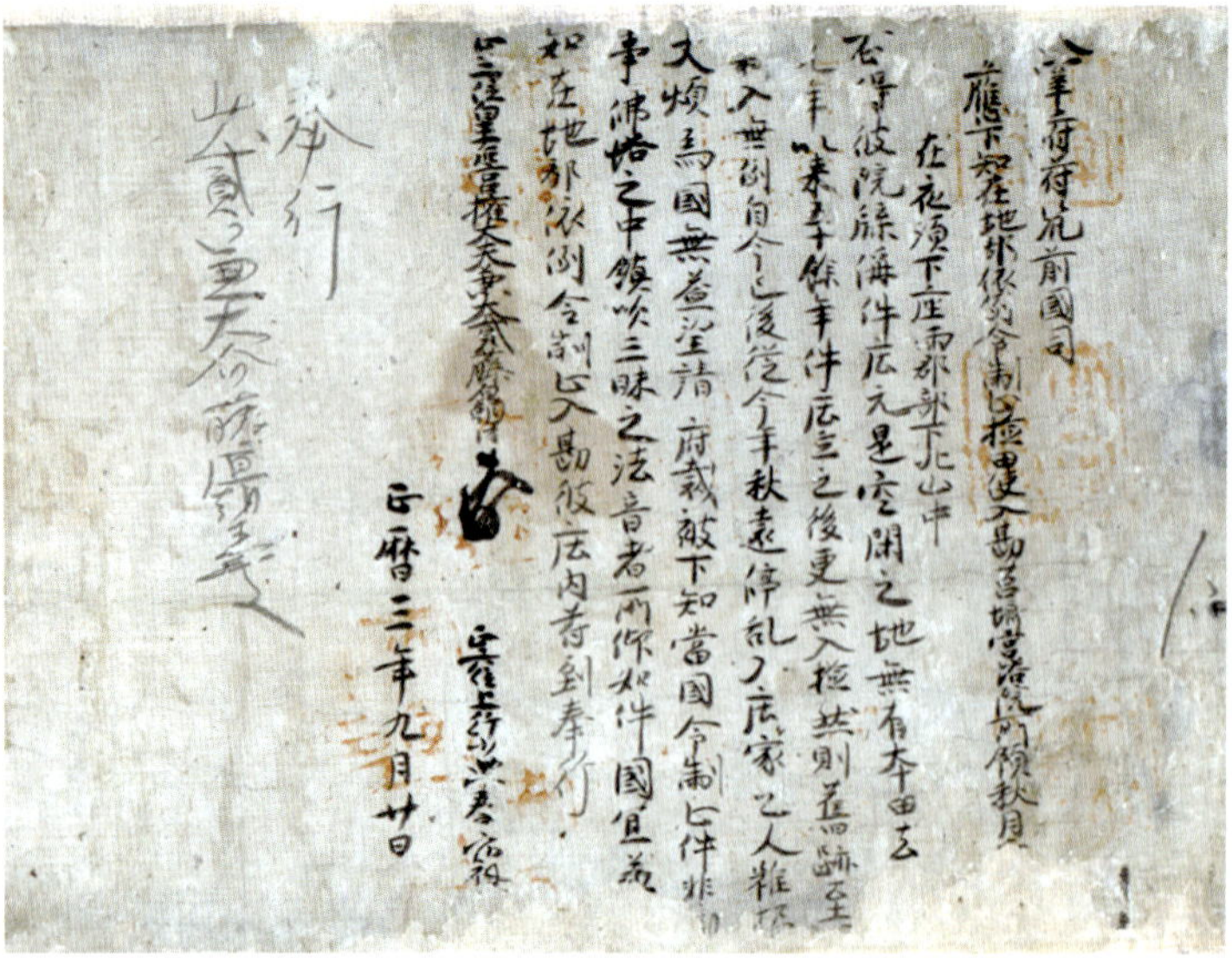

# 序

めぐりあひて 見しやそれとも わかぬまに 雲隠れにし 夜半の月かな

『紫式部集』巻頭歌にして、『百人一首』にも採録された、紫式部の代表歌である。本書は、紫式部の生涯に関する考証論攷と『源氏物語』の暦象で構成した。タイトル「みしやそれとも」は、本書において足掛け三十年に渡る考証の限りを尽くしても、なお、紫式部の実像にどこまで迫れたのかというわたくしの感慨そのものである。

今年二〇二四年は、大河ドラマ「光る君へ」によって、『源氏物語』千年紀以来の出版ブーム、紫式部関連本が書架に溢れている感がある。ただし、注目していた紫式部の伝記に関する新見解は見あたらず、むしろ、明らかに誤りと思われる旧説が踏襲されていた。例えば、紫式部の没年を一〇一四年とするのは、小野宮（藤原）実資の日記『小右記』長和二年（一〇一四）五月二十五日条に「『越後守為時女』なる女房が以前から雑事の取り次ぎ役であると記されることを根拠とする。しかし、それ以降も『小右記』には「相逢女房」なる常套表現が再三見られるから、一〇一四年没年説はその検証すら怠っているのである。

また、紫式部の本名に関しても一説として「藤原香子」説に触れるものもあるが、「議論がある」「今は否定されている」といった常套句で独自に検証したり、論破したものはなかった。はては、紫式部は叙爵されていないから、名前は与えられなかったとする極論が何度かネット記事として配信されたこともあった。第一部「諸説総覧　紫式部伝」に同僚女房を総覧したが、叙爵された記録がなくとも、多くの女房の氏名出自が判明している。

例えば、藤原実資の娘の幼名はかぐや姫（『大鏡』）、長じて千古《ちふる》（寛仁三年（一〇一九）十二月九日条）。女房として働いていたことは『小右記』では確認できない。また、紫式部は私的に採用された女房であるから、これまた名前がなかったとする説もあるが、道長の後宮政策重点化により、公私の採用区別なく、もれなく公的存在で俸禄も賄われていたとする吉川真司説がある（本書第一部参照）。このように、例外がすぐに挙証されるということは、この説は誤りであることを意味する。

そんな絶望的な状況の中、わたくしにとって嬉しい光明となる論文集も刊行された。

『歴史評論』二〇二四年一月号（第八八五号）歴史教育者協議会の特集である。

〈紫式部〉を歴史から読み解く

服藤早苗　紫式部と中宮彰子　※本書第一部初出稿を没年説として引用

伴瀬明美　紫式部の人生をたどるには　※本書第二部第一章を生年諸説として引用

このように、史学研究者の眼にとまる拙論もあることを知り、本書の公刊を思い立った。これに、この数年書き継いできた暦象想像力の論攷と本書にかかわる掌編群を附篇として加え、一書とした。

第二部第一章「ある紫式部伝　本名・藤原香子説再評価のために」（二〇〇三年）は、角田文衞先生がたいへん喜んで下さり、『人物で読む源氏物語』（勉誠出版、二十巻、二〇〇五～二〇〇六年）として発展させ、昨年『紫式部伝　平安王朝百年を見つめた生涯』（勉誠社）として上梓した。本書の姉妹編としてお読み頂ければ幸いである。

顧みれば、本書の存在論拠の基幹となる『御堂関白記』『小右記』『権記』の訓読をご教示賜った萩谷朴先生、黒板伸夫先生、盟友三橋正とは幽冥分つこととなって久しい。

謹んで本書を先達の御霊に捧げたい。

# 目次

## 第三部　『源氏物語』と暦象想像力　論攷編Ⅱ……255

## 附篇

# 第一部　諸説総覧　紫式部伝

# 諸説総覧　紫式部伝

「紫式部の伝記を中心として、いくつかの項目に分けて、諸説を紹介」した島田良二「紫式部諸説一覧」（一九八二年十月）と久保朝孝「紫式部の伝記」（一九九五年二月）「紫式部の肖像」（一九九七年五月）を承けつつ[1][2]、以後の研究成果を展望する[3]。島田氏の設定した項目番号を久保氏も踏襲している事から、これに倣い、新規項目を△、新規解説を※で示した。

引用した古記録本文等の現代語訳は、適宜、説述の焦点に照らして、第二部、第三部の各論に譲ったところがある。

**天理図書館本『紫明抄』料簡[4]（一二八八年頃）巻一系図**

元藤式部　光源氏物語製作

　上東門院女房本主也　依為紫上思案　殊勝号　紫式部而已

紫式部

　母常陸介藤原為信女

従一位源倫子女房

倫子　御堂関白北方／一條左大臣雅信公女　相継与侍上東門院

右衛門権佐宣孝妻

西宮高明妾

**天理図書館本『河海抄』「料簡」**(5)（一三六二年頃）

紫式部者、鷹司殿 従一位源倫子、一條左大臣雅信女 官女也。相継而陪侍上東門院

**陽明文庫本『後拾遺和歌集』「勘物」、彰考館本も同じ。**

従一位源倫子家女房、越後守為時女、母常陸介藤原為信女。作源氏物語中紫巻仍号紫

**尊卑分脈**

文／家人
弁／或越後守
蔵／正五下／越前守
○**為時** ―― **惟規** ―― **貞職**
母同為頼
従五下／三位
安藝守／従五位下
従五下／紀伊守
母陸奥守貞仲女
**経任**
或 ―― 惟通

寺
　定暹　阿闍梨
　上東門院女房／紫式部
女子
母右衛門丞藤原為信女　或は為時妹云々
右衛門佐藤原宣孝室
御堂関白道長妾
源氏物語作者　旧跡雲林院白豪院有

## 1 出生年時

**①天禄元年（九七〇）説**

**今井源衛『紫式部』（吉川弘文館、一九六六年、新装版一九八五年）、『王朝文学の研究』（角川書店、一九七〇年十月）、稲賀敬二『源氏の作者 紫式部　日本の作家』（新典社、一九八二年十二月）**

**後藤祥子「紫式部事典」（『源氏物語事典』學燈社、一九八九年五月）**

島田【紫式部日記の寛弘七年（一〇一〇）執筆の消息文の中に「いたうこれより老いほれて、はた日くらうて経読まず」とある中の「日くらうて」とあるのは老眼のはじまる年齢と解釈して、寛弘七年四十歳になったと仮定して逆算した説である。これに対して「平安朝時代の老眼現象はもっと早く始まったであろう」と反論する説（岡一男『源氏物語の基礎的研究』増訂版、東京堂出版、一九六六年八月）や「日記のこの文章が寛弘七年現在に『目くらうて』という老眼の症状が現われたといっているわけでなく、将来そうなる時を予想

している文章と解釈すべきであろう」（阿部秋生『鑑賞 日本の古典 源氏物語』尚学図書、一九七九年十二月）などがある】

△天禄二年（九七一）説

**藤井貞和「『源氏物語』生成の過程」**（『岩波文庫　源氏物語』九巻、二〇二一年九月）、**「紫式部の生年と没年」**（『物語史の起動』青土社、二〇二二年三月）

**※「九七一年とするならば、あとで数えやすいので、天禄二年（九七一）と決めてみる」。**

△天禄三年（九七二）頃説

**小谷野純一「解説」**（『紫式部日記』笠間書院、二〇〇七年）

※寛弘七年（一〇一〇）の消息文を、四十を前にした三十九歳の自身を「老境に入る直前の焦燥」の「感情の吐露（一九八頁）」と見る。

②天延元年（九七三）説

**岡一男『源氏物語の基礎的研究』**（東京堂出版、増訂版、一九六六年八月、初版一九五四年）

島田【式部の父為時が母藤原為信女と結婚したのが天禄元年（九七〇）頃と思われ、式部の姉が天禄二年生まれ、弟惟規は天延二年（九七四）頃生まれたとすると式部はその中間で天延元年となる】

③天延二年（九七四）説

**萩谷朴『紫式部日記全注釈』下巻**（角川書店、一九七三年三月）

**寛弘七年（一〇一〇）現在を三十七歳重厄の年と判定し逆算して、天延二年とする。**

④天延三年（九七五）説

**南波浩「紫式部の意識基体」**（「同志社国文学」一九七一年三月）、**堀秀成『大日本史 烈女伝』**（明治三十九年（一九〇六））

島田【式部は寛弘七年に厄年を迎える前の三十六歳ごろで、逆算すると天延三年生まれとなる（南波浩）。堀秀成は、安藤為章の『紫家七論』で源氏物語が長保の末から寛弘のはじめに書かれたとする説に従って、寛弘元年に式部三十歳と仮定して逆算すると天延三年生まれになるとする】

### ⑤天元元年（九七八）説

**与謝野晶子「紫式部新考」**（「太陽」一九二八年十二月、**日本文学研究資料叢書『源氏物語Ⅱ』有精堂出版、一九六九年十月**）

**島津久基『紫式部』**（青梧堂、一九四三年二月）

**山中裕『平安時代の女流作家』**（至文堂、一九六二年九月）

『紫式部日記』の寛弘五年の「さだすぎぬるを」の記事によって、その年二十歳と仮定して逆算した。

島田【いずれも推定であるので天元元年（九七八）〜天禄元年（九七〇）の中間をとって、天延元年（九七三）説が妥当なところであろう】

## 2 惟規を弟とする説

島田【古来惟規を兄とするのが通説であるが、弟とする説が現われた】

**岡一男『源氏物語の基礎的研究　増訂版』**（東京堂出版、一九六六年）

**今井源衛『紫式部』**（吉川弘文館、一九六六年、新装版一九八五年）

島田【『紫式部日記』に、紫式部は式部丞惟規よりも早く学問を覚えてしまったという記事で、式部丞が兄ならば「兄なる人」とか言ったであろうし、弟ならこの場合傷つけることにならないとする。しかし、妹であるのに物覚えがよいから男だったならばと父が思ったのであるとも解され、一説として認められている程度である】

**△萩谷朴『紫式部日記全注釈』下巻**（角川書店、一九七三年三月）

弟説。早くに母を失って、紫式部は母親代りとして弟惟規の面倒を見て来た。また初出仕の労によって、為時女（式部）のお目見得と同日に、寛弘四年正月十三日には、弟惟規が六位蔵人に叙されていることを指摘する。現在は、岡、今井説とともに浸透し、兄説を踏襲する論攷を見ない。

## 3　紫式部の本名

### ①式部の本名は藤原香子か

**角田文衞「紫式部の本名」**（『古代文化』一九六三年七月）、**『紫式部とその時代』**（角川書店、一九六六年五月）、**日本文学研究資料叢書『源氏物語Ⅱ』**（有精堂出版、一九七〇年五月）、**『紫式部伝—その生涯と『源氏物語』』**（法蔵館、二〇〇七年）、**『承香殿の女御』**（中公新書、一九六八年十一月）、**『角田文衞の古代学1　後宮と女性』**（吉川弘文館、二〇一八年）

島田【紫式部日記の寛弘五年（一〇〇八）十一月十七日の記事に、中宮彰子が宮中へお帰りになる時、女房たちの車に乗る順序が出ているが、これは女房の序列を示すもので、紫式部はこの時掌侍であった（掌侍はこの時七名いた）。『御堂関白記』寛弘四年正月二十九日の記事に藤原香子が掌侍になったことが記されており、この人が紫式部である可能性が極めて高いとする】※諸註釈再検討の結果、掌侍は都合八名である。

②香子説に対する反論

今井源衛「紫式部本名香子を疑う」（「国語国文」一九六五年一月）、『王朝文学の研究』（角川書店、一九七〇年）

山中裕「紫式部伝考」（「日本歴史」一九六五年二月）、『平安朝文学の史的研究』（吉川弘文館、一九七九年二月）、『日本文学研究資料叢書　源氏物語Ⅱ』（前掲）

岡一男「紫式部本名香子説への再吟味」（「国文学研究」一九六六年三月、『源氏物語の基礎的研究』増訂版、東京堂出版、一九七四年）

島田【①掌侍が七名であるという確証がない。それ以外にいたかもしれない。②**藤原香子がその七名以外の人である可能性が十分ある。**③また、御堂関白記の記事は伝聞形式であり、彰子付女房についてのものとは思われない。④寛弘四年二月には紫式部は掌侍になっていないだろう。命婦から掌侍に昇進する期間が早すぎる。⑤また、女房たちの乗車順序はそう厳重にきまっていない。⑥**また、十名の女房の中、典侍、掌侍であった確証のない人もいる**など、批判があり、香子説を疑問視する学者が多い。萩谷朴氏は、検討すべき可能性を持っていると好意的である（『紫式部日記全注釈』下巻）】

※反証に通し番号を付した。萩谷『全注釈』は諸説を検討し、④に近親の惟規、説孝異例昇進の傍証を揚げる。また、今井氏は『御堂関白記』寛弘五年（一〇〇八）四月十三日条「内女方候御共十一人、絹給十疋・綾二疋。典侍三人絹八疋・綾二疋、命婦絹五疋、掌侍絹六疋」で一條院内裏から土御門第に退下した彰子に供奉した「内女方」を角田氏が倫子家女房十一名、中宮女房を「少なくとも典侍三人、掌侍が六人、命婦五人」の延べ十四名としたことを、「内女方」は内裏女房の誤読であると批判した。道長記で「女方」

と表記されるのは倫子であるが、「内女方」とあるのが悩ましいところで、倉本一宏『御堂関白記 全現代語訳』上巻（講談社学術文庫、二〇〇九年）では「内裏女房で御供に供奉した十一人にも禄を下賜した。御乳母に絹十疋と綾二疋」と意訳する。同年の記事を中心とする『紫式部日記』の後掲内裏女官、中宮女房一覧によれば、内裏女官の典侍は二名、掌侍は三名であるから、四月十三日条においても中宮女房の典侍・掌侍が含まれていたことになるだろう。


△以下、上原増補（論攷①「紫式部の職階」）

増田繁夫「紫式部の女房生活」「平安中期の女官・女房の制度」（『評伝紫式部 世俗執着と出家願望』和泉書院、二〇一四年、初出一九六九、二〇〇〇年）

加納重文「紫式部本名問題について」（『源氏物語の研究』私家版・望稜叢書一九八六年、一九六九年）

加納重文「後宮」（『平安文学の環境―後宮・俗信・地理』和泉書院、二〇〇八年、初出一九七一年〜書き下ろし）

益田勝実「紫式部の身分」（「日本文学」日本文学協会、一九七三年三〜五月）

吉川真司「平安時代における女房の存在形態」（『律令官僚制の研究』塙書房、一九九八年）

上原作和「ある紫式部伝―本名藤原香子説再評価のために」（南波浩編『紫式部の方法 源氏物語 紫式部集 紫式部日記』笠間書院、二〇〇二年（本書所収））

上原作和「紫式部の生涯―『紫式部日記』『紫式部集』との関わりにおいて」（『知の遺産シリーズ⑦紫式部日記・集の新世界』武蔵野書院、二〇二〇年五月（本書所収））

吉川真司「解題 後宮史の奥深き森」（『角田文衞の古代学I 後宮と女性』吉川弘文館、二〇一八年）

**諸井彩子「第一章　摂関期女房の実態女房集団の構成／女房呼称の原則」（『摂関期女房と文学』青簡舎、二〇一八年）、（波頭）「紫式部の本名について」（「平安朝文学研究」復刊三一号、平安朝文学研究会、二〇二三年三月）、「女房装束における〈禁色〉―『紫式部日記』の視点」（「中古文学」一一三号、中古文学会、二〇二四年五月）**

紫式部の身分については、増田繁夫が「中宮専属の女房だが、五位くらいの命婦で掌侍より上位」の命婦（紫式部命婦説は、平安中期まで「命婦」は敬称であって、掌侍より下位の職階となったのは平安末期であるという氏独自の前提に立つ『評伝紫式部』第三章註六七）、加納重文は「私的女房」「上級侍女」とし、両氏ともに内裏女官の掌侍ではないから、「掌侍召された香子」の角田説は成り立たないとした。

さらに、益田勝実は、紫式部が中宮女房で、「蔵人」より序列の高い「侍従」であるとして、岡以下、加納までの諸説を批判しつつ、その核心である角田説を否定した。

益田勝実は、中宮遵子立后後、初入内の日の『小右記』の記事から、紫式部「侍従説」を説き、後宮体制モデルを後掲図のように提示した。

**『小右記』天元五年（九八二）五月七日条**

寄東廊、令乗女房等。糸毛三両。一両、宣旨《（藤原詮子）》。一両、御匣殿《（藤原淑子）》。一両、内侍《（藤原近子）》〈宣旨・御匣殿、不参其身。以他人令乗車〉。檳榔毛二十両〈侍従及蔵人以上、皆、一本理髪、乗車〉。

訳　東廊に車を寄せる、女房等を乗せた。糸毛三両。一両は、宣旨《（藤原詮子）》一両は、御匣殿《（藤原淑子）》。一両は、内侍《（藤原近子）》〈宣旨・御匣殿は本人は不参。他人を以て乗車させた〉。檳榔毛二十両〈侍従及蔵人以上、皆、一本に理髪して乗車した〉。

ところが、「侍従」なる職階が『源氏物語』にも登場するものの、身分そのものが合致しない上に、『紫式部日記』の侍従は明らかに紫式部より下位にあるから、益田説は根本的に破綻した論攷なのである。これは加納重文が以下のように批判している。(6)

益田勝実氏が「紫式部は中宮の侍従である」と言われるのは、「侍従及蔵人以上」を錯覚されたものであって、もし官女であり得たとしても（そういう場合はまずないと私は思っているが）、史料からは「蔵人」以上のどれであったかを確認することができない。（六九九頁）

以後、益田は萩谷『全注釈』下巻（角川書店、一九七三年三月）の完結以後、紫式部論に関して沈黙する。(7)

**『紫式部日記』の内裏女官**（通し番号は登場順／好意的評価○、否定的評価×、好悪半ば△、衣裳描写◎、（　）内は登場場面）

| | | | | |
|---|---|---|---|---|
| ② | 橘の三位 | 典侍 | （橘仲遠の娘徳子、藤原有国妻） | （敦成乳付、行◎、敦良五十日） |
| 6 | 藤三位 | 典侍 | （左大臣師輔娘繁子、道兼妻、平惟仲妻） | （船） |
| ① | 弁の内侍 | 掌侍○ | （源扶義妻。藤原義子か。彰子に従い出家） | （産、行◎、還、晦）◎2 |
| 16 | 左衛門の内侍 | 掌侍△ | （橘隆子） | （行◎、還、日本紀） |
| 15 | 殿守の侍従の君 | 掌侍 | 出自未詳　古参女房、藤原香子ではない（角田『本名』） | （還） |
| 3 | 内蔵の命婦 | | （道長の五男教通の乳母） | （湯、祭） |
| 4 | 清子の命婦 | | （橘清子、道隆妾） | （湯） |
| 5 | 播磨 | | 出自未詳 | （湯） |
| 7 | 侍従の命婦 | | 出自未詳 | （船） |
| 8 | 藤少将の命婦 | | （藤原能子） | （船）　敦良乳母 |
| 9 | 馬の命婦 | | 『枕草子』（「猫の乳母」と同一人か） | （船） |

| | | | | |
|---|---|---|---|---|
| 10 | 左近の命婦 | | 出自未詳 | （船） |
| ⑪ | 筑前の命婦 | × | 出自未詳（彰子に従い出家） | （行◎、船） |
| ⑫ | 左京の命婦 | × | 和泉守藤原修政妻。（五節の左京の君とは別人、後、彰子、後一條女官） | （行◎、船） |
| 13 | 少輔の命婦 | | 出自未詳　少輔乳母（橘為義妻）とは別人 | （船） |
| 14 | 近江の命婦 | | 出自未詳 | （船） |
| ⑰ | 内匠 | | （女蔵人） | （戴七） |
| 18 | 兵庫 | | （女蔵人） | （戴七） |
| 19 | 文屋の博士 | | （文屋時子） | （戴七） |

**『紫式部日記』の彰子中宮女房の典侍・掌侍**

| | | | | |
|---|---|---|---|---|
| 2 | 大納言の君 | 典侍 | （源時通の娘、扶義養女、廉子） | （産、湯、還、**戴5◎**、嘗） |
| 7 | 讃岐宰相の君 | 典侍○ | （藤原道綱娘、豊子、美作の三位） | （湯、還、**戴6◎**） |
| 26 | 宮の宣旨 | 典侍 | （中納言源伊陟の娘・陟子、後に彰子に従い出家） | （還、戴6）敦良乳母 |
| 3 | 小少将／少将の君○ | 掌侍 | （源時通の娘、大納言の君妹）二つの局を共有。紫、早世した少将惜別の和歌を詠む。 | （産、船、還、敦良五十日） |
| 1 | 藤式部 | 掌侍 | 藤原為時娘、紫式部 | （全出、**敦良五十日◎**） |
| 4 | 宮の内侍 | 掌侍○ | （橘良芸子）長保二年二月二十五日「内侍」『権記』 | （**産◎**、還、月旦） |
| 9 | 源式部 | 掌侍○ | （加賀守源重文の娘、香子） | （産5、船、月旦、**敦良五十日◎**）乳母 |

| | | | |
|---|---|---|---|
| 23 | 馬中将　掌侍× | （左馬頭藤原相尹の娘（九八二年生）・『枕草子』の五節の舞姫、中将典侍（『春記』一〇四〇年）、姉は原子に仕えた少将掌侍） | （行◎、船、還） |

内裏女房十九人中、○数字は五人の中宮女房兼任。

これらをもとに、益田勝実モデルの修正を加えたのが以下の体制図である。

**△一條天皇彰子後宮体制（益田勝実モデル）**

**内裏女官**

典侍―掌侍（内侍）―命婦―蔵人―得選以下の女官

**中宮女房**

宣旨―御匣殿別当・内侍―女房（侍従　蔵人）―所々の女官

**△中宮女房体制加納重文モデル（前掲書「女房と女官」七四、七五、一九五頁）**

**内裏女房**

典侍―掌侍―内侍所（命婦・蔵人―女孺）

（乳母）

**上皇・東宮・中宮**

典侍―宣旨―御匣殿―掌侍―命婦―侍従・蔵人―釆女―童女―雑仕

（乳母）

**中宮女房**　**（一九五頁）**

女房三役（宣旨・御匣殿・内侍）―命婦―侍従・蔵人―女孺

（私的侍女）

○一條天皇彰子後宮体制（益田モデル上原修正案）

**内裏女房**

典侍—内侍（掌侍）—命婦（侍従・蔵人）—得選以下の女官

**中宮女房**

典侍—内侍（掌侍、宣旨）—命婦（侍従・蔵人）—所々の女官

『紫式部日記』宮城の侍従のみ内裏女官／女房は侍従の命婦・殿守の侍従の君。

御匣殿別当は藤原原子妹薨去後、欠員。

こうした反論に対し、角田は、前記諸論を俯瞰的に検討し、「平安時代における院宮の女房」（一九七三年一月）(8)で「①院宮（中宮）女房も官女であり、俸禄も保証される。②女房名に官職名があったとしても、それが内裏女房とは限らない。③中宮三役（宣旨、御匣殿、内侍）は院宮女房（令外官）、院宮女房の編成は雑多であり、道長の掌侍召はその一環である」等の反論を行って自説の補強を行った。

このうち、①俸禄の問題については、吉川真司の修正説が説得力に富むものであり、必読の文献である。「**后になればやや事情が異なる。后は封戸・年給という、この時期になっても一応機能していた給与を得ており、この潤沢な収入源から女房の給与も賄えたはずだからである。里方が様々な援助を行なったことも事実ではあるが**（**例えば『御堂関白記』寛弘九年七月十二日条**）、**基本的には封戸と年給こそが、宮の女房の給与の出所であったと考えられる**（3—三、収入と扶助関係）」として角田説を裏付けた。さらに吉川女房論は、紫式部の職階そのものを論じたわけではないが、女房史としても決定的な示唆に富む。すなわち、「后と女房、女房と「得意」男性の間に、律令制の枠を脱した緊密な相互依存関係が結ばれ始めていたのであり、こうした貴族社会全体の動向が、

女房の役割の上昇に決定的な方向性を与えたと評価するべきであろう。宮の女房の構成や機能は、概ね東宮女房や院・女院の女房とも共通する、上の女房に準ずる「院宮の女房」は、一〇世紀後期頃に、中世まで継承されていく規範的な存在形態を獲得したと言えよう。また、女御の女房は家の女房に準ずる存在ではあるが、この頃になれば実際の政治的・社会的役割においては、院宮の女房と大差なくなってしまう。総じて言えば、女房という存在が社会関係における重要な結節点として機能し始めるのが一〇世紀後期のことであり、この時期はまさに「女房史の画期」なのであった（四、キサキの女房の成立）四四九頁」と述べている。さらに吉川氏は、角田が論点を整理した①②③の紫式部の身分論争に対し、結果的に角田説を補強し、歴史学から各反論に鉄槌を下すことになる「宮の女房」論を提示したのである。

「**立后によって決まるのは女房三役だけでなく、女房がみな掌侍・命婦・女蔵人などに振り分けられたと見るべきで、日給簡には官職順に女房全員が登載されたのであろう**。また、源倫子の准三后宣下とともに「年頃の女房も皆爵を得」（巻十二上—三八七）たことから類推して、**宮の女房は立后時にみな位階を与えられたと考えられる**。以上要するに、立后によってその女房たちは上の女房と同様の存在、すなわち正式の内裏女房に昇格したのである」（3—一、キサキの女房の身分、四四三頁。太字部分は上原による）

この「日給簡」登載は、『うつほ物語』「内侍のかみ」巻で、朱雀帝が、「胡笳の調べ」弾琴を渋っていた俊蔭娘参内の禄として、「尚侍」に任じ、職階を書き入れたことからも証される。別の巻名「初秋」とある如く、七月相撲の節の直後の物語である。

さて、今宵の禄をば、いかがすべき。涼・仲忠は、さてあり、おもとには、みづからをやは得給はぬ。中将の朝臣、紀伊国の禄には、娘をこそは得たれ」とて、**御前なる日給の簡に、尚侍になすよし書かせ給ひて、**

それが上に、かくなむ。

「目の前の 枝より出づる 風の音は 離れにし物も 思ほゆるかな

（四三〇頁）(9)

さらに、朱雀帝は「よし、行く末までも、わたくしの后に思はむかし。（四三六頁）」とも述べているから、角田「院宮女房」説の「尚侍は村上朝頃から官女というよりも女御に准ずる地位と化し、後冷泉朝以後は、尚侍という地位そのものも姿を消した(10)」とする説を裏付けるものであると言えよう。

前述したように、**吉川説は角田説の核心三点を史料から裏付けたものであった。益田勝実を中心とした当時の論争は、摂関政治の展開、すなわち道長の専横に伴う後宮政策重点化により、後宮の内裏・キサキの職域／職階も流動化し、かような「女房史の画期」となっていたことを把握していなかったために、研究史を錯綜させたのだと言えよう。**それゆえ、益田の内裏、中宮女房の序列一覧ならびに紫式部「侍従」説は、『紫式部日記』内の女房構成・序列からして矛盾が多々あって、テクストから帰納的には説明不能なのである(11)。また、『源氏物語』等の物語に登場する「侍従」の職掌と紫式部のそれとも不適合であり(12)、結果として破綻した論攷に過ぎないのであった。

また、上原（二〇二〇年）は、島田の整理した論点六つについて、『紫式部日記』（敦平御産記）に登場した女房を内裏女房十九名（中宮女房兼任五名）、中宮女房三十一名、総勢五十名を総覧し、「中宮の私的《ママ》上臈女房である紫式部が、彰子出産に際して、『上人どももぞ十七人』と記した内裏女房ならびに、九月十日の出産直前の『北の御障子と御帳とのはさま』の「いと狭きほどに」「四十余人ぞ、後に数ふればゐたりける」とあるように、ほぼ全員、『紫式部日記』に女房名が記されている（**吉川説によって「私的」を「中宮」に改める**）」と規定した。これを踏まえて、『権記』の宮内侍、『御堂関白記』掌侍召の藤原淑子、藤原香子のうち、内裏、中宮都合八名の掌侍のなかで内裏女房の掌侍は、弁の内侍と左衛門の内侍、殿守の侍従で、[13]いずれも『御堂関白記』に掌侍召と記された藤原淑子、藤原香子とは別人である。かつ、中宮女房掌侍のうち、藤氏で名前が特定されていないのは式部のみであるから、それは香子だからとした（ただし、馬の中将・淑子説は角田旧説[14]であるが、淑子は左掲の『御堂関白記』長和五年条に、文屋の博士こと、時子と共に道長の命を承けて五色絹御幣を奉持する職掌の掌侍であり、無任所の紫式部は除外されるから、この伺候女房は馬の中将の可能性のみが残ることになる）。つまり、藤原香子が紫式部なのである。

**御堂関白記　長和五年（一〇一六）六月十日条　倫子准三后叙爵**[15]

十日、壬午。暁又、雨降。天陰、此夜、亥時（午後十時）、蔵人左衛門権佐資業、奉レ迎二神鏡一。奉三安置二西対代一。
土御門候二掌侍藤原□□一、又此院（一条院）令レ候二掌侍淑子（藤原）、女史（文屋時子）一、持二五色絹御幣一、候二御前一。

さらに論点のひとつである女房の乗車順位は、取り仕切る「次第司」により規範があることを指摘し（益田氏も指摘済み）、島田の整理した旧来の反論をすべて否定した。

ところが、吉川真司前掲「後宮史の奥深き森」（二〇一八年）において、前掲今井源衛論文を例示しつつ、a中宮女房をすべて官女と見る立場、b『紫式部日記』に見える内裏還啓の乗車序列、c『御堂関白記』の官女叙任記事を特殊なものとする三点のうち、aは自説から角田説を支持するものの、bcは今井説を「成る程と思われる／四一四頁」としている。瑕瑾を記すと、吉川氏はbを『栄華物語』の記事とするものの、「はつはな」巻にも乗車記事はあるが「御輿には、宣旨の君乗りたまふ。糸毛の御車には、殿の上、少将の乳母、若宮抱きたてまつりて乗る。**次々の事どもあれど、うるさければかかずなりぬ。**／四二二頁」とあるから、『紫式部日記』の誤認である。かつ、乗車序列は、早く一九七三年の益田勝実論文「紫式部の身分」、増田繁夫「紫式部の身分・職階」（『評伝紫式部』）においても論証され、前掲上原論文も『うつほ物語』「国譲」下巻の東宮内裏初還啓の記事、『枕草子』「積善寺供養」の段に乗車を取り仕切る「次第司」と乗車名簿「書き立て」の存在を指摘して乗車順に「序列」は確実に反映していたのであるから、吉川論文は国文学者の先行論文未参照であったということになる。したがって、吉川氏による角田論文の問題点はすべて解決済みであったということになるだろう。

最後に諸井三論文について言及する。前者については、本書第二部第三章『紫式部の生涯』において主要な問題点を指摘したので参照願いたい。諸井論文の核心は、紫式部は内裏女官ではなく、中宮女房であるから「掌侍」にあらず、とする論理であって、『紫式部日記』諸注釈書の各「内裏女房／中宮女房」の規定との整合性が図られていないこと、ならびに一條朝の女官制度については吉川論文未検討であることが明らかである。したがって、「内裏女房については、典侍・掌侍・命婦といった史料は残っているものの、中宮女房における同様の序列を示した史料は見つかっていない／三四頁」と断言することもまた完全な勇み足であり、拙稿ならびに当該研究史を参照願う他はない。諸井氏が後者の学術エッセイ「波頭」において言及する宰相の君（藤原豊子）に関する女房序列は、広橋本『東宮御元服部類記』巻十五所引『行成卿記』寛仁三年（一〇一九）八月二十八日、敦良親王（後の後朱雀天皇、当時十一歳）の元服に際して、後一條天皇に奉呈された叙位を得た七名の「乳母名簿」の筆頭に名前がある。このうち、五名が少なくとも『紫式部日記』寛弘五年九月時以来の彰子女房であり、かつ、寛弘五年九月時に内裏女官とされるのは藤原能子のみ、他は中宮女房であったから、諸井氏の拘泥する区分そのものが、未だ学説史的にも判然としない規定なのである。

**正四位下　①藤原豊子　御乳母　典侍　（宰相の君）**

正五位下　②藤原嬿子　宣旨

従五位上　**③源陟子　御乳母　大宮宣旨　（源伊陟《これただ》娘）**

**④源隆子　御乳母　中務**

**⑤藤原能子　御乳母　式部　（藤少将の命婦／少将の君）**

**⑥源香子　御乳母　式部　（源式部／源重文娘）**

従五位下　⑦藤原明子　御乳母　弁　（弁の乳母／藤原説孝／母・藤原兼正娘、政兼母）

さらに言えば、諸井氏が『御産部類記（御産記部類）』の宰相の君豊子が命婦であるから、格下の紫式部は掌侍ではあり得ないと述べていることも生誕儀礼と職階の関係を説明し得ていない。この文献は、萩谷『全注釈』下巻口絵に当該部分の影印を掲げて、乳付、御湯殿に奉仕する女房のうち、典侍、掌侍を差し置いて「命婦」がすることはあり得ないことから、この記述を誤りとしたのであった。かつ筆記者が「藤原朝臣　子」としていることについて、萩谷『全注釈』は「この命婦の名を闕字にしているのは、単なる虫損や判読不明のためではなく、史実との相違を知って、わざと伏せたものであろう／八六頁」としている。角田『本名』も「掌侍」の誤りとするから同一見解と見なせよう。「中古文学」論文は、紫式部は掌侍ではなく、下級女房であるから〈禁色〉が許されなかったとする。紫式部の彰子後宮の序列は、総勢約四十人中、五、六番目の厚遇である（萩谷・増田説）。このことは『紫式部日記』の解読から揺るがない。また、紫式部は、清少納言と同じく、教養教育係兼記録担当が職掌であって、盛儀に〈禁色〉を着る必然性はない。また、吉川真司論文によって、中宮女房は、私的に採用されていても、俸禄は中宮女官と同待遇であったと規定されている。これを克服せずして、従来から知られる文献、自説に都合の良い旧来の学説を並べて紫式部女房論を論ずるのであれば、それは約三十年周回遅れの論攷でしかないのである。

（『不知記』B）**寛弘五年**（一〇〇八）**九月十一日条**

権僧正勝算、応召参上、加持御湯。**以命婦従五位下藤原朝臣□子令仕御湯殿。源簾子**〈**左大弁扶義朝臣女子**〉**以奉仕御迎湯。**

（『不知記』C）**寛弘五年**（一〇〇八）**九月十一日条**

十一日、戊辰。「今日、午時、中宮、御産男皇子」云々。御湯、酉二刻。御博士三人〈伊勢守致時・右少弁広業・散位挙周〉・鳴弦五位十人・六位十人。**御湯殿奉仕、清通朝臣妻、名、弁宰相。迎湯、大納言君。**御乳付、勘解由長官有国妻、字、橘三位。天皇御乳母也〈今日記所可有例幣事。而不被記。頗不審之。御産外他事、不記也〉。

**△紀時文との初婚**

**上原作和「ある紫式部伝―本名藤原香子説再評価のために」**（南波浩編『紫式部の方法 源氏物語 紫式部集 紫式部日記』笠間書院、二〇〇二年（本書所収））

『権記』長徳三年（九九七）八月一九日条「故大膳大夫時文後家香子（藤原）申事等。子細見 奏文目録」による藤原香子と紀貫之嫡子大膳大夫時文との結婚から『御堂関白記』寛弘四年正月二十九日条「香子掌侍召」とを連結させつつの論を展開した。問題は、梨壺の五人（九五一年任）でもある時文との大きな年齢差である。

**新田孝子「表層篇 第四章 敦良親王の乳母の問題／結びに「藤香子（式部）」と紫式部」**（『栄華物語の乳母の

**系譜』風間書房、二〇〇三年）**

『権記』同日条による藤原香子と紀貫之嫡子大膳大夫時文との結婚と時文卒に伴い後家となった香子の記述を根拠とする。新田の論は、上原説を踏まえておらず、前節では敦良親王乳母の源香子を「藤香子」と誤刻した史料による難点はあるが、「角田諸説」を考察した本節「角田所説――「紫式部の本名は「藤香子」説」『御堂関白記』寛弘四年正月廿九日条による香子任掌侍を紫式部とする角田説を踏まえ、「辻褄が合う」とする。

**増田繁夫「第2章 紫式部の家系と家族」（『評伝紫式部――世俗執着と出家願望』和泉書院、二〇一四年五月）**

三五一頁注四二は、上原説を「藤原香子」の符合による紫式部とのたんなる付会とする。

**朧谷寿『藤原道長――男は妻がらなり』（「式部の初婚」吉川弘文館、二〇〇七年）**

拙論を引用しつつ、年齢差と越前下向の時期を問題点として、「果たして容認され得るのか、いずれも検討を要する」。「最大の難点は」「角田説を前提として展開されていること」から「砂上の楼閣の危険なきにあらずである／四二～四三頁」と結んでいる。

## 4 越前下向の時期

**①長徳元年（九九五）六月説**

**与謝野晶子「紫式部新考」（「太陽」平凡社、一九二八年十二月）**

島田【『本朝通鑑』長徳元年に「正五位下藤原為時任越前守」とあるのによる】

**②長徳二年（九九六）夏頃**

**岡一男『源氏物語の基礎的研究　増訂版』**（東京堂出版、一九六六年八月）

**角田文衛『紫式部とその時代』**（角川書店、一九六六年五月）

**萩谷朴『紫式部日記全注釈』下巻**（角川書店、一九七三年三月）

**△藤本勝義「紫式部の越前下向・再論 長徳二年六月五日出発」**（『源氏物語の人 ことば 文化』一九九九年九月、初出一九九七年）

※『日本紀略』長徳二年正月二十八日条に「右大臣参内、俄停越前守国盛以淡路守為時任之」とあり、紫式部集十三の詞書「賀茂に詣でたるに、ほととぎす鳴かむといふ曙に、かた岡の梢をかしう見えけり」により、まだ京都にいた。おそらく出発直前の賀茂神社の暇乞いの参詣だろう。同じ二十二の詞書「夕立ぬべしとて空の曇りて閃くに」とあるのは、越前に行く途中、湖を渡った時の歌であるから、夏赴任して一緒に行ったとするのは角田説。

**△小谷野純一「解説」**（『紫式部日記』笠間書院、二〇〇七年四月）

※「夕立」の詠を「単なる叙景歌などではなく、彼女の内的な翳りが表象の基底に満ちる営みになっている。一九九頁」と読む。

**③長徳二年**（九九六）**晩秋の頃**

**今井源衛『紫式部』**（吉川弘文館、一九六六年、新装版一九八五年）

島田【紫式部集八の詞書「はるかなる所へゆきやせんゆかずやと、思ひわづらふ人の、山里よりもみぢををっておこせたる」との贈答歌はまだ都におった時に詠まれたものであり、その後まもなく離京した。為時の兄為頼集に「越前へ下るに袿の袂に、『夏衣うすき袂をたのむかな祈る心のかくれなければ』」とあるので、

長徳二年夏頃説が妥当であろう】

△長徳三年秋以降

上原作和「ある紫式部伝―本名藤原香子説再評価のために」（南波浩編『紫式部の方法 源氏物語 紫式部集 紫式部日記』笠間書院、二〇〇二年（本書所収））

## 5 越前から帰京の時期

①長徳二年（九九六）秋の末頃

与謝野晶子「紫式部新考」（『太陽』平凡社、一九二八年十二月）

一年ほど滞在して帰ったとする。

②長徳三年（九九七）晩秋初冬頃

石村貞吉「紫式部」『岩波講座日本文学』七巻（一九三一年九月、日本文学研究資料叢書『源氏物語Ⅱ』）

島津久基『紫式部』（青梧堂、一九四三年）

角田文衞『紫式部とその時代』（角川書店、一九六六年）

萩谷朴『紫式部日記全注釈』下巻（角川書店、一九七三年）

島田【紫式部集八三の詞書「みづうみにて、伊吹の山の雪いと白く見ゆる」は帰京の折の竹生島の辺で詠んだもので、初冬頃である】

③長徳四年（九九八）春

岡一男『源氏物語の基礎的研究 増訂版』（東京堂、一九六六年）

今井源衛『紫式部』（吉川弘文館、一九六六年、新装版一九八五年）

秋山虔『紫式部 宿業を生きた王朝の物語作家』（平凡社、一九七九年九月）

島田【前述の「みづうみにて、伊吹の山の雪いと白く見ゆる」のは、早春であるから、帰京は長徳四年早春である】

## 6 夫藤原宣孝との結婚

①帰京翌年の長徳三年（九九七）夏頃から贈答が始まり、長徳四年（九九八）の正月以降に恋が成立した。

与謝野晶子「紫式部新考」（「太陽」平凡社、一九二八年十二月）

②帰京翌年の長徳四年（九九八）夏頃から贈答が始まり、長保元年（九九九）正月頃恋が成立する。

石村貞吉『紫式部』（日本評論社、一九三八年十一月）

島津久基『紫式部』（青梧堂、一九四三年一月）

秋山虔『紫式部 宿業を生きた王朝の物語作家』（平凡社、一九七九年一月）

③越前の式部へ熱烈な思いが寄せられ、帰京後長保元年（九九九）初春に結婚する。

岡一男『源氏物語の基礎的研究』（東京堂出版、一九六六年）

④越前へ行く前から交渉があり、長徳四年（九九八）晩秋頃結婚した。

今井源衛『紫式部』（吉川弘文館、一九六六年三月）

竹内美千代『紫式部集評釈』（桜楓社、一九六九年六月）

⑤長徳四年末頃結婚した。

清水好子『紫式部』（岩波新書、一九七三年四月）

⑥長徳元年以後翌二年夏頃までの間に求婚は開始され、長徳四年正月以前、長徳三年の冬には二人の結婚は成立した。

萩谷朴『紫式部日記全注釈』下巻（角川書店、一九七三年三月）

島田【帰京後翌年の長徳四年結婚が穏当な説であろう】

## 7 宮仕え年時

△具平親王出仕説

福家俊幸「紫式部の具平親王家出仕考」（「中古文学論攷」七号、一九八六年）、「「紫式部」の伝記の研究展望と問題点」（『紫式部日記の表現世界と方法』武蔵野書院、二〇〇六年）、「具平親王家に集う歌人たち―具平親王・公任の贈答歌と『源氏物語』」（『考えるシリーズ⑤王朝の歌人たちを考える―交遊の空間』武蔵野書院、二〇一三年）

中野幸一「解説」（『完訳日本の古典24　紫式部日記』小学館、一九八四年）、「解説」（『新編日本古典文学全集』小学館、一九九四年）、『深掘り！紫式部と源氏物語』（勉誠出版、二〇二三年）

斎藤正昭「少女期から青春期」（『紫式部伝―源氏物語はいつ、いかにして書かれたか』笠間書院、二〇〇五年）

久下裕利「宇治十帖の執筆契機―繰り返される意図」（『源氏物語の記憶―時代との交差』武蔵野書院、二〇一七年、初出二〇一五年）

伊井春樹「具平親王文化サロンと父たち」（『紫式部の実像―稀代の文才を育てた王朝サロンを明かす』朝日新聞出版、二〇二四年）

※父為時が『本朝麗藻』一五一の詩序に「藩邸之舊僕」と記したことにより、具平親王の家司であったとして、若き日に紫式部が具平親王（中務宮）に出仕したとする説。中野氏は、紫式部の伺候名も、父為時が式部丞であった、寛和二年（九八六）から長徳二年（九九六）越前守の間の二十歳頃出仕したために、藤式部と呼ばれたのであろうとする。

### △倫子家出仕説

**坂本共展『源氏物語構成論』**（笠間書院、一九九五年）、**「正編から続編へ」**（『源氏物語の新研究』新典社、二〇〇五年）

長保三年（一〇〇一）、疫病流行の四月二十五日、二度目の夫・宣孝（五二※坂本説）を喪ったこの年の十月、坂本氏は、父・為時が東三條院詮子四十賀の屏風歌を詠進していることから、紫式部も倫子家女房として初参した、とする。さらに、倫子による物語制作依頼により、この年の夏から秋に『源氏物語』を起筆、寛弘二年までに正編完成とする。ただし、この時、紫式部は夫・宣孝と東三條院詮子の諒闇の期間に当たり、これらの時間的整合性において、坂本説の出仕時期は成り立たない。

**徳岡澄雄「紫式部は鷹司殿倫子の女房であったか」**（「語文研究」六二号、九州大学国語国文学会、一九八六年十二月）

**深澤徹「紫式部、「倫子女房説」をめぐって―即時的存在者（外なる他者）と対自的意識（内なる他者）の狭間で」**（南波浩編『紫式部の方法　源氏物語　紫式部集　紫式部日記』笠間書院、二〇〇二年）

**中野幸一「解説」**（『完訳日本の古典24　紫式部日記』小学館、一九八四年）、**「解説」**（『新編日本古典文学全集』小学館、一九九四年）、**『深堀り！紫式部と源氏物語』**（勉誠出版、二〇二三年）

※倫子家女房説の徳満・深沢説もまた、紫式部の越前下向帰洛の時期、および宣孝との結婚、賢子の出産と

宣孝の死と諒闇期間が顧慮されておらず、整合性において問題がある。中野説は、倫子家の出仕時期には言及せず、『河海抄』（「料簡」彰考館本）、陽明文庫本『後拾遺集』勘物の記述から「認めて良いと思われます」とする。

**△寛弘元年（一〇〇四）十二月二十九日説**

**中野幸一「解説」（『新編日本古典文学全集』小学館、一九九四年）、「解説」（『完訳日本の古典24　紫式部日記』小学館、一九八四年）、『深堀り！紫式部と源氏物語』（勉誠出版、二〇二三年）**

※初出仕は三十日のある大の月でなければならないから、寛弘二年は該当しない。元年、三年、四年のいずれかである。①平惟仲養女、五節の弁の豊かで麗しかった髪が抜け落ちて見る影もなくなったのは、養父惟仲の太宰権帥時代の不始末ならびに寛弘二年三月十四日薨去による心労によるものとし、紫式部出仕がこれ以前でなければ容色の変化は知り得ない。②橘忠範妻の式部のおもとの上野下向が寛弘二年八月二十七日であるから、これ以前の出仕でなければならないとし、寛弘元年師走が大の月でいずれの条件にも該当する。ただし、寛弘五年の紫式部の回想は一條院、寛弘元年は内裏であった。また①②ともに人物月旦にのみ話題に上る女房で、古参女房からの伝聞で書かれた可能性もある。五節の弁の容色の衰えは加齢による可能性もある。式部のおもとは『枕草子』二七四段「成信中将は」の兵部のおもととされているから古参の女房であり、寛弘三年五月十九日に忠範が急逝した後、忌み明けに再出仕して紫式部の同僚になった可能性がある。

**①寛弘二年（一〇〇五）十二月二十九日説**

**岡一男『源氏物語の基礎的研究 増訂版』（東京堂出版、一九六六年八月）**

**今井源衛『紫式部』**（吉川弘文館、一九六六年、新装版一九八五年）

**手塚昇『源氏物語の再検討』**（風間書房、一九六六年）

島田【『紫式部日記』の寛弘五年十二月二十九日に「しはすの二十九日に参る。初めて参りしも今宵のことぞかし」とあるから、寛弘四年十二月二十日以前が初宮仕えである。寛弘五年十一月二十二日の賀茂の臨時の祭の使の兼時について「こぞまではいとつきづきしなりしを」とあるのによって、式部は去年寛弘四年十一月にはすでに宮中に仕えていたとしている。また伊勢大輔集に、「女院の中宮と申しける時、内裏におはしましし に、奈良から僧都の八重桜を参らせたるに、今年のとり入れ人は今参りぞと、紫式部の譲りしに」とあるのをとりあげ、紫式部が伊勢大輔を新参者というのについては、恐らく寛弘二年十二月二十九日に宮仕えしたであろう】

**△角田文衞「承香殿の女御」**（『角田文衞の古代学Ⅰ　後宮と女性』吉川弘文館、二〇一八年、初出一九六三年）

紫式部の初出仕を寛弘二年の同日とする角田文衞は、出仕先を東三條院とした。

**②寛弘三年**（一〇〇六）**十二月二十九日説**

**与謝野晶子「紫式部新考」**（「太陽」平凡社、一九二八年十二月）

**萩谷朴「紫式部の初宮仕は寛弘三年十二月二十九日なるべし」**（「中古文学」二号、中古文学会、一九六八年三月）、**『紫式部日記全注釈』下巻**（角川書店、一九七三年）

島田【伊勢大輔集の記事は新参者の式部が新参者の大輔にその役を醸ったのである。寛弘二年十二月二十九日には中宮は東三条院内裏にいたが、寛弘三年十二月二十九日には、寛弘五年と同じ一条院内裏にいたので、「今宵のことぞかし」の感慨が深まる。寛弘二年十二月から寛弘四年春までの資料が皆無であるのは不自然である。それを初出仕後一年にわたってほとんど宮中におらず里にいたと解釈するのは無理である。寛弘三年末には道長・中宮にも慶事が重なり、また式部の亡夫宣孝の兄説孝が解由を与えられ、参内を許されたのも、式部の出仕に関する斡旋の労をねぎらっての反対給付であると考えられることから、寛弘三年十二月二十九日説を唱える。これに対しす《ママ》る反論もある（増淵勝一「紫式部初出仕の年時について―萩谷朴氏寛弘三年出仕説を疑う」（『平安朝文学研究』二巻五号、平安朝文学研究会、一九六八年五月））】

**△加納重文「紫式部の初宮仕年時」**（『源氏物語の研究』望稜舎、一九八六年、初出一九七二年）

**△徳原茂実「『紫式部集』にみる紫式部の前半生」**（『紫式部集の新解釈』和泉書院、二〇〇八年）

※「萩谷朴氏、加納重文氏、上原作和氏による寛弘三年説に妥当性が認められよう／一六八頁」※上原説は「ある紫式部伝」二〇〇三年による（本書所収）。

**△倉本一宏「彰子への出仕」**（『紫式部と平安の都』吉川弘文館、二〇一四年）

※「寛弘二年十一月十五日に内裏が焼亡し、東三条邸に一条天皇、彰子は遷御していて慌ただしく、寛弘三年説の方に分がありそうである（寛弘三年三月四日に一条院内裏に遷御している）」とある。

**△上原作和「『藤式部』亡き桃花の宴―西本願寺本兼盛集附載逸名歌集注解攷」**（『平安朝の物語と和歌』新典社、二〇二三年（本書所収））

※『伊勢大輔集』の「八重桜」詠に関する詞書を虚構とし、紫式部と伊勢大輔の出仕は四ヶ月しか違わず、紫式部が従来務めていた桜の使いを伊勢大輔に譲るはずがないとした。

**③寛弘二、三年の十二月二十九日説**

**安藤為章『紫家七論』**（元禄十六年（一七〇三））

池田亀鑑『日本古典全書 源氏物語』第一巻（朝日新聞出版社、一九四六年十二月）
竹内美千代『紫式部集評釈』（桜楓社、一九六八年）
秋山虔『源氏物語』（岩波新書、一九六八年）※島田氏は『紫式部』と誤る。
清水好子『紫式部』（岩波新書、一九七三年）

④寛弘四年（一〇〇七）十二月二十九日説
足立稲直『紫式部日記解』（文政二年（一八一九）、『国文註釈全書』）
島津久基『紫式部』（青梧堂、一九四三年一月）
山中裕『平安時代の女流作家』（至文堂、一九六二年）
島田【『紫式部日記』寛弘五年十二月二十九日に「しはすの二十九日に参る。初めて参りしも今宵のことぞかし」とあり、同六年に「をととしの夏頃より楽府といふ書二巻をそしどけなくかう教へたて聞こえさせて侍るも隠しはべり」などとあることによる。現在は寛弘二、三年出仕説が穏当なところであり、多くの人から支持されている】

## 8 式部の呼称の理由

①惟規の官名から
石村貞吉『紫式部』（日本評論社、一九三八年十一月）
池田亀鑑「解説」（『日本古典全書源氏物語』第一巻、朝日新聞出版社、一九四六年十二月）
島田【紫式部日記に「この式部丞といふ人のわらはにて文読みはべりし時」とあるように、惟規の官名による】

②父為時の官名による。

**岡一男「紫式部私考」**（「文学思想研究」一九三〇年十二月、日本文学研究資料叢書『源氏物語Ⅱ』）、『源氏物語の基礎的研究 増訂版』（東京堂出版、一九六六年八月）

**島津久基『源氏物語新考』**（明治書院、一九三六年五月）

**今井源衛『紫式部』**（吉川弘文館、一九六六年三月）

島田【為時は式部丞に永観二年（九八四）九月から寛和二年（九八六）六月まで任ぜられており、それに対して惟規が式部丞になったのは寛弘六、七年頃である。夫宣孝は式部丞になっていないので、父の官名によったと思われる。現在では父の官名によるとするのが通説である】

## 9 藤式部が紫式部と呼ばれた理由

①藤と紫の上の縁語で呼ばれた。

**与謝野晶子「紫式部新考」**（「太陽」平凡社、一九二八年十二月）

島田【女主人公「紫の上」と女房名の藤の縁語で紫式部と呼ばれた】

②「紫のゆかり物語」に関係がある。

**池田亀鑑『日本古典全書源氏物語』巻一**（朝日新聞出版社、一九六六年三月）

島田【藤壺のゆかりすなわち紫のゆかりの物語に由来する。紫式部日記の「このわたりに若紫やさぶらふ」の「若紫」は紫の物語つまり源氏物語で、源氏物語の作者の意】

③紫の上に関係がある。

**石村貞吉「紫式部」**（日本評論社、一九三八年）
**今井源衛『紫式部』**（吉川弘文館、一九六六年三月、新装版一九八五年）
紫の上の人気に伴って、周囲の人がおのずからつけた。

**④公任の言葉に由来する。**
**島津久基『源氏物語新考』**（明治書院、一九三六年五月）
**岡一男『源氏物語の基礎的研究 増訂版』**（東京堂出版、一九六六年八月）
島田【紫式部日記に藤原公任が「あなかしこ、このわたりに若紫やさぶらふ」とからかったのがその直接の動機である。一概に決め難いが、島津久基の説は一番詳細に述べられている】
※源氏物語千年紀が十一月一日となったのは、『紫式部日記』の公任の戯れ言が、『源氏物語』成立を前提としていることによる。

## 10 源氏物語の執筆時

△十代後半から短編習作群執筆、晩年まで三十五年を書き継ぐ。
**藤井貞和「『源氏物語』生成の過程」**（『岩波文庫　源氏物語』九巻、二〇二一年九月）、**「紫式部の生年と没年」**（**『物語史の起動』青土社、二〇二二年三月**）
『更級日記』作者上洛後の祐子内親王に仕える「をばなる人」から与えられた『源氏物語』「五十よ巻」耽読（治安元年・一〇二一年）以前を『源氏物語』成立の下限、紫式部没、享年五十とする。紫式部は少女時代から志怪伝奇小説、本邦の物語文学を読み耽り、十歳代後半からは短編習作群が蓄積され始め、空蝉・夕顔・

軒端荻、さらには紫の上、末摘花となる女性たちも活躍し始める原『源氏物語』群が執筆されていたとする。『奥入』にみえる「かがやく日の宮」は廃棄されたものの、光源氏誕生を九一二年、夢浮橋巻を一條天皇即位の九八六年設定の都合七十五年の物語として、約三十五年に渡り書き継がれたとする。

**①宮仕え以前に書く。**

**△安藤為章「紫女七論」**（元禄十六年（一七〇三））**「その三　修撰順序」「長保の末、寛弘の初め、式部やもめ住みにて里に侍りけるつれづれに作りたるか」。**

**与謝野晶子「紫式部新考」**（「太陽」**平凡社、一九二八年**）

島田【源氏物語の桐壺巻から藤襄葉までが前編で紫式部が書き、宮仕え以前に書いた。若菜上以下は娘の大弐三位が書いた】※研究史として記憶されるものの、傍証がない。

**△萩谷朴「『源氏物語』と紫式部」**（『**紫式部日記全注釈』下巻「解説」一九七三年三月**）

「『源氏物語』の起筆は、夫宣孝死後の寡居時代であり、『紫式部日記』の記事（本文篇第七五節）によって、寛弘五年五月以前に、既に世間で評判となるほど、相当程度の分量が脱稿しており、それは、少なくとも紫の上を主人公とした『紫の物語』と呼ばるべきシリーズに属する巻々を含んでいた（本文篇第三六節）ということだけは、確言し得るところである。**長保三年四月二十五日から寛弘八年十二月二十九日まで、満五年と八か月、死別直後の三か月や半年は、おそらく筆を執る気にもならなかったであろうが、満五か年の時日を費やせば、おそらく五十四帖の過半は書き進んでいたのではなかろうか／四九四〜四九五頁**」

※寛弘五年十一月一日までの完成説。宮仕えはこれ以前に具平親王家、倫子家出仕説がある。

②宮仕え以前に完成する。

**池田亀鑑「解説」**（『日本古典全書　源氏物語』第一巻、一九四六年十二月）

**山岸徳平「解説」**（『日本古典文学大系　源氏物語』第一巻、岩波書店、一九五八年一月）

島田【寡婦時代三、四年ないし四、五年の間に完成したものと考える】

③**寛弘六年（一〇〇九）の夏までに完成。**

**岡一男『源氏物語の基礎的研究』増訂版（東京堂出版、一九六六年八月）**

島田【紫式部日記寛弘五年十一月の草子作りは、宇治十帖の第一部四帖を尚侍に奉ったのであろう。寛弘六年六月二十一日の御堂行啓に間に合わなかったのは宇治十帖を完成させるためで、その直後中宮に献上した。七年以後は彼女の邸の「ふる歌物語」の本どもも「えもいはず虫の巣になりにたる」で、創作活動をしていたとは考えられない】※傍証なし。

**△稲賀敬二『紫式部―源氏物語の作者』（新典社、一九八二年）**

※長和五年（一〇〇三）五月十五日、父為時の参加した「左大臣道長歌合」の話を聞き、男性官人が歌を詠むと同時に漢詩文を作文する文人であることに興味を持ち、物語という虚構に漢詩文を用いることを思い立ち、想を練り始めた。散逸した「輝く日の宮」から書き始め、光源氏、藤壺、冷泉院と言った主要人物と長編物語の構想を得、長保末から寛弘初年に本格執筆。「若紫」好評の噂が道長の蒐集意欲を誘い、彰子後宮の出仕に至る。寛弘三年春の二ヶ月の里下りの折にも執筆を進め、寛弘三年（一〇〇六）春には第一部の諸巻を整理する作業に入った。この頃、大斎院からの物語創作提供の要請があり、藤壺が主人公の草稿「輝く日の宮」を廃棄して、光源氏が主人公の「桐壺」巻の物語として改稿し、「若紫」「紅葉賀」

「葵」として展開させた。「須磨」「明石」以後、さらに「桜人」を改稿した玉鬘系諸巻を定置し、第一部を書き終えたのが、寛弘四年（一〇〇七）暮れである。ついで第二部を「光源氏」から「源氏」の物語へと発展させて正編完成。この頃、道長から彰子の出産記録の依頼があって寛弘五年（一〇〇八）夏から『紫式部日記』執筆という中断を挟み、宇治十帖を寛弘六年（一〇〇九）春までに完成した。第一部紫の上系物語に玉鬘系物語後期挿入説という成立論を取り込み、「巣守」等の散逸諸巻もまた『源氏物語』草稿群であったという推理小説を思わせる展開の稲賀「物語流通機構論」である。

**△斎藤正昭『紫式部伝―源氏物語はいつ、いかにして書かれたか』（笠間書院、二〇〇五年）**

※寛弘二年初出仕、寡居時代に帚木三帖を書き、桐壺、若紫と紫の上系を書き継いで寛弘五年十一月までに藤裏葉まで完成。妍子の春宮入内の際の献上本が玉鬘十帖とする（寛弘七年二月二十日）。宇治十帖を紫式部死の前年長和二年までに擱筆とする。

**④寛弘七年（一〇一〇）六月中旬までに完成。**

**今井源衛『紫式部』（吉川弘文館、一九六六年三月）**

島田【寛弘二年十二月二十九日初出仕までに須磨巻まで執筆、寛弘四年年末までに藤宴巻まで執筆、寛弘五年十一月十七日までに清書本の幻巻まで完成し、寛弘七年二月から同年六月中頃までに宇治十帖が完成する】※寛弘七年二月は『紫式部日記』最終記事以後。

**⑤藤裏葉までの第一部の中で正系は寛弘五年以後執筆の部分があり、傍系の挿入は長和三年（一〇一四）以後であろう。**

**山中裕『歴史物語成立序説』（東京大学出版会、一九六二年八月）、『平安時代の女流作家』（至文堂、一九六二年九**

月）山中旧説。

島田【藤裏葉の六条院行幸は寛弘五年十月の一条院の土御門第行幸の記事と似ている。初音巻の歯固日の祝の餅鏡は長和三年以前にさかのぼる文献はないからとする。源氏物語は寡居時代に執筆し始め、寛弘七年頃までに完成したと見るのが穏当だろう】※山中旧説。

⑥△寛仁元年（一〇一七）

**山中裕「紫式部の生涯と後宮」（『源氏物語の史的研究』思文閣出版、一九九七年六月）**

光源氏が「太上天皇になずらふ」存在となったのは、紫式部が寛仁元年（一〇一七年）の敦明親王の皇太子辞退と准太上天皇の待遇授与の事実を知っていたからとする。**山中新説。**

△**「日本紀の局」の意味**

「日本紀」は『源氏物語』蛍巻にも「日本紀などは片そばぞかし」と見える。『紫式部日記』、いずれも「日本紀」を「六国史」とすることで諸注一致。

△**萩谷朴「日本紀などは片稜ぞかし」（『古代文化』四二巻六号、古代学協会、一九九〇年六月）、『本文解釈学』（河出書房新社、一九九四年、二四一～二四四頁）**

※文徳天皇の惟喬親王禅譲の意志があったとする伝承（『吏部王記』承平元年（九三一）九月四日条、『大鏡』「裏書―四品惟志喬親王東宮諍事」、『江談抄』巻二「雑事」、第五〇条）により、権力者藤原良房の娘が儲けた子（第四皇子・惟仁親王（清和天皇））よりも、身分の低い紀氏の娘（更衣・紀静子）が儲けた子（惟喬親王）に、より多く親愛の情を示したという、国史に書かれざる伝承まで知悉し、桐壺更衣、光源氏の物語を構

想した紫式部の知見を、一條天皇が『紫式部日記』に「この人は日本紀をこそ読みたるべけれ」と賞賛したのであり、そのような国家機密に関する事件は、一切不記載の方針を執る正史編纂の偏頗な処置を、紫式部が「日本紀などはただ片稜ぞかし」と『源氏物語』蛍巻に記したとする。

**工藤重矩「紫式部日記の「日本紀をこそ読みたまふべけれ」について—本文改訂と日本紀を読むための解釈」（『平安朝文学と儒教の文学観 源氏物語を読む意義を求めて』笠間書院、二〇一四年、初出二〇〇二年）**

※『紫式部日記』『源氏物語』蛍巻、諸注、特に前者を黒川本を校訂することに意を唱え、「日本紀講」が開催されたならば、紫式部は講師となれるであろうと一條天皇が賞賛したと解釈した。日本紀講莚は宮廷行事として、『日本書紀』の講義・研究を行った。養老五年（七二一）に最初の講莚に行われたが、これは『日本書紀』完成を祝したものと考えられ、後世のものとやや趣が異なっていると見られる。その後、弘仁三年（八一二）・承和十年（八四三）・元慶二年（八七八）・延喜四年（九〇四）・承平六年（九三六）・康保二年（九六五）に計七回が行われた。講師には紀伝道の博士・都講・尚復などに任命され、数年かけて全三十巻の講義を行った。ほぼ三十年おきに開催され、尚復を務めた者が次回の博士・都講を務めるのが慣例であった。

**△桐壺更衣のモデル論**

**吉海直人「桐壺更衣」（『源氏物語桐壺巻論』武蔵野書院、二〇二一年、初出一九九一年）**

※桐壺更衣のモデルを居貞親王妃・淑景舎の藤原原子（?～一〇〇二年）とする。

**山本淳子「『源氏物語』の準拠の方法—定子・楊貴妃・桐壺更衣」（『王朝文学と東ユーラシア文化』武蔵野書院、**

二〇一五年）

※桐壺更衣のモデルを一條天皇皇后・登華殿の藤原定子（九七七～一〇〇一年）とする。

△現行『紫式部日記』の成立過程

**萩谷朴『紫式部日記全注釈』下巻（角川書店、一九七三年三月）、「『紫式部日記』の古筆切と写本」（『古筆と源氏物語』八木書店、一九九一年七月）**

※第一部「日記体記録篇」は『前紫式部日記』後半部。前半部は紫式部自身が切り捨てたものの、『紫式部集』乙本（陽明文庫本）所載日記歌、『栄華物語』初花巻の五巻の日の記事、『明月記』に見える式子内親王の月次絵「五月暁景気」として参照された。以下、長文の引用とはなるが、確実を期して萩谷説の核心①娘賢子に宛てた遺書説、②現存『紫式部日記』成立は寛弘七年六月、③『前紫式部日記』の後半部を分割挿入したのは紫式部自身の説述、をそれぞれ摘記する（本書第一部図1参照）。

「A『本紫式部日記』は、寛弘六年冬以降に、家記と庭訓という娘賢子のための遺書として構想され、追想的に著述されたものではあったが、五巻の日の強烈な印象に刺激されて執筆した『前紫式部日記』は、当時現在の日記であったかと思われる。そこにはなんらかの参考性も教訓性もなく、家集的日記ともいうべき体験的事実のありのままなる記述があったのみである。（四一一頁）

B寛弘五年五月六月の期間に限定された『前紫式部日記』の存在を想定し、その前後二分割と前半の散逸、後半の第三部挿入という考えに従うこととしたい。『紫式部集』乙本所収の「日記歌」や『栄華物語』初花巻の五巻の日の記事、さらに『明月記』にいう「五月暁景気」に該当する本文は、その『前

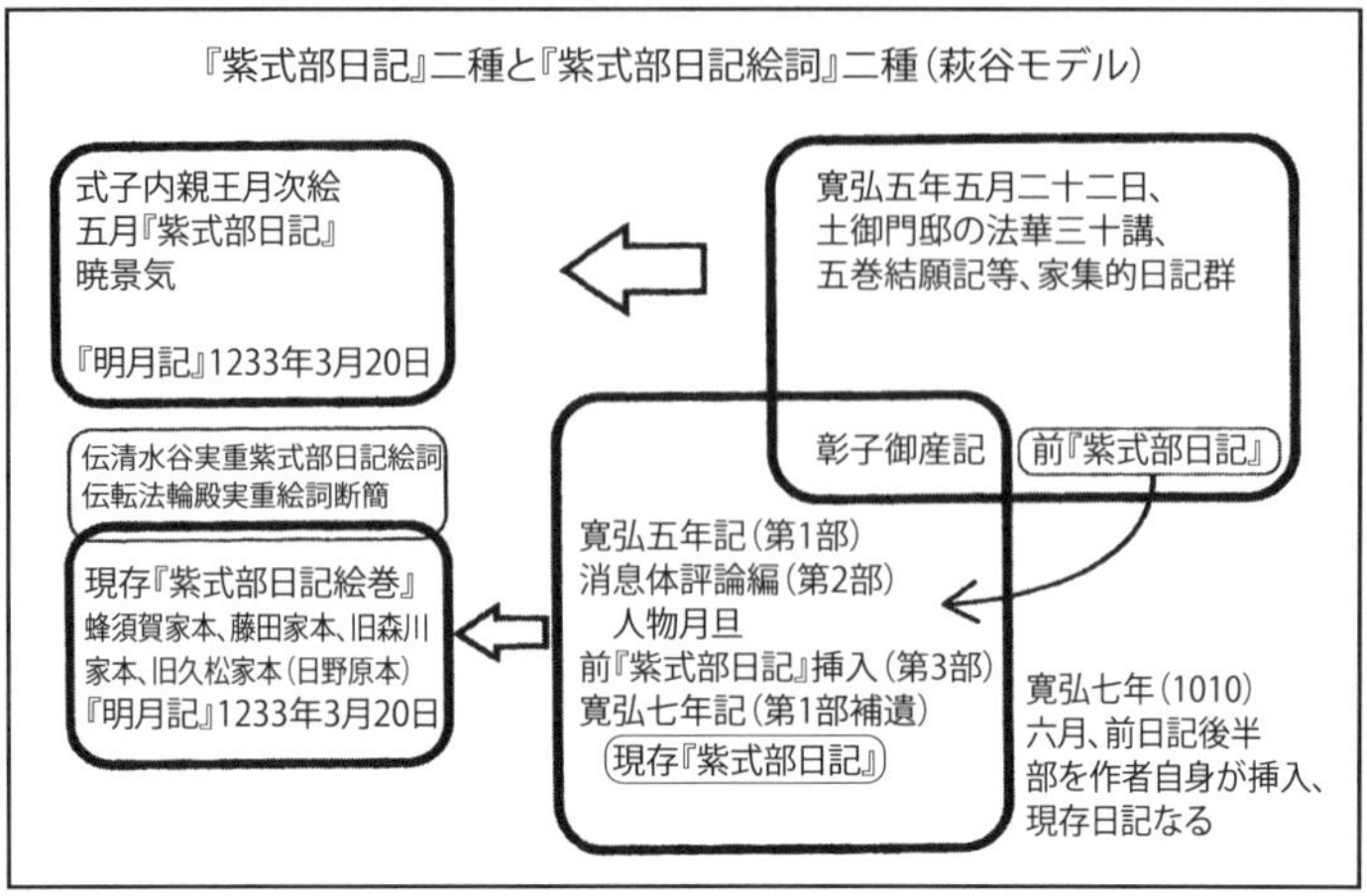


**図１（上原作成）**

紫式部日記』の、紫式部自身が切り捨てた前半部の本文を資料として用いたものと考えられる。

なお、**『前紫式部日記』は『紫式部日記』第一部・第二部および第一部補遺等の本文が、事実生起の時点からは、ある程度遠ざかった時期に、過去を回想し、資料及び記憶を整理して、一個の作品としての主題を定め、構想を練って執筆したのとは違って、ほぼ、初度の土御門第滞在中の、事実生起の当時もしくはその近い頃に執筆したものかと思われる。**もちろん、その**『前紫式部日記』の後半部を分割して、現在位置に挿入したのは、第一部補遺も書き加えてのち、寛弘七年六月ごろのことであろう。**　（五二五～五二六頁）

Cこの第一部補遺も、おそらく寛弘七年六月頃に書き上げられたものと思われるが、その第一部補遺の前、第二部のあとに、『前紫式部日記』の後半部を分割挿入したのは、**紫式部自身の処置であり、おそらく第一部補遺執筆直後の事であったかと思われる。**偶然に、『前紫式部日記』の残欠本文を入手した後人のさかしらによる竄入処置によるものではあるまい。『紫式部日記絵詞』『紫式部集』乙本所載の日記歌も第一部、第二部、

第三部、第一部補遺の順序に構成された現行証本と同じ配列・形態の本文を持つ証本に準拠して成立しているることからして、現行本の形態は、早く平安時代末期に安定していたものと考えられるからである。

（五二七頁／ＡＢＣ通し記号は上原による）

なお、後掲の古筆切二種についての萩谷説も紹介しておく。『明月記』が報告する『紫日記絵』即ち、『紫式部日記絵巻』政策関与者承明門院在子・中宮大夫通方の異父姉弟と実重との近い血縁関係を知るに及び、前記『全注釈』解説に、「伝実重筆の日記切は、直接『紫式部日記絵詞』を母本として、作製されたものではないかと推測せられるのである」とした見解を、一層推し進め得ることとなった。そもそも、この『絵詞切』を、絵巻物の詞書であろうと推測したことは、『全注釈』解説に、

「ともあれ、この日記切は、『紫式部日記』の本文第一節全部と、第二節の一部と、きわめて少量の断簡をしか残してはいないが、

イ『紫式部日記絵詞』の成立から約一世紀ほど（朴云、「半世紀余り」と改める）しか隔たっていないこと、

ロその料紙が金銀の泥を用いて、雲に雁、月に秋草などの下絵を施した優美な料紙であること、

ハ巻子本であること、各紙の冒頭に少しく余白があつたり、第一紙末尾の一行末に書き余した「し」一字を、改行せずに行末に書き収める工夫の見られること等の理由よりして、本文のみを転写した書巻本ではなく、やはり絵と詞とを交互に貼り継いだ絵巻本であろうと推測せられる」と述べたことに尽きていよう。更に、「稀少な本文の範囲ではあるが、邦高親王本系統の末流伝本に比して遥かに優秀

な本文を持ち、本書の底本に用いた黒川本と流布諸本とを比較する際に、国宝「紫式部日記絵詞」と同様、有力な判断の基準となり得るものである」といったことを付け加えておきたい。（二六三頁）

※管見の及ぶ限り、当該古筆切二種に関する言及は、先の小松（一九八七）のみである。

**南波浩「『紫式部日記』の変貌」（『源氏物語と女流日記』武蔵野書院、一九七六年）**

現存日記と献上日記。

**増田繁夫「紫式部日記の形態　成立と消息文の形態」（「言語と文芸」一九七〇年一月）**

友人に送った日記本体を、後宮通信として「献上本」として書き直した。

**原田敦子「消息文の執筆」（『紫式部日記　紫式部集論考』笠間書院、二〇〇六年）**

友人に送った日記を「献上本」とした。

**増田繁夫『評伝紫式部　世俗執着と出家願望』（和泉書院、二〇一四年）**

「式部は女房として出仕して以来、宮仕日記あるいは備忘録のようなものをつけていた。そして道長など主家の命により、中宮彰子の初めての御産の経過を客観的に記した女房日記といったものを作成して提出した。これが「原紫式部日記」とでもいうべきものである。そこには現存日記には見えない土御門殿の法華三十講の記事などもふくまれていたかもしれない。これは主家に献上されたものであったから一般には流布しなかったが、源倫子の女房であった赤染衛門などには見ることができたので、それを赤染も書写してもっていたことも考えられる。栄華物語の資料になったのは、この「原紫式部日記」であろう。その後の寛弘七年ごろになって、**式部の親しくしていた知人の娘などが宮仕することになり、中宮彰子の御産のときの様子や式部の女房生活などについての経過を求めてきた。それに応えて記した**

**のが現存日記の祖本であったか、といった事情を想定するのである。**式部はこれに中宮御産の経過を記していた「原紫式部日記」の記事だけでなく、自身の経験した中宮での女房生活における私的な感慨なども書き込んで、記録的日記とも消息文ともつかぬ形のものを書き上げて送った。現存日記には記録的な部分にも「侍り」が用いられているのもそのためであろう。これが後世に流布してゆく過程で本文の脱落などの損傷を受け、その結果として残ったものが現存の紫式部日記である。　一八八頁」

※女房日記が主家に献上され、現存日記を「式部の親しくしていた知人の娘」を読者として御産記や女房生活についての経緯を記したとする点が新見解。ただし、道長の局来訪の記事は、年若い知人の娘なら省筆するだろう。紫式部が総てを知る極めて近しい身内の人間に向けて書いたものとする池田節子説の系譜の先蹤である。

**田渕句美子「『紫式部日記』の消息文―宮廷女房の意識」（『女房文学史論―王朝から中世へ』岩波書店、二〇一九年、初出二〇〇八年）、「現存の作品形態を超えて考える」（『古典籍研究ガイダンス』笠間書院、二〇一二年六月）、「『紫式部日記』首欠説をめぐって―中世からの視野」（『平安朝の文学と文化―紫式部とその時代』武蔵野書院、二〇二四年）**

※田渕説は阿仏尼の消息『阿仏の文』が宮廷女房となる娘に当てたものとして、当時の女房の心得を記していることから、『紫式部日記』の消息部分を踏まえたものと指摘する。**この消息を娘・賢子に宛てたものと推定し、『阿仏の文』から萩谷説を追認した。**ただし、田渕氏は、日記の成立過程に関しては従来説とは見解を異にすると強調し、現存『紫式部日記』には記されていない『明月記』貞永二年（一二三三）三月二十日条の定家の娘民部卿典侍が幼少の頃に式子内親王から拝領した月次絵二巻を重点的に検証して、

**現存日記の非・首欠説を否定する理路を辿る。**「このように、定家や式子内親王が持っていた『紫式部日記』は、少なくともこの五首を含む冒頭部分を持っていたと考えられます（笠間書院論文二五四頁）」。「賢子の死後さほど時代を下らない時代に、日記に添付された消息を誰かが見出して、日記に続ける形で書写してしまった、というようなことかと想像されます（笠間書院論文二五二頁）」。さらに、武蔵野書院論文では、定家文芸サロンの享受圏に失われた巻頭記事が置かれていたとして、首欠説を補強した。

これら一連の田渕説の見解を、従来説に照らして再検討すると、現存日記と異なるテクストの存在については、すでに萩谷説の核心が「前『紫式部日記』先行」説であることを見落としていることになる。萩谷は、前日記を「ほぼ、初度の土御門第滞在中の、事実生起の当時もしくはその近い頃に執筆したもの」としているから、田渕説は萩谷説に包摂されてしまうからである。このことは後出の久保朝孝論文でも「日記歌」については「紫式部の手になる独立した小品」「日記的小家集」（六九頁、初出一八九〇年）としているので、田渕説は、従来説未検討に過ぎないことになる。ただし、民部卿典侍が式子内親王から拝領した月次絵二巻「「五月　紫式部日記暁景気」」については、論文を参照した形跡はないが、結果として、萩谷「『紫式部日記』の古筆切と写本」を一部補強することになった。『明月記』定家自筆本に見える『紫日記』の脇に小字で「宜秋門院被書」とあることを指摘したのは重要で、これは従来の活字テクストには見られなかった新情報である。

なお、式子内親王から下賜された月次絵二巻の「五月　紫式部日記暁景気」の内容については、**本書第二部第五章「『紫式部日記絵詞』人物注記の方法」**に詳述したので参照願いたい。実践女子大学本『紫式部集』六十八番歌「影見ても」和歌と詞書が五月暁景気に該当すると想定した萩谷説の肯定説である。問題は、古態を有するはずの陽明文庫本の六十一番歌詞書にも後人の筆の入っている可能性が生じることである。田淵武蔵野書院首欠論文も、五月五日法華三十講の連作五首を、そのテクストに想定している。ただし、その結願は五月二十二日である。当該『明月記』貞永二年（一二三三）三月二十日条を掲げる。(16)

日来撰出物語月次〈十二月五箇所〉不入源氏并狭衣〈於歌者抜群、他事雖不可然、源氏当時中宮被新図。狭衣又院御方別被書〉。此所撰、夜寝覚・御津浜松・心高東宮宣旨・左右袖湿・朝倉・御河尓開留・取替波也・末葉露・海人苅藻・玉藻尓遊、以十物話撰毎月五。金吾（為家）清書訖、又加一見返之。附繁茂進入云々。以取交為興。又**蜻蛉日記**十所許撰出、同送金吾許、**紫日記**《宜秋門院被書》、**更級日記**〈中宮大夫（中院通方）書進之、自承明門院（源在子）被撰其所、已書出進入了云々〉。其外蜻蛉所残歟。仍令書出之。近日此画図又世間之経営歟、更級墨画、隆信朝臣娘右京大夫尼即書之。殷富門院号、姫宮之人、被書詞云々〈為能書云々〉。源氏絵詞 内府（西園寺実氏）被書、一昨日二三巻書出被送、手跡尤宜歟、飯室（藤原教家）固辞云々、尤可然事也。大殿（九条道家）、被仰手振由不令書給、頗被申宜秋門院（源任子）、老眼不可叶之由被仰云々。此絵如聞者、可為末代之珍歟、典侍（因子）往年幼少之時、令参故斎院（式子）之時、所賜之月次絵二巻〈年来所持也〉、今度進入 宮（後堀河中宮竴子）、詞同彼御筆也、垂露殊勝珍重之由、上皇（後堀河院）有仰事云々、件絵被書十二人之歌〈被宛月〃〉、

正月〈敏行云々〉、　二月〈清少納言・斉信卿参梅壺之所、但無歌〉

三月〈天暦、藤壺御製〉　四月〈実方朝臣、祭使神館歌〉

**五月〈紫式部、日記暁景気〉**　六月〈業平朝臣、秋風吹告雁〉

七月〈後冷泉院、御製〉　八月〈道信朝臣、虫声〉

九月〈和泉式部、帥宮叩門〉　十月〈馬内侍、時雨〉

十一月〈宗貞少将、未通女之姿〉　十二月〈四條大納言、北山之景気〉
二巻絵也、表紙〈青紗鏄、有絵〉、軸〈水精〉

[訳] 数日来、物語月次を撰出している〈十二月にそれぞれ五箇所〉源氏井狭衣は入れず〈歌書から抜き出し、外す事は適切でないのだが、源氏は当今、中宮が新しく作図している。狭衣もまた院御方で別に書いているという〉。わたくしが撰ぶ所は、夜寝覚・御津浜松・心高東宮宣旨・左右袖湿・朝倉・御河尓開留・取替波也・末葉露・海人苅藻・玉藻尓遊、の十物話を以て毎月五題を撰した。金吾《（為家）》が清書を終えた。さらにわたくしがこれらに目を通して返した。為家が繁茂に持たせて（上皇御所に）進呈すると云々。これは（各の物語を月ごとに）取り混ぜてあるのが興のあるところだ。また、**蜻蛉日記**の十箇所許を撰び出した。（撰択した月次の日記本文を）同じく金吾の許に送った。**紫日記**《宜秋門院被書》、**更級日記**は〈中宮大夫《（中院通方）》に詞書を書かせてこれを進呈した。（題目は）承明門院《（源在子）》が御手ずから場面を撰択し、已に詞書を書いて進呈し了えている〉。其の外には蜻蛉が残っているところか。よって、これ（蜻蛉）を書き出すことにしたのだ。近頃は、このように画図（絵巻）を作成することが、世間では経営（持ちきりの仕事）になっているようだ。更級の墨画（白描）は、隆信朝臣の娘で（承明門院）右京大夫の尼がこれを書いた。殷富門院で姫宮の人と呼ばれていた方が詞書を書いたと云々〈能書と言われていると云々〉。源氏絵の詞書は内大臣《実氏》がお書きになって、一昨日二三巻書出して送られた。手跡はきわめて宜しかろうか。（実際は）飯室入道《教家》が固辞したと云々。もっともさもあらんと思われることである。大殿《道家》は手が震えて染筆は困難と仰せである。そこで頻りに宜秋門院《（源任子）》に染筆を乞うたのだが、老眼により（申し出）は叶えられないと仰せであったと云々。

この（月次の）絵は、聞くが如くならば、末代までの珍宝たるべきものであろうか。（我が娘）典侍《（因子）》がかつて幼少の時、故斎院《（式子）》にお仕えしていた時に、この月次絵二巻を賜った〈（これは）年来（わたくしが）所持している〉、この度、中宮《（後堀河中宮竴子）》に進呈した。詞と（絵）は同じく彼（内親王）の御筆である。垂露（水茎）も殊勝にして珍重すべき事は、上皇《（後堀河院）》に仰せ言があったと云々。件の絵、十二人の歌が書かれてある〈月毎に歌人が充てられた〉。

正月〈敏行云々〉、　二月〈清少納言・斉信卿、梅壺に参る所、但し歌無し〉
三月〈天暦、藤壺御製〉　四月〈実方朝臣、祭使神館歌〉

**五月〈紫式部、日記暁景気〉**　六月〈業平朝臣、秋風吹告雁〉
七月〈後冷泉院、御製〉　八月〈道信朝臣、虫声〉
九月〈和泉式部、帥宮叩門〉　十月〈馬内侍、時雨〉
十一月〈宗貞少将、未通女の姿〉十二月〈四條大納言、北山の景気〉
二巻絵也、表紙〈青紗鋳の絵有り〉、軸〈水精〉

このうち、『蜻蛉日記絵』の詞書は、料紙等による『紫式部日記絵詞』との類似性から、田村悦子によって、現存玉津切そのものであることが示唆され、萩谷朴もこれを追認している[17]。また、萩谷は前者の『紫式部日記』と後者の『月次絵』の『紫式部日記』〈五月暁景気〉とを別々の絵巻物として弁別した。前者の絵巻の構成は、現存日記の記事の範囲内であることから、この絵巻は現存日記を絵画化した『紫式部日記絵巻』そのものであり、後者『月次絵』の『紫式部日記』〈暁景気〉は、現存日記には該当記事がないので、前『紫式部日記』の絵画化と規定し、以下のような制作者群を想定した。

**『紫日記』『更級日記絵』**

**イ**（編纂指示の施主）後堀河院　**ロ**（題目選定の撰者）承明門院（後鳥羽上皇妃在子）**ハ**（**題目清書の担当者**）**不詳なるも在子自身か**　**ニ**（**絵画の筆者**）**不詳。或いは在子自身か。**　**ホ**（詞書の筆者）通方　**ヘ**（題材、規模・構成）『紫日記』『更級日記』の二本立て　（一九一頁）

後鳥羽上皇妃・承明門院源在子はこの時、五十三歳。おなじく後鳥羽上皇中宮・宜秋門院九条任子（六十一歳）は老眼を理由に『源氏絵』詞書の染筆の要請を固辞したが、『紫日記』の染筆はしたのである。おそらく、萩谷説の「ハ（題目清書の担当者）不詳なるも在子自身か」を、田渕情報から、「**宜秋門院任子染筆**」と変更する必要が生じる。つまり、この萩谷の推定染筆者を特定したのが田渕氏の功績ということになる。なお、現存『紫式部日記絵巻』の従来の説は、九条道家が施主で新たに作成されたとされていた。すなわち、『明月記』の絵巻記事の日と時を同じくし、皇子出産の二月十二日から五十日の祝いの四月八日の間、九条道家も藤原道長の如く帝の外祖父になることを望み、娘の竴子も藤原彰子の如く国母となることを祈願して新たに制作されたとする説であった（源豊宗「『紫式部日記絵巻』の研究」（「人文論究」一九五六年七月）、小松茂美「『紫式部日記絵詞』—中宮竴子後宮」（『日本の絵巻　紫式部日記絵詞』中央公論社、一九八七年）、川名淳子「『紫式部日記絵巻』の視点—描かれた〈紫式部〉像」（『紫式部日記・集の新世界』武蔵野書院、二〇二〇年））。

**久保朝孝「第二部第十一章「『紫式部日記』断片記事三編の行方—白詩「海漫漫」享受を起点として」（『紫式部日記論』武蔵野書院、二〇二〇年六月、初出二〇一二年）**

※前日記の残入ともされる「十一日の暁」の条には「日の出前の月の出」が描かれるという日付の問題があり、萩谷『全注釈』は既往の十四説を検討し、道長との関係を朧化するための脚色として五月二十二日説を導き出した。久保氏は当該書の開扉にこれを検討問題として六説を上げている（第一章「『紫式部日記』の成立、五、六頁）。

寛弘五年五月五日　　稲賀敬二
**寛弘五年五月二二日　萩谷朴**
寛弘五年五月二三日　金子武雄第二案、池田健夫
寛弘六年五月二一日　今井卓彌

**寛弘六年六月二一日　岡一男**

寛弘六年九月十一日　金子武雄第一案、中野幸一、藤本勝義

この当否について久保氏は、特定は避けつつも、これを二十日過ぎの記事として、引用された白詩「海漫々」の意味するところを分析した。そして、「他者の視線にさらされるのはふさわしくない（二三〇頁）」記事であるという結論を導きつつ、以下のように述べている。「我々の前に伝えられた『日記』は、以上に見たように推敲前または推敲過程にあった草稿本だったと考えることによって、消息文の後に位置する不調和な断片記事三編の存在が説明できるのではないだろうか。二三三頁」。前『紫式部日記』説である。なお、笹川博司『紫式部日記』（和泉書院、二〇二一年七月）は補注で、萩谷説と岡説を有力とし、かつ、増田『評伝』の「寛弘六年夏の夜のでき事か」を紹介する。

**室伏信助「『紫式部日記』の表現機構——「十一月の暁」をめぐって」**（『王朝日記物語論叢』笠間書院、二〇一四年十月、初出一九八七年）

※史実としては萩谷説「五月二二日」の記事ではあるが、「九月十一日」が彰子の敦成親王出産の日に重なることから、ここに構成意識があり、敦良親王生誕記でもあるとして、現存『紫式部日記』を高度に完成されたテクストと見る。ただし、断片記事の物語内容は出産記事の慶事とはまったく重ならない。

**山本淳子「『紫式部日記』の成立へ——献上本・私家本二段階成立の可能性」**（『紫式部日記と王朝貴族社会』和泉書院、二〇一六年八月、初出二〇一〇年）、**「現行『紫式部日記』の形態——冒頭・消息体・十一日の暁、『枕草子』にも触れつつ」**（『知の遺産シリーズ⑦紫式部日記・集の新世界』武蔵野書院、二〇二〇年五月（引用は後者））

首部については、外部資料に見える寛弘五年五月五日を含む「日記」を、紫式部自身の作ではあるが、『紫式部日記』とは別の作品であったとする説もある。ただ別作品が『紫式部日記』に混入した経緯、さらに脱落して現形態となった経緯などについて、憶説を重ねなくてはならない難点がある。（八三頁）

※読者を賢子とする説、「『紫式部日記』とは別の作品であったとする説」は、「前『紫式部日記』」を想定する萩谷説である。『明月記』の「『紫式部日記』「五月／暁景気」」等によって、現存冒頭部以前の記事が確実に存在したことから、これを現存本の成立事情に由来するものとした。当初彰子の第一子出産を中心記事とする「献上本」と、私的な感慨を加えた「私家本」の、いわゆる二段階成立論である。

①献上本は、主家から命じられて主家を主役に彰子の敦成親王出産という晴事を綴る女房日記（宮崎荘平説）で、現行の冒頭部を冒頭としていた。献上本は完成すると道長あるいは彰子に献上され、世に流布しなかった（山本氏区分の一）。

②私家本は献上本の写しに紫式部が大幅に手を加えて作成した、私的な書き物である（山本氏区分の二）。

③私家本はやがて流布し、『栄華物語』『日記歌』『明月記』は私家本に拠っている（山本氏区分の七）。

④私家本の冒頭は、転写が繰り返される中で脱落し、いかにも冒頭に相応しい献上本冒頭が冒頭とされた。これが現行『紫式部日記』である（山本区分氏の八）。（以上、八九～九十頁／①～④通し番号は上原による）

※南波浩、原田敦子「献上本」、増田繁夫「後宮通信／添手紙」等、先行各氏の説を糾合しつつ、さらなる合理化を試みた仮説である。これら「献上本」説は、いわば関西系の十八番ともいえる学説なのである。ただし、外部資料として現存する文献は、同僚女房執筆にかかる『栄華物語』「初花」巻と、『明月記』に式子内親王蔵として伝わる『紫式部日記絵巻』のみであり、これが「献上本」や「後宮通信」であったか

否かは証明不能である。

さらに、④「冒頭以前に付加した記事がやがて脱落」して現冒頭「秋の気配」となったとする説は、萩谷説B「『前紫式部日記』の後半部を分割挿入したのは、紫式部自身」、および、C「現行本の形態は、早く平安時代末期に安定」していたとして、その根拠に傳清水谷実重筆、古代学協会蔵『紫式部日記絵詞』巻頭一面「秋のけはひ～かつはあやし」一軸と萩谷旧蔵、現古代学協会蔵傳輪転法殿実重筆古筆切「わたとの、～御随身めして」（図版参照）を、筆跡、料紙等から現存『紫式部日記絵詞』の後代書写にかかるツレであるとする萩谷説の文献学的論拠を克服することが課題となる。したがって、山本説④の場合、日記が冊子形態であることを前提とし、かつ、この脱落が当該『明月記』一二三三年三月二十日の日記絵詞作成までに現存形態となっているはずである。ところが、流布しなかった「献上本」と「私家本」は巻子本形態だった可能性も考慮する必要がある。山本説は、冊子形態の日記冒頭部がこの時点までに転写を重ね、偶然ながら完全一致する本文となっている必要があり、蓋然性は確率的に極めて低いと言わねばならない。

**笹川博司「『紫式部日記』『紫式部集』の成立―古本系集に増補された「日記哥」から考える」（『知の遺産シリーズ⑦紫式部日記・集の新世界』武蔵野書院、二〇二〇年五月）**

「（藤原定家の『明月記』貞永二（一二三三）年三月二十日条に見える式子内親王の月次絵は）『紫式部日記』ではなく、別の日記を想定する説もあるが、よく知られた有名な場面が月次絵の題材になっているはずで、その想定は考えにくい」（六一頁）

※増田、山本説を検討した上で右の見解が述べられる。両説とも現存日記の形態に至るまでに「本文の脱落」を想定する点が共通するが、前項で述べたように、絵詞の成立との連関が考慮されておらず、確率的

な慨然性は極めて低いと言わねばならない。くわえて、明示されてはいないが、「別の日記を想定する説」は萩谷説の前『紫式部日記』のことであると認められる。ただし、前日記の具体的な復原案（萩谷朴「第三部『前紫式部日記』残欠本文の挿入（参考『栄華物語』『日記歌』による補遺）」『校注 紫式部日記』新典社、一九八五年、一二一～一二四頁）を示す萩谷説に関して「その想定は考えにくい」とするのは、説明不足というより、未検討なのではないかと考えざるを得ない。それ故、氏の根本的な解決策は本論文では示されないのである。

ちなみに、笹川氏は、和泉古典叢書『紫式部日記』（和泉書院、二〇二一年）において、「萩谷朴『紫式部日記全注釈』から半世紀。全注釈は、今なお『紫式部日記』を研究する際の必読文献である。それは多くの資料が博捜され、それに基づいて立論されているからだ。思いつきの主張とは一線を画す優れた業績である。ただし、資料から導かれる結論がいつも正しいとは限らないし、論に飛躍のある場合もあって、それを正す試みも、この半世紀続けられてきた（和泉書院公式サイトより）」と述べ、当該の問題については、本論文を挙げて「日記読者の特定も、成立過程の確定も、実証困難な問題（同書解説一四頁）」としている。

**池田節子『紫式部日記を読み解く 源氏物語の作者が見た宮廷社会（日記で読む日本史）』（臨川書店、二〇一七年二月）**

※日記の執筆動機を道長の要請とする見解を「定説」としつつ、これに疑義を呈し、「友人にあてたもの（増田・原田説）」「娘賢子の将来のための宮仕え記録（萩谷説）」を紹介しながら、「娘を持つ私としては母親の見栄のようなものがあるから、友人のほうが言いたいことを言えるのではないか（一九頁）」とし、「共通の知識を有する身近な人に対して書き記したもの（四一～四二頁）」と規定した。道長の要請説は

「献上本」説とも言い換え得るが、『新世界』において「献上本」説に依拠したのは、山本論文のみであることから、世代的な研究史観の相違があるように思われるし、確言できる文献史料もないので、「**定説**」**では決してなく、いわば、関西系の通説である。**池田氏は、『栄華物語』が日記に取材したと思しき本文の比較によって、篠原昭二の「公式記録ではな」い「第三者の見聞録」(「『紫式部日記』の成立—記録の方法について」「国文学」學燈社、一九六九年五月)に依拠しつつ、文章の完成度の高い寛弘七年記事を除けば、いずれも寛弘五年記事、消息文ともども「草稿性」が認められることを指摘した。むしろ、寛弘七年記事こそが「道長に提出された記録の一部分(四九頁)」であるとの大胆な仮説である。また池田氏は、現存日記の冒頭は、まさしく冒頭に相応しい結構を備えており、「現在では首欠説を唱える研究者は存在しない/五七頁」とも述べ、「寛弘五、六年の記事および消息文部分まではひとまとまりの作品だが草稿性があり、それ以外は、紫式部が書いたと推定される文章を寄せ集めたものではないかと考える(四九頁)」と規定する。「紫式部が書いたと推定される文章」が「前『紫式部日記』(萩谷説)」「日記的小家集(久保説)」ということになるのであろう。ただし、現存日記、別本絵詞断簡(図版参照)の冒頭部の「秋の気配〜かつはあやし」は明らかに『枕草子』「春は曙」を意識した起筆であり、そこにも「草稿性」が認められるものなのか、厳密な判断は不可能というべきであろう。

**久保朝孝「第一部第一章『紫式部日記』の成立—読み手の想定を手がかりに」**(**『紫式部日記論』武蔵野書院、二〇二〇年六月、書き下ろし**)**、「『紫式部日記』の成立—読み手の想定を手がかりに(補遺)」**(**『危機下の中古文学二〇二〇』武蔵野書院、二〇二一年**)

※第一部の論攷執筆以後の重要な論文を検討しつつ、自説の研究史の補強ないし欠を補う説述となっている。

消息体部分は、父・為時を『日記』の第一読者として想定するのだが、この説を検討する際に、池田節子説の結論「共通の知識を有する身近な人」を援用する。（補遺）では、読者に亡き実母を「存命であれば」として加えた。

**久保朝孝「第一部第六章『紫式部日記』首欠説批判」（『紫式部日記論』武蔵野書院、二〇二〇年六月、初出一九八三年）**

「式子内親王の月次絵「五月」に記載されたのは、家集（六九）の詞書と歌とに相当するものであって、その依拠した資料は、定家本系家集増補者が依拠した同様の紫式部の手になる独立した小品「日記的小家集」であろうと考えるのである。なお、その資料は『栄華物語』の作者も依拠したと考えられること、左の対照表に示すとおりであって、この資料（「日記歌」追補者が依拠したものとは別種のもの）は比較的広く、流布・享受されていたものと思われる」（一一八頁）

※久保氏の成立過程論は、ほぼ萩谷説に重なる。しかし、前引用論文に示された新見解によれば、「家の記」としての「仮名日記」の存在を想定し、その「別記」の集成として現存日記を位置づける。そして、いずれについても、その第一読者を父為時とするのである。

**△藤原道長との関係**

※道長が紫式部の局を訪問し、「すきもの」「梅」詠のやりとりをしたのは、寛弘五年五月、彰子が土御門殿に滞在中のことである。ただし、作者も日記、家集ともに「人」と匿名としているが、後に藤原定家は後半の二首「真木の戸口に叩きわびぬる」を『新勅撰集』詞書として「夜ふけて妻戸を叩き侍りけるに、開

け侍らざりければ、あしたにつはかしける」と道長と紫式部と断定した。十四世紀後半成立の『尊卑分脈』は、紫式部の注に「御堂関白道長妾云々」とある。また、寛弘七年正月の記事では小少将が土御門邸内で「**明け果ててはしたなくなりにたる**」姿で紫式部と隣接する局に帰ってきたことを記している。

「あからさまにまかでて、二の宮の御五十日は正月十五日、その暁に参るに、**小少将の君、明け果ててはしたなくなりにたるに参りたまへり。**例の同じ所にゐたり。二人の局を一つに合はせて、かたみに里なるほども住む。ひとたびに参りては、几帳ばかりを隔ててにてあり。殿《道長》ぞ笑はせたまふ。「かたみに知らぬ人も語らはば。」など聞きにくく、されど誰れもさるうとうとしきことなければ、心やすくてなむ。」

訳　ほんのすこしばかり里に退出して、二の宮の御五十日のお祝いは正月十五日その明け方に参上したところ、小少将の君は、夜がすっかり明けてからのみっともない悪い時分に帰参なさった。いつものように同じ局にいた。二人の局を一つに合わせてどちらかが里にいる間はそこを広く使っている。同時に参上している時には　几帳だけを中仕切りにしているから、殿《道長》はそれをお笑いになった。「お互いに知らない男性を局に誘い入れたい時はどうするのかね」などと聞きにくいことをおっしゃるが、けれどもどちらもそんなよそよしいことはないので安心なんです。

道長から「局に知らない男性がいたら、互いに困るだろう」と冷やかされるも、ふたりには「さるうとうとしきことなければ」、大丈夫だと答えている。ただし、小少将が密会していた相手は道長以外には考えられない。このことからも日記の読者は、**こうした複雑な事情を理解している人間に限定される**のである。

**萩谷朴「紫式部と道長との交情──『前紫式部日記』の存在を仮説して」**（『中古文学』六号、中古文学会、一九七〇年九月）、**「『源氏物語』と紫式部」**（『紫式部日記全注釈』下巻「解説」、角川書店、一九七三年三月）、（『紫式

**部の蛇足 貫之の勇み足』新潮選書、二〇〇〇年三月)**

萩谷は、前『紫式部日記』の残欠として「十一日の暁」の記事を、実際は寛弘五年五月二十二日の出来事を朧化するための日付表記とし、それは後に三顧の礼を尽くした道長の誘いであるから、「紫式部との男女の関係は成立したはずである(一七五頁)」と『尊卑分脈』の注記を肯定する。道長妾説の代表的見解である。

**△今井源衛『紫式部』(吉川弘文館、一九六六年三月、一九八五年新装版(引用は後者))**

中世の系図は根拠がないという前提に立ち、この記事を寛弘六年夏として、「彼は既に四四歳、左大臣である。当時としては立派な初老で、初孫が産まれて半年。この年夏は健康がよくなかった。『御堂関白記』によれば、五月末から六月中旬まで病気で、参内もしていない。その上に猛暑の季節である。もっとも、萩谷朴氏や稲賀敬二氏は寛弘五年の事と見ておられるので、話は少し違ってくるが、しかし、その可能性は乏しいと思う(一九〇頁)」。否定説の代表的見解である。

**△清水好子『紫式部』(岩波新書、一九七三年)**

※道長の「夜もすがら……」をめぐるやりとりを「むしろ主人と侍女の間におけるごく日常的振舞いで、召使いにたいする心遣いの気味さえあったと見てよいのではないか(一一八頁)」として恋愛関係とは見ていない。

**△朧谷寿「道長と紫式部」(『藤原道長—男は妻がらなり』ミネルヴァ書房、二〇〇七年五月)**

※今井、清水、萩谷説等を総覧し、「道長になびいた」とする(四四~四八頁)。

**△小谷野純一「解説」(『紫式部日記』笠間書院、二〇〇七年四月)**

「『紫式部日記』の、女郎花を材とした歌の贈答による掛け合い、さらには、梅、水鶏に基づくそれぞれの、贈答歌による掛け合いなどの記載を実人生のレベルに引き下ろし、男と女の構図で対処してしまったゆえの、あまりに素朴な誤謬に発した誤伝以外の何ものでもない。わたしたちは、洗練された宮廷人の、恋の絡みを演じ合う戯れである実相を見抜いておくのでなければならない（二〇三〜二〇四頁）」

※道長は、高松殿・源明子（九七五〜一〇四九年）との間の末子、長家を寛弘二年（一〇〇五、明子四十一歳）八月に儲けているし、長和三年（一〇一四）には源重光の娘との間に長信（真言宗僧侶・池辺僧正）、藤原儼子（藤原為光四女。母藤原伊尹娘、花山法皇の妾、後に藤原妍子女官、道長妾となる（『尊卑分脈』））とは、長和五年（一〇一六）、五十一歳となった道長との間に子を孕んだものの、死産で母子共々死去しているから（『小右記』長和五年正月二十一日条「春宮大夫斉信卿妹亡、懐妊未産云々」）[18]、今井氏の道長糖尿病床去り説は成り立たない[19]。また、小谷野論は、結果的に、作者周辺論争に「立ち入らない」姿勢が趨勢であった八十年代のテクスト論的言説となっている。儼子は長和四年九月二十日に「従五位下」（『小右記』『御堂関白記』）と見えており、妍子女官を経て道長妾となっていた。掌侍で厚遇された紫式部と位階も同格であるから、道長妾説の可能性は否定できないのである。

なお、『源氏物語』「幻」巻には、紫の上亡き後の、六条院周辺の女房との性的交渉を以下のように記す。

**年頃まめやかに御心留めてなどはあらざりしかど、時々は見はなたぬやうにおぼしたりつる人々、**なかなか、かかるさびしき御ひとり寝には、いとおほぞうにもてなし給ひて、夜の宿直などにはあまたこれかれ、御座所のあたりひきさけつつさぶらはせたまふ。（保坂本一四〇三⑭〜一四〇四②）[20]

訳　年来、親しくお心をかけてということはなかったけれど、時々は見放さないようにお思いになっていた女房たちも、かえって、このような寂しいお独り寝になってからは、ごくあっさりとお扱いになって、夜の御宿直などにも、この人あの人とを、御座所から引き離し引き離しして、伺候させなさっている。

中将の君といふは、まだ小さくより見給ひ慣れにしを、いとしのびてみたまひすぐさずやありけん、いとかたはらいたきさまにおもひつつみて、ことに慣れきこえざりけるを、（紫の上）失せ**給ひて後は、「その人よりもらうたきものに心とどめ給へりしものを」と、かたざまにもおぼしいづるに、**かの御形見の筋につけてぞ、あはれにおもほしたる。心ばせ、かたちなどもいとめやすくて、うなひ松におもほえたるけはひしたるなど、「ただなるよりはらうらうじ」とおぼす。（保坂本一四〇五⑩～一四〇七⑥）

訳　中将の君という女房は、まだ小さい時からお側近くに置いていらっしゃったのだが、ごく人目に隠れては何度かお見過ごしになれなかったことがあったのであろうか、まこと心苦しいことに思ってか、とりたてての御慈しみはなさらなかったのに、（紫の上が）亡くなってから後は、「その人（紫の上）自身がかわいい女房だと心をかけていらっしゃったのだったから」と、あれこれ思い出されて、（紫の上の）形見の筋として、御慈しみなさっていらっしゃった。気立てや器量なども心を癒す女で、うない松に準えられる気立てが、「他の召人たちよりは、愛おしい」とお思いになる。

いずれも六条院女房には召人が複数いたことを示している。「うなひ松」を『新編全集』は「これから生長する小松。『河海抄』などは、墓に植えた松で、中将の君を亡き紫の上の形見の意に解す。情をかけた召人だけに、いよいよ故人の形見と思われる（五二六頁）」と施註する。状況証拠としては、紫式部道長妻妾説を裏付けるものと言えよう。

日記作者と倫子の「菊の着せ綿」、道長との「すきもの」「梅」に関する微妙な関係性など、萩谷説の周辺の徹底的な検証と符合することとも多い。萩谷説に左袒することとする。

△藤原実資との関係

**萩谷朴「紫式部と鈴虫と小野宮実資」（「国語と国文学」東京大学国語国文学会、昭和三十一年（一九五六）七月）**

※「鈴虫」巻の六条院の詠歌「ふりすてがたき鈴虫の声」は、（歌合番号九一）「永延二年（九八八）七月七日蔵人頭藤原実資家歌合」を資料とするものと推定した。

女三宮　おほかたは　秋をばうしと　しりにしを　ふりすてがたき　すゞむしのこゑ

としのびやかにのたまふ。いとなまめきて、あてにおほどかなり。光源氏「いかに　とかやいでやおもひのほかなる御ことぞ」とて

光源氏　こゝろもて　くさのいほりを　いとへども　なをすゞむしの　**こゑぞたえせぬ**

（源氏物語絵詞「鈴虫」一、一二九七②～一二九八①）

訳　女三宮「世間でも秋は憂鬱だと知られていますが　鈴虫の（鈴を降るような）声だけは古びることなく聴き続けていたいものです」

としのびやかにおっしゃる。とても優雅で、上品でおっとりしていらっしゃる。（光源氏）「何とおしゃいましたか。いやはや、思いがけない仰せでいらっしゃいますね」と言って、

光源氏「御自分からこの家（六条院）を厭うたのですが　それでも鈴虫の声だけは昔も今も絶やすことはないのですね」

**七月七日蔵人頭藤原実資家歌合**(21)

七月七日、頭殿《蔵人頭実資》のおまへにて男女方わきて、歌合せさせたまふ、鈴虫を題にて

三　おもひやる 星逢ひの空のこころにも **ふりすてがたき 鈴虫のこゑ**　行頼

四　鈴虫の 声にぞあかぬ たまさかに 行き逢ふ宵の かげをまつにも　侍従の君

五　彦星に よそへてぞきく 年経れど なほめづらしき 鈴虫の声　倫範の朝臣

六　七夕に 心をよせて あかずよも 聞きすてがたき 鈴虫の声　衛門の君

七　七夕も 鈴虫の音も 今宵こそ 心をかくる つまとなりけれ　為親の朝臣

訳　七月七日蔵人頭殿の御前で男方と女方に分けて、歌合を催しなさる、鈴虫を題として

三　思いを馳せる（七夕）星逢いの空の心としても**（鈴を）振り捨てて過去の音にするのが惜しい気もする鈴虫の声であることだ**　行頼

四　鈴虫の声は飽きることはない 偶然に行き逢う今宵（七夕）の星の光が増すのを待つにつけても　侍従の君

五　彦星によそえて聴いた 年月が経つけれど それでも珍しいのは鈴虫の声であることだ　倫範の朝臣

六　七夕に 心を寄せて 飽きることなく 聞き流すことが難しい 鈴虫の声であることだ　衛門の君

七　七夕も 鈴虫の音も 今宵こそが（このふたつに）心を懸ける つま（番）ということなのだなあ　為親の朝臣

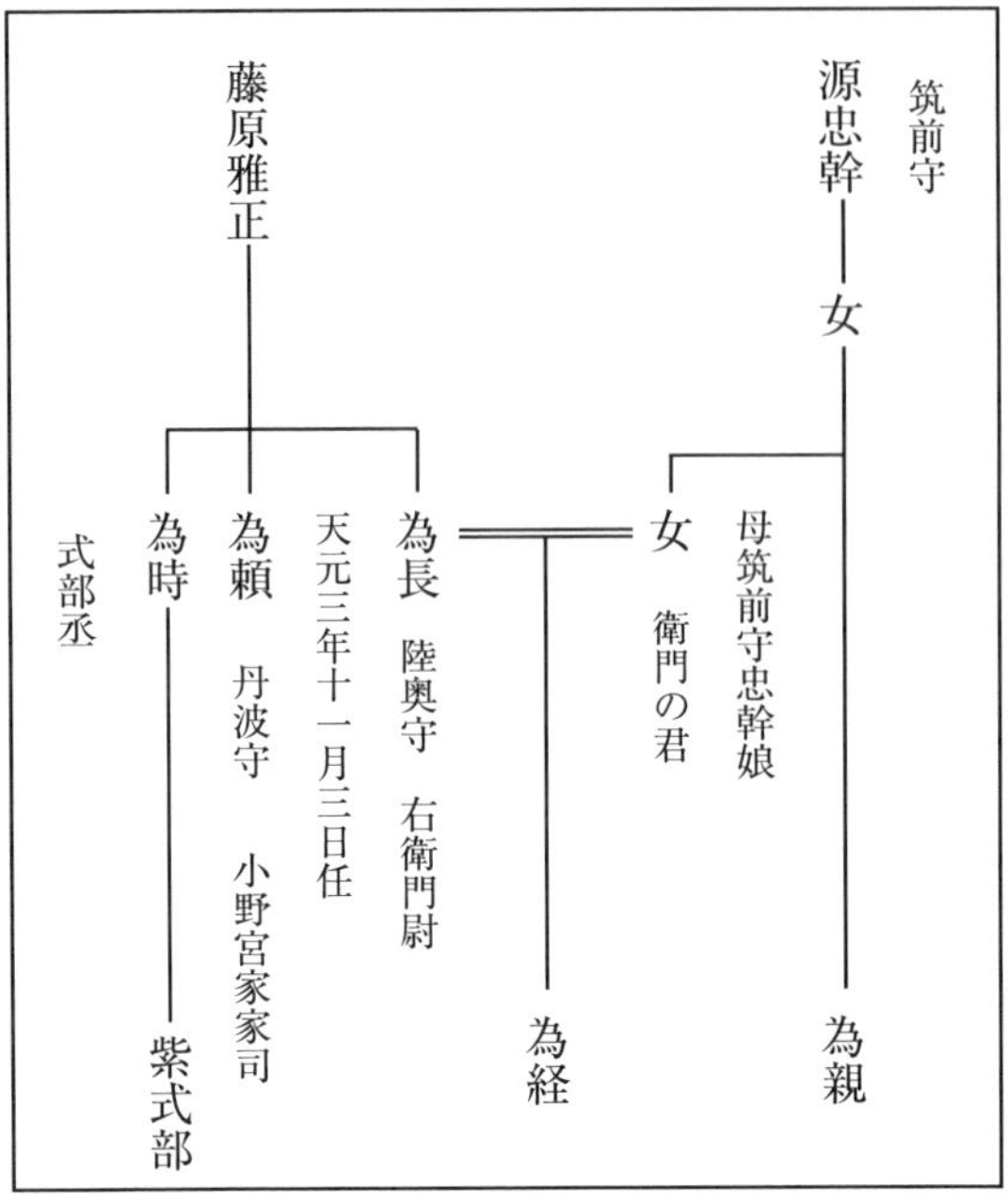


図２　実資家歌合歌人と紫式部
永延二年（九八八）七月七日

萩谷朴は、紫式部は道長と実資の政治的緊張関係を知っていたが、「その当時においてすらあまり世上に取沙汰されることもなかつたであらう私的小規模なこの歌合の記録を、紫式部が一見する機會を持ち、かつまたその中の歌を模倣踏襲することがあつたという、まことに稀有な事実が厳然として存在し得た」という。また「元来、伯父の妻の兄という家系的なつながりにおいて、その身は道長方に仕へながらも、小野宮家に対して、尊信の念を有してゐた紫式部であつたればこそ、御五十日の夜の実資の言動をも、敵意あるものとしては受けとらず、むしろ奥床しい振舞ひとながめることになつたわけである。紫式部個人としては小野宮家と御堂家の確執を知らぬわけはないのであるから、むしろ、待ち設けて観察を誤り、より善意に解釈することに喜びを見出だしたのであらう。そしてまた、ひとり紫式部に限らず、当時、抗争劇しい権門勢家の間にあつて、常に権勢の帰趨に過敏な神経を働かし、旗色のよい方へ逸早く馳せ参じることを心かけつつも亦、周到に逆櫓を用意するのが、いはゆる受領階級たる中流以下の公家社会に宿命づけられた悲しい生活信條であつたのである。このことは同時代の清少納言の場合に一層はつきりといへることである。（略）そして更に次の世代になると、清少納言の娘小馬命婦は、その小野宮家とも、中関白家とも仇敵視される筈の御堂関白道長の女、上東門院に奉仕してゐるのである。この一転二転三転して、権勢に阿附する下流公家人の心事たるや複雑察するに餘りあるものといはねばなるまい」と述べている。論中の「伯父の妻の兄という家系的なつながり」は、本歌合四番左の歌人「ためちかの朝臣」、すなわち「実資家の家司もしくはそれに近い身分柄であったと思はれる源為親」のことである。くわえて、『小右記』寛和元年（九八五）四月十四日条には「陸奥守為長」、同じく四日後の『小右記』寛和元年（九八五）四月十八日条には実資の娘が産まれ、その沐浴を担当した女房「左衛門尉為長妻」の存在も知られ、この妻が本歌合二番右の歌人「衛門の君」であるとすれば、実資との結びつきはより強固となる。為長には安和二年（九六九）八月「六位蔵人」と思しき経歴はあるが、左衛門尉との兼官と記す現存文献はないから、「為長」は別人の可能性もある。ちなみに、この「為親の朝臣」、「衛門の君」に関しては、『増補新訂　平安朝歌合大成』第一巻、同朋舎、一九九五年（歌合番号九一）でもこの考証が踏襲されている。源為親は正暦元年（九九〇）八月三十日の除目で肥後守、また藤原知章の辞任に伴い藤原宣孝も任筑前守。長徳四年（九九八）二月二十三日、従四位下源為親〈肥後の功〉（いずれも『小右記』）。

ただし、**稲賀敬二**「**小野宮家と為頼**」（『**源氏物語の作者　紫式部**』**新典社、一九八二年**）は、陸奥守と左衛門尉兼官と見ているようである。[22] むしろ、稲賀氏は、兄弟の為頼と実資の関係を焦点化し、為長卒後に交わされた為長北の方と為頼の和歌の贈答を紹介している（三手文庫本『為頼朝臣集』）。稲賀氏は、この「生海松布《なまみる》」を送ってきた北の方が「衛門の君」と考えているようだ。

同腹《はらから》の陸奥守亡くなりてのころ、北の方の、生海松布《なまみる》をこせたりしに

四五　磯に生ふる みるめにつけて 塩竈の うらさびしくも 思ほゆる哉

訳 同腹《はらから》の陸奥守が亡くなった頃、北の方が、生海松布《なまみる》を贈って寄越した時に（詠んだ歌）

四五　磯に繁殖している 生海松布（お逢いした時）につけて 塩竈の浦での思い出 ことさらさびしく 思い起こすことですよ

「磯」「生海松」「塩竈の浦」が縁語。「見る目」と「生海藻」、「浦」と「うらさびしく」が懸詞、陸奥守だった夫を偲んで歌枕塩竈を詠み込むという凝りようである。

さらに、『小右記』永祚元年（九八九）七月十八日に為頼が藤原知章とともに実資邸を訪れ、時を忘れて歓談

したことを記している。稲賀氏は、この年二月、実資が参議となったのは円融院の強力な推挙による補任であったことから、このことを伝え聞いた為頼の御慶言上の訪問であったと推定している。また正暦元年（九九〇）七月十五日、四日前に夭折した実資の娘の弔問に訪れたことも記していた。したがって、為親の出詠と、妹が為長の妻であるということ、また、為頼と小野宮家の家司ともいうべき関係から、為時、ならびに紫式部の結び付きが確認されるということになろう。この結びつきが『古今集』には詠まれぬ歌語「鈴虫」として、『源氏物語』での「ふりすでがたき鈴虫の声」の詠歌に繋がったことになる。なお、「中宮の、いと遥けき野辺を分けてわざと尋ねとりつつ放たせ給へるに」に関して、今井源衛は、萩谷朴が「人知れず 秋の暮れぬる 女郎花 虫の声よりも 尋ねぬるかな」三六歌仙本『元真集』の詠を「五三／天徳三年八月二十三日斎宮女御徽子内親王前栽合歌合」と推定して復原していることを紹介しつつ、この詠歌群が当該「鈴虫」巻テクスト生成に関与したか否かを検討し、「示唆程度のことはあり得るとはしても、確実な物語の素材として推定するには不安が大きい」（「漢籍・史書、仏典引用一覧」『新編全集』巻四、小学館、一九九六年、五七八～五七九頁）と説述している。ただし、『歌合大成』歌合番号五三には『源氏物語』に関する言及はなく、歌合番号九一に関して四五句「ふりすてがたき鈴虫の声」の影響関係を論じているのであるから、今井解説は不可解である。鈴虫巻の萩谷論文を論じようとして、参照歌合を見誤ったものである。

**萩谷朴『紫式部の蛇足 貫之の勇み足』**（新潮選書、二〇〇〇年三月）

紫式部が女性として道長の誘惑を受け入れたのも、また一方的に、それと矛盾するかの如く、道長の政敵実資の信用を失わず、一条天皇退位後、父道長に対する愛情を失なった皇太后宮彰子と実資との取り次ぎ役を勤めたのも、要するに、首鼠両端を持して官界に巧みに遊泳する処世の知恵であった。

（一八三頁）

※「父道長に対する愛情を失なった皇太后宮彰子」とあるのは、寛弘八年（一〇一一）六月、一條天皇譲位に際して、彰子の願った定子の遺児・敦康親王立坊を父道長が阻止して、敦成親王を擁して以降の関係を言う（『栄華物語』巻九「いはかげ」彰子「いな、悪しう仰せらるることなり。次第にこそ」）。また、敦康親王勅別当の行成『権記』寛弘八年（一〇一一）五月二十七日条には、行成が一條天皇からの東宮問題の諮問に答えて、第一皇子の惟喬親王を超えて第四皇子の清和天皇が立太子したこと、淳和天皇の恒貞親王が東宮でありながら廃された先例を挙げつつ、道長の意向は敦成親王立坊であり、敦康親王の場合は周囲の理解が得られないから、しかるべき処遇で対処すべきであると勘申した。[23]「今、聖上、嫡《（敦康親王）》を以て儲と為さんと欲すと雖も、丞相《（道長）》、未だ必ずしも早く承引せず。（略）但し此の皇子、故皇后宮の外戚高氏の先、斎宮の事、其の後胤の者たるに依りて、皆、以て和さざるなり。今、皇子の為に怖るる所無きに非ず。能く大神宮に祈り謝らるるべきなり。猶ほ愛憐の御意有らば、年官年爵并びに年給の受領の吏等を給ひ、一両の宮臣をして恪勤の便りを得しめば、是れ上計なりと言へり。」とある。ところが、この決定に関して彰子皇太后は頗る不満で、「後に聞く、「后宮、丞相を怨み奉り給ふ」と云々。（略）而るに隠秘せんが為、告ぐる趣きを示さるること無しと云々。[24]」と自身に情報が秘匿されたことから、「丞相」たる父道長を怨んでいるとある。かくして、彰子は父道長のライバルで、稀代の有識・実資に急接近、そこで紫式部が機密共有の仲介として起用されたのであろう。

### △清少納言との関係

岸上慎二『清少納言伝記攷』（新生社、一九五八年〈畝傍書房、一九四三年の改訂版〉）、『人物叢書　清少納言』（吉川弘文館、一九六二年）

三田村雅子「月の輪山荘私考　清少納言伝の通説を疑う」（『枕草子表現の論理』有精堂出版、一九九五年、初出一九七二年）

萩谷朴「清少納言の晩年と月の輪」（「日本文学研究」二〇号、大東文化大学日本文学会、一九八〇年）

萩谷朴『清少納言全歌集　解釈と評論』（笠間書院、一九八六年）

萩谷朴『紫式部の蛇足貫之の勇み足』（新潮選書、二〇〇〇年三月）

角田文衞「清少納言の晩年」（『王朝の映像』東京堂出版、一九七〇年、『二条の后藤原高い子の生涯』幻戯書房、二〇〇三年再録）

岸上、萩谷、三田村は中宮定子薨去後、清少納言は後宮から退下し、藤原棟世の摂津守赴任に伴い（『清少納言集』）、さらに父元輔の桂山荘の隣（『赤染衛門集』）、さらに棟世の別業月輪に隠棲した（『前大納言公任集』）と推定していた。いっぽう、角田文衞は、清少納言は夫の摂津守赴任に伴う下向はあったにしても、定子の遺児媄子養育係として再出仕、媄子の薨去（寛弘五年五月二十五日、享年八）後、さらに敦康親王、ついで脩子内親王を養育し、一條院内裏焼亡により里内裏となった枇杷殿（寛弘六年十月五日から寛弘七年十一月二十八日までの間）では紫式部と同僚となったと推定する。また、萩谷朴は、彰子後宮の「小馬」が高階明順の娘とするのは養女であって、「小馬」こそが清少納言と棟世の一人娘と推定、好悪伴う人物月旦に紫式部の清少納言に対するライバル意識を読む。

清少納言の晩年、特に没年は資料が無くいずれも推定ではあるが、清少納言が定子の遺児の養育係としての再出仕は、『清少納言集』でも摂津まで蔵人源忠隆が一條天皇の意向を伝えに赴いていることが記されていることから、かなり蓋然性が高い仮説であるとは言えよう。ちなみに、定子薨去の後、生母を亡くした遺児の養育は彰子が引き取ることとなるが、彰子はまだ十三歳である。遺児達をよく知った女房が必要であろう。ここでの清紫二女の接触が微妙な空気を醸成したのであろうか。

## 11 紫式部の没年時

**①万寿二年（一〇二五）頃には存命していたが、長元四年（一〇三一）にはすでに没しただろう。**

**池田亀鑑『日本古典全書 源氏物語』第一巻（朝日新聞出版社、一九四六年）**

**手塚昇『源氏物語の再検討』（風間書房、一九六六年）**

**②長和五年（一〇一六）春か。**

**与謝野晶子「紫式都新考」（『太陽』一九二八年一月、二月）**

**石村貞吉『紫式部』（日本評論社、一九三八年）**

**島津久基『紫式部』（青梧堂、一九四三年）**

島田【為時が長和五年四月二十九日に出家したのは惟規と式部の二人の子を失ったからである。また紫式部の長和五年以後の歌がない。為時の出家についての式部の歌がない】

**③長和三年（一〇一四）春であろう。**

**岡一男『源氏物語の基礎的研究』（東京堂出版、一九九六年）**

**今井源衛『紫式部』旧版（吉川弘文館、一九六五年、新装版一九八五年は本書六八頁⑤説に変更）**

**阿部・秋山・今井『日本古典文学全集　源氏物語』第一巻（一九七〇年十一月）△新編参照。**

**山中裕『平安朝文字の史的研究』（吉川弘文館、一九七四年）△山中旧説。**

**阿部秋生『源氏物語研究序説』（東京大学出版会、一九五九年四月）**

**中野幸一『新編日本古典文学全集　紫式部日記』（小学館、一九九四年九月）**

島田【長和三年正月、式部は越後の老父に「雪積る年にそへても頼むかな君をしらねの松にそへつつ」と見舞いの消息を出した（「平兼盛集」巻末の逸名家集―※岡はこの逸名家集を頼宗集の逸文と考証）。正月下旬には彰子が病気をしており（小右記）、その噂を聞いたためであろう、式部はそのころ清水寺に参議して、その平癒祈祷のために皇太后の料として燈明を献じ、たまたま来合せていた伊勢大輔と歌を詠みかわしている（伊勢大輔集）。それからまもなく三月に入る前に卒したものと推定する。また、長和三年（一〇一四）六月十七日、為時の越後守任期一年を残しての辞任「越後守為時の辞退状を下し給ふ」（『小右記』）、三井寺においての出家（※『小右記』長和五年（一〇一六）四月二九日条）から紫式部が没した傍証とする（**※岡は～以下と、※『小右記』年次・本文の増補は上原による）】**。

**△寛仁元年（一〇一七年）以後の没。**

**山中裕「紫式部の生涯と後宮」（『源氏物語の史的研究』思文閣出版、一九九七年六月）**

※山中新説。光源氏が「太上天皇になずらふ」存在となったのは、紫式部が同年の敦明親王の皇太子辞退と准太上天皇の待遇授与の事実を知っていたからとする。

**④長元四年（一〇三一）正月中旬。**

**角田文衞『紫式部とその時代』（角川書店、一九六五年）**

島田【藤裏葉の六条院行幸が寛仁二年（一〇一八）十月二十二日の後一条天皇土御門行幸と似ている。栄花物語（「楚王の夢」）に見える「大宮の御方の紫式部が女の越後の弁」の「大宮の御方の」を紫式部にかかるものとすれば、万寿二年（一〇二五）は式部の生存を示す。『続後撰集』に採られた「影見ても」の歌の詞書「東北院の渡殿の遣水にかげを見てよみ侍りける」が紫式部の作にかかるものとすれば、東北院は長元三年（一〇三〇）に落成供養の彰子の御所であるので、彼女は長元三年八月には生存していた。】

※萩谷『全注釈』は「東北院」を『続後撰集』編者の「上東門院（土御門邸）」の誤記と見て、陽明文庫本『紫式部集』六十一番歌「影見てもうき我涙落ちそひてかごとがましき滝の音かな」[25]詠の再録とし、実際の詠歌年次は寛弘五年（一〇〇八）五月五日の翌日の詠とする。

**⑤寛仁三年（一〇一九）正月以後その年内に没。**

**萩谷朴『紫式部日記全注釈』下巻（角川書店、一九七三年）**

**今井源衛『紫式部』新装版（吉川弘文館、一九八五年）**

**△伊藤博『新日本古典文学大系　紫式部日記』（岩波書店、一九八九年一月）**

**△後藤祥子「紫式部事典」（『源氏物語事典』學燈社、一九八九年五月）**

**△秋山虔「解説」（『新編日本文学全集　源氏物語』小学館、一九九四年三月）**

島田【兼盛集の巻末の逸名家集（岡一男は「頼宗家集」とする）を定頼集の逸文と考えて、寛仁二、三年の作が連続しているとして、寛仁三年没と推定している。今のところ、岡一男の長和三年説を支持する人が多い】※一九八二年当時の趨勢というべきであろう。

**△以下、上原増補**

**森本元子「西本願寺本兼盛集付載の佚名家集─その性格と作者」**（『古典文学論考 枕草子 和歌 日記』新典社、一九八九年、初出一九八二年）

賢子と和歌を詠み交わした相手を賢子と恋愛関係にある必然性はないとして、この歌集は宰相の君、後一條天皇（敦成親王）乳母であった道綱の娘、藤原豊子のものであると推定。詠歌年次は萩谷説を支持する。

**久下裕利「後期物語創作の基点─紫式部のメッセージ」、「大納言道綱女豊子について─『紫式部日記』成立裏面史」**（『源氏物語の記憶─時代との交差』武蔵野書院、二〇一七年、初出二〇一二、二〇一七年）

歌集は「宰相の君」道綱娘豊子とする森本説を支持しつつも、詠歌は萩谷説の賢子と定頼間の贈答歌とする説によって、「『信明集』を基盤として構築する傾向」と、『定頼集』に「三月三日、姫君の御事ありしに、人のもとより」とあるのを定頼の妹の忌日とみて、「母を失った後年、母の手紙を見てあらためて哀しみに沈む賢子と、妹を同じ頃に失った定頼だからこそと思われる」と言う。

**平野由紀子「逸名家集考─紫式部没年に及ぶ」**（『平安和歌研究』風間書房、二〇〇八年、初出二〇〇二年）

森本説を受け、『小右記』寛仁三年五月十九日条の記事から「寛仁三年五月には存命だった紫式部を、この歌群のように三月三日に娘賢子がしのんでいる」詠歌とし、「紫式部の没年の上限は、寛仁四年と考えたい。下限は万寿二年（一〇二五）」とみる。万寿二年説は、『栄華物語』「楚王の夢」において、娘の大弐三位・賢子が後の後冷泉天皇の乳母となった時点で紫式部も生存していたとする安藤為章『紫家七論』による。

**倉本一宏「紫式部の死」**（『紫式部と平安の都』吉川弘文館、二〇一四年）

岡一男、今井源衛旧説の長和三年説から角田文衞長元四年説までを紹介した上で、『小右記』に皇太后宮・彰子の「女房」の記事を、寛仁年間、万寿四年まで列挙し、「紫式部が寛仁や治安、万寿年間まで存命し、宮廷に出仕していた可能性も、まったく否定できないのである／七一～七二頁」とする。

**倉本一宏「付録（人物注）」（『現代語訳 小右記⑤ 紫式部との交流』吉川弘文館、二〇一七年）**

「彰子の側近として仕えて重用され、実資と彰子の取り次ぎを勤めた。長和三年に死去したとする説もあるが、おそらく寛仁や万寿以降まで生存したものと思われる／二七一頁」。

**上原作和「紫式部の生涯―『紫式部日記』『紫式部集』との関わりにおいて」（前掲。初出の没年次を本稿にて改める（本書所収））**

紫式部の没年月日を、『小右記』寛仁四年（一〇二〇）十二月三十日条生存確認の最終記事と認め、この日を上限、『逸名家集』の娘賢子の桃の詠歌から治安元年（一〇二一）三月三日を下限とする。ただし、本稿で寛仁四年（一〇二〇）十二月三十日から閏十二月二十五日の二十五日の間に紫式部は当時蔓延していた疫病で卒去と限定する仮説を新たに提示する。（**上原論攷②「紫式部の没年月を絞り込む・続貂」**）

広橋本『東宮御元服部類記』巻十五 所引『行成卿記』[26]は、寛仁三年（一〇一九）八月二十八日、敦良親王（後の後朱雀天皇、当時十一歳）の元服に際して、蔵人頭左中弁藤原経通を以て、右大臣・藤原実資より、後一條天皇に奉呈された、七名の「乳母名簿」である。これを以て七名は叙位を得ている。

時に寛仁三年（一〇一九）、『紫式部日記』に筆録された敦良生誕記（寛弘六年（一〇〇九）十一月）から約十年を閲しても、五人の女房が現役であり、栄えある乳母に任命されていたのである（本書一四～一五頁女房一覧参照）。『小右記』の《東宮御元服事》が、この日の儀式次第を詳細に記し、『権記』にもこの日だけの残欠本文が東宮御覧の拝舞や禄を下したことを記している。この間、三月に道長は病気などの理由により剃髪・出家しているから、実資はその動向が気になるところであった。

八月の記事は、刀を持った法師たちが弘徽殿南瀧口付近に乱入して捕捉されたことから、女房（紫式部）を介して弘徽殿の太皇太后・彰子にお見舞いを申し上げた記事であり、寛仁四年（一〇二〇）九月の記事は、後一条天皇瘧病発病の混乱の中、上達部が多く参内しなかったことを道長に叱責された公任だが、すでに拝謁は叶わず、これまた驚いて参内した前の帥殿（藤原隆家）は、弘徽殿の女房（紫式部）に逢って帰参したことを、隆家自身が実資に伝えている。また、公任からの情報として、頼光周辺の道綱薨去の誤報を伝聞し、実資が人を遣わしたという話もある（道綱は十月十五日薨）[27]。十二月の記事は、資平を介して彰子の御読経発願に不参の由を伝えること、また女房への伝言を訖うたことを、わざわざ記していることに注意したい。

また、当該稿で指摘したように、この女房が弘徽殿の内裏女房であることも重要である（当該記事群の詳細、現代語訳は本書第二部第三章参照）。

**寛仁三年（一〇一九）正月五日条―彰子年爵（機密共有）**

**参二弘徽殿一**、**相二逢女房一**〈先以二宰相(資平)一令レ取二案内一〉**寛仁三年（一〇一九）五月十九日条―道長出家（機密共有）**

参内〈宰相(資平)乗二車尻一〉。諸卿不参。参二母后(彰子)御方一、相二逢女房一、有二仰事等一、是入道殿(道長)御出家間事等也。

**寛仁三年（一〇一九）八月十一日条―抜刀法師乱入（機密共有）**

**《抜刀者入二宮中一事》**仍宰相同車参入〈着二直衣一〉先参二太后御方一、**以二宰相(資平)一令レ触二女房一**、小時有レ可二参入一之由、仍候二簾下一、**女房伝二令旨一**、『暫候レ参二摂政《頼通》宿所一』。

**寛仁四年（一〇二〇）九月十一日条―後一条天皇瘧病（隆家を介して機密共有）**

己未。早旦。（中略）帥(隆家)乍レ驚子夜参入。**相二遇太后(彰子)宮女房**罷出一。四條大納言示送云『皇太后宮大夫道綱、今暁逝去之由従二頼光（源）邊所一聞レ之』。遣レ人二了一。

**寛仁四年十二月三十日条—彰子御読経（資平を介して所労不参伝言）**

丙午。（中略）又太皇太后宮御読経発願不参事、**可レ触二女房一**由同相含訖。

今まで紫式部の存命が確認されるのは、右の五月の記事が最後とされてきたが、以上のように、八月、翌年九月、十二月条にも実資と機密提供する弘徽殿の「女房」が確認出来る。ただし、寛仁四年の七月以降は記主・実資が「所労」により、原則、内裏不参だったため、女房とも間接的な接触となっていた。また、この年は、春から、疫病「疱瘡＝天然痘」流行が深刻であった（『小記目録』三月二十六日条「主上（後一条）の御不豫の事〈疱瘡の気と云々〉」。疱瘡は、約二十年前も猛威を振るい、藤原道兼、為尊親王、夫の藤原宣孝もこの疫病によって亡くなったとされている。この疫病が再び蔓延したのである(28)。

はかなく年もかへりぬ。世の中も今めかしきに、「今年は裳瘡といふもの起るべし」とて、「筑紫の方よりは、旧年よりみな病みけり」など聞ゆれば、はじめ病みけるより後、この二十余年になりにければ、はじめ病まぬ人のみ多かりける世なりければ、公《おほやけ》、私《わたくし》いとわりなく恐ろしきことに思ひ騒ぎたり。**かくてこの裳瘡京に来ぬれば、いみじう病む人々多かり。**（略）この裳瘡は、大弐の御供に筑紫より来るとこそいふめれ。あさましうさまざまにいみじうわづらひてやがてなくなるたぐひも多かり。いみじうあはれなること多かり。

（『栄華物語』巻十六「もとのしづく」二一三①～二一四⑥）

訳　はかなく年も明けた。世の中の今の流行病として、「今年は裳瘡という病が流行するだろう」とて、「筑紫の方では、旧年よりみな病んでいるのだ」などと聞えてきたので、その昔、病み始めて後、すでに二十余年になったものの、はじめは病まなかった人ばかりが多かった世の中ではあるが、公、私を問わずことわりなく恐ろしい流行となって思い騒ぐこととなるのであった。

**かくしてこの裳瘡が京にやって来たので、ひどく病む人々が多くなった。**（略）この裳瘡は、大弐の御供として筑紫から来たとね、言われているようだ。嘆かわしいことに、それぞれひどく煩ってのちそのまま亡くなる事例も多くなった。なんとも気の毒なことが多くなった。

かくして、この年の閏十二月二十五日には、疫病が蔓延するなか、臨時の仁王会が三日に渡って開催された。「疫死する者、衆」「嗟乎、悲哉」と実資は悲嘆極まりない。

**寛仁四年**（一〇二〇）**閏十二月二十五日条―臨時仁王会。**

二十五日、辛未。「今日大極殿ニ仁王経御読経始ム」〈三个日〉（中略）**近日、京畿・外国、疫死者、衆。民命可レ尽。嗟乎、悲哉。**

さらに、翌年二月中旬には、疫病の死者が路頭に満ちたことを記している。にもかかわらず、妍子は参会を強行、管絃は深夜に及んだという。これを資平から聞いた実資は、疫病を畏れず自粛もしないことを「愚かなり」と怒りを隠さない。また、関白頼通は、疫病による街路の死屍累々を認めながら、先年閏十二月の仁王会によって、「効験」があったとする見通しを述べている。

**治安元年（一〇二一）二月二十一日条─疫癘蔓延の中、妍子遊宴。頼通、奉幣使発遣。**

丙寅。匠作（資平）来云、「昨日、関白及彼是上達部、参㆓会皇太后宮（妍子）㆒、有㆓管絃㆒。夜、已及㆑闌」者《といへり》。**近日、疫癘、発方。死亡、**無算。**路頭汚穢不㆑可㆑敢㆑云。**（略）抑先年疫癘時、於㆓大極殿㆒以㆓千口僧転読寿命経㆒。**已有㆓其㆑験㆒。**

かくして、前年十二月の記事以後、実資の日記から機密を共有してきた彰子太皇太后宮女房の存在は窺えない。とすれば、わざわざ資平（匠作＝修理大夫）に「女房に触れしむべき由を相含」めたことの意味は重い。**続いて「疫死者は衆なり。民の命尽くべし。嗟乎、悲哉」と記された翌月の実資の悲嘆は、この疫病によって、この僅か二十五日の間に紫式部も卒したことを示唆しているように、わたくしには思われるのである。**

以後、万寿三年（一〇二六）一月十九日に彰子が出家した際、共に出家した六人の女房に紫式部は入っていない。(29) ただし、テクスト毎に出家者名が異なるので提示する。

**『左経記』**「中納言君（故伊陟中納言の女）、弁内侍、大輔命婦（大江景理妻）、大弁、土御門（藤原道雅娘）、筑前命婦」

**『権記』**「又、宮宣旨〈故伊陟中納言の女〉・弁内侍〈故順時朝臣の女〉・大弁・大輔・大進・筑前命婦、為尼。」

**『栄華物語』巻二七**「少将の内侍、弁の君（橘良藝子）、弁の内侍、染殿の中将、筑前の命婦など」

なお、『新編全集』弁内侍の頭注二〇において、「『紫式部日記』にみえる弁の内侍（橘良藝子とは別人）にあたるか。『権記』の藤原順時女は藤原明子、禎子内親王の乳母で、ここでの出家はおかしく、『権記』の誤りであろう」とする。[30]『紫式部日記』寛弘五年に見える、「宮の宣旨（源陟子）」「弁の内侍」「筑前命婦」が確認できよう。ただし、治安元年以降も『小右記』には皇太后宮・彰子の「女房」の記事は数次あるものの[31]、いずれも伝言中継役であって、機密を共有する紫式部と特定できる記事ではない。

**治安元年（一〇二一）八月二十九日条―除目奏慶（長家を介しての伝啓）**

「太皇太后宮、々司不レ候、以二長家一令レ通二女房一、拝舞了」、

**治安元年（一〇二一）十月二日条―実資東宮傅兼任（季任を介しての伝啓）**

甲辰。即参上、候二簾下一。**以二女房一令レ啓二事由一**。度々、有レ仰。令啓。小（少）時、罷出。

**治安三年（一〇二三）四月二十日―倫子病悩（彰子簾前にて伝啓）**

癸丑。（略）参入、候二簾前一。**以二女房一**、**被レ仰二母儀悩給事一**。「今日、頗宜坐」者《といへり》。

**万寿二年（一〇二五）八月七日条―嬉子薨去（彰子嬉子の女房たち）**

「宰相参二法興院一、衝黒帰来云『女房哭泣声無二間隙一、上達部会合、禅閤（道長）悲歎無レ極、近代不レ聞事也』」。

**万寿四年（一〇二七）十二月十七日条―法成寺法華経供養（彰子に故道長への弔意）**

癸未。左兵衛督乗車後、中将弁資房別車相従、招二出藤宰相（資業）達一消息関白、**以二左兵衛督**（経通）一**触**二女院女房一、余佇二立西門内一、坐二二后中門北掖土殿一。

以上、彰子後宮、実資周辺の紫式部の不在は明らかであろう。

**伊井春樹『紫式部の実像―稀代の才女を育てた王朝サロンを明かす』**（朝日選書、二〇二四年）**も寛仁四年没年**

説である。

△紫式部出家説

**瀬戸内寂聴「月報・浮舟の出家」（『新編日本古典文学全集 源氏物語／第六巻』小学館、一九九八年）**

正編と続編の間、紫式部は出家した。浮舟の出家は天台浄土教系の作法による。

**増田繁夫「第六章 晩年の紫式部」（『評伝紫式部―世俗執着と出家願望』和泉書院、二〇一四年五月）**

式部の没年については、少なくとも長和三年までは確実に生存し、寛仁三年夏までは存命であった可能性は大きい、という以上のことは不明とする他ない。式部は念願の出家を果たしたのか、それとも依然として迷い躊躇しながら過ごしていたのか、などについても不明である。［三二五頁］

**上原作和「宇治十帖と作者・紫式部―「出家作法」揺籃期の精神史」（『知の遺産シリーズ⑤宇治十帖の新世界』武蔵野書院、二〇一八年三月（本書所収））**

寂聴の正編完成後出家説。最晩年まで彰子後宮に仕えていたため、出家生活を送った可能性そのものがない。ただし、死を自覚した本人、あるいは近親主導による臨終出家ならばあったかもしれない。

**注**

（1）島田良二「紫式部諸説一覧」（「国文学」學燈社、一九八二年十月）。久保朝孝「紫式部の伝記」（「国文学」學燈社、一九九五年二月）、「紫式部の肖像」（『新・源氏物語必携』學燈社、一九九七年五月）

（2）注（1）に同じ。

(3) 上原作和「ある紫式部伝―本名藤原香子説再評価のために」(南波浩編『紫式部の方法 源氏物語 紫式部集 紫式部日記』笠間書院、二〇〇二年)、「ある紫式部伝・第二稿―本名・職階・没年説の現在」(「古代文学研究第二次」三一号、古代文学研究会、二〇二二年十一月)、「ある紫式部伝・第三稿―日記の成立過程と読者圏・道長妾説の現在」(「物語研究」二三号、物語研究会、二〇二三年三月)いずれも本書所収。

(4) 初稿本系統『京都大学蔵 紫明抄』上下巻(臨川書店、一九八一年、一九八二年)の影印による。再稿本は、諸本いずれも若紫までを欠く。

(5) 覆勘本系統『天理図書館善本叢書 河海抄伝兼良筆本』全二巻(八木書店、一九八二年)の影印による。

(6) 加納重文『源氏物語の研究』(望稜舎、一九八六年)

(7) 以後は、「紫式部外伝」(「文学」四五巻九号、岩波書店、一九七七年九月)、「紫式部・宮仕えのある日―『紫式部日記』の表現の考証法をめぐって」(『王朝物語とその周辺』笠間書院、一九八二年九月)、表現論として「かなぶみに型がなかった頃―「紫式部日記」作者の表現の模索」(『益田勝実の仕事』ちくま学芸文庫、二〇〇六年、一九八四年初出)があるのみ。

(8) 角田文衞「平安時代における院宮の女房」(「国語と国文学」東京大学国語国文学会、一九七三年一月)、『平安の春』(講談社学術文庫、一九九九年)に「院宮の女房」として再録。

(9) 室城秀之編『うつほ物語全 改訂版』(おうふう、二〇〇一年)

(10) 角田文衞「紫式部と女官の組織」(『角田衞著作集/紫式部の世界』七巻、法蔵館、一九八四年、初出一九七六年)

(11) 加納重文『平安文学の環境 後宮・俗信・地理』(和泉書院、二〇〇八年)。加納氏は吉川説について「女房と女官」「この点だけは疑問に思っている。他日、報告の機会を得たい(七七頁)」「家の女房」「ほぼ四十名ほどの人員を擁する中宮女房は、天皇をも凌駕する女官集団となってしまう。員数の問題だけでなく、それは無理だろうと思う（一七九頁）」と述べていた。ただし、二〇一八年の氏の逝去により、反論は提出されなかった。

(12) 野村倫子「「Ⅳ　姫君近侍の女房達」（『源氏物語』宇治十帖の継承と展開』和泉書院、二〇一一年）、千野裕子「「侍従」「右近」とふたりの女房―女房が示す遠い正篇」（『女房たちの王朝物語論―『うつほ物語』『源氏物語』『狭衣物語』』青土社、二〇一七年）

(13) 角田文衞「紫式部の本名」（『紫式部とその時代』一九六六年）、『紫式部伝―その生涯と『源氏物語』』（法蔵館、二〇〇七年）では、殿守の侍従を出自不明の中宮女房するが、『御堂関白記』、寛弘三年九月の淑子、寛弘四年一月の香子二人の掌侍召以前、『権記』長保元年、同三年の「侍従」が当人であるから「別人とする。」（二九〜三一頁）。

(14) 角田文衞「むまの中将」『平安人物誌』下巻（法蔵館文庫、二〇二二年）でも藤原済時の娘の中の君で、右馬頭通任の実妹とする。同、「紫式部の本名」二八頁。ただし、『平安時代史事典』（角川書店、一九九七年）の「日本古代後宮表／主要女官表」では「藤原相如の娘、母は源高明第四女／一五六頁」とある。

(15) 『御堂関白記』『小右記』は大日本古記録、岩波書店、『権記』『左経記』は史料大成、臨川書店による。

(16) 本文は『翻刻明月記』第三巻（冷泉家時雨亭叢書別巻四、朝日新聞出版社、二〇一八年）の翻刻によった。

(17) 田村悦子「蜻蛉日記絵の詞書断簡について」（「美術研究」二四一号、国立東京文化財研究所、一九六五年七月）。玉津切は上巻、康保三年（九六六）四月の賀茂祭の条で『見ぬ世の友』（出光美術館蔵）と『藻塩草』（京都国立博物館）に二葉。また新たに上巻康保四年三月の「かりのこ」製作の条が二〇〇九年七月に発見された。都合二場面である。

(18) 藤原儼子は、藤原伊周、隆家兄弟の花山院奉射事件（長徳の変（九九六年））のいっぽうの当時者であった。伊周が通っていたのは三の君であるが、伊周がこの女性を儼子と勘違いしたのが事件の発端である。

(19) 東海林亜矢子「道長が愛した女性たち　次妻源明子　ツマ藤原儼子、藤原穠子、源重光娘」（『道長を創った女たち〈望月の夜〉を読み直す』明石書店、二〇二〇年）に詳しい。

(20) 本文は幻巻を『保坂本源氏物語』（おうふう、一九九五年）、鈴虫巻を『国宝源氏物語絵巻』（五島美術館、二〇一〇年）の影印により、『源氏物語大成』（中央公論社、一九五三年）の所在頁行数を示した。

(21) 本文は萩谷朴『増補新訂平安朝歌合大成』巻一（同朋舎、一九九五年）によった。

(22) 筑紫平安文学研究会編『為頼集』（風間書房、一九九四年）は当該四五番歌において、『小右記』に、「為長」が同時期に「陸奥守」「左衛門尉」と連続して書かれている事実のみを記す。一七九頁。

(23) 先例のテクストに、伊周母方の高祖父高階師尚は、斎宮恬子内親王と在原業平の不義の子なる説もあって伊勢神宮を憚らねばならないとあるが、この条は『尊卑分脈』等に見られる院政期の伝承であり、底本・伏見宮本の後代加筆とされている。

(24) 『権記』本文は増補史料大成『増補史料大成』（臨川書店、一九六五年）により、倉本一宏『現代語訳権記』下巻（講談社学術文庫、二〇一二年）を参照した。

(25) 上原作和・廣田收編『〈新訂版〉紫式部と和歌の世界―一冊で読む紫式部家集』（武蔵野書院、二〇一二年）

(26) 橋本義彦「外記日記と殿上日記」（『平安貴族社会の研究』吉川弘文館、一九八六年）。本文は宮内庁書陵部図書寮文庫画像公開システム「十五／野口菊雄昭和影写」によって確認した。

(27) 『小右記』寛仁四年九月二十日条「道綱卿従昨日不覚、只今欲殞命之由告送宰相乳母許〈道綱卿女也〉、仍経営下曹司者」ともあって、父道綱危篤について教通が娘・豊子（宰相乳母）に伝えた記事もある。割註に家の者が人物を特定できるように記すのが実資の日記法。

(28) 河添房江「『源氏物語』と王朝の疫病―薄雲巻の『世の中騒がし』を中心に」（『文学・語学』二三一号、全国大学国語国文学会、二〇二一年四月）

(29) 服藤早苗『人物叢書　藤原彰子』（吉川弘文館、二〇一九年）は、諸文献を検討し、「中納言の君」ではなく「少将内侍―出自未詳」とする。一四二頁。

(30) 秋山虔・池田尚隆・福長進・山中裕校注『新編日本古典文学全集　栄華物語』第三巻(小学館、一九九八年)

(31) 倉本一宏「紫式部の死」(『紫式部と平安の都』吉川弘文館、二〇一四年)による。

# 第二部　紫式部伝　論攷編Ⅰ

# 第一章　ある紫式部伝——本名・藤原香子説再評価のために

## はじめに

以下に記すのは、かつて昭和の国史学界・国文学界を席巻した、藤原香子＝紫式部伝にまつわる諸史料の集成・再構成を試みた、〝わたくしの〟紫式部伝というべきものである。紫式部の本名が藤原香子であるという説に関しては、最近では論ずる研究者もほとんどなく、研究史にその論争が記される程度となっている。(1)しかしながら、確実に時代を画した伝記研究であることには違いなく、となれば、斯界未発の記事の検討を踏まえたわたくしの検証も、あながち無意味ではないとも言えるであろう。(2)

そこで、わたくしは動かし難い決定的な史実が存在し、それと平行する実録的テクストをその検証の材として、まずは伝記研究から出発しながら、日記の〈読み〉に還るという、いかにも古めかしい作業を敢えて試みつつ、このテクストがいかに当時の時代状況に翻弄されてきたかという問題点を指摘することで、わたくしなりに戦後の国文学研究の学と方法そのものを問いたいのである。

## 一　藤原香子伝の再検討　付・紀時文伝の再検討

さて、紫式部伝の停滞は、煎じ詰めてみると、現在知られている文献の検討がほぼ完了したうえに、新史料も払底したことがその原因に挙げられよう。しかしながら、こうした現実は史料の読み直し・再検討が、場合によっては、わたくしたちの、いわゆる歴史的常識をもくつがえす可能性を秘めてもいる、ということができるのではなかろうか。

ここに一つの文献を提示しよう。

**『権記』長徳三年（九九七）八月十九日条**(3)

**今日、左大臣、於陣被定雑事、戌剋奏定文、摂津守理兼朝臣申雑事十三箇条、美濃守為憲申請雑事三箇条、伯耆守政職申被免異損田事、并故大膳大夫時文後家香子申事等也。子細見奏文目録。**

訳　『権記』第一、長徳三年（九九七）八月十九日条

今日、左大臣（道長）は陣において雑事を定申《じょうしん》した。戌剋（午後八時）、摂津守理兼朝臣上申《じょうしん》の雑事十三箇条、美濃守為憲申請の雑事三箇条、伯耆守政職上申の異損田《いそんでん》免責の事、並びに故大膳大夫時文後家香子の上申の事等の定め文を奏上した。子細は『奏文目録』にある。

**（宮内庁書陵部蔵伏見宮本『行成卿記』当該条）**

いまさら言うまでもなく、藤原行成の手になるこの史料から明らかにされることは、紀時文と藤原香子の婚姻関係の事実である。しかしながら、従来の伝記研究がこの文献から学んだことは、紀時文が長徳三年（九九七）八月十九日以前に卒去した事実のみであった。ほかに『類聚符宣抄』第七の右大史物部邦忠が長徳二年（九九六）六月二十五日に奉じた別当の宣旨の存在から、その年までの時文自身の生存と大膳大夫在任が確認されても

図1　伏見宮本行成卿記長徳三年八月十九日条（宮内庁書陵部蔵）

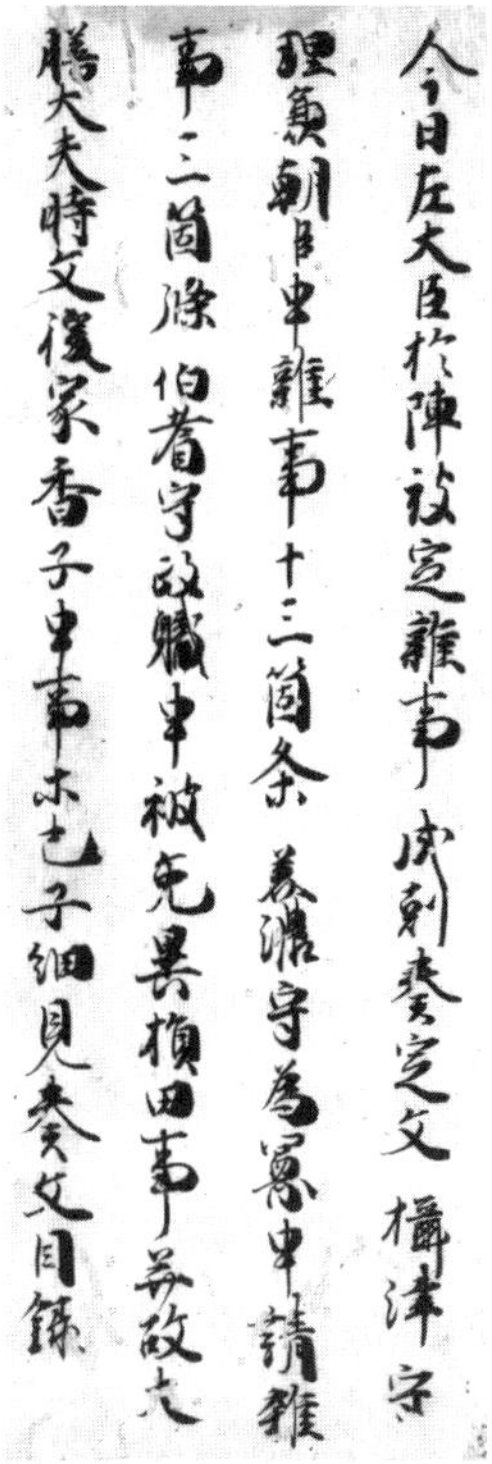
今日左大臣於陣被定雑事　頭弁奏定文　摂津守
理兼朝臣申雑事十二箇条　美濃守為憲申請雑
事二箇条　伯耆守致職申被免異損田事并故大
膳大夫時文後家香子申事等也子細見奏文目録

いるのだが、(4)その妻「後家香子」の存在は、この史料が存在するにも関わらず、一切無視されてきたといってよかろう。たしかに『大日本史料』の該当本文からこの「香」の字が異体字であることが確認できるので、その史料性には検討の余地が残るものの、『権記』に見える女性はやはり藤氏、すなわち、藤原香子であると考える他はないのである。

繰り返すが、この文献から明らかに藤原香子は紀時文の妻であったことが知られる。とすれば、この藤原香子なる女性の名前は、かつて角田文衞によって提唱され、国史学、国文学界をも巻き込んで、まさに一世を風靡した、『源氏物語』の作者・紫式部の本名に他ならない。ということは、もちろん、この本名藤原香子説を前提とはするが、従来、結婚は藤原宣孝との一度きりしか確認されていない彼女の伝記研究にとっては、再度検証の機会が与えられたことを意味していよう。(5)

もはや歴史的な論争となった感のあるこの本名香子説には、角田の史料の読み誤りや、さらには氏の「掌侍＝藤式部」の認定に関する絶対的保証性を付き崩した山中裕・今井源衛らの批判もあり、新たな新史料の発見のなかったこともあって、現在ではなし崩し的にほとんど省みられることのない異説の部類に属するものになっているのが現状であると言えよう。

しかしながら、看過されてはならないのは、山中裕、今井源衛らの批判は決定的な否定という訳では決してなく、『紫式部日記』『御堂関白記』『権記』等の記述の解釈についての「藤原香子＝掌侍＝紫式部」の認定に際して、氏が前提とした命婦＝掌侍＝香子の論拠に関する疑問符が付けられたにすぎないということなのである。

つまり、

『紫式部日記』四二「いらせ給は十七日なり（寛弘五年（一〇〇八）十一月十七日）(6)」

いらせ給は十七日なり。成の時などききつれど、やうやう夜ふけぬ。

御輿には、宮の宣旨のる。糸毛の御車に、殿の上《源伊陟女陟子》・少輔の乳母《大江清通女。橘為義妻》、若宮いだきたてまつりてのる。大納言《源廉子》・宰相の君《藤原豊子》、黄金づくりに、次の車に、小少将《源時通女》・宮の内侍《橘良藝子》、次に馬の中将《うまのちゆうじよう》と《藤式部》のりたるを、〈いとわろき人とのりたり〉と思ひたりしこそ、「あなことごとし」といとどかかるありさまむつかしう思ひはべりしか。

（七〇⑥〜七一①）

訳 （中宮と御子の）内裏御還啓は十七日である「戌の時（午後八時）」などと聞いていたけれどだんだん遅れて夜も更けた（略）御輿には宮の宣旨が乗る。糸毛の御車に殿の上（源伊陟女陟子）と少輔の乳母（大江清通女・橘為義妻）が若宮をお抱きして乗る。大納言（源廉子）・宰相の君（藤原豊子）は黄金づくりの車に、次の車に、小少将（源時通女）・宮の内侍（橘良藝子）、次に馬の中将（藤原相尹女）と（私が）乗ったのだが、〈なんか嫌な女と乗ってしまった〉と（馬の中将が）思わず顔に出してしまったのはね〈まあなんて失礼な態度をする方なのかしら〉と嫌悪感を覚えて、こんなことに出くわすなんて、まったく不愉快でなりません

とある本文に関し、女房たちの乗車の序列において、紫式部は七人いた掌侍のひとりであると認定した角田説に対して、

ア、掌侍が七人である確証は当時確認できない。

イ、藤原香子はその七人以外の可能性もある。
ウ、『御堂関白記』は伝聞形式（後掲）であり、彰子付女房についてのものである保証はない。
エ、紫式部が寛弘四年に掌侍になっていたことは、日記からは確定できない。
オ、命婦から掌侍になる期間が短すぎる。
カ、女房たちの乗車の序列は厳重に決まっていたわけではない。

といった、いわば循環論的な反論が寄せられているにすぎないのである。つまり、いずれの反論も、結局は消極的な否定にすぎないのであって、決定的な「藤原香子＝掌侍＝紫式部」の否定材料を提出したわけではないのである。こうした膠着状態にあった研究史に一石を投じたのが、萩谷朴の「紫式部の初宮仕は寛弘三年十二月二十九日なるべし」や『紫式部日記全注釈』であった(7)。氏はまず角田説の藤原香子説を「必ずしも捨てがたい」としたうえで、先の批判の例証となった、『御堂関白記』と『権記』の史実を読み直し、前年寛弘三年十二月二十九日に初出仕してから、わずか一ヶ月で藤原香子が掌侍に大抜擢された記事としてこれを捉え返すことによって、紫式部の後宮での破格の待遇を『源氏物語』作者としての名声に鑑みて、むしろ積極的に肯定する姿勢から、この紫式部＝本名香子説を再生させたのであった。しかしながら、この萩谷説に関しては、先の諸説とその学統を継承するあまたの学究の声高な批判の前に埋没して、この〈史料読み〉に関しては、注目すべき反論もなく、黙殺の憂き目にあっているというのが現状であると言えよう。しかしながら、こうした研究主体の主観的な（この場合は積極的・生産的な）憶説こそ、テクストを再生する有効な方法であることは再評価されるべきであって、文献相互の有機的な連関を、テクスト＝紫式部の再構築に利したという点において、実証主義の名のもと消極的・非生産的反論に終わった前掲各論に比すれば、今日においても、はるかに魅力的な視座をもった作業仮説ではあったと言えるのである。

『紫式部日記』五二「しはすの廿九日まゐる（寛弘五年（一〇〇八）十二月二十九日）」

しはすの廿九日まゐる。〈はじめてまゐりしも、今夜のことぞかし。いみじくも夢路にまどはれしかな〉と思ひいづれば、こよなくたちなれにけるも、〈うとましの身のほどや〉と覚ゆ。

訳 師走の廿九日に出仕する〈初めて参内したのも（一昨年の）今夜のことだったずいぶんと夢路に惑うような一日だったな〉。

すなわち、〈はじめてまゐりし〉「夜」を、紫式部の初出仕の日、すなわち寛弘三年（一〇〇六）十二月二十九日のことであると認定した上で、角田説の香子＝命婦・初出仕説に加えて、出仕後わずか一ヶ月での彼女の大抜擢の記事として『御堂関白記』『権記』の記述を紫式部像全体の枠組みの中で捉え返すことによって、文献史料の読み直しをはかったのであった。そしてそれは「藤原香子＝掌侍＝紫式部」を重ねる〈読み〉を提示したのである。これらの作業は相互補完的であり、年次考証その他の各論の補強をも兼ねながら、以下の如く、文献に登場する藤原香子を紫式部と確認する営為とも言えよう。以下、掌侍香子の、紫式部としての認定である。

**『御堂関白記』寛弘四年**（一〇〇七）**正月廿九日条**(8)

廿九日、丁卯。源中納言来云、『按察可兼右大将、大間落、奏聞可被入者也。有掌侍召、以藤香子可被任』者。参東宮。啓権大夫慶由。此日雨下。

**（宮内庁書陵部蔵『御堂関白記』当該条）**

図2　御堂関白記寛弘四年正月廿九日条（宮内庁書陵部蔵）

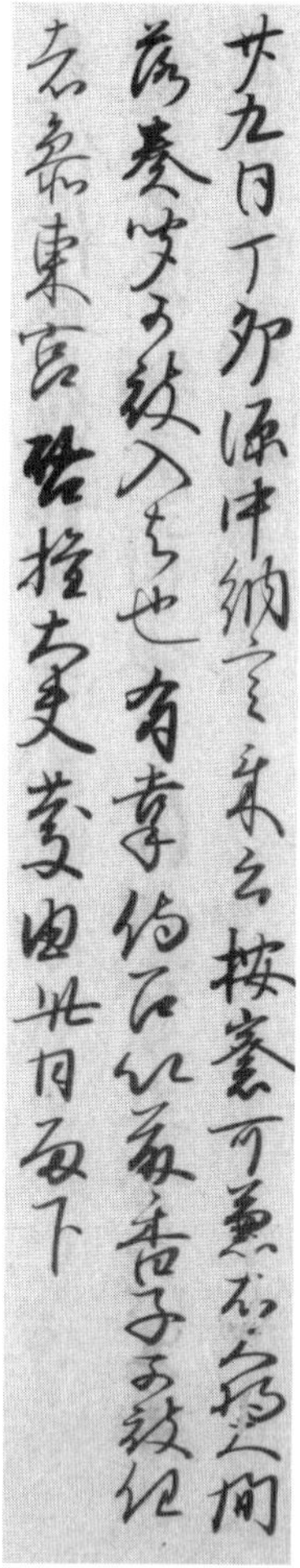

『権記』第二・寛弘四年（一〇〇七）二月五日条

五日壬申。参内。源中納言、召中務少輔孝明。給女官除目〈去廿九日、任掌侍藤原香子〉

（宮内庁書陵部蔵伏見宮本『行成卿記』当該条）

図3　伏見宮本行成卿記寛弘四年二月五日条（宮内庁書陵部蔵）

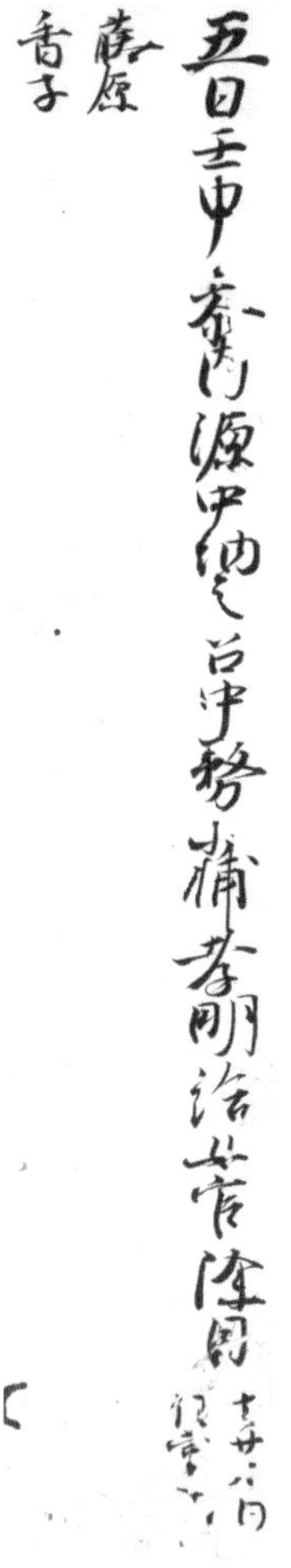

訳

『御堂関白記』寛弘四年正月廿九日条

廿九日、丁卯。源中納言《俊賢》が来て云うのには、「按察使が右大将《実資》を兼任すべきところ、大間書に落ちているから、書き入れることを奏聞したところである。掌侍召があった。藤香子を以て任じられた」と言うことだ。東宮《居貞親王》に参り、権大夫《頼通》のお慶の由を申し上げる。此日は降雨であった。

『権記』第二・寛弘四年二月五日条

五日、壬申。参内。源中納言《俊賢》は中務少輔孝明を召して、女官除目を給うた。去る廿九日に掌侍・藤原香子を任じた。

しかもこの仮説は、式部の出仕による反対給付によって、寛弘三年以降には、弟の惟規や、亡夫の兄説孝の昇進にまで好結果をもたらしているという、積極的な傍証が存在することからして、むしろこの「香子＝掌侍＝紫式部」説を否定するには、新史料の発掘に拠る他、考えられるのは、メディアによる封殺以外にはありえないのではないかとわたくしは考えるのである。

以上の理由から、わたくしも積極的に「香子＝掌侍＝紫式部」説を肯定する立場から、いよいよ〝わたくしの〟紫式部伝を再構成してみようと思う。こうした迂遠な営為の意味は、久保朝孝の言う、「比較的等閑視されてきた時期」すなわち「父為時が散位を余儀なくされた、式部十歳からの十年間の動静」と「宣孝一人とされている結婚」についての新見を提示する前提を整備したことをも意味するのである。(9)

そこで再度『権記』の長徳三年（九九七）八月十九日条を引用しよう。

今日、左大臣、於陣被定雑事、戌剋奏定文、（中略）伯耆守政職申下被免異損田事、并故大膳大夫時文後家香子申事等也。子細見奏文目録。

訳 前掲（本書八四頁）。

この史料は、時文の伝記史料との関係から類推するに、やはり亡夫紀時文の財産に関する申し立てと解してよいのではないかと思う。時文は『類聚符宣抄』から、前年六月二十八日までは確実に生存が確認されるが、紫式部の年譜に照らすと、父為時とともに越前にある時期と微妙に重なってくる。(10)また、この時期は宣孝との結婚を目前にしていた時期であったから（交際中でもあったか）、むしろ先の史料は、彼女が再婚を前にして前夫の残した遺産問題の解決を急いだ記事として解しておくのが妥当であろう。

さて、そこで、この紀時文という男について言及しておこう。時文はいうまでもなく、巨匠紀貫之の嫡男として、若くして梨壺の五人に抜擢されたほかは、『後拾遺集』以下の勅撰集に延べ五首入集のみで主だった業績はなく、歌壇の巨匠であった父とは比べるべくもなかろう。確かに昇進と財力に関しては父に勝っているものの、であるからと言って、文人としては、和歌の才も父に比してまこと劣ったものと言わねばならないのであった。しかし、村瀬敏夫のように、彼をして「円満な常識家」「常識的な人柄」と評する見解も一方にはあることを確認しておこう。ところで、二人の結婚には、年齢差を除いては問題はないので、やはりけた外れの二人の年齢差について考えておかねばなるまい。またこの事実は一体何を物語るのだろうか。

そこで、年齢差を試算すれば、紀時文の生年を最も早く設定してみると、母を滋望女とすれば、迫徹朗に没年致仕七十説によって延長六年（九二六）説があり【迫説】、村瀬敏夫には母・滋茂女とする考証から延長二年（九二四）説がある【村瀬説】[11]。これにくわえて、私は梨壺の五人抜擢時、定家本『後撰集』奥書を信ずれば、従七位上相当にあたる近江少椽であったから、大歌人・貫之の名声と蔭位の制にもあやかって、この時二十五歳とする、迫説の延長六年（九二八）を支持することとする。時に貫之六十一歳。彼の記した『土佐日記』（承平四年（九三四））にも土佐で生まれた女児の記事があることは良く知られており、この記述が虚構であったにしても、貫之は子を儲ける自身の若さを疑っていなかったわけで、少なくともこの推論は全く一笑に伏されるたぐいのものではないし、貫之自身の滋望女（滋茂女としても同じく）との年齢差（四十±$\alpha$）、さらには紫式部の宣孝との年齢差をしても、これはあながち否定できない仮説となろう。[12] **そこで、私に承平五年（九三五）を生年とみる。**

いずれにせよ、藤原香子＝紫式部を前提とするが、このように二人が結婚した事実はあるわけで、だとすれば、式部の生年は、今井源衛・後藤祥子説が最もはやく天禄元年（九七〇）【A説】、岡一男の天延元年（九七三）【B説】、萩谷朴説が天延二年（九七四）【C説】南波浩説が天延三年（九七五）【D説】、与謝野晶子・島津久基説が天元元年（九七八）【E説】であるから、[13] それらを勘案して結婚年齢を試算すると、当時一般の平均値十一ないし十七歳で結婚したとして、寛和二年（九八六）（十三、四歳前後）を基準にすると、時文は五十一歳【上原説】もしくは六十三歳【村瀬説】ということになる。その年齢差は実に、最大五十六（六十五－九）歳、最少三十四（五十一－十七）歳離れていたということになる。今日ではあまり考えられない年齢差である。

しかしながら、その謎を解くべき史料がないわけではない。古代の婚姻に決定的な役割を果したはずの、時文・式部双方の曾祖父と父が旧知の間柄であったという事実が存在するからである。すなわち『後撰和歌集』夏部には、清原深養父、紫式部の曾祖父・藤原兼輔、さらに紀貫之の琴のことにまつわる「伯牙絶絃」の故事を介した三者の深い交友が知られる。[14]

夏の夜、深養父が琴ひくを聞きて　藤原兼輔朝臣

一六七　短か夜の　ふけゆくままに　高砂の　峰の松風　吹くかとぞ聞く

同じ心を　紀貫之

一六八　あしひきの　山下水は　ゆきかよひ　琴の音にさへ　ながるべらなり

訳

一六七　短か夜が 更けゆくままに 松風が吹きぬけるかと聞こえたことです
夏の夜に深養父が琴《きん》を弾くのを聞いて（詠んだ歌）　藤原兼輔朝臣

一六八　山の下水が 流れゆくように 琴の音もまた 流れるように聞こえてきたことです
同じ心を　紀貫之

三者ともに『三十六歌仙』に数えられるそれぞれの年齢は、まず、清原深養父が『寛平御時中宮歌合』（八八九～八三九の間）が公式な記録に登場する最初で、延長八年（九三〇）朱雀帝即位の叙位に際して、諸事二十年勤務の労で従五位下となり、さらに内蔵頭に至った（『拾芥抄』）というのみで未詳とするほかはないが、子の元輔（孫説は採らない）の生没年が延喜八年（九〇八）～永祚二年（九九〇）であり、閲歴など諸条件の検討からして、およそ、貞観十三年（八七一）頃生と考えてよかろう（村瀬敏夫説）。また、紫式部の曾祖父・藤原兼輔の生没年は『尊卑分脈』に「承平三年二月十日卒（九三三）、五十五（一本「七」）」と見えており、元慶元年（八七七）生と確認される。貫之もまた確定はしがたいが、貞観十年（八六八）頃生れ、本工権頭となった天慶八年（九四五）九月下旬に七十八歳で急死したとする萩谷説を支持しておく。したがって、深養父と貫之がほぼ同年代、兼輔は若干年少ではあったが、『土佐日記』一月十三日条に、既に土佐在任中に亡くなっていた兼輔の『古今集』巻十九の「誹諧歌」を引歌に、ユーモラスな情景を活写していることもあり、紀氏と勧修寺流藤氏・堤中納言家の深い結びつきが理解されよう。

くわえて『後撰和歌集』夏部には、兼輔の子・雅正と貫之の贈答歌も見られる。

月ごろわづらふことありて、まかり歩きもせで、詣でこぬ由言ひて文の奥に　貫之

二一一　花も散り 時鳥さへ いぬるまで 君にもゆかず なりにけるかな

返し　藤原雅正

二一二　花鳥の 色をも音をも いたずらに ものうかる身は すごすのみなり

訳　月ごろ煩うことがあって、出歩きもしないで、詣で来ない理由を寄越した消息文の奥に（書いてあった歌）　貫之

二一一　花も散り 時鳥さえ鳴かなくなってしまいましたが 君の許にも行けなくなってしまったことです

返し　藤原雅正

二一二　花の色も鳥の音ですらむなしくて 憂鬱な身であるから そのまま過ごすばかりですよ

言うまでもなく、雅正の歌、「花鳥の色をも音をも」の初句二句は『源氏物語』に何度も引歌として利用されている紫式部の愛唱歌であった。二人の和歌における交流は、『貫之集』を一覧するだけでも極めて親密であったことが知られよう。こうした、貫之と兼輔・雅正父子との深い交流が、嫡子・時文と藤原香子を結び付けたとしても不思議ではないからである。したがって、妻を失った時文が、父と深い交友のあった堤中納言の兼輔―雅正―為頼、為時兄弟・累代の縁故に頼って、若き香子を妻としたとするのはまったく荒唐無稽な話とは言えないのである。ちなみに、寛仁二年（九八六）は、為時が再び十年に及ぶ散位の時代に入った年でもある。愛娘の将来に不安を覚えた父が、貞元二年（九七七）頼忠歌合の歌縁に連なる兄・為頼に協力を頼み、時文との縁談を勧めたものと考えるのは穿ち過ぎであろうか。

考えてみれば次の夫となる宣孝とすら、その年齢差は二十歳以上、（最大限二十五歳）の開きがあり、むしろこ

の現象は当時の結婚通念が、今日のそれとは大きな懸隔があることはもちろんのこと、言うなればこの一族相承の伝統的な結婚形態の典型であったとしなければならないであろう。つまりは、年齢差だけでは二人の結婚を積極的に否定する根拠とはなり得ないということなのである。

したがって、先の『後撰和歌集』の贈答を念頭に『紫式部集』陽明文庫本を読むと、諸説紛紛の当該和歌の贈り主の男性の存在も、点と点が一本の線となって繋がってくるのである。(15)

方違へにわたりたる人の、なまおぼおぼしきことありて、帰りにけるつとめて、朝顔の花をやるとて

四　おぼつかな　それかあらぬか　明け暮れの　そらおぼえする　朝顔の花

返し、手を見分かぬにやありけむ

五　いづれぞと　色分くほどに　朝顔の　あるかなきかに　なるぞわびしき

訳

四　方違えでやってきた人との間で　なまなましすぎて思い出したくもない事があって　お帰りになった翌朝　朝顔の花を届けようとして

おぼつかないことです　夕べのあの方なのですか　そうではないのですか　夜明け前の暗闇の中ではっきりしなかったようにしらんぷりをする朝顔の花は（どちらなのですか）

五　その返しは、私の筆跡を見分けることが出来なかったのであろうか

どちらの手（色）だったかと　見分けることができないうちに　朝顔の花があるかなきかに萎れてしまったことがわびしいことです

頃は姉在世中の正暦五年（九九四）以前、正暦三年（九九二）夏のエピソードであると今井源衛は言うが、この当意即妙な伊達男を時文とすれば、時代は寛和二年（九八六）くらいまで遡らせることも可能であろう。いずれにせよ、この男を宣孝とするよりは、かなり蓋然性は高くなるはずである。なぜなら、南波浩の言うように、この男とは「物なれた年長者と見られる点」、「式部の家へ方違へにくる人だから、縁故のある人か、父為時の上司・同僚・友人などの関係にあると思われる点」「しかも歌もかなり詠みこなされる人物」であるというのだから、父貫之が尊敬してやまなかった、堤中納言兼輔ゆかりの邸に住む紫式部姉妹と、梨壺の五人のひとり時文の関係は、先の『後撰集』の贈答歌に見える交流からして、いよいよその蓋然性が高まってくるからである。ちなみに、この男を宣孝ではないとする論者に前掲の今井源衛・石川徹などもいることを紹介しておこう。

また『紫式部集』の十五番歌の詞書に見える「姉なる人の亡くなり、また、人のおとど失ひたるが、かたみに行きあひて、亡きが代りに思ひ交はさむといひけり」は従来、「姉」が式部の姉、「人のおとと＝弟」と解されて、文通相手の弟が亡くなったものとされてきた。しかしながら、わたくしの仮説を前提に読むと、「姉なる人」を失ったのが「姉君」なる女友達。「おとど失ひたる」「中の君」が式部（＝香子）で「おとど」は時文のこととなる。したがって、詞書に「おのがじし遠くへ行き別るるに、よそながら別れ」を惜しんだのは、夫の死を経て、越前で冬を過ごし春へと向かう、「雁」の北帰行の季節の歌ということになるわけである。

さらに加えて、もう一つ、この仮説を補強する見解を提示しておこう。それは『権記』にある「後家香子」の読み直しである。そもそも「後家」とは、寡婦であると同時に、「後妻」の意味をも合わせ持つ可能性が高いことも推測されよう。つまりは、後妻に入れば夫に先立たれるのは世の常であり、語誌的にもこの推測は可能であるばかりでなく、事実、藤原香子本人がそれを体現する両義的な存在であることを示しているのである。[16] 時文が若くして妻に先立たれている歴史的事実は、以下の如く、清少納言の父・清原元輔（九〇八生〜九九〇没）の家集から確認される。[17]

『元輔集』底本「三十六歌仙本」。書陵部本、桂宮本、西本願寺本により校訂した。

貫之が集を人のかりて、かへし侍りける時に、時文がもとにつかはしし

九二　かへしけむ 昔の人の 玉づさを きゝてぞそゝぐ 老いの涙を

時文が女のなくなり侍りて、またの年のおなじ頃になりて侍りて、よみて侍りし

（時文）

一〇一　年を経て なれこし人を 分かれにし 去年は今年の 今日にぞありける

かへし

（元輔）

一〇二　別れけむ 心をくみて 涙川 おもひやるかな 去年の今日をも

訳　貫之の家集を借りてお返しする時に、時文の許に使いを出して（詠み贈った歌）

九二　お返しします 亡くなった方への（思いの詰まった）詠草を 亡き人の声を聞きながら老いの涙を流しながら

時文の妻が亡くなりまして、翌年の同じ頃になりまして詠みました　紀時文

一〇一　長い年月をともに慣れ親しんで過ごしていた妻と永訣したのは 今日が命日でしたよね

返しの（歌）　清原元輔

一〇二　永訣した あなたの心を汲みながら 川に涙を注ぐことです 去年の今日のことを思い出しながらね

梨壺の五人の中で、父の威光もあって、最も若くして和歌所寄人となった時文が、年長の友・元輔らと家族ぐるみのつきあいをしており、彼の妻の死に際して心暖まる挽歌を贈られていたことからも、年長者にも愛された彼の人柄の一端が知られよう。

ただし、この時文には『尊卑分脈』の前田家蔵脇坂氏本の「紀氏系図」によって、四人の子「輔時・時継・文正・時実」の名が記されているが、この子たちの母は特に決定的な日記や和歌の記述や歴史的文献も見いだせないし、先の『権記』長徳三年の条の内容からして、すべてこの四人は先妻の子と見ておく。(18) かくして、長徳二年の夏には紀時文を失い、喪に服した香子は、翌三年、時文相伝の土地などの問題を、権左中弁・藤原行成を介して、八月、左大臣道長に委ね、「陣定」による決済を経た後、父の赴任先、越前に旅立つ。(19)

通説とは一年ずれることになるけれども、この辺りの年代は、式部の生んだ大弐三位・賢子の生没年齢からの逆算（一〇〇〇?〜一〇八二）角田文衞説によるものであって、確定する根拠そのものが希薄なので致し方あるまい。

## 二　紫式部と彼女をめぐる男たち

長徳三年（九九七）秋以降、翌四年（九九八）夏、推定二十五、六歳で越前に下向した紫式部は、その越前でひと冬越した後、ひとり帰京したものと推定される。そしてその年の秋もしくは冬、権中納言藤原為輔・参議藤原守義女の三男・山城守宣孝（四十九歳）と再婚した（娘の生年からすれば、翌年でも可能である）。この年には初婚の相手時文との仲を取り持ってくれた伯父・為頼を失っている。時文に比して、宣孝は、官位・文学的才能どれをとっても一歩も二歩も劣るつまらない男であった。その上、彼女の終生のライバル清少納言に、夫はかように滑稽な猟官運動をしたことを意図的に書き記されてしまっていた。

『枕草子』「あはれなるもの」（長保三年（一〇〇一）四月二十五日、宣孝卒去以後）[20]

衛門佐宣孝といひたる人は、（略）三月晦日に、紫のいと濃き指貫《さしぬき》・白き襖《あを》・山吹のいみじうおどろしきなど着て、隆光が主殿の助には、青色の襖、くれなゐの衣、すりもどろかしたる水干といふ袴を着せて、うち続きまうでたりけるを、還る人も、いま詣づるも、めづらしうあやしきことに、「すべて昔よりこの山に、かかる人の見えざりつ」とあさましがりしを、四月朔に帰りて、六月十日のほどに、筑前守知章の辞せしに、なりたりしこそ、「げに、いひけるにたがはずも」ときこえしか。これは、あはれなることにはあらねど、御嶽のついでなり。

訳 右衛門佐の（藤原）宣孝っていう人は、（略）三月の末に紫のとっても濃い指貫、白い狩衣、山吹色のすごく派手派手しい袿を着て、息子の主殿司の亮、（息子の）隆光には青色の狩衣、紅色の袿、まだら模様に摺り染めにした水干の袴を着せて、連れ立って参詣したのを、お参りから帰る人も、今から行く人も、とてもめずらしくて突飛なことだから、「昔からこの山にこんな恰好の人は見たことない」と、驚き呆れたようだけれど、四月一日に帰って、六月十日頃に筑前守が辞めた代わりに任官できたのは、「まこと御嶽の効験であった」と評判になったのよね。これは「あはれなること」ではないけど、御嶽のお話ついでに記しました。

これはやはりなんとも情けない話である。夙に萩谷説は、この言説が著名な『紫式部日記』の清少納言評に繋がったと言い、「呪詛」とも評される、かの「清少納言こそ、したり顔にいみじう侍りける人。さばかりさかしら立ち、真名書き散らして侍るほども、よく見ればまだ、いと足らぬこと多かり」とあるテクストを解釈する。[21]

また三田村雅子は、この挿話を「大変な分量の『脱線』であり、その位置も段の冒頭に近く、全体の均衡を甚だしく失している」と論断する。そしてその原因として、執筆時点から約十年以上を経過している噂話を敢えて記したのは「六月十日のほどに」と日付が明かされていることから知られるように、彼女の実人生において、最も深い悲しみのひとつである父・元輔の任国肥前での客死が重なっていることを指摘する。[22] 父元輔は『枕草子』の「すさまじきもの」やその家集『元輔集』からも知られるように、除目における悲哀を終生味わった典型的な受領階級の人であり、その父の死とほぼ同時に、隣国筑前守知章の後任として、なんと後にライバル紫式部の夫となった宣孝が決したとなれば、その胸中は察するにあまりあるものがあろう。しかしながら、宣孝の御獄詣でに際しての珍妙な服装は、それが事実であれ虚構であれ、特定個人を〈供犠〉として書き記すという、逸脱の言説であったと言う他はない。

＊

こうした清紫二女の緊張関係は、やがて時の最高権力者藤原道長の存在を介して明暗をくっきり分けることとなる。とりわけ言及しておかなければならない事柄として、『尊卑分脈』等の中世の系譜類に「御堂関白道長妾」とある伝承の解釈の諸問題があろう。そもそもこの問題こそ、『紫式部日記』というテクストを通して、日本的イデオロギーに汚染され続けてきた、いわゆる国文学という制度の軽薄さ・単純さを露呈させている典型であるからである。

『紫式部日記』七五「源氏の物語」（寛弘五年（一〇〇八）六月十四日以前）

『源氏の物語』、御前にあるを、殿の御覧じて例のすずろ言ども出できたるついでに、梅の下にしかれたる紙

に書かせたまへる、

「すき物と 名にしたてればみる人の をらですぐるは あらじとぞおもふ」

たまはせたれば、

「人にまだ をられぬものをたれかこの すきものぞとは 口ならしけむ

めざましう」と聞こゆ。

訳 『源氏の物語』（のこと）。私が中宮の御前にあった時に、殿（道長）が御覧になって、いつもの戯れ言などを仰せになるついでに、梅の下に敷かれた紙に和歌をお書きになって、

「酸い梅（好き者と 噂されるあなた）が目の前にあるのだから 手折らずに過ごす（契りを交わさぬ）ことなど あるまいとぞ思うのだが」

と仰せになったので

「（夫以外の）人にまだ 手折られたことはないのですから（好き者ではありません）酸い梅を口にしたように舌を鳴らしましょう お戯れを」と申し上げた。

このように朧化されているものの、贈答の相手は道長であり、その軽妙な応酬は、かつての時文との間で交わされたと思しき贈答と比してどのような発展があったというのだろうか。梅の季節に「好き者」「酸き物」とを懸ける他愛のないこのやりとりを、自分の日記にあえてしるした意図は何か。これはやはり清少納言に向けた紫式部のメッセージであったのかもしれない。わたくしはこの和歌の応酬に船晦や朧化をよむよりは、むしろ『紫式部集』の朝顔にまつわる若き日の恋愛告白と同質の明け透けな彼女の実人生の二つのエポックとして、これを彼女の自己顕示欲によって記された言説であると考えている。(23)

さらに、晩年の行方はいっこうにわからない清少納言に対して、紫式部は少なくとも長和二年（一〇一三）五月までは存命していたことが明らかであり、この時にいたるまで、道長と小野宮実資双方から厚遇を得ていたことが次の一節からも知られている。(24)

『小右記』長和二年（一〇一三）五月廿五日条

廿五日、乙卯。資平去夜密々令参皇太后《（彰子）》宮令啓東宮御悩之間依仮不参之由、今朝帰来云『去夕相逢女房〈越後守為時女。以此女前々令啓雑事而已〉。彼女云『東宮御悩雖非重、猶未御尋常之内、熱気未散、亦左府卿有患気』者。

訳　廿五日、乙卯。資平を去夜内密に皇太后《（彰子）》宮に参内させた。東宮《（敦成親王）》御悩の間、仮の不参の由を啓上させたのである。今朝帰り来て云うのには、『去夕、女房〈越後守為時の娘。以前から雑事を啓上してきた唯一の女房〉に面会しました。彼の女房の云うのには『東宮の御病悩はさして重いわけではないのですが、なおいまだに快癒とは言い切れぬ状態で、熱もいまだに下がりません。また左府卿《（道長）》もまた患気があるのです』ということだった。

この文献で注目すべきは、紫式部と実資との関係である。小野宮家にとって道長の専横は、まさに『小右記』万寿元年（一〇二四）四月十七日条に「王法滅尽、嘆無益」と書き記すほどのゆゆしき振る舞いの数々であり、その最高権力者と内通しているという疑念のある紫式部と、その実資が、嗣子・資平を介して「内密に」東宮・敦成親王の病気の話題で情報交換することすらあったという事実である。実際、実資は皇大后宮（彰子）に篤く信任されていたようで、紫式部は複雑な宮廷内部の権力関係の中で、巧みにネットワークを構築していた事が分かるのである。しかし、これはあくまでもわたくしの憶測でしかないのだが、ありうる可能性としては、時の最高実力者道長のバックボーンを背景とした自負と、いささか勝ち気に過ぎる才気と、緻密雄大な構想を持つ『源氏物語』作者としての資質とその名声によって、一門の最高機密に属する交渉をも担いうるスポークスウーマンとして、以前の上東門院掌侍としてのキャリアを完全に越えた公人・藤式部が、後宮内に確固とした地位を占めていたことの証左であるとは言えないだろうか。

## 三　紫式部像の変貌

ところが、公人としての式部と私人としての式部は全く別の人格であるかのような落差を彼女の『日記』は抱え込んでいる。

『紫式部日記』四〇「こころみに物語をとりてみれど……」（寛弘五年（一〇〇八））

こころみに物語をとりてみれど、見しやうにもみおぼえずあさましく。あはれなる人のかたらひしあたりも、〈我をいかに面なく心あさきものに思ひおとすらむ〉とおしはかるに、それさへいとはづかしくて、えおとずれやらず、心にくからむと思ひたる人は、〈おほぞうにては〉〈文や散らすらむ〉など疑はるべければ、〈いかでかは我が心のうち・あるさまを深うおしはかるらむ〉と……。

訳　何気なく物語をとってみたけれど、（自作なのに）見たこともないように思えて、なんとも不思議な気持ちで呆然、心を許したつもりの人と話していた後、〈私のことをどれだけ恥知らずで心浅い女と見下しているのだろう〉と邪推していると、そんな自分になおのこと気後れがして、友を訪ねることも出来ない。〈奥ゆかしくありたい〉と思っていた人も、宮仕えの人たちに消息すれば、〈とおり一辺の人つきあいなんだから〉とか、〈私のこと（文）をすぐ物語に取り込んでいるんだろう〉などと疑っているに違いなかろう。〈私は私で〉〈そんな人が私の心のうちや　ありようを深く理解などしてくれようか〉などと考えてしまって……。

紫式部は『源氏物語』を手にして、以上のような感慨をもらしている。しかも〈我をいかに面なく心あさきものに思ひおとすらむ〉と、文を書き散らした自らを後言《しりゅうこと》（陰口）する人々の声におびえるかのような言説である。あれほど赤裸々に自己の恋愛体験を『日記』や『歌集』に書き記している彼女の内面独自の問題は、輻輳する『紫式部日記』の表現機構の問題とも通底する複雑な屈折を見せている。つまり、その自閉的な感慨とは『源氏物語』の読者に、自らの実人生と、物語とのあまりの懸隔とを重ね合わされた時の、彼女のどうにもならない人生の不条理にもがき苦しむ抵抗の独白であったのかもしれない。(25)

つまりは、上来見てきたような〝わたくしの〟紫式部伝からすれば、一見放恣で無軌道な彼女の恋愛もまた、こうした孤独な心のよりどころを求めた彼女の心の軌跡に過ぎないのである。とどのつまりこうした紫式部像の偏差の問題は、研究史を辿ってきて明らかなように、この女性の人物像が中世以降、淑女の鑑であったり、姦淫の書『源氏物語』の作者として地獄に堕とされたりという、両極端な彼女の評価同様、ほぼ例外なく時の《源氏＝紫式部》像を反映し、またそこにすべて帰結するものでもあることが判ぜられるのである。かくいうわたくしも自らの学統に立脚して、その部分的修正をはかったにすぎないのかも知れないが、としても、わたくしなりに研究状況と対峙し、久しく膠着状態にあった紫式部の伝記研究に一石を投じたことは、確かなことであろうと考えるのである。

注

（1）角田文衞「紫式部の本名」（『紫式部とその時代』角川書店、一九六六年、『日本文学研究史料叢書 源氏物語Ⅱ』有精堂出版、一九七〇年、初出「古代文化」一九六三年七月所収）に始まる一連の論争。それらは島田良二「紫式部諸説一覧」（「国文学」学燈社、一九八二年十月）に賛否両論が纏められている。諸説の代表的なものに、萩谷朴『紫式部日記全注釈』下巻「解説・紫式部の生涯」（角川書店、一九七三年）、今井源衛「紫式部本名藤原香子説を疑う」（『今井源衛著作集 第二巻／紫式部の生涯』笠間書院、二〇〇三年、初出一九六五年一月）、山中裕「紫式部伝記考」（『平安朝文学の史的研究』吉川弘文館、一九六九年、初出一九六五年二月、『日本文学研究資料叢書 源氏物語Ⅱ』再録）、岡一男「紫式部本名香子説への再吟味」（『源氏物語の基礎的研究 増訂版』東京堂、一九六六年、初出 一九六六年二月）等があげられよう。しかし、比較的最近発表された久保朝孝「紫式部の伝記」（「国文学」一九九五年二月）では「現在この説がとりあげられることはほとんどない」ともあり、加納重文『源氏物語の研究』（望稜舎、一九八六年）に詳細な論証がなされたものの、その後、管見の及ぶ限り追認が見られないのが現状である。

（2）前掲注（1）久保朝孝「紫式部の伝記」には、今後の課題として、「これまでの伝記研究の中で比較的等閑視されてきた時期についての検討がある。たとえば父為時が散位を余儀なくされた、式部十四歳から十年間の動静。―中略―式部の夫は宣孝一人とされているが、式部の結婚年齢と二人の年齢差を勘案すれば、これが初婚とはとうてい考えられない。道長との関係についても「御堂関白道長妾」という尊卑分脈の記述はほぼ無視されて、貞淑な婦人像が形成されてしまっている。果たしてそれでよいのか」とある。

（3）本文は『権記』（史料纂集、続群書類従完成会、一九七八～一九九六年）、伏見宮本『行成卿記』（宮内庁書陵部デジタルアーカイブス）による。以下倣之。また本論の考証の前提となる「藤原香子」なる人物については東京大学史料編纂所の「フルテキストデータベース」によって、「香子」に関する新出文献を検索した上で考証を加える事が出来るようになった。まず、『大日本史料』巻二―一四冊に所載の『光厳帝農記之写』では、寛仁三年（一〇一九）八月二十八日条に敦良親王乳母としての藤原香子が確認されるが、これは橋本義彦「外記日記と殿上日記」「書陵部紀要」十七号（一九六五年）において、原本の広橋本『東宮御元服部類記』を根拠に「源香子」と推定した人物であり注意を要する。また『平安遺文』の『吉田文書』巻一・撮津「天延二年（九七四）七月三日／売人法隆寺僧玄燿／立券正歴二年（九九一）十月二十三日保証刀禰平群隆仁」と署名のある「中売買家地立券文事」に「四至〈限東源香子地井中垣 限南鳩寺東院西香木堂地 限西内蔵滋王子地 限北道〉とある地番を示す東の一角に割注で「源香子地井中垣」が見えるが、かりに「源香子」を女性と認定しても『東宮御元服部類記』に見える、摂津の亡父の可能性もあり土地を相続した人物の存在も、時文はこの時健在であるから、『権記』の当該人物とは別人である。

（4）『類聚符宣抄』本文は「国史大系」吉川弘文館本による。時文晩年の記事は以下の通りである。

右大弁平朝臣惟仲伝宣。権中納言源朝臣伊砂宣。奉勅依大膳大属川原兼之去年十二月廿八日奏状准有時例。以件兼之。宜下為一諸国進納彼職調庸交易雑物年新勾当「大夫紀朝臣時文相中加検臨「令弁行其合期日見上之事上者。

正暦三年（九九三）二月二日／左大史多米朝臣国平 奉

右大弁源朝臣扶義伝宣。右大臣道長宣。奉勅大膳少属大友忠節宜下永為職納諸国調庸交易雑物之勾当大夫朝臣時文共令弁中行之上者。

長徳二年（九九六）六月廿五日／右大史物部邦忠 奉

（5）山中・今井注（1）前掲論文参照。

（6）『紫式部日記』本文は、萩谷朴『校注 紫式部日記』（新典社、一九八五年）による。○数字は所在頁行数を示す。

（7）萩谷朴「紫式部の初宮仕は寛弘三年十二月二九日なるべし」（「中古文学」二号、中古文学会、一九六八年二月）、

『紫式部日記全注釈』下巻（角川書店、一九七三年）参照。これら萩谷説は『紫式部の蛇足 貫之の勇み足』（新潮選書、二〇〇〇年）に論理の徹底がなされている。

（8）『御堂関白記』・『小右記』本文は「大日本古記録」（岩波書店）によっている。『御堂関白記』影印は宮内庁書陵部デジタルアーカイブスによる。

（9）久保注（1）前掲論文参照。

（10）ここで時文＝紫式部後家説を立論する際に問題となる『紫式部集』歌の詠作年次と式部越前下向の年次推定論を確認しておく。父為時が越前守に任じられたのは長徳二年正月廿八日（『日本紀略』）であったが、当該一三番歌詞書によって「賀茂に詣でたるに、ほととぎす鳴かなむといふあけぼのに、片岡のこずゑをかしく見えたり」とあって、初夏までは都にいたとされている。しかし、二〇番詞書に「近江のみずうみにて」とあり、二一番詞書も「磯の浜」と旅は続き、さらに三二番詞書に「夕立しぬべしとて、空の曇りてひらめくに」とあることから、久保田孝夫「紫式部 越前への旅—紫式部集をめぐって」（「同志社国文学」十八、一九八六年二月）、藤本勝義「紫式部下向の日—長徳二年六月五日」（『源氏物語の人ことば文化』新典社、一九九九年、初出一九九四、一九九七年）などの論考に代表される長徳二年夏説が優勢である伊藤『新大系』も同じ。中野『新編全集』は同年秋説。後掲注（13）参照。ただし、藤本氏の長徳二年六月五日出立説とすれば、私説では、少なくともこの年長徳二年六月末までは夫である、時文の生存が確認されており（『類聚符宣抄』）、許容できない。ところが、今井源衛がこれらの歌を帰京の際のそれと解して退け、夏頃、紫式部にとっては伯父にあたる為頼為時兄が餞別の小社を贈った記事として、

越前へ下るに橋のたもとに

三七　夏衣 薄き袂を たのむかな いのるこころの かくれなければ

人の遠きところへ行く、母にかはりて

三八　人となる ほどは命ぞ 惜しかりし 今日はわかれぞ かなしかりける
（『為頼集全釈』風間書房、一九九四年）

の歌群を指摘し、為時が嘆く母を残して出立の準備をしていたことまた、『紫式部集』八番歌詞書の「〈はるかなる所へゆきやせん、ゆかずや〉と思ふわづらふ人の、山里よりもみぢをゝりておこせたる」とある解釈などから、式部も為時に帯同して「秋の末」に離京したと推定している（『紫式部』吉川弘文館、一九八五年改版のちに『今井源衛著作集　紫式部の生涯』第二巻、笠間書院、二〇〇三年所収）。そこでわたくしは、「秋、越前下向」説については、部分的に支持して、翌年長徳三年出立説を仮定したい。なぜなら、従来、四・五番歌に登場した「姉」の死と読まれてきた詞書の解釈も、夫時文の死の事実を介在させると、変更を余儀なくされるからである。

姉なる人の亡くなり、また、人のおとと失ひたるが、かたみに行きあひて、亡きが代りに思ひ交はさむといひけり。文の上に姉君と書きき、中の君と書き通しけるが、をのがじし遠き所へ行き別るるに、よそながら別れおしみて

十五　北へ行く 雁のつばさに ことづてよ 雲の上がき 書き絶えずして

返しは西の海の人なり。

十六　行きめぐり 誰も都に かへる山 いつはたと聞く ほどのはるけさ

この和歌の贈答から、清水好子『紫式部』（岩波新書、一九七三年）は、十六の歌に見える地名「鹿蒜山＝かへる山」「五幡＝いつはた」が越前南条郡、敦賀郡にあることから、式部の越前下向を知らされていた時期の和歌であると言う。加えて、外在要素からして、夫の死後の再婚は一定期間、喪に服せば再婚への支障はなく、頻繁に行われていたことが、栗原弘『平安時代離婚の研究―古代から中世へ』（弘文堂、一九九九年、第七章「離婚と再婚」）に詳しく論証されている。これらを勘案して、翌・長徳三年、時文の財産問題を処理した後の「秋の末」、夫の喪が明けてから父の許に出立し、翌年長徳四年の「夏もしくは秋までに」帰京して、冬頃、宣孝と

結婚したと想定する。そもそも、宣孝と結婚した年の論拠は、二人の間に生まれた娘の生没年推定の上に逆算されたもので、極めて状況証拠の乏しい仮説にすぎないのである。

(11) 迫徹朗「大鏡の創作方法管見」(『王朝物語の考証的研究』風間書房、一九七六年)、村瀬敏夫「紀時文の役割」(『平安朝歌人の研究』新典社、一九九四年)参照。くわえて、前掲注(3)で利用した、東京大学史料編纂所の「平安時代フルテキストデータベース」によって、あらたに『本朝世紀』寛和二年(九八六)五月十八日条、紫宸殿の請僧供養の行事に「堂童子四人用之〈左、散位上毛野公之・中務少輔源能遠、右、大膳大夫紀時文・掃部頭藤原為忠〉」が見出される。

(12) 萩谷朴『土佐日記全注釈』(角川書店、一九六九年)参照。なお、この亡児の記事を虚構とみなして立論した長谷川政春『紀貫之論』(有精堂出版、一九八四年)がある。

(13)【A説】今井源衛「晩年の紫式部」(『今井源衛著作集 第三巻/紫式部の生涯』笠間書院、二〇〇三年、初出一九六五年一月所収)、後藤祥子「紫式部事典」(秋山虔編『源氏物語事典』学燈社、一九八九年)参照。【B説】―前掲注(1)所収の岡一男論文。伊藤博『新日本古典文学大系/紫式部日記』(岩波書店、一九八九年)、秋山虔『新編日本古典文学全集 源氏物語1』(小学館、一九九四年)、中野幸一『新編日本古典文学全集/紫式部日記』(小学館、一九九四年)各「解説」による。【C説】―前掲萩谷注(12)論文、【D説】―後掲南波浩注(15)論文、【E説】―安藤為章『紫女七論』、与謝野晶子「紫式部新考」(「太陽」一九二八年、前掲注(1)『日本文学研究史料叢書 源氏物語Ⅱ』所収)、島津久基『紫式部の藝術を憶ふ』(要書房、一九四九年)参照。

(14) 上原作和「懐風の琴―『知音』の故事と歌語『松風』の生成」(『日本琴学史』勉誠出版、二〇一五年、初出二〇〇一年)に歌語「松風」の生成に当該の歌群が重要な位置にあることを述べた。また、北家藤原氏の家系については、今井源衛「紫式部の父系」(『今井源衛著作集/紫式部の生涯』第三巻、笠間書院、二〇〇三年、初出一九七一年所収)、さらに久保田孝夫「越前守藤原為時の補任」(「同志社国文学」十六、一九八〇年三月)、「藤原為時をめぐる人々」（『古代文学研究』五号、一九八〇年九月）参照。

（15）本文は上原作和・廣田收校注訳『〈新訂版〉紫式部と和歌の世界──一冊で読む紫式部家集』（武蔵野書院、二〇一二年）による。南波浩『紫式部集全評釈』（笠間書院、一九八三年）も参照。以下南波説は倣之。

（16）久保朝孝「紫式部の初恋──明け暗れのそらおぼれ・虚構の独得」（『古典解釈の愉悦 平安朝文学論攷』世界思想社、二〇一一年、初出一九九二年）が近年の解駅に綿密な考察を加えている。また、この「姉」については、同一男の式部の従姉・肥後守橘為義説に従う。前掲注（1）参照。ただし、坂本共展『源氏物語構成論』（笠間書院、一九九二年）に批判もある。

（17）後藤祥子『元輔集注釈』（貴重本刊行会、一九九四年）参照。

（18）村瀬注（11）前掲書参照。私は「後家香子申事」とは先妻の子達との財産問題の調停であると考える。

（19）栗原弘氏の教示によれば、当該──『権記』に見える「後家」の用例は我が国で最も早い用例のようである。氏の編になる比較家族史学会編『事典家族』（弘文堂、一九九六年）によると、亡くなった夫の財庄権が「後宋」のもとで家を代表し、公的な負担者となる慣例的制度が確立したのは十一世紀から院政期にかけてのことであったとする「後家」──野村育代・執筆。とすれば、『権記』の当該記事は、重要な事実ということになる。先行研究に服藤早苗「平安時代の相続について──時に女子相続権を中心として」（『家族史研究』第二集、大月書店、一九八〇年十月）があるものの、十一世紀の畿内近国の私地所有権についての高及に留まっている。ちなみに『うつほ物語』「蔵開」下巻には、藤原兼雅が自身の三條院を妻妾・中君に譲渡する「券」を書く条があり、引越しの作法も記される貴重な場面がある。

（20）本文は萩谷朴校注『新潮日本古典集成 枕草子〈新装版〉』（新潮社、二〇一七年、初版一九七七年）による。

（21）萩谷朴「清少納言を意識する『紫式部日記』──反駁による近似、比較文学の一命題」（『二松学舎大学論集』一九六八年二月）、「清紫二女のあいた」（『東洋研究』一九七三年三月）、および『枕草子解環』第三巻（同朋舎出版、

一九八二年）、『枕草子解釈の諸問題』（新典社、一九九一年）参照。

（22）三田村雅子「『枕草子』を支えたもの―書かれなかった「あはれ」をめぐって」上下（『枕草子　表現の論理』有精堂出版、一九九五年、初出一九七四年十月、一九七五年八月、改題所収）参照。

（23）萩谷注（1）前掲書、「紫式部と道長との交情―『前紫式部日記』の存在を仮説して」（「中古文学」中古文学会、一九七〇年九月）、および萩谷注（1）前掲書参照。

（24）今井注（14）前掲書、萩谷朴注（1）前掲書参照。

（25）『紫式部日記』の主題論については、室伏信助「紫式部日記の表現機構―十一日の暁をめぐって」（「国語と国文学」第64巻11号、東京大学国語国文学会、一九八七年十一月、「紫式部日記における源氏物語―「こころみに物語をとりて見れど見しやうもおなえずあさましく」をめぐって」一九九一年、ともに『王朝日記物語論叢』笠間書院、二〇一四年所収）を日記文学研究の到達点を極めた代表的論考として挙げておく。最近の『紫式部日記』研究の動向については、石原昭平「紫式部日記」（『平安日記文字の研究』勉誠社、一九九七年、初出一九九五年）、安藤徹「読みの歴史と物語作者の自己成型―『紫式部日記』の位置」（『源氏物語と物語社会』森話社、二〇〇六年、初出一九九九年）、陣野英則「物語文学と署名」（『源氏物語の話声と表現世界』勉誠出版、二〇〇四年、初出二〇〇一年）等参照。

# 第二章　宇治十帖と作者・紫式部――「出家作法」揺籃期の精神史

## はじめに

二十年ほど前、わたくしは当時の研究動向に注意を払いつつ「紫式部伝」を『人物で読む源氏物語』全二〇巻に渡って連載した。これは紫式部＝藤原香子説を基幹とした説述であり、紀時文との四十五歳近い両者の年齢差から賛同を得られていない。(1)

くわえて、各種人物事典等を典拠としているのであろう、図書館の著者共通データとなると「紫式部　九七三～一〇一四」と記されているのである。この典拠からして、作者・紫式部の伝記については、ほとんど進歩していないというのが実際であると言える。この生没年の「九七三～一〇一四」説は、岡一男説であるが、(2)この学説は、研究状況に照らして完全に過去のものである。この説が提出された一九五〇～一九七〇年代は、古記録文献、特に『小右記』本文が整備されておらず、『大日本古記録』（岩波書店）全十一巻は、第一巻一九五九年、十一巻の完結は一九八六年と都合二十七年を閲している。(3)『小右記』に見える「女房」を紫式部とすると、没年は一〇一九～一〇二〇年頃というのが、最新の見解であるが、この説が一般に浸透しているとは言い難い。

本章は、この二十年の紫式部伝の成果に照らして、それら諸説を勘案しつつ、「宇治十帖の作者・紫式部」の生涯とその精神史について、再び祖述することとしたい。したがって、先の連載と重なる記述も多いことをあらかじめ、お断りする。

## 一　紫式部伝の前提

さて、近代の本格的な評伝は、歌人・与謝野晶子による「紫式部私考」(『太陽』、平凡社、一九二八年)を俟《ま》たなければならなかった。以後、国文学にドイツ文献学が導入され、歴史学の成果と、当時の人々の正確な文献考証が行われ、周辺人物の実態的なありようが明らかにされるに及んで、その研究も活気を帯びてきたのであった。こうした時代背景にあって、古代学を提唱する角田文衞の「紫式部の本名」(一九六三年)は、紫式部の本名を藤原香子と特定し、「日本史最大の謎」とされていた懸案を一気に解決したものであった。[4] この説は当時のマスコミにも取り上げられ、一世を風靡したかの観があったが、その論拠には検討の余地をも内包していたため、国史学・国文学者からの批判が寄せられ、萩谷朴による『紫式部日記』注釈の副産物として提出された、香子を前提とした考証も、学界からは等閑視されて、以後四十年間、膠着状態のまま現在に至っている。

もちろん、伝記研究としては、今井源衛『紫式部』(吉川弘文館、一九六六年、一九八五年改訂新版)[5] によって、その詳細な伝記が、骨太かつ詳細に再構成されたことは特筆される業績であると言えよう。また、清水好子の『紫式部』[6] が『紫式部集』の細密な読解によって、その内面世界が『源氏物語』や『日記』などと有機的に結びつけられ、精神史的な軌跡が跡付されたことも忘れてはならない。

しかしながら、これらの伝記研究は、いずれも文献未整備の時代の仮説であり、当時は新見として注目された見解も、歴史的文献の多くのデータが、精密に再検討できる状態になっている。したがって、今こそ、紫式部伝は書き改められるべき時に来ていると言ってよいのである。

## 二　宇治十帖研究の課題

『源氏物語』と作者を語る際、必ず顧慮しなければならない課題がある。それは、「竹河」巻に見られる顕著な官職の矛盾、すなわち、薫が中納言に昇進し、紅梅大納言が右大臣、夕霧が右大臣から左大臣にそれぞれ昇進するものの、以降の巻では昇進以前の官職名であるというように、記述に矛盾すら派生した別作者説である。

匂宮三帖、宇治十帖については、池田亀鑑が九条家『源氏物語古系図』に「巣守」「桜人」等、現行五十四帖に見えない巻名や登場人物があることから、宇治十帖を後人によるダイジェストとする池田亀鑑「源氏物語古系図の成立とその本文資料的価値について」[7]、「語彙考証」から紫式部周辺の別作者とする石田穣二説「匂宮・紅梅の語彙」[8]があったものの、今井源衛は、こうした矛盾を紫式部の『源氏物語』創作の中断による主題の変容によるものであって、矛盾を指摘される巻々も、紫式部の作であるとする反論を提出した。[9]これ以降、この課題を積極的に取り組んだ論攷は少なく、「竹河」巻の玉鬘の「尚侍」呼称の使用方法が正編のそれとは異なるとして、別作者説を唱えた田坂憲二「竹河巻紫式部自作説存疑」[10]と今井論攷を受けつつ、田坂論攷に対しても、「竹河」巻は玉鬘系の物語であることから、そこに矛盾を抱えた面もあるとした中島あや子「匂宮・紅梅・竹河巻考」[11]とがあったのみで、以後は『源氏物語』総体が紫式部の作であるとする前提が未解決のまま踏襲されているのである（創作過程論として、歌人たちに「巻名」を提示して和歌を作らせ、それをもとに紫式部も物語創作に関わったひとりであるとする、清水婦久子『源氏物語の真相』がある）。[12]

また、今井論攷を前提とした久下裕利に、一連の物語の官職論がある。[13]久下氏は、さらに、宇治十帖に関しては、『紫式部日記』『紫式部集』『源氏物語』正編、それも玉鬘系の「空蝉」「夕顔」「末摘花」の物語が投影しているとし、正編は、道長の要請があり、寛弘五年十一月一日の浄書本作成までに完成を見たものとする。
くわえて、宇治十帖の「執筆契機」に関しては、まず、物語内容がそれぞれ、正編と匂宮三帖とを「回帰」「継承」しつつ「引用」していることを指摘した上で、父・藤原為時が具平親王の家司であった縁から、紫式部も親王家に出仕していたとする仮説を提示した。さらに、「当初、具平親王のかつての同僚女房たちとの和解を目指し、隆姫と頼通と隆姫との結婚を有効に導くための物語創作であったが、いっけんそれは道長の意向を汲んだ形ではあるのだが、具平親王の急死に際して、宇治十帖の結末は、具平親王の鎮魂の目的へと変容したのであった(14)」と推論している。

## 三　具平親王、源倫子と紫式部の関係

久下氏の、具平親王と紫式部の深い関わりについての論拠は、『紫式部日記』の以下の記述が起点である。

十月十余日までも御帳出でさせたまはず。（略）中務の宮（具平親王）わたりの御ことを御心に入れて、そなたの心寄せある人とおぼして、語らはせたまふも、まことに心のうちは思ひゐたること多かり。

訳　十月十余日までも御帳を御出にならなかった。（略）中務の宮（具平親王）御周辺のことを御心に入れて、（わたくしが）宮様に心寄せある人間とお思いになっていらして、お話しになるのだけれど、実際心のうちでは（わたくしなりに）思うことも多くありました。

『紫式部日記』に見える具平親王（中務宮、四十五歳）に関する直接の言及はこの一箇所である。殿（道長）が敦成親王をはじめて抱いた喜びを記した後、次の懸案として、殿は中務宮（具平親王家）の御事（隆姫と頼通（十七歳）の婚姻）に御執心であり、わたくし（紫）を、その宮家に縁故のある者とお思いになって、親しく話し掛けてくださるものの、実際、心中では思案にくれることが多かった、と見えるからである。拙著『紫式部と和歌の世界』(15)当該条には、以下のようにある。

○中務の宮わたりの御こと―村上天皇の第七皇子具平親王（四十五歳）の娘隆姫と道長の長男頼通（十七歳）との縁談を言う。作者の父為時は、以前、具平親王家司であったし、具平親王男子・頼成は作者の従兄弟伊祐の養子でもあったから、道長は作者を仲立ちとして、縁談を進めようとしたのであろう。

久下氏の「具平親王のかつての同僚女房たちとの和解」の遠因と『紫式部日記』の「まことに心のうちは思ひゐたること多」いこととはここに照応可能ではある。また、久下裕利は、長和二年（一〇一三）以降、寛仁三年（一〇一九）以前までの五年間の『小右記』の記事空白期間に、紫式部が具平親王娘・隆姫妹付きの女房として、亡き皇后定子腹の敦康親王家に出仕していた可能性を指摘する。(16)敦康親王の許に具平親王の娘・隆姫妹が嫁いだのは、長和二年（一〇一三）十二月十日であった。

**『御堂関白記』長和二年（一〇一三）十二月十日条**

参皇太后宮、帥宮（敦康親王）御方、故中務卿宮（具平親王）女子参。（略）入夜又参、亥時参入云々。

訳　皇太后宮に参る。帥宮御方《敦康親王》、故中務卿宮《具平親王》の女子参内。（略）夜になってまた参内、亥時（二十二時）参入したと云々。

敦康親王は、長和五年（一〇一六）正月二十九日、式部卿に転じたものの、寛仁二年（一〇一八）十二月十七日、突然発病、出家の後に薨じた（享年二十）。親王薨去の後、妃も出家したため、一女・嫄子（一〇一六〜一〇三九）は頼通・隆姫の養女となり、後朱雀天皇中宮となった。敦康親王薨去の顛末は『栄華物語』「あさみどり」巻に以下のように記されている。(17)

一品宮《脩子内親王》も明暮の御対面《敦康親王》こそなかりつれど、よろづに頼もしきものに思ひきこえさせたまひつるに、心憂くあさましきことを思しまどはせたまひて、わが御身もあり、御涙のみ隙なう思し嘆かせたまふ。南院の上《敦康親王妃》、いみじう思し嘆かせたまふ。姫宮《嫄子》は、もとより関白殿《藤原頼通》御子にしたてまつらせたまひて、日ごろもかの殿におはしましければ、よくこそはかく思しのたまはせけれ。（②一六二頁）

訳　一品宮《脩子内親王》も明暮の御対面《敦康親王》こそなかったけれど、諸事に頼もしい方とお思い申し上げていらっしゃったので、心憂く残念なことと惑乱なさって、わが御身もあり、御涙ばかりが間断なく流れて深くお嘆きでいらっしゃる。南院の上《敦康親王妃》もひどくお嘆きでいらっしゃった。姫宮《嫄子》は、もとより、関白殿《藤原頼通》の養女になし奉り、（姫宮は）日頃、かの頼通邸にいらっしゃったので、よくよくこのように（後朱雀天皇入内を）お考えでいらっしゃることを仰せであった。

敦康親王は、彰子が猶子の東宮即位を強く望んだにも関わらず、これが叶わなかった悲劇の親王であった。寛弘八年（一〇一一）五月二十七日、譲位を考えていた一條天皇は、敦康親王立太子の可否を親王家別当の藤原行成に問うた。行成は文徳天皇の惟喬親王の例を挙げて、道長の賛成が得難いとして政変の可能性に言及しつつ、「親王の母后の外戚家高階氏が伊勢の大神宮に憚る所あり」と言い、諫止した。このため、皇太子となったのは僅か四歳の異母弟・敦成親王（のちの後一條天皇）であったから、中宮彰子は一條天皇と自身の意向を無視した父道長を怨んだと伝える（『権記』同日条『栄華物語』「岩陰」[18]）。

このような歴史叙述からして、久下氏のいう紫式部の敦康親王家の出仕説は、十代の若い妻である隆姫妹の後見と、娘の媛子の養育係としての出仕として十分な説得力を持つ。この久下氏の仮説を補強する説として、『源氏物語』が、具平親王周辺を読者として想定して書かれたことは、夙に萩谷朴『紫式部日記全註釈』「解説・作者について」[19]に見えていた。

紫式部が自らいうごとく、『源氏物語』の巻々を、成るに従って具平親王はじめ有心の友人の閲覧に供し、その批評感想を聞いては手を加え、さらに構想を練って書き進んだとしたら、清少納言の『枕草子』のように、宮廷社交裡で人目に触れるといった経路と異なるが、やはり世間の評判が立つのは当然である。

（下巻・四九六頁）

久下氏は、前掲論文で、初出仕先の具平親王家という「文学的環境が整っている宮家での営為」として「空蝉」「夕顔」等の初期短編が書かれ、「その好評ゆえ道長家への転出が実現したのだと認識」しているという。この紫式部の具平親王家出仕説については、福家俊幸「紫式部の具平親王家出仕考」[20]があった。ただし、この出仕は、紫式部が父の任地・越前への下向と帰洛、ならびに藤原宣孝との結婚と死別の期間（長徳二年（九九六）以降～長保三年（一〇〇一）四月二十五日）を除いたその前後と考えねばならない。また、作者の作歌活動を考えると、越前下向以前の創作は、あまりに若すぎるようにも思われる。

かつて、わたくしは、「紫式部伝」執筆に際して、『権記』の紀時文と藤原香子との結婚説に傾き、具平親王家への出仕説については、まったく未検討であったが、仮に紫式部と時文との婚姻があったとしても、その前後の空白期の具平親王家出仕説は有効な仮説として許容可能である。藤原宣孝との死別の後、紫式部は源倫子家に出仕したとする説に立つ。

紫式部が、長保三年（一〇〇一）、疫病流行の四月二十五日、二度目の夫・宣孝（五十二歳）を喪った時、香子、二十八歳であった。この年の十月、為時が東三條院詮子四十賀の屏風歌を詠進していることから、紫式部も倫子家女房として初参した、とする坂本共展説がある。坂本氏は、さらに、倫子による物語制作依頼により、この年の夏から秋に『源氏物語』を起筆、寛弘二年までに正編完成とする。[21]ただし、この時、紫式部は夫・宣孝と東三條院詮子の諒闇の期間に当たり、これらの時間的整合性において、坂本説の出仕時期は成り立たないのである。くわえて、倫子家女房説には、先に言及した徳満澄雄説[22]と深澤徹説[23]があった。ただし、この二説もまた、紫式部の越前下向帰洛の時期、および宣孝との結婚、賢子の出産という紫式部の来歴との整合が試みられていない点において全面的には従えないところがある。しかし、わたくしも、倫子家女房としての出仕を完全に否定しているわけではなく、紙ですら貴重な時代に、膨大な『源氏の物語』執筆のための料紙の提供を受けたり、平安宮廷の有識などに通じるには、権門からの理解と物的援助が欠かせまい。つまり、伝記の空白期とされるこの間、宣孝諒闇明けから、後の彰子後宮初出仕の下限である寛弘三年（一〇〇六）までの数年間を、倫子女房兼業作家・紫式部の動静と見てよいようにも思われる。

以上、一連の久下説を敷衍すると、紫式部は具平親王家、倫子家、彰子家、敦康親王家、四つの宮仕えをしたことになる。このうち、倫子家、彰子家の土御門邸出仕を越前国下向、藤原宣孝没後（九九六〜一〇〇一）とすることは動くまい。また、具平親王家には子女も多く、宣孝没後の一時期、倫子家出仕以前に考えることも可能である。『源氏物語』を執筆していた寛弘五年前後は、『紫式部日記』等からある程度、その日常も明らかであるが、紫式部晩年の動静は、長和三年（一〇一四）から寛仁三年（一〇一九）の間は、『小右記』からも動静は一切窺えない。その意味で、久下説の具平親王娘・隆姫妹付の女房としての敦康親王家出向説は有効である。ただし、実資が敦康親王家を尋ねるときも同様に、窓口となるのは紫式部だった可能性もあり、さらなる精査を要する。また、『小右記』を含む古記録にこうした出向説の痕跡は見いだせないことを付言しておく。これは「宇治十帖研究の課題」で検討したことであるが、『源氏物語』は寛弘五年十一月一日に一応の完成を見たものの、これは正編の成立とし、宇治十帖は時を置いて書き継がれたとする説もある。

## 四　宇治十帖の成立

わたくしは、すでに寛弘五年時点で全巻完成とする見解を示している。(24)これは寛弘五年生まれと思われる『更級日記』作者の上総からの上洛が、寛仁四年（一〇二〇）九月、十三歳のことであり、翌治安元年（一〇二一）、さっそく「紫のゆかりを見て、続きの見まほしく」思っていたという事実を『源氏物語』全編成立の下限とし、流布の期間を考えると今も妥当であると考えている。手に入れた「紫のゆかり」は、正編そのものというより、抄出の梗概、いわゆる『源氏中鏡』『源氏小鏡』的な本文であろう。そのような作者の願いは「叔母なる人の田舎よりのぼりたる所に」遊びに行ったところ、叔母は帰りの手みやげとして「何をか奉らむ、まめまめしき物は、まさなかりなむ、ゆかしくし給なるものを奉らむ」と言い、叔母の家にあった「源氏の五十餘巻、櫃に入りながら、在中将、とをぎみ、せり河、しらら、あさうづなどいふ物語ども、一袋取り入れて」作者に持たせてくれたというのである。「叔母なる人」は、父方は叔父として菅原致尚、菅原文直、また『尊卑分脈』に歌人とされる女子がいるが、これはむしろ『更級日記』の当該記事からの付加とも思われ、注意を要する。母方には『蜻蛉日記』作者・藤原倫寧の娘（九三六〜九九五、夫の藤原兼家（九二九〜九九〇）共に物故者）と、備中守・藤原為雅室がいる（『尊卑分脈』）。いずれにせよ、受領の妻で、都に一時戻ってきた人という以外、諸註釈でも定見を見ないが、『源氏物語』の享受圏が後一條天皇後宮、道長の文化圏外で流布していたことは確かであろう。[25]

作者は「得て帰る心地のうれしさぞいみじきや」と記して、その喜びを語っている。その後、『源氏物語』全巻をひねもす読み耽ったことを以下のように記している。

　昼は日暮らし、夜は目の醒たる限り、火を近く灯して、これ《『源氏』》を見るより他の事なければ、をのづからなどは、空におぼえ浮かぶを、いみじきことに思に、夢にいときよげなる僧の、黄なる地の袈裟着たるが来て、「法華経五巻をとく習へ」といふと見れど、人にも語らず、習はむとも思かけず、物語の事をのみ心にしめて、「われはこの頃悪ろきぞかし、さかりにならば、容貌もかぎりなくよく、髪もいみじくながくなりなむ。**ひかるの源氏の夕顔、宇治の大将の浮舟の女君のやうにこそあらめ**」と思ける心、まづいとはかなくあさまし。[26]

訳　昼は一日中、夜は目が覚めている間、燈火を近くにつけて、これを読むこと意外のことは何もしなかったので、自然と、（源氏物語本文が）何も見ずに思い出されるのを、堪らない歓びだと思っていると、夢に、たいそう小綺麗な美しい僧で、黄色い地の袈裟を着ている人が来て、「法華経五の巻をはやく習いなさい」という夢を見たのだが、（そのことは）人にも話さず、習おうとも気にかけず、物語のことだけで心を満たして、「わたくしはまだ器量がよくないわ。（しかし）年ごろになれば、見た目もこの上なく美しく、髪もきっとたいそう長くなるだろう。きっと光源氏の夕顔、宇治の大将の浮舟の姫君のようになれるだろう」と思っていた心は、（今思うと）あさはかで呆れ果てたものなのだった。

とりわけ、「夕顔」の物語、「浮舟」と言った作中人物に興味を記しているが、このことから、『源氏物語』が都の後宮外でも書写されていたその上限が寛仁四年（一〇二〇）であると想定できるのである。

## 五　出家作法の正編と続編

ところで、瀬戸内寂聴は、宇治十帖の成立までに紫式部が出家したことを繰り返し述べているが[27]、出家した女が、寛和三年（一〇一九）正月五日条の「参弘徽殿、相逢女房、先以宰相令取案内」のように、実資に対応することはできないであろう。あるいは、弟・定暹のいる三井寺で女人往生などの論議を聴き、五戒を授けられるなど、仏道に傾倒はしていたものの、実際は在俗であったと考えられる。

この間、長和五年（一〇一六）正月二十九日には彰子所生の後一條天皇（敦成親王）が即位し、道長は念願の摂政に就任し、翌年、摂政・氏長者を嫡子頼通に譲り、出家した。もちろん、道長の院政そのものなのであるが、皇太后・彰子は指導力に乏しい弟たちに代わって一門を統率することとなり、頼通らと協力して摂関政治を支えてゆくこととなる。紫式部が古記録から一時姿を消していた間に、確実に時代は移りかわっていたのである。

そこで、『源氏物語』の正編と続編との間に、思想史的にも大きな位相があることを浮き彫りにするものとして女君たちの出家場面を分析しておくこととする。すなわち、正編の藤壺宮と女三宮は類型的な表現であるが、浮舟となると迫真の描写となることから、宇治十帖執筆時点で、紫式部に「出家」志向が沈潜していたことを明らかにしておきたい。

「女人出家」と言えば、同時代では長徳の変の中宮定子の「出家」が想起される。『小右記』長徳二年（九九六）五月二日条と『栄華物語』巻五「浦々の別れ」は以下のように「出家」「御鋏して御手づから尼にならせたまひぬ」と類型的な表現のみである。

**『小右記』長徳二年（九九六）五月二日条**

中宮権大夫扶義《源》云、昨日后宮乗給扶義車 懸下簾、（略）、捜検夜大殿及疑所々、放組入・板敷等、皆実検云々、奉為后無限之大恥也、又云**『后昨日出家給』云々**、『事頗似実』者。

訳 中宮権大夫扶義《源》が云うのには、「昨日、后宮が扶義の車にお乗りになった。下簾を懸けて、（略）、夜の大殿及び疑いの所々を捜検した。組入、板敷などを放ちて、全て実検した」と云々、后のために無限の大恥を為したことである、又云うのには**『后は昨日出家なさった』と云々**、『頗る事実であるようだ』ということだ。

**『栄華物語』巻五「浦々の別れ」**

師殿《藤原伊周》は筑紫の方なれば、未申の方におはします。中納言《藤原隆家》は出雲の方なれば、丹波の方の道よりとて、御車ども引き出づるままに**宮《定子》は御鋏して御手づから尼にならせたまひぬ**。（①二五〇頁）

訳 師殿《藤原伊周》は筑紫に流罪なので、未申の方角にお向かいになる。中納言《藤原隆家》は出雲に流罪なので、丹波の方角の道からということで、御車どもを引き並べたところ**宮《定子》は御鋏で御手づから尼におなりになった**。

この発作的な「落飾」の後、定子はこの年の十二月十六日には第一皇女・脩子内親王を出産、翌年四月には伊周らも赦免された。一條天皇は内親王との対面を強く望み、六月には定子を宮中に迎え入れたことで「還俗」となり、正式な出家とは見なされていない。

『源氏物語』では桐壺院崩御の諒闇明を待っていたかのように、光源氏は塗籠の藤壺に迫った。逃げ残った髪を光源氏に捉えられ、自らの「宿世」を思い知ったのである。

（光源氏）「見だに向きたまへかし」と心やましうつらうて、引き寄せたまへるに、御衣をすべし置きて、ゐざりのきたまふに、心にもあらず、御髪の取り添へられたりければ、いと心憂く、宿世のほど思し知られて、〈いみじ〉と思したり。（保坂本『賢木』三五二①～④）(28)

訳（光源氏）「せめて（わたくしのほうに）お向きなさいまし」と心やましくありまた辛くもありながら、引き寄せなさると、御衣をすべり置いて、膝行しつつお退きになると、思いも寄らぬことに、御髪が取り添へえられていたので、とても憂鬱で、宿世のほどを思い知り、〈なんたることだ〉とお思いになったのであった。

この年の暮れ（十二月十日過ぎ）、藤壺は意を決して法華八講を主催の後に出家した。出家の一切を取り仕切る戒師は、父・先帝の兄弟に当たり、天台座主の「御叔父の横川の僧都」であった。

（兵部卿宮）親王は、なかばのほどに立ちて、入りたまひぬ。（藤壺宮は）心強う思し立つさまのたまひて、**果つるほどに、山の座主召して、忌むこと受けたまふべきよし、のたまはす。御叔父の横川の僧都、近う参りたまひて、御**

髪下ろしたまふほどに、宮の内ゆすりて、ゆゆしう泣きみちたり。（保坂本「賢木」巻三六五⑫〜三六六①）

訳 親王《（兵部卿宮）》は、（八講の）なかばのほどに立って、お入りになった。（藤壺宮は）心強く思い立つ覚悟を仰せになり、（八講の）果てのほどに、山の座主を召して、授戒なさるよしを仰せになる。御叔父の横川の僧都が、近くに参上なさって、御髪をお下ろしなさると、三條宮内が揺れる如く、恐ろしいほどに泣き声が満ちたのである。

また、「柏木」巻では、薫を出産して七日目の産養を終えたばかりの女三宮が下山した父・朱雀院に出家を希望し、朱雀院も女三宮の願いを受け入れる。朱雀院は、御室仁和寺付近で隠棲し「山の帝」とも呼ばれている。真言系の出家作法が踏襲されたのであろう。(29) 後述するが、女三宮のような皇女の場合、出家作法のみならず、出家後にも特権があり、出家後も六条院に住むことが許されたのである。

とかく聞こえ返さひ《（定・む）》、思しやすらふほどに、夜明け方になりぬ。（朱雀院）帰り入らむに、「道も昼ははしたなかるべし」と急がせたまひて、御祈りにさぶらふ中に、やむごとなう尊き限り召し入れて、御髪下ろさせたまふ。いと盛りにきよらなる御髪を削ぎ捨てて、忌むこと受けたまふ作法、悲しう口惜げなり《（定・しければ）》を、大殿《（光源氏）》はえ忍びあへたまはず《（定・で）》、いみじう泣いたまふ。

（定＝定家本の異同）（保坂本「柏木」巻一二四〇⑩〜⑭）

両者の出家は「忌むこと受けたまふ」「作法」であって、類型的、俯瞰的な描写に留まっていることに注意したい。ところが、女人出家史にも画期をなす、浮舟の出家作法は、伝来仏典の『清信士度人経』を踏襲して詳細となる。浮舟の場合、作法は以下のような段取りであった。

(少将の尼)**「親の御方拝みたまへ(大・たてまつりたまへ)」**

**と言ふに、いづ方とも知らぬほどなむ、え忍びあへたまはで、泣きたまひにける。**

(少将の尼)「あな、あさましや。かく奥なきわざはせさせたまふ。上(小野の妹尼)、帰りおはしては、いかなることをのたまはむ」

など言へど(大・と)、かくいひそめたるを(大・かはかりにしそしめつるものを)、〈言ひ乱るもものし〉と思ひて、僧都諫めたまへば、寄りてもえ妨げず。

(横川僧都)「流転三界中」

など言ふにも、(浮舟)〈断ち果ててしものを〉と思ひ出づる、さすがなりけり。御髪も削ぎわづらひて、

(横川僧都)「のどやかに、尼君たちして、直させたまへ」

と言ふ。額は僧都ぞ削ぎたまふ。

(横川僧都)「かかる御容貌やつして、悔いたまふな」

など、尊きことども説き聞かせたまふ。(浮舟)とみにせさすべくもあらざりつることを(大・ずみないひしらせたまへることを)、いみじくうれしく(大・もしつるかなと)〈これのみぞ仏は生けるしるしありて〉おぼえたまひける。

(大＝大島本の異同)(保坂本「手習」二〇三〇頁④〜⑫)

訳 (少将の尼)「親の墓の方角をお拝み申し上げなされ」

と言うと、どの方角にあるとも分からないので、堪えきれなくなって、お泣きになってしまった。

(少将の尼)「なんと、なんと情けない。どうして、このような早まったことをなさったのですか。小野の尼上が、お帰りあ

そばしたら、なんと仰せになることでしょう」

などと言うが、このように言い出したのも浮舟自身だから、〈言い迷うのもみっともない〉と思っていると、僧都がお諫めなさるので、近寄って妨げることもできない。

（横川僧都）「流転三界中」

などと言うのにも、「既に断ち切ったものを」と思い出すのも、さすがに悲しい気分であった。お髪も削ぎかねて、

（横川僧都）「ゆっくりと、尼君たちでもって、直して差し上げなさい」

と言う。額髪は僧都がお削ぎになる。

（横川僧都）「このように尼姿に剃髪なさって、後悔なさいますな」

などと、尊いお言葉を説いて聞かせなさる。「すぐにも許していただけそうもないことを〈して頂けて〉、とても嬉しく、〈出家が果たせたことで生きている甲斐があった〉とお思いになったのであった。

浮舟の出家の手順は、①阿闍梨による剃髪、②父母拝　③「流転三界中」唱唄　④戒師・横川僧都の額頂調髪　⑤授戒であった。とりわけ、「聖朝拝、氏神拝」等のないことは重要で、自身の出自に負い目のある浮舟は、父・八宮の墓の在処を知らず、母・中将の君（八宮北の方（父は大臣）の姪）の素性すら不明であったのか、涙を流したとある。さらに「流転三界中」の唱唄は、おそらく三度行われ、横川の僧都が額髪を揃えた後、授戒したとある。この作法は後年の源麗子・篤子内親王とは作法が若干異なっている。三橋正によれば、氏神を拝する記事は十一世紀が初例とのことであるから、これは最初期の出家作法のテクストであるということになる。(30)『源氏物語』から百年余も後のことになるが、藤原師実北政所源麗子（源師房娘、忠実祖母、一〇四〇～一一一四）と堀河天皇の中宮の篤子内親王（三條天皇第四皇女、白河院妹、一〇六〇～一一一四）の出家が、それぞれ『殿暦』『中右記』で以下のように記されている。

**『殿暦』康和四年（一一〇二）正月廿六日条**

廿六日、壬午、（略）晴、北政所（源麗子）還御泉殿〈宮（藤原寛子）御同車〉、北政所御出家。**其儀先拝奉氏神、次御衣裳袈裟を着給、次山座主仁覚申上御出家之由、次同山座主《ナシ》奉剃髪御頭、其間、斉尊律師唄〈鬼形唄也〉、次彼座主奉授戒、**々了布施。

**『中右記』嘉承二年（一一〇七）九月二十一日条**

晩頭参一條院、令始参堀河院、今夜 中宮（篤子内親王） 御出家事 御年卅八、其儀、（中略）**先令拝氏神云々八幡、戒師作法之後、暫垂庇御簾、令始御出家事 法印付母屋御簾奉制御髪者、次又上庇御簾奉授戒、尼御装束着御、**及深更了、給布施。

訳 『殿暦』廿六日、壬午、（略）晴、北政所（源麗子）が御泉殿に還る〈宮（寛子）が御同車〉。北政所が御出家。**其の儀は先ず氏神拝奉、次いで御衣裳袈裟を着しなさる。次いで山座主仁覚が御出家の由を申上、次いで同山の座主《ナシ》が御頭を剃髪奉り、其の間、斉尊律師が唄す〈鬼形の唄〉、次に彼の座主授戒奉り、**布施を奉り、了した。
『中右記』晩頭に一條院に参内、堀河院始参、今夜、中宮（篤子内親王）が御出家の事 御年卅八。其の儀は、（中略）**先ず氏神八幡を拝せしむと云々、戒師の作法の後、暫ばし庇御簾を垂らし、御出家事始め奉る 法印は母屋に付いて御簾より御髪制し奉ったという。次にまた上庇の御簾内で授戒を奉り、尼御装束着御した、**深更に及んで了し、布施を給うた。

源麗子の出家した泉殿は宇治の別業、篤子内親王は堀河院での出家であった。麗子の戒師は天台座主・仁覚（源師房三男、一〇四五～一一〇二）、唄師《ばいし》は天台宗園城寺阿闍梨・斉尊（一〇五三～一一〇五）であった。いずれも天台系の高僧である。

作法の手順は、剃髪、袈裟着装が前後するものの、◯氏神拝、◯袈裟着装、◯剃髪、◯授戒の構成が共通している。麗子の氏神は、源氏であるから、平野社か石清水八幡宮であろう。篤子内親王の場合は石清水八幡宮と割註に明記されている。後者に出てくる「法印」は戒師のことであろう。庇の間の御簾を下して剃髪し、これを上げて戒を授かっている。

また、白河院の第三皇女・令子内親王（母・中宮藤原賢子（六条右大臣源顕房の娘・藤原師実・麗子養女）一〇七八～一一四四）は二条油小路亭の御堂で出家したことが、『長秋記』（大治四年（一一二九）七月二十六日条に見えている。

廿六日、壬寅、晴、皇后宮（令子内親王）有遁世事（略）、次戒師（覚猷）啓白、**次依戒師申先拝伊勢神大宮方、次戒師可拝給氏神之由申**。宮已為内親王、不可有氏神歟。但外祖父藤氏也。可称氏神歟。故母中宮前関白師実養娘也。仍堀川先朝養方着給錫紵。**次拝国王及父母墓方給。次戒師頌流転三界中三反。次宮居拝戒師給。脱本御服着給法衣。**此間簾中女房等有悲泣気（略）。**事了礼拝、此後戒師取髪剃奉剃御頂。**

訳　廿六日、壬寅、晴、皇后宮（令子内親王）遁世の事有り（略）、次に戒師（覚猷）の啓白、**次に戒師に依って先に伊勢神大宮方に拝することを申し、次に戒師が氏神の由を拝し給べきことを申す**、宮、已に内親王と為り、氏神の有るべきか、但し外祖父は藤氏である、氏神を称するは可なるか、故に母中宮前関白師実の養娘である。よって堀川先朝の養方の錫紵を着給う。**次に国王及父母墓方拝し給う。次に戒師流転三界中を三反頌し、次に宮居に戒師拝し給う。本御服脱し法衣を着し給う。**此の間簾中の女房等悲泣気有り。（略）、**事了って礼拝、此後に戒師髪を取って剃奉し御頂を剃ぐ。**

令子内親王の戒師は、園城寺に学び、のちに天台座主、鳥羽上皇に仕えることになる覚猷（鳥羽僧正、一〇五三〜一一四〇)、『鳥獣人物戯画』の作者でもある。

令子の場合は、まず、皇女として、氏神拝に先駆けて伊勢神大宮を拝して出家を報告していることに注意したい。ところが氏神については、「宮は已に内親王たり、氏神有るべきか」とあり、源氏出身で藤原師実の養女であったことから混乱があったようで「外祖父藤氏なり」、「氏神と称すべきか」とあり、藤氏の氏神・春日明神(あるいは大原野、吉田)を拝したのであろう。次いで、先帝・堀河院の養方《ようかた》(親族)の錫紵《しゃくじょ》(喪服)着装、国王および父母の墓を拝し、戒師の唱唄《しょうばい》に続けて、「流転三界中」と三反唱唄、本服を脱いで法衣に改め、宮居に礼拝、戒師が剃髪し、額髪を整えて了、という構成であった。

三者いずれの出家にも「氏神拝」を行い、暇乞いをする作法が付加されていること、くわえて、天台のみならず、真言、南都の出家儀礼の作法を包含したものが「貴種」のための出家作法であると三橋正は指摘している。それを裏付けるのが、麗子、篤子内親王、令子内親王はともに出家後も教団寺院に入らなかったことにある。麗子は師実の京極殿で過ごしているし、篤子内親王も七月十九日に天皇が崩御した堀河院で出家し、菩提を弔うためにその堀河院で余生を送り、太皇太后宮となっていた令子も二条堀河第で崩じている(享年六十七)。麗子、篤子、令子の史実が裏付けるように、作中の皇女である藤壺宮、女三宮もまた、それぞれ寺院に入らず、三條宮、六条院内阿弥陀堂(光源氏の没後、三條宮)で出家生活を送ったのに対し、氏神拝もなく、横川僧都の許、小野の山荘で出家生活を送る浮舟は、同時代の出家規定を踏襲しつつ仏道修行をしていたと言える。

また、本文に見える「流転三界中、恩愛不能断棄恩入無為 真実報恩者」なる偈は、偽経『清信士度人経』にあることが『法苑珠林』「剃髪部」に見えている。

人は三界六道(あらゆる世界の意)の中で、流転輪廻し、迷いの生死を続けているうちは恩愛の虜である。出家して無為に入ることにより、真実全ての恩に報いるために仏法に入る、というのが大意である。

この偈は『平家物語』巻十―十四「維盛出家」にも登場している。維盛（?～一一五九）は、屋島の戦いから平家の陣を抜け出し、高野山で出家ののち、熊野灘で入水したと『平家物語』延慶本に記されている。

……中将《平維盛》御涙せきあへず。「流転三界中　恩愛不能断　棄恩入無為　真実報恩者」と三度唱へて、すでに剃られ給けり。「北の方に変らぬ形を今一度見え奉りてかくもならば、おもふことあらじ」と思し召すぞ罪深き。中将も重景も同年にて、廿七にてぞおはしける。（延慶本）(31)

訳　中将《平維盛》は御涙を止めることが出来ない。「流転三界中　恩愛不能断　棄恩入無為　真実報恩者」と三度唱えて、すでに剃髪なさったのであった。「北の方に変らぬ形で今一度見奉りてのちこの姿ならば、おもふことあるまいに」と思し召すことこそ罪深いのである。中将も重景も同年にて、廿七で出家なさったのである。

『法苑珠林《ほうおんしゅりん》』「剃髪部」の「出家作法」は、以下の通りである。

初欲出家依律先請二師。（略）又『清信士度人経』云、若欲剃髪先於髪処、香湯灑地、周円七尺内四角懸幡、安一高座擬出家者坐、後復施二勝座二師坐、欲出家者着本俗服、拝辞父母尊親等訖、口説偈云

流転三界中　恩愛不能脱　棄恩入無為　真実報恩者

説此偈已脱去俗服

訳　初めて出家を欲するに律に依り先ず二師を請う。（略）また『清信士度人経』に云うのには、若し剃髪を先に欲する時の髪

の処置は、香湯で地を灑す。周円七尺の内の四角に幡を懸け、安一高座に出家者を擬す坐、後に復た二勝座を施し二師を坐、出家せんと欲する者は本俗服を着し、父母尊親等拝辞して訖い、口説の偈に云うのには

流転三界中　恩愛不能脱　棄恩入無為　真実報恩者

此の偈を説き、已に俗服脱ぎ去る。

『法苑珠林』に出家作法の典拠とされる『清信士度人経』は、古代中国伝来の偽経のようである。ここには、父母尊親拝はあるが、氏神拝はない。日本の平安朝貴族は孝の観念と氏族意識が強かったことから、宇治十帖成立以降「氏神拝」が付加され、ほぼ同時期に「国王」が加わったのであろう。三者の記録はこの成立過程を示すものと言えるのである。

『清信士度人経』の場合は、○髪を下ろす場を清め、幡を懸けた後、○俗服で「父母尊親等を拝辞」して出家を訖い、○「流転三界中」の偈《け》を唱唄《しょうばい》三度、○授戒、○俗服を脱ぐという手順であり、剃髪・調髪の時期は不明ながら、浮舟の作法、①阿闍梨による剃髪、②父母拝　③「流転三界中」唱唄　④戒師調額髪　⑤授戒とほぼ同じ構成である。麗子と篤子の場合は、「父母拝」は見えず、「氏神拝」のみが記されている。

『清信士度人経』の作法を原拠としつつ、「氏神拝」等を加えつつ平安貴族の出家作法が醸成され、後に『出家受戒作法』（『恵心僧都全集』第五巻所収）が成立したと三橋正は推定している。この「出家受戒作法」は源信作として伝えられているが、末尾に「原本　比叡山大林院蔵写本全一巻／但著者及年時不詳」とあることに注意したい。とりわけ、この書には「氏神拝、父母拝」の前に「聖朝、南外（伊勢大神宮）」が加わって、令子内親王の作法に親近性が高くなる。したがって、『出家受戒作法』も十一世紀前半以降の作法を反映したものと見てよかろ

う。[32] ちなみに、天台僧・良忍（一〇七三～一一三二）編とされる曼殊院本『出家作法』には「次出家者拝氏神、国王、父母等」と見えているし、叡山文庫真如蔵本に「次出家者着俗服、拝内外氏神、国王、父母等、次戒師唱云、流転三界中…」とあることに注意したい。したがって、浮舟の出家作法は、「聖朝、南外、氏神、父母拝」以前、『清信士度人経』を範とした揺籃期の形態であったことになるだろう。

『出家授戒作法』[33]

先七尺内四角懸幡、於中間設三勝座、一和上料也、一出家人格也、一教授人料也、
次和上持香水灑浄四方、
次出家者、礼四方、各三度　始自東、次南、次西、次北、
次聖朝、次南外、次氏神、次父母、
次剃除髪而被法服、但頂髪残三五行、暫不着袈裟、
次三礼　法用如例、大毀形唄　或如来唄、次薬師散華、
次表白事由、（略）
次出家者和上問云、我今除次頂髭髪、許否 答許三返、頂髪剃髪頌云 次第ヲ取ル
　流転三界中　恩愛不能断　棄恩入無為　真実報恩者
次出家者、手捧袈裟和上三度置出家者頂上、即着衣、与法名頌云（略）
訳 まず、七尺内の四角幡を懸け、中間三勝座を設く。一は和上の料である、一は出家人の格である、一は教授人の料である。次に和上香水を持ちて灑ぎ四方を浄める。次に出家者、四方礼、各の三度　始め東より、次に南、次に西、次に北、次に聖朝、

次に南外、次に氏神、次に父母。
次に髪を剃除して法服を被る。但し頂髪は三五行残し、暫し袈裟を着さず、
次に三礼、法を用いるは例の如く、大毀形を唄し、或如来を唄し、次に薬師散華、次に事由を表白する。（略）次に出家者は和上に問うて云うのには、「我は今次頂髭髪を除く、許否か」答う許は三返、頂髪剃髪頌に云うのには 次第ヲ取ル
流転三界中　恩愛不能断　棄恩入無為　真実報恩者
次に出家者、手に袈裟和上を捧げ、三度出家者の頂上に置き、即ち着衣、法名頌を与えて云う（略）

いずれにせよ、正編の出家描写に比して、「手習」巻のそれは、揺籃期の作法を踏まえて極めて詳細であり、かつ出家者の心内に寄り添う心理小説の様相を呈している。この位相は、正編、続編が断続的に書かれたと言うより、数年の間隔があって、しかも伝聞ではなく、実際に作者が出家作法を実見した後に書かれたと考えてよいだろう。身近なところでは、父為時が、長和五年四月二十九日（一〇一五）、紫式部の異母弟・定暹（九八〇〜？）のいた園城寺（三井寺）で出家している（「一昨日前越後守為時《（藤原）》於三井寺出家」『小右記』長和五年五月一日条）。時期的にも、久下氏の指摘する『小右記』に「女房」としての記述が見えない期間に当たり、作者の内的な変化があったと想定することも可能である。ただし、紫式部が最晩年まで仕えていた彰子より先に出家したとは考えにくい。彰子の出家（法名・清浄覚）は、紫式部没後の万寿三年（一〇二六）正月十九日のことであった。東三條院詮子の先例にならって女院号を賜り、以後、上東門院と称した。後年、父道長が建立した法成寺に東北院を建て、晩年ここを在所とした。法成寺は道長の土御門第の東、鴨川西岸（東京極大路の東）に建てられ、京極御堂と称された。

## 六　紫式部は「臨終出家」であったか

かくして、『源氏物語』作者の死が確認される記事が「西本願寺本『平兼盛集』巻末佚名家集」に、「藤式部」「亡くなりて」と見えている。(34)

同じ宮の藤式部、親の田舎なりけるに、「いかに」など書きたりける文を、式部の君亡くなりて、そのむすめ見侍りて、物思ひ侍りける頃、見て書きつけはべりける。

一〇七　憂きことの まさるこの世を 見じとてや 空の雲とも 人のなりけむ

まづかうかう侍りけることを、あやしく、かの許に侍りける式部の君の

一〇八　雪積もる 年にそへても 頼むかな 君を白根の 松にそへつつ　（現代語訳は、本書第二部第四章参照）

これは『平兼盛集』に混入附載された逸名歌集十二首のうちの二首である。この中に、「大宮の小式部内侍」という詞書を持つ歌があり、この大宮が皇太后宮・彰子、小式部内侍が和泉式部の娘のことであるから、その「女房」の藤式部は、同僚女房・紫式部その人であると判明する。この歌群に関して、萩谷朴は、交際のあった定頼あるいは公信とのやりとりであるとして、寛仁二、三年（一〇一八、九）の記事と推定し、先の『小右記』寛仁三年（一〇一九）正月五日条から程なく年内に、紫式部、わたくしに云う藤原香子が四十有余年の人生を閉じたと推定した。(35)これに対し、森本元子は、賢子と和歌を詠み交わした相手を賢子と恋愛関係にある必然性はないとして、この歌集は宰相の君、後一條天皇（敦平親王）乳母であった藤原豊子（美作三位）のものであると推定した。(36)平野

由紀子は、森本説を受け、『小右記』寛仁三年五月十九日条「参内宰相（資平）乗車尻、諸卿不参、参母后（彰子）御方、相逢女房、有仰事等、是入道殿（道長）御出家間事等也」の記事から「寛仁三年五月には存命だった紫式部を、この歌群のように三月三日に娘賢子がしのんでいる」詠歌とし、「紫式部の没年の上限は、寛仁四年と考えたい。下限は万寿二（一〇二五）年とみる」と論じている。[37]

久下裕利は、「宰相の君」は、歌集は道綱娘豊子とする森本説を支持しつつも、詠歌は萩谷説の賢子と定頼間の贈答歌とする説によって、「『信明集』を基盤として構築する傾向」と、『定頼集』に「三月三日、姫君の御事ありしに、人のもとより」とあるのを定頼の妹の忌日とみて、「母を失った後年、母の手紙を見てあらためて哀しみに沈む賢子と、妹を同じ頃に失った定頼だからこそと思われる」[38]と言う。『紫式部集』に紫式部自身を「桃といふ名」を幼名とすることと、世間は桃花の宴の折の「わが宿（賢子邸）に今日をも知らぬ桃の花」とある詠とは通底しているとわたくしは見る。「花もすかむ」は酒に桃の花を浮かべる風流韻事だったのである。

前掲したように、寛仁三年五月には道長の出家を実資と情報交換しており、厭離穢土、欣求浄土観を前提とした「憂きことのまさるこの世を見じ」とばかりに雲井に上った紫式部については、「臨終出家」をした可能性を論じたいところであるが、紙幅が尽きた。後稿を期したい。

## 注

（1）上原作和『紫式部伝―平安王朝百年を見つめた生涯』（勉誠社、二〇二三年、初出『人物で読む源氏物語』二〇〇五〜二〇〇六年）、増田繁夫『評伝紫式部』（和泉書院、二〇一四年）でも否定的に紹介されている。

（2）岡一男「紫式部の晩年の生活附説　紫式部の没年について『平兼盛集』を新資料として」（『源氏物語の基礎的研

究　増訂版』東京堂出版、一九六六年、初版一九五四年）。

（3）『御堂関白記』『小右記』『殿暦』『中右記』本文は、いずれも『大日本古記録』（岩波書店）による。

（4）角田文衞「紫式部の本名」（『紫式部伝―その生涯と『源氏物語』』法藏館、二〇〇七年、初出一九六三年）。

（5）今井源衛『人物叢書　紫式部』（吉川弘文館、一九六六年、一九八五年改訂新版）。なお、倉本一宏『紫式部と平安の都』（吉川弘文館、二〇一四年）は、今井氏の紫式部の没年説を一〇一四年としているが、これは旧版の見解である。

（6）清水好子『紫式部』（岩波新書、一九七三年）

（7）池田亀鑑「源氏物語古系図の成立とその本文資料的価値について」（『池田亀鑑撰集 物語文学Ⅱ』至文堂、一九六九年、初出一九五一年）

（8）石田穣二「匂宮・紅梅・竹河の三帖」（『源氏物語論集』桜楓社、一九七一年、初出一九六一、一九六二、一九六五年）

（9）今井源衛「竹河巻は紫式部原作であろう」（『王朝文学と源氏物語／今井源衛著作集』第一巻、笠間書院、二〇〇三年、初出一九七五年）

（10）田坂憲二「竹河巻紫式部自作説存疑」（『源氏物語の政治と人間』慶應義塾大学出版会、二〇一七年、初出二〇〇七年）

（11）中島あや子「匂宮・紅梅・竹河巻考」（『源氏物語の展望』第三集、三弥井書店、二〇〇八年）

（12）清水婦久子『源氏物語の真相』（角川学芸出版、二〇一〇年）

（13）久下裕利「宰相中将について」（『王朝物語文学の研究』武蔵野書院、二〇一二年、初出二〇〇二年）

（14）久下裕利「宇治十帖の執筆契機―繰り返される意図」（『源氏物語の記憶―時代との交差』武蔵野書院、二〇一七年、初出二〇一五年）

(15)上原作和・廣田收編『〈新訂版〉紫式部と和歌の世界――一冊で読む紫式部家集』（武蔵野書院、二〇一二年）。『紫式部日記』『紫式部集』本文はこれによる。

(16)久下裕利「頼宗の居る風景――『小右記』の一場面」前掲、『源氏物語の記憶』所収。

(17)本文は山中裕・秋山虔・池田尚隆・福長進校注『新編日本古典文学全集　栄華物語』第二巻（小学館、一九九六年）による。

(18)津島知明「〈敦康親王〉の文学史」（『枕草子論究―日記回想段の〈現実〉構成』翰林書房、二〇一四年、初出二〇〇八年）

(19)萩谷朴「解説・作者について」（『紫式部日記全註釈』下巻、角川書店、一九七三年）

(20)福家俊幸「紫式部の具平親王家出仕考」（『中古文学論攷』七号、一九八六年）、「「紫式部」の伝記の研究展望と問題点」（『紫式部日記の表現世界と方法』武蔵野書院、二〇〇六年）、「具平親王家に集う歌人たち―具平親王・公任の贈答歌と『源氏物語』」（『考えるシリーズ⑤王朝の歌人たちを考える―交遊の空間』武蔵野書院、二〇一三年）にも言及がある。

(21)坂本共展『源氏物語構成論』（笠間書院、一九九五年）、「正編から続編へ」（『源氏物語の新研究』新典社、二〇〇五年）

(22)徳満澄雄「紫式部は鷹司殿倫子の女房であったか」（「語文研究」六二号、九州大学国語国文学会、六二号、一九八六年十二月）

(23)深澤徹「紫式部、「倫子女房説」をめぐって―即時的存在者外なる他者と対自的意識内なる他者の狭間で」（南波浩編『紫式部の方法―源氏物語　紫式部集　紫式部日記』笠間書院、二〇〇二年）

(24)上原作和『紫式部伝―平安王朝百年を見つめた生涯』（勉誠社、二〇二三年、初出、二〇〇五～二〇〇六年）、ならびに「源氏物語の時代」（『光源氏物語傳來史』武蔵野書院、二〇一一年）参照。

(25) 作者の父・菅原孝標は、菅原道真の玄孫。上総国・常陸国の受領を務めた。母は藤原倫寧の娘。母の異母姉伯母には『蜻蛉日記』の作者藤原道綱母。兄・定義、甥・在良は学者である。

(26) 本文は『御物本更級日記』(武蔵野書院、一九五五年)により校訂し、福家俊幸『更級日記全注釈』(角川学芸出版、二〇一五年)を参照した。

(27) 瀬戸内寂聴「月報・浮舟の出家」(『新編日本古典文学全集　源氏物語/第六巻』小学館、一九九八年)

(28) 本文は、『保坂本源氏物語』(おうふう、一九九六年)により、私に校訂した。『源氏物語大成』(中央公論社、一九五三年、一五六頁)の所在行数を示し、大島本、定家本との異同を傍紀した。

(29) 三橋正「男の出家」「女の出家」「「宇治十帖」における「出家」」(『古記録文化論』武蔵野書院、二〇一五年、初出二〇〇六年)。くわえて、三橋正「浄土信仰と神祇信仰の接点―出家作法の成立とその意義」(『平安時代の信仰と宗教儀礼』続群書類従刊行会、二〇〇〇年、初出一九九二年)、三角洋一『源氏物語と天台浄土教』(若草書房、一九九六年)も詳しい。

(30) 三橋正注(29)前掲『古記録文化論』『平安時代の信仰と宗教儀礼』参照。『出家作法　曼殊院蔵』京都大学国語国文資料叢書21(臨川書店、一九八〇年)。

(31) 本文は、大東急記念文庫蔵『延慶本平家物語』(古典研究会、一九六四年)により、私に校訂した。

(32) 出家作法の先駆的な研究としては、中哲裕「浮舟・横川の僧都と『出家受戒作法』」(「長岡技術大学言語・人文科学論集」第二号、一九八三年八月)があるが、浮舟の出家の典拠を『出家受戒作法』に求めている。

(33) 本文は『恵心僧都全集』第五巻(思文閣出版、一九八四年)による。

(34) 本文は『新編私家集大成』(古典ライブラリー)の翻刻によった。一〇七、一〇八番歌は『〈新訂版〉紫式部と和歌の世界』(武蔵野書院、二〇一二年)に廣田收氏の注解と現代語訳がある。

(35) 萩谷朴「解説」(『紫式部日記全註釈』下巻、角川書店、一九七三年)

(36) 森本元子「西本願寺本兼盛集付載の佚名家集―その性格と作者」(『古典文学論考 枕草子 和歌 日記』新典社、一九八九年、初出一九八二年)。

(37) 平野由紀子「逸名家集考―紫式部没年に及ぶ」(『平安和歌研究』風間書房、二〇〇八年、初出二〇〇二年)。万寿二年説は、『栄花物語』「楚王の夢」において、娘の大弐三位・賢子が後の後冷泉天皇の乳母となった時点で紫式部も生存していたとする安藤為章『紫家七論』による。

(38) 久下裕利「後期物語創作の基点―紫式部のメッセージ」、「大納言道綱女豊子について―『紫式部日記』成立裏面史」(『源氏物語の記憶―時代との交差』武蔵野書院、二〇一七年、初出二〇一二、二〇一七年)。

**(付記)** 本書一一七頁「断ち果ててしものを」について、「手習」巻の浮舟出家の際の偈「流転三界ちう」について、『新日本古典文学大系』第五巻(岩波書店、一九九七年)では、『法苑珠林』巻二十二「恩愛不能脱」を挙げていた(三六六頁注十六、室伏信助校注)。文庫化に際して、今西祐一郎氏から、「唐本、和刻本ともに私の見た『法苑珠林』では、該偈の本文は、「流転三界中　恩愛不能脱」とあって「断ち果ててしものを」にそぐわない、どう考えているか、という問い合わせを頂き、作者自身が立ち会ったりして仏典を参照するにしても、『法苑珠林』のような大部の叢書ではなく、曼殊院本『出家授戒作法』のような作法書ではないかと申し上げたのであった。すると、当該『出家作法』は京都大学の影印叢書で、今西先生ご自身も関わられた本であるとのお返事であった。岩波文庫第九巻(岩波書店、二〇二一年)「手習」巻の担当は今井久代氏だが、この部分『出家授戒作法』「恩愛不能断」に差し替えられている(二九一頁注六)。この「断」「脱」の異同、「浄土宗系では一律に「断」であるという(佐々木孝浩氏御教示)。

# 第三章　紫式部の生涯――『紫式部日記』『紫式部集』との関わりにおいて

## はじめに

清少納言は、定子後宮新出仕の直後、自身が、定子から「葛城の神」とからかわれたことを記して、容色にも自信のない女であったことを告白している（「宮にはじめてまゐりたるころ」）(1)。いっぽう、紫式部は自身の認めた日記の中で、清少納言や和泉式部の人物批評を記した後、そんな荒んだ心が依然として消えないのか、物思いがまず秋の夜、かぐや姫を念頭に縁近くに出て空を眺めていると、故人はどのように月を賞でていたのだろう、月に照らし出されたわたくしは、人から月を眺めるのを止めるようにと諭されるからには、衰えるほどの容色があるのだろう、だから切りもなく物思いが続くのだ、と自身の物思いが美貌の人ゆえであると書き留めていて、それぞれの個性はここにも際立つ。

本章では、『宇治十帖の新世界』（二〇一八年）に執筆した本書前章を受けつつ、『紫式部日記』『紫式部集』に描かれた紫式部の女房人生について、考えることとしたい(2)。

## 一　紫式部の幼名は「もも」、晩春三月三日の生まれである

かつて、わたくしは『紫式部集』を軸に「紫式部伝」を草した。[3] 娘時代の女友達との贈答詠に続き、姉との「なまおぼおぼしき」体験（四、五番歌、以下倣之）や交際した男性との生々しいやりとりを記して、父の任国越前に下向（二〇～二七）と続く自伝的歌集である。越前の唐人詠（二八）、さらに藤原宣孝と思しき夫との夫婦仲のぎくしゃくした関係の一連の歌群のあと、一瞬の平安とも言うべき歌群が見られる（三六～三八）。直後に宣孝諒闇の歌群（去年より薄鈍なる人に、女院《藤原詮子》崩れさせたまへる春／四〇／長保四年（一〇〇二））となるのだから、この歌群こそ結婚生活解明の重要な役割を果たしているように思われるのである。

　　　桜を瓶に立《挿し》てて見るに、取りもあへず散りければ、桃《の》花を見やりて

三六　**折りて見ば　近まさりせよ　桃の花**　思ひくまなき　桜惜しまじ

　　返し《人》

三七　**ももといふ　名もあるものを**　時の間に　散る桜には　思ひおとさじ[4]

　　　花の散る頃、梨の花といふも、桜も、夕暮の風の騒ぎにいづれと見えぬ色なるを

三八　花といはば　いづれか匂ひ　なしと見む　散りかふ色の　ことならなくに

（陽明文庫本『紫式部集』）

訳

　　　桜を瓶に差して眺めていたところ　あえなく散り始めたので　桃花を見やって

三六　折り取って見たのだから　より近くで慈しんで欲しい桃の花（である私）を　ふた心ある桜の散ることなど惜しむことはありません

　　返し」

三七　桃（百）という名前のあるあなたですから　時の間に散る桜には思いをかけますまい

　　　花の散る頃、梨の花も桜も、夕暮の風の吹き騒ぐのに、いずれが優る色とも見分けられないのを

三六番歌は紫式部自身の詠であるが、桜は、夫と思しき男性と関係のある他の女の寓意であり、桃に自身を喩えたことは動かない。桜に対して、瓶に挿して進ぜたわたくしの気持ちを考えもせず、散ってしまった桜などなんの未練もありはしないだろう、という強気の面を覗かせた歌である。それに対して、「人」と記される宣孝と思しき一連の男の返歌は、「あなたは桃という名でもあるわけだから、すぐ散ってしまう桜よりも、やはり桃であるあなたをこそ大切にしましょう」の意であろう。桃は百《もも》に通じ、古代中国で花と言えば「桃」であることも有効な傍証であり、六節で後述する、紫式部死後に詠まれた逸名歌集挽歌群と照応する。三八番歌は「梨」の女もいたものの「人」の許から去ったことの寓意であり、「桜」同様、「匂」ひの「無」い「梨」がともにもはやいないのだから、自身を見立てた「桃」の魅力には優るまいという矜持を歌う。わたくしはこの贈答歌群から、歌集の主たる詠者が自身を「もも」と喩え、夫もまた「ももという名もある」ことを前提として詠んでいることから、彼女の通称（幼名）が、「もも」であり、かつ、夫の妻妾への通称ではないかと考えている。したがって、この「もも」なる女性は晩春三月三日生であったろうという仮説を提示したのであった。

その紫式部の誕生年には以下の諸説がある。(5)

天禄元年（九七〇）（今井源衛説・稲賀敬二説・後藤祥子説）

天延元年（九七三）（岡一男説・中野幸一説）初出仕は寛弘二年（一〇〇二）

天延二年（九七四）（萩谷朴説）　初出仕は寛弘三年（一〇〇三）

天延三年（九七五）（南波浩説）

天元元年（九七八）（安藤為章説（紫家七論）・与謝野晶子説・島津久基説）

先行諸説は父・為時の閲歴と近親の年齢からの類推である。菅原文時に師事し文章生、蔵人所雑色・播磨権少掾を経て、貞元二年（九七七）東宮・師貞親王（後の花山天皇）御読書始の副侍読となっているから、任播磨権少掾以前、藤原為信娘との結婚、そしてその次女であることが前提である。このうち、今井説は、寛弘八年（一〇一〇）の『日記』に「はた目暗うてよう読まず」とあることから、これを老眼症状と見て、当時の今井氏の勤務先である九州大学医学部による老眼発症調査の平均値から四十歳を基準として生年を逆算したものである。しかし、二〇一九年現在の日本人の老眼発症は平均四十三歳であり、わたくしが症状を自覚したのは、五十代半ばであるから、個人差が大きく、根拠としては薄弱である。これに対し、萩谷『全注釈』が同じく寛弘八年（一〇一〇）の「出家願望」の叙述は、女の厄年三十七歳を意識したものであるとした点、絶対的な論拠ではないが、合理性はある。世に散見される岡・中野説に比して、一年の誤差ではあるものの、当時の信仰心を起点とした萩谷説は、重要な構成要件をなすものであることは確かであろう。

また、紫式部伝の絶対的に揺るがぬ構成要件と言えば、父藤原為時の任越前守を追って下向することになる長徳二年（九九六）正月二十五日の除目があり、もうひとつの構成要件である宣孝突然の卒去は長保三年（一〇〇一）四月二十五日（『尊卑分脈 第二篇』「世のはかなきことを嘆く頃…／見し人の 煙となりし 夕べより 名ぞ睦ましき 塩釜の浦」『紫式部集』四〇）。さらに寛弘五年（一〇〇八）から綴られる『日記』が結節点となる。ことのことから、『集』によって宣孝との結婚は紫式部の越前からの帰洛以降と知られるし、一女賢子の生年は宣孝卒去前後、その養育期間を経て、『源氏物語』の執筆と時系列が構成される。以後、道長室・源倫子家女房を経て彰子中宮に出仕したであろうことは、前稿を参照願いたい。

## 二　紫式部と「命婦」「掌侍」

近時、諸井彩子氏が、「掌侍藤原香子と紫式部は全くの別人なのである」とする新説を提示された。角田文衞の「紫式部の本名・藤原香子」説への本格的な批判論文である。

女官制度は、後宮職員令の規定には見えないものの、宇多朝以降大幅に制度改革がなされ、村上朝に至って後の清少納言や紫式部らを輩出する環境が整備されたという。具体的には内侍司以外の十二司が停廃され、内侍司の下に女官たちの職掌が再編成されたのであり、内侍司は、尚侍、典侍、掌侍、命婦、女房、女蔵人、女孺で構成され、これに天皇の乳母が加わったのである。[6] 諸井氏は以下のように述べている。

『紫式部日記』には繰り返し「うへ人」（内裏女房）についてはよく知らない、と記している。紫式部自身は内裏女房でも中宮兼任の内裏女房でもない。彰子に仕える中宮三役の内侍は「宮の内侍」と呼称されており（定員一名だからこそ、この呼称で他の女房と区別できる）、掌侍藤原香子と紫式部は全くの別人なのである。（三九頁）[7]

諸井氏に「彰子に仕える中宮三役の内侍」の「宮の内侍」は「定員一名」とある。しかしながら、内侍司の定員と寛弘五年（一〇〇八）九月当時、『紫式部日記』に登場する女官の職階は以下の通りである（内裏女官と中宮女房はここでは区別しない）。

したがって、当時の制度、日記本文との乖離には決定的な証左を要する説述であると言える。

尚侍（内侍督）　定員二名－藤原妍子　△欠員

典侍　定員四名＋**橘徳子（橘三位）**　**藤原繁子（藤三位）**

藤原豊子（宰相の君）　源陟子（宮の宣旨）

源廉子（大納言の君）

掌侍　定員四名＋源時通娘（小少将の君）　橘良藝子（宮の内侍）

藤原淑子（馬の中将?）　藤原香子（紫式部?）

**出自未詳（殿守侍従の君）**　**藤原義子（弁内侍?）**

**橘隆子（左衛門内侍）**　橘良藝子妹（宣旨式部・道長家）

女孺　定員百名　命婦、女藏人…

（内侍一覧・萩谷『全注釈』等を参照して作成―『日記』の内裏女房を太字にした）

諸井氏の規定する「中宮三役（宣旨・御匣殿（別当）・内侍（典侍））の根拠は、以下の記事によるようである。

**『小右記』天元五年（九八二）三月十一日条**(8)

十一日、發卯。参殿。次参内。今日以㆓女御従四位遵子㆒立㆓皇后㆒。（略）鶏鳴公卿退出、今夜奉㆓令旨㆒、以㆓藤詮子㆒為㆓宣旨㆒〈是皇〔太〕《（源重信）》后大夫妻、中宮姉〉以㆓藤原淑子㆒為㆓御匣殿別当㆒、〈参議《（藤原）》佐理妻〉、以㆓藤原近子㆒為㆓内侍㆒〈信濃《（藤原）》守陳忠妻〉、以下官及右中弁懐遠、為㆓侍所別当㆒、大進輔成朝臣奉㆓令旨㆒、男女房簡今夜

始レ書。宣旨・内侍着レ簡依レ無二先例一不レ着、御匣殿別当、少将乳母〈良峯美子〉同着レ簡。

訳　十一日、癸卯。殿に参る。次いで参内。今日、女御従四位上藤遵子を以て、皇后に立てる。（略）鶏鳴、公卿は退出した。今夜、令旨を奉る。藤詮子を以て宣旨と為した〈是れ皇太后大夫の妻。中宮の姉〉。藤原淑子を以て、御匣殿別当と為す〈参議佐理の妻〉。藤原近子を以て内侍と為す〈信濃守陳忠の妻〉。下官及び右中弁懐遠を以て、侍所別当と為す。大進輔成朝臣、令旨を奉る。男女房の簡、今夜、始めて書く。宣旨・内侍、簡に書き着けるのは先例の無いことに依り、書き着けない。御匣殿別当・少将乳母〈良峯美子〉の場合は同じく簡に着す。

ただし、この記事は、『紫式部日記』当時から二十六年も前の円融天皇の女官体制である上、藤原尊子や中宮定子の二人の中関白家出身の御匣殿（ともに母は高階貴子）であるから、『枕草子』『栄華物語』『大鏡』には登場するものの、『紫式部日記』には見えない。つまり、彰子後宮では御匣殿が不在だったということになる。以下、当時の御匣殿である。

**○花山天皇　在位・永観二年（九八四）―寛和二年（九八六）**

平祐之娘　乳母・御匣殿別当：平氏 中務乳母、御匣殿 平祐忠妻

**○一條天皇　在位・寛和二年（九八六）―寛弘八年（一〇一一）**

藤原尊子（道兼娘）　御匣殿別当→女御（九八四生～一〇二二薨）

藤原道隆四君、御匣殿 敦康親王の母代（九八五頃生～一〇〇二薨）

**○三條天皇　在位・寛弘八年（一〇一一）―長和五年（一〇一六）**

藤原原子（道隆娘）東宮妃（八八〇頃生～一〇〇二薨）：中姫君・小姫君内御匣殿・東宮女御・淑景舎女御

**○後一條天皇　在位・長和五年（一〇一六）―長元九年（一〇三六）**

藤原威子（道長娘）尚侍→御匣殿別当兼任→女御→中宮

それゆえ、彰子後宮においては、尚侍（藤原妍子）、宣旨（源陟子）は存在するものの、御匣殿（別当）不在であり、「中宮三役」の構成要件を満たしていない。くわえて、寛弘五年（一〇〇八）当時、「宮の内侍」は、中宮付き女房の「掌侍」であるから、諸井氏の言う、「定員一名の「（中）宮の内侍」の規定そのものが、誤りなのである。

三巻本『枕草子』に、以下のようにある。

女は　典侍《ないしのすけ》。内侍《ないし》。(9)　（三巻本一六九段）

萩谷新装版『集成』註7には「単に内侍《ないし》といえば掌侍《しょうじ》のこと。」とあって、諸井論文「中宮三役の内侍は「宮の内侍」と呼称されており」の前提から再検討が必要なのである。

それを決定的に証するのが、彰子立后の日の東三條院七七忌御読経の記事である。

**『権記』長保二年（一〇〇〇）二月二十五日条**

此日立后（略）、以二女御従三位藤原朝臣彰子一、為二皇后一之由可レ仰。（略）左大臣（藤原道長）被レ奏云**『以二橘朝臣良藝子〈院弁命婦〉為二宮内侍一』**奏聞了。(10)

訳　此日立后（略）、女御従三位藤原朝臣彰子を以て、皇后と為すの由を仰すべし。左大臣（藤原道長）奏せられて云く**『橘朝臣良藝子〈院の弁命婦〉を以て、宮内侍と為す』**と奏聞し終えた。

これは諸井氏の説述の論拠と重なるところの橘良藝子が、女院・東三條院詮子の命婦から、彰子の内侍にひとり任じられた記事ではある。しかし、この任命は「内侍司」の女官（内裏女官）としての「内侍＝典侍」ではなく、中宮付きの「内侍」の任命を一條天皇に奏上したのである。なぜなら、この記事からさらに八年後の寛弘五年当時も橘良藝子は中宮「掌侍」であるから（秋山『文庫』は内裏女官とする）、寛弘四年（一〇〇七）正月二十九日、「掌侍」に任じられた藤原香子と同様の「女官除目」だったことになる。

**『御堂関白記』寛弘四年（一〇〇七）正月二十九日条**

廿九日、丁卯。源中納言（俊賢）来云、『按察可レ兼二右大将（実資）一、大間落、奉二聞可レ被レ入者一也。有二掌侍召一、以二藤香子一可レ被レ任』者《といへり》。参二東宮（居貞親王）一、啓二権大夫（頼通）慶由一。此日雨下。

**『権記』寛弘四年（一〇〇七）二月五日条**

五日、壬申。参内、源中納言（俊賢）召二中務少輔孝明一、**給二女官除目一**、〈去廿九日任二掌侍・藤原香子一〉。

訳　『御堂関白記』廿九日、丁卯。源中納言（俊賢）が来て云うのには、『按察使が右大将（実資）を兼任すべきところ、大間書に落ちているから、書き入れることを奏聞したところである。掌侍召があった。藤香子を以て任じられた』と言うことだ。東宮（居貞親王）に参り、権大夫（頼通）のお慶の由を申し上げる。此日は降雨であった。

『権記』五日、壬申。参内。源中納言（俊賢）は中務少輔孝明を召して、女官除目を給うた。去る廿九日に掌侍・藤原香子を任じた。

「掌侍除目」は前年にもあり、「頭書」は「内侍除目」。「女官」の総称なのである。

**『御堂関白記』寛弘三年（一〇〇六）十月九日条**

右頭中将（実成）仰云、「可レ有二掌侍除目一、源平子辞退、替可レ補二藤原淑子一」云、「可レ仰二他上卿一」者。

権中納言《（隆家）》仰也。

訳 右頭中将《（実成）》が主上の仰せを伝えて云うのには、「掌侍除目をすべきである。源平子の辞退により、替わりに藤原淑子を補すべし」と云われた。（余《（道長）》は除目の執筆を）他の上卿に命じて下さい」と申上したところ、権中納言《（隆家）》が命じられた。

「藤原淑子」を角田文衞は「馬の中将」とし、萩谷『全注釈』はこれを左馬頭藤原相尹の娘とする。源平子（藤原済成妻）は、長保二年（一〇〇〇）七月七日時点では「命婦」、彼女の昇任辞退であった（『権記』）。寛弘五年も「香子」「淑子」は現役のはずである。このうち、『紫式部日記』において、「淑子」が相尹娘の「馬の中将」とすれば、「香子」のみが記されていないことになる。それは紫式部本人だからであるということになる。

もう一点、諸井氏が根拠とする「繰り返し「うへ人」（内裏女房）について、紫式部はよく知らない、と記しているという「うへ人」についてであるが、管見によれば、以下の二例である。しかも、内裏女房のことを「よく知らない」とするのは一例のみで、「繰り返し」というのは、いささか勇み足の説述ということになる。くわえて、中宮の上臈女房である紫式部が「**上人どもぞ十七人**」と記した内裏女房ならびに、九月十日の出産直前の「北の御障子と御帳とのはさま」の「いと狭きほどに」中宮女房たちも「**四十余人ぞ、後に数ふればゐたりける**」とあるように、ほぼ全員が『紫式部日記』に女房名が記されていることから、その言説とは裏腹に、「内裏女房」「中宮女房」の存在を、紫式部が強く意識していたことが知られるのである。

**○寛弘五年**（一〇〇八）**九月十六日夜、若い女房たちの舟遊び**

北の陣に車あまたありといふは、**上人《うへびと》どもなりけり。藤三位をはじめにて、侍従の命婦、藤少将の命婦、**

**馬の命婦、左近の命婦、筑前の命婦、少輔の命婦、近江の命婦などぞ聞こえはべりし。詳しく見知らぬ人びとなれば、ひがごともはべらむかし。**
（一四八頁）

訳　北の陣に牛車がたくさんとまっているというのは、帝付きの女房たちがお祝いに来た車なのであった。藤三位の君を始めとして、侍従の命婦の君、藤少将の命婦の君、馬の命婦の君、左近の命婦の君、筑前の命婦の君、少輔の命婦の君、近江の命婦の君などであるとお聞きした。詳しくは見知らない人びとなので、僻事のあるかもしれない。

舟に乗っていた女房たちもあわてて室内に入った。殿がお出ましになって、何のくったくもない御機嫌で、主上付きの女房たちを歓待し冗談をおっしゃったりなさる。贈物など、身分に応じてお与えになる。

○寛弘七年（一〇一〇）**正月十五日、敦良親王御五十日の祝い**

**上人ども十七人ぞ、宮の御方に参りたる。いと宮の御まかなひは橘三位。取り次ぐ人、端には小大輔、源式部、内には小少将。**

**中務の乳母、宮抱きたてまつりて、御帳のはざまより南ざまに率てたてまつる。**（略）餅まゐらせたまふことども果てて、御台などまかでて、廂の御簾上ぐるきはに、**上の女房は御帳の西面の昼の御座に、おし重ねたるやうにて並みゐたり。**三位（橘徳子）**をはじめて**典侍《ないしのすけ》**たちもあまた参れり。**

**宮の人びとは、**若人は長押の下、東の廂の南の障子放ちて、御簾かけたるに、上臈はゐたり。**御帳の東のはざま、ただすこしあるに、大納言の君、小少将の君ゐたまへる所に、たづねゆきて見る。**
（二三六～二三八頁）

訳　帝付きの女房たち十七人が、中宮様の御方に参上している。弟宮の御陪膳役は橘三位である。取り次ぎ役は、端には小大輔の君と源式部の君、内側では小少将の君。

中務の乳母が、弟宮をお抱き申し上げて、御帳台の隙間から南面の方にお連れ申し上げる。（略）弟宮にお餅を進上なさる儀式が終わって、御食膳などを下げて、廂の間の御簾を巻き上げる際に、主上付きの女房たちは御帳台の西側の昼の御座のあたりに重なるようにして並んでいた。橘三位の君をはじめとして典侍たちも大勢参上していた。

中宮様方の女房たちは、若い女房は長押の下手に、東の廂の間の南側の障子を開け放って、御簾をかけていた所に、上臈の女房たちが座していた。御帳台の東側の隙間で、わずかに少しある所に、大納言の君や小少将の君が座していらっしゃる所に、尋ねて行って（儀式を）拝見した。

確かに、彰子中宮には女房の上臈と下臈とがあり、紫式部は、下臈の女房達のいる「御帳の東のはざま、ただすこしある」ところに、「大納言の君、小少将の君」を尋ねているのだから、紫式部自身は下臈女房ではない。ただし、内裏還啓記事の乗車序列から大納言の君は典侍、小少将の君も紫式部よりは上席であるから注意を要するところではある。ただし、「宮の人々（中宮女房）」で、この二人より格上なのは、典侍の藤原豊子（宰相の君）と源陟子（宮の宣旨）のふたりだから、『日記』本文に描かれた序列に矛盾はない。

いずれにせよ、紫式部は、こうした行事に際しても他の女房たちのように役割分担が記されず、彰子の教養掛と日々の記録を本務とする中宮上臈女房（ただし、後述するように実質は女官である）と考えてよいように思われる（萩谷『全注釈』下巻、四九六頁）。このあたり、諸井氏は参照していないようであるが、いずれも萩谷『全注釈』（下巻、四四八頁）で明示されている。前述したように「**上人ども十七人**」中宮女房「**四十余人**」と記したほぼ全員が、もれなくこの日記中に登場するから、実際の紫式部は内裏女房については「よく知らない」と書きながら、実は彼女たちの役割や仕事ぶりを知悉し、書き残している。しかも、女房として皇子の生誕儀礼を記録しながら、私的な感慨を潜り込ませており、消息体評論編も含めて、これら女房が総覧できる構成となっているから、現行『紫式部日記』の編纂者も、女房達の記録としての本日記の性格を理解していたことになるだろう。

さらに注意すべきは、現行『紫式部日記』には「ないしのせう」なる表記が見出せず、「典侍《ないしのすけ》」については、一例が、右の敦良親王五十日の祝（寛弘七年正月十五日）に見えることである。具体的には、藤三位も内裏女房の橘の三位に加えられよう。

また、寛弘五年以前の「女官除目」は先の古記録類からは二例が知られるが、藤原淑子を「馬の中将」とすると、掌侍・香子だけが唯一不明の存在となる。それは自身のことだから記さなかったとすれば、その女房名は「藤式部／紫式部」ということになる。

## 三　内裏女房と中宮女房は、適宜、入れ替わり可能である

諸井氏は、『紫式部日記』の女房を内裏女房と中宮女房とに弁別し、紫式部は中宮女房であるから、内裏女房の掌侍ではない。したがって、『御堂関白記』（寛弘四年（一〇〇七）正月廿九日条）、『権記』（同年二月五日条）に見える「掌侍藤原香子」と、紫式部は別人であるとする論理を以てこれを否定した。その根拠となるのは、以下の本文である。

**①寛弘五年（一〇〇八）九月十一日の暁、加持祈祷の様子**

〈人げ多く混みては、いとど御心地も苦しうおはしますらむ〉とて、南、東面に出ださせたまうて、**さる**

**べきかぎり、この二間のもとにはさぶらふ。殿の上《源倫子》、讃岐の宰相の君《藤原豊子》、内蔵の命婦、**御几帳の内に、仁和寺の僧都の君、三井寺の内供の君も召し入れたり。殿のよろづにののしらせたまふ御声に、僧も消たれて音せぬやうなり。

**いま一間にゐたる人びと、大納言の君、小少将の君、宮の内侍、弁の内侍、中務の君、大輔の命婦、大式部のおもと、殿の宣旨よ。**（一三一頁）

［訳］人が大勢混んでいては、ますます中宮様の御気分も苦しくておいでだろうということで、殿は女房たちを南面や東面にお出しになって、しかるべき女房だけが、中宮様のいらっしゃる二間の側に伺候する。殿の北の方と讃岐の宰相の君、内蔵の命婦は、御几帳の内側にいて、さらに仁和寺の僧都の君と三井寺の内供の君も中に呼び入れた。殿（道長）が万事につけ指図なさる大きなお声に、僧侶たちの読経の声も圧倒されて聞こえないくらいである。

もう一間に控えていた女房たちは、大納言の君、小少将の君、宮の内侍、弁の内侍、中務の君、大輔の命婦、大式部のおもと、この人は殿の宣旨なのよ。

先にも触れたように、諸井氏が、女房呼称の前提として、内裏女房の「内侍」を「掌侍」にも援用したこと自体が、すでに史実や先行諸注釈との整合性を欠いている。右の彰子出産の折の紫式部達の人物配置においても、中宮女房の紫式部は「いま一間（北庇東三の間）」にいたとあるが、この時点でも、紫式部と同僚の中宮女房として「内侍（掌侍）」と呼ばれる「宮の内侍、弁の内侍」の二人がいたのである。前述の通り、この場面に登場する「弁の内侍」は内裏女房兼務説もあるものの、この時点では、諸注ほぼ中宮女房認定であるから、前述したように、女房名の「内侍」呼称から内裏と私的女房を差別化できないことは確かなのである。

②寛弘五年（一〇〇八）十月十六日　土御門殿邸行幸の日

かねてより、**主上《うへ》の女房、宮にかけてさぶらふ五人は、**参り集ひてさぶらふ。**内侍二人、命婦二人、御まかなひの人一人。**御膳まゐるとて、筑前、左京、一もとの髪上げて、内侍の出で入る隅の柱もとより出づ。これはよろしき天女なり。左京は青色に柳の無紋の唐衣、筑前は菊の五重の唐衣、裳は例の摺裳なり。御まかなひ**橘三位**。青色の唐衣、唐綾の黄なる菊の袿ぞ、上着なむめる。一もと上げたり。柱隠れにて、まほにも見えず。

（一五八～一五九頁）

訳　行幸の前から、帝付きの女房で、中宮様付きも兼ねて仕えている五人は、こちらに参集して伺候している。内侍が二人、命婦が二人、御給仕役が一人。帝に御膳物を差し上げるということで、筑前の命婦と左京の命婦が、一髻の髪上げをして、内侍が出入りする隅の柱のもとから出て来る。これは麗しい天女のようである。左京の命婦は青色の柳襲の上に無紋の唐衣、筑前の命婦は菊の五重襲の上に唐衣で、裳は例によって共に摺裳である。御給仕役は、橘三位徳子である。青色の唐衣に、唐綾の黄菊襲の袿が表着のようである。この人も一髻に髪上げしていた。柱の陰だからしっかりとは見えない。

くわえて、諸井氏は、前述したように、「彰子に仕える中宮三役の内侍は「宮の内侍」「定員一名」」と述べている。しかし、萩谷『全注釈』は、この「宮にかけてさぶらふ五人」の内裏女房を、**左衛門内侍・弁の内侍**・筑前命婦・左京命婦・橘の三位とし、二人の内侍は左衛門内侍と弁の内侍と規定している。したがって、この時点では宮の内侍を内裏女房とすることは出来ず、諸井氏は反証を確言できる論拠を示さねばならない。

諸井氏が「宮の内侍」を内裏女房と認定する説は、この半世紀前後の注釈書に限れば、秋山虔『岩波文庫』（一九六四年、補注二六、弁の内侍も内裏女房とする（補注二七））のみであり、萩谷『全注釈』（一九七一年、一九一～一九四頁）、山本利達『集成』（一九八〇年、二〇頁、「中宮の内侍という役の女房。もと東三條院の女房、橘良芸子」)、伊藤博『新大系』(一九八九年、二六〇頁、ただし、「弁の内侍」を「内裏女房で中宮兼務」とする)、中野幸一『新編全集』(一九九四年、一三三頁)、山本淳子『文庫』(二〇〇九年)[11]等、いずれも中宮女房認定であり、根拠薄弱な前提であると言わざるを得ない。ただし、宮崎荘平『学術文庫』(二〇〇二年)は「中宮女房」であるとしながら、「『内侍』は内侍所の女官で、掌侍のこと、もとこの職にあったか(七一〜七二頁)」とする推定があるにはあるものの、萩谷『全注釈』の「宮の内侍」に関する詳細な検討に、後の諸注も挙って従っていることの意味は重い。かつ、宮崎氏もこの時点では中宮女房認定であるから、史上初の二后迭立時の流動的な女房人事は内裏(帝)と中宮兼任女房の差別化、截然たる職掌区分は難しく、確言は出来ないはずである。ただし、「弁の内侍」については、職掌から、掌侍・藤原義子の内裏女房と、もうひとり、中宮女房(出自未詳『枕草子』定子第一皇女脩子内親王の弁乳母)のふたりがいたと想定する萩谷『全注釈』A説(一九二〜一九四頁)もある(ただし、『日記』内に重複した登場場面がないことから、同一人で内裏、中宮兼務とするB説(上巻、三三九頁)もあり、注意を要する)。

いっぽう、しばしば『小右記』に登場する実資との応接担当の皇太后宮(彰子)「女房」は、同書の長和二年(一〇一三)五月廿五日条『去夕相二逢女房一、越後守為時女。以二此女一前々令レ啓二雑事一而已』とあることから、紫式部その人だが、『小右記』内での長和三年(一〇一四)から寛仁三年(一〇一九)の五年に亙る記事登場ブランクを経て、この年の正月からは弘徽殿在勤であるから、紫式部はこの時、内裏女房待遇ということになる。このことは、すでに吉川真司によって、これは後宮政策重点化により、中宮立后によって私的女房も女官待遇であって、日給簡に加えられていたとする考証とも照応するのである。

ちなみに『小右記』内での動静が一切窺えない期間については、前稿で言及したように、久下裕利説の、紫式部が具平親王家、倫子家、彰子家、敦康親王家、四つの宮仕えをしたことにより、五年の間、具平親王娘・隆姫妹付の女房としての敦康親王家に出向していたからであるとする説がある。[12] とすれば、内裏と中宮付き、このあたりの境界、職掌区分は垣根が低かったということに尽きるのである。

したがって、先の文献資料から諸井氏の説述、「紫式部」と「掌侍・藤原香子」は「別人」説は確言できないことになる。紫式部が内裏女房ではないから、掌侍ではなかったとする諸井氏の論拠そのものが成立しないからである。

そこで、角田氏が以下のように述べた時点に再び立ち戻ることになる。[13] この角田「紫式部・掌侍」説は、女房の乗車順位から、紫式部の女房内序列を「掌侍」相当と規定したのであるが、乗車順位は流動的であるとする山中裕や、当該文献の掌侍の認定に疑義を呈した今井源衛論文もあった。[14] ただし、『うつほ物語』「国譲」下巻の東宮内裏初還啓の記事や、『枕草子』「積善寺供養」の段には、行列を司る「次第司《しだいし》」の存在が記され、前者は乗車順位を指示しているし、後者では、中宮内裏から二条北宮行啓に際して、新参の清少納言が車寄せで乗車順を人に譲って大変遅れてしまい、定子にたしなめられたので、「次第司」の不手際を具申したところ、当日は、次第司に乗車名簿「書き立て」が用意され、行き届いた指示のあったことが知られるから、乗車順位には、正式な決まり事が存在したのである。

『紫式部日記』内裏還啓（一〇〇八年十一月十七日）の際の次第司による乗車配置である（**内裏女官太字**、数字は角田説の女房序列順位[15]）。

御輿　中宮彰子　　宮の宣旨（源陟子・典侍①）

糸毛車　殿の上（倫子）若宮（敦成親王）　少輔の乳母（出自未詳、順位ナシ）

黄金車　大納言の君（源扶義娘・典侍②）　宰相の君（藤原豊子、道綱娘・典侍③）

牛車　小少将の君（源時通娘・掌侍④）　宮の内侍（橘良藝子、源経房妻・掌侍⑤）
牛車　馬の中将（藤原相尹娘・掌侍⑥）　紫式部（藤原為時娘・?掌侍⑦）
牛車　**殿守侍従の君**（**出自未詳・掌侍⑧**）　**弁の内侍**（**藤原義子・掌侍⑨**）
牛車　**左衛門内侍**（**橘隆子・掌侍⑩**）　宣旨式部（宮内侍妹、道長家女房・?掌侍）

**参考―『御堂関白記』寛弘五年十一月十七日条**

十七日、甲戌。中宮参二大内一給。御輿若宮金造御車。別当以下四位・五位挙燭。奉レ抱候二御車一。母々并御乳母。織司下々従レ車。着内事如レ常。

「糸毛」と「黄金造」の御車の認識違いがあるものの、道長が若宮を抱き入れた乗車「着内の事常の如き」規範を、角田氏は左衛門の内侍以上の乗車者が典侍、掌侍であるとする。内裏女房の左衛門内侍が晴れの場を中宮女房に譲って六番目の車などの配慮があったとしても、紫式部の職階は掌侍なのである。

したがって、角田文衛のいうように、紫式部は「正六位上より上の位」、すなわち従五位下であり[16]、位禄は『令』の規定により、位田・職田計、九．六田の基本給があった。規定の如く女の食封を半額としても[17]、約一二〇〇万円の年俸となる[18]。いっぽう、服藤早苗のように、「典侍や掌侍の年給は最下位の規定だったから、すでに実行されていなかったのではないか」という説述もあるが、豪奢な法成寺阿弥陀堂建立など、潤沢な財力を誇った彰子後宮には該当しないように思われる[19]。

## 四　死に向かう人生史としての『紫式部集』

小（△新）少将の君の書きたまへりしうちとけ文の、物の中なるを見つけて、

加賀の少納言のもとに、

六四（実一二四）暮れぬまで《（まの）》身をば思はで人の世の 哀れを知るぞかつは悲しき

六五（実一二五）誰れか世に永らへて見む書き留めし 跡は消えせぬ形見なれども

返し、

六六（実一二六）亡き人を偲ぶることもいつまてぞ 今日のあはれは明日のわが身を

訳 小《（△新）》少将の君がお書きになったうちとけ文の、物の中にあるのを見つけて、加賀の少納言のもとに、

六四（実一二四）人生の暮れとなる 我が身のことを思いもしないで 人の世の悲しい別れを知ってしまったことは なんと悲しいことです

六五（実一二五）誰れかこの世に 永らえて見るのでしょうか 書き留めた跡は消えない 形見ではあるけれども

返し、

六六（実一二六）亡き人を 偲ぶことができるのも いつまでできるだろうか 今日の悲しみは 明日のわが身であるのかもしれないから

右の歌群は、実践女子大学本の場合、巻末の詠歌であり、陽明文庫本の「新少将」は実践女子大学本では「小少将」とある。実践女子大学本のほうが自分史的な物語構成力が高い様に思われる。

亡くなった小少将（源時通の娘）とは北渡殿にあった局の隔てを緩くしてルームシェアするほどの仲であり、日記でも宰相中将（十六度）、大納言の君（十四度）に次いで十度登場する親友・小少将が、「暮れぬまで」の「我が身」を考える余裕もなく亡くなったと思しき内容である。その遺品を見つけた紫式部が、「加賀少納言」なる、日記には登場しない唯一の同僚女房と思しき女性と、その死を悲しむ詠歌を送り、加賀の少納言からは、紫

式部の「暮れぬ」「身」の歌語を受けて、互いに「明日は我が身」だと人生の終焉を嘆く返歌がなされ、これが実践女子大学本の最末尾の詠ということになる。加賀の少納言を藤原為盛娘とする南波浩『紫式部集全注釈』と「虚構の人物」とする三谷邦明は、ここに『源氏物語』の創作契機としての「死」を読んでいる。いずれにせよ、紫式部と同世代の友人の死が『集』に記された詠作年次の最後にあることの意味を重視したい[20]。

『紫式部集』においては、陽明文庫本の「日記歌」群を除き、実践女子大学本で、同僚女房たちを検すると、宰相の君、大納言の君は各一例の詠歌が認められるが、小少将の君とは四例、うち二例が小少将の詠歌であり、最後の一例がここで検討した六四番歌である。それぞれの同僚たちとの心の近親性が窺われる数字である。

なお、小少将の消息について、萩谷『全注釈』は、『栄華物語』巻十三「ゆふしで」の記事を検討して「兄雅通が推定三十七歳で卒した寛仁元年七月（十日）当時に、推定三十四歳で生存していたことになる」（上巻・一六二頁）[21]と述べている。したがって、寛仁三年（一〇一九）九月十一日に最後の生存が確認される紫式部の没年時との照応から、小少将の没したのは、この二年数ヶ月の間ということになる。紫式部よりひとまわりも若い同僚の急逝であったから、右のような詠歌が生まれたのは、必然性が高いように思われる。

## 五　紫式部の没年月を絞り込む

広橋本『東宮御元服部類記』巻十五所引『行成卿記』[22]

正四位下　①**藤原豊子**　**御乳母**　**典侍**　**（宰相の君）**

正五位下　②藤原嫙子　宣旨

従五位上　③**源陟子**　**御乳母**　**大宮宣旨**　**（源伊陟《これただ》娘）**

**④源隆子　御乳母　中務**　（**藤少将の命婦／少将の君**）
**⑤藤原能子　御乳母　式部**　（**源式部／源重文娘**）
**⑥源香子　御乳母　式部**
従五位下　⑦藤原明子　御乳母　弁　（弁の乳母／藤原説孝／母・藤原兼正娘、政兼母）

右の文献は、寛仁三年（一〇一九）八月二十八日、敦良親王（後の後朱雀天皇、当時十一歳）の元服に際して、蔵人頭左中弁藤原経通を以て、右大臣・藤原実資より、後一條天皇に奉呈された、七名の「乳母名簿」である。これを以て七名は叙位を得ている。この文献を初めて紹介したのは、益田勝実であった。[23] ただし、テクストの問題があって、益田氏は、源香子を「藤（同）香子」と認定したために、混乱が生じたのである。橋本義彦はこれを宮内庁書陵部写本『行成卿記』によって翻刻し、「源香子」とした。橋本に言及はないが、この女房は、『紫式部日記』に登場する紫式部の同僚「源式部」、すなわち、加賀守・源重文の娘であり、本名も特定できる。『殿上記』において命婦香子は、以下のようにある。

未一剋出御、次命婦香子執御冠、進置太子加冠座右机上、退入。頃之太子参上着座。

つまり、敦良親王の冠を事前に座右に置く役割の命婦であったことが判明する。

時に寛仁三年（一〇一九）、『紫式部日記』に筆録された敦良生誕記（寛弘六年（一〇〇九）十一月）から約十年を閲しても、五人の女房が現役であり、栄えある乳母に任命されていたのである（ゴチックで示した）。『小右記』の《東宮御元服事》が、この日の儀式次第を詳細に記し、『権記』にもこの日だけの残欠本文が東宮御覧の拝舞や禄を下したことを記している。この間、三月に道長は病気などの理由により剃髪・出家しているから、実資はその動向が気になるところであった。

八月の記事は、刀を持った法師たちが弘徽殿南瀧口付近に乱入して捕捉されたことから、女房（紫式部）を介して弘徽殿の太皇太后・彰子にお見舞いを申し上げた記事であり、寛仁四年（一〇二〇）九月の記事は、後一條天皇瘧病発病の混乱の中、上達部が多く参内しなかったことを道長に叱責された公任だが、すでに拝謁は叶わず、これまた驚いて参内した前の帥殿（藤原隆家）は、弘徽殿の女房（紫式部）に逢って帰参したことを、隆家が実資に伝えている。また、公任からの情報として、頼光周辺の道綱薨去の誤報を伝聞し、実資が人を遣わしたという挿話である（道綱は十月十五日薨(24)）。また、十二月の記事は、資平を介して彰子の御読経発願に不参の由を伝えること、また女房への伝言を訖うたことをわざわざ記していることに注意したい。

また、先に指摘しておいたように、この女房が弘徽殿の内裏女房であるということも重要である。

**寛仁三年（一〇一九）正月五日条―彰子年爵**（機密共有）

参二弘徽殿一、**相二逢女房一**（先以二宰相（資平）一令レ取二案内一）、『令レ啓二御給爵之恐一（略）、屡参入之事、于レ今不レ忘坐二之由有二仰事一也』。女房云、『彼時参入当時不参、不レ似二世人一、所二恥思一也』云々。

**寛仁三年（一〇一九）五月十九日条―道長出家**（機密共有）

十九日参内（宰相（資平）乗二車尻一）。諸卿不参。参二母后（彰子）御方一、**相二逢女房一**、有二仰事等一、是入道殿（道長）御出家間事等也。

小時参二入道殿一、講演始間也。

**寛仁三年（一〇一九）八月十一日条―抜刀法師乱入**（機密共有）

《抜刀者入二宮中一事》入レ夜宰相（資平）来云『抜刀者入二宮中一、於二弘徽殿邊一搦得云々、母后（彰子）御坐之殿也。乍レ驚差二随身一令二案内一。帰来云『事已有レ実』者《といへり》。仍宰相同車参入〈着直衣〉先参二太后御方一、**以二宰相（資平）一令レ触二女房一**、小時有可二参入一之由、仍候二簾下一、**女房伝二令旨一**、『暫候レ参二摂政《頼通》宿所一』。即奉レ謁、命云『昨今堅固物忌』。而依二藏人一來告、『過二午時一参入、已終許也。件事発者、於二西京博奕者一争論、法師抜刀突二敵男一、其男弟追二法師一、法師逃二走朔平門一、到二弘徽殿南瀧口邊之間一、佐渡守有孝候二宮侍所一、捕二留抜刀法師一、奪二取刀一、追二法師一之男同搦捕、皆給二検非遣使一、令レ候二獄所一』者《といへり》。

**寛仁四年（一〇二〇）九月十一日条—後一條天皇瘧病（隆家を介して機密共有）**

十一日、己未。早旦。前帥（隆家）示送云『昨日主上瘧病発レ給。上達部多不参事、入道（道長）被レ咎之間、四條大納言（公任）参入、罵辱御詞不レ可レ敢。云（公任）『已無レ謁』云々。帥（隆家）乍レ驚子夜参入。**相二遇太后宮（彰子）女房**罷出一。四條大納言示送云『皇太后宮大夫道綱、今暁逝去之由、従二頼光（源）辺所一聞レ之』。遣人二了一。

**寛仁四年十二月三十日条—彰子御読経（資平を介して不参伝言）**

三十日、丙午。今日、射場始、并事定等、有所労不参入事、付二匠作（資平）一令披露。又、太皇太后宮御読経発願不参事、**可触女房由**、同相含訖。所掌作法、依章信朝臣、依示送、注子細、遣之。

訳 **寛仁三年（一〇一九）正月五日条—彰子年爵（機密共有）**

弘徽殿に参内、**女房に相逢**〈先に宰相（資平）を以て案内を取っていた〉御給爵之恐を啓せしめた時、しばしば参入していた以前の話があり、今では（彰子方のことは）忘坐の由なるかと仰せ事があった。女房の云うのには、『以前はしばし時参入あったものの当今は不参となってしまった。世人の人に似ざることで、（彰子様は）恥辱と思っておられます』と云々。

**寛仁三年（一〇一九）五月十九日条—道長出家（道長出家の機密共有）**

十九日参内〈宰相（資平）の車尻に乗った〉。諸卿は不参である。母后（彰子）御方に参り、**女房に相逢**、仰せの事等があった。これは入道殿（道長）

御出家の間の事等である。少しの間、入道殿も参入された。講演が始まる間のことである。

**寛仁三年（一〇一九）八月十一日条—抜刀法師乱入（機密共有）**

**（抜刀者宮中に入った事）** 夜に入り宰相《（資平）》が来て云うのには『抜刀者が宮中に乱入、弘徽殿邊りで拘束されたと云々、母后《（彰子）》の御坐する殿舎である。驚いて随身を差し遣わして案内させた。帰り来て云うのには『事は已に終わっています』という。そこで宰相と同車して参入した〈直衣を着た〉先ず太后御方に参内、**宰相《（資平）》を以て女房と接触させた。**しばらくして参入の由、裁可が降りたので、そのまま簾下に伺候し、**女房に令旨を伝えていうのには、**『しばらく摂政《頼通》宿所に参向されたし』。即ち拝謁希望を申し上げると、命じて云うのは『（太后は）昨今、堅固の物忌中です』。さらに蔵人が来告し、『午時を過ぎて闖入事件が勃発し、先ほど解決したばかりである。件の事の発端は、西京の博奕《ばくち》の者の争論であり、法師が抜刀して敵の男を突くと、その男の弟に法師が追われ、法師は朔平門から闖入、弘徽殿の南の瀧口邊りの間に至った。佐渡守有孝が宮の侍所に伺候していたので、抜刀法師を捕縛し、刀を奪い取り、法師を追う男も搦め捕った。これらは皆、検非遣使に引き渡し、獄所に拘禁された」と云々。

**寛仁四年（一〇二〇）九月十一日条—後一條天皇瘧病（隆家を介して機密共有）**

十一日、已未。早旦。前帥《（隆家）》に示し送りて云うのには『昨日、主上が瘧病《ぎやくびょう》を発症された。上達部の多くが不参の事、入道《（道長）》お咎めの由であるから、四條大納言《（公任）》が参入したが、（入道の）罵辱の御言葉は敢えて記さない。（公任が）言うのには『すでに拝謁できなかった』』と云々。帥《（隆家）》も驚きながら子の夜《（午前零時）》に参入した。**太后宮《（彰子）》女房の退出するところに相遇した。**四條大納言が示し送って云うのには『皇太后宮大夫道綱が今暁逝去の由、頼光《（源）》の周辺からこの話を聞いた』と。人を遣わした。

**寛仁四年十二月三十日条—彰子御読経（資平を介して不参伝言）**

三十日、丙午。今日、射場始、并びに事の定め等、所労あるによりて不参の事、匠作《（資平）》に付言して披露させた。また、太皇太后宮御読経発願に不参の事を**女房に接触して伝えるべき由、同人に相含めることを訖うた。**所掌の作法は章信朝臣に示し送った。註の子細はこれに遣わした。

今まで紫式部の存命が確認されるのは、右の五月の記事が最後とされてきたが、以上のように、八月、翌年九月、十二月条にも実資に機密提供する弘徽殿の「女房」が確認出来る。ただし、寛仁四年の秋以降は記主・実資が「所労」により、原則、不参だったため、女房とも間接的な接触となっていたのである。

なお、この年の閏十二月二十五日には、疫病が蔓延するなか、臨時の仁王会が三日に渡って開催された。

**寛仁四年（一〇二〇）閏十二月二十五日条―臨時仁王会。**

廿五日、辛未。「今日、大極殿仁王経御読経始〈三个日〉。為攘疫癘、殊所被修也。発願・結願、并中間日々、上達部可参。又、関白、同被可参」云々。「為令致請僧勤」云々。**近日、京畿・外国、疫死者衆。民命可尽。嗟乎、悲哉。**

訳 二十五日、辛未。「今日、大極殿で仁王経御読経を始める〈三个日〉。疫癘《やくまん》を払いのけるために、殊に修せられるところである。発願・結願、并びに中間の日々、上達部は参内するべきである。また、関白も同じく参内すべきである」と云々。「僧に仏の加護を祈願して頂いているからである」と云々。**近日、京畿・外国の疫死者は多数に及んだ。民の命は尽きたのだ。嗟乎、悲しいことだ。**

しかしながら、翌年二月中旬には、疫病の死者が京の路頭に満ちたことを記している。にもかかわらず、妍子は参会を強行、管絃は深夜に及んだという。これを資平から聞いた実資は、疫病を畏れず自粛もしないことを「愚かなり」と怒りを隠さない。また、関白頼通は、疫病による街路の死屍累々を認めながら、先年閏十二月の仁王会によって、「効験」があったとする見通しを述べている。

**治安元年（一〇二一）二月二十一日条―疫癘蔓延の中、妍子遊宴。頼通、奉幣使発遣。**

二十一日、丙寅。匠作《資平》来云、「昨日、関白及彼是上達部、参会皇太后宮《妍子》、有管絃。夜、已及闌」者。**近日、疫癘、方発。死亡、無算。路頭汚穢不可敢云。**而一門人達不怖時疫、且尋花遊宴時日無隙、愚也。（略）申時許蔵人右中弁章信来、伝関白《頼通》命云、「**天下疫癘方発、死亡者衆、何為。**抑先年疫癘時、於大極殿以千口僧転読寿命経。已有其験」。明日以後、御衰日。又、重復日・奉幣使発遣日等也。今日参入、可定申。内々間、『可修之吉日、来月七日』者、早可定申」者。

訳　二十一日、丙寅。匠作《資平》が来て云うのには、「昨日、関白及び彼のところの上達部が、皇太后宮《妍子》に参会して、管絃があった。宴は夜の闌《たけなわ》まで及んだということです」という。**昨今、疫癘が蔓延している。死亡したものは数えられない。路頭に汚穢が満ち満ちてどうにも取り除くことも出来ない。**ところが一門の人達は流行の疫病を恐れていない。かつ尋花の遊宴の日には多くの貴顕が集まったという。まったく愚かである。（略）申時《午後四時》ばかりに蔵人右中弁章信が来伝し、関白《頼通》が命じて云うのには、「**天下に疫癘が蔓延し、死亡者は多数に及ぶ。どうしたらよいのか。**そもそも先年の疫癘の時、大極殿で千口の僧を以て寿命経《じゅみょうきょう》を転読した。すでにその効験が出ているのか」。明日以後は御衰日である。また、重復の日でもあり、奉幣使発遣の日等である。今日は参入し、定申すべし。内々の間、『吉日を修するところ、来月七日であるようだ』という、早く定申すべし」ということだ。

※「御衰日」「重復の日」ともに「忌日」

かくして、前年十二月の記事以後、実資の日記から機密を共有してきた彰子太皇太后宮女房の存在は窺えない。とすれば、わざわざ資平（匠作＝修理大夫）に「女房に触れしむべき由を相含」めたことの意味は重い。続いて「疫死者は衆なり。民の命尽くべし。嗟乎、悲哉」と記された翌月の実資の悲嘆は、この疫病によって、この僅か二十五日の間に紫式部も卒したことを示唆しているように、わたくしには思われるのである。

以後、万寿三年（一〇二六）一月十九日に彰子が出家した際、共に出家した六人の女房に紫式部は入っていない。[25] ただし、テクスト毎に出家者名が異なるので提示する。

**『左経記』**「中納言君（故伊陟中納言の女）、弁内侍、大輔命婦（大江景理妻）、大弁、土御門（藤原道雅娘）、筑前命婦」

**『権記』**「「又、宮宣旨〈故伊陟中納言の女〉・弁内侍〈故順時朝臣の女〉・大弁・大輔・大進・筑前命婦、為尼。」」

**『栄華物語』巻二七**「少将の内侍、弁の君（橘良藝子）、弁の内侍、染殿の中将、筑前の命婦など」

なお、『新編全集』弁内侍の頭注二〇において、「『紫式部日記』にみえる弁の内侍（橘良藝子とは別人）にあたるか。『権記』の藤原順時女は藤原明子、禎子内親王の乳母で、ここでの出家はおかしく、『権記』の誤りであろう」とする。[26]『紫式部日記』寛弘五年に見える、「宮の宣旨（源陟子）」「弁の内侍」「筑前命婦」が確認できよう。

ただし、治安元年以降も『小右記』には皇太后宮・彰子の「女房」の記事は数次あるものの、[27] いずれも伝言中継役であって、機密を共有する紫式部と特定できる記事ではない。

**治安元年（一〇二一）八月二十九日条―除目奏慶（長家を介しての伝啓）**

「太皇太后宮、宮司不㆑候、以㆓長家㆒令㆑通㆓女房㆒、拝舞了」、

**治安元年（一〇二一）十月二日条—実資東宮傅兼任（季任を介しての伝啓）**

二日、甲辰。仍不参。□□□□□□□□以大進季任朝臣、**令達女房**。此間、□□□□□□□□候殿上間、即、出御。良久□□□□□□□方。先是、又、以宰相□□□□□□□□□□。右少弁頼明、云、「可候簾下」者〈預敷高麗端・讃岐円座〉。即参上、候簾下。**以女房令啓事由**。度々、有仰。□令啓。小時、罷出。

**治安三年（一〇二三）四月二十日—倫子病悩（彰子簾前にて伝啓）**

二十日、癸丑。（略）参入、候簾前。**以女房、被仰母儀、悩給事**。「今日、頗宜坐」者。中宮権大夫、重伝禅室御消息。心神、不宜由等也。然而有、可謁談之気歟。仍乗車、参入。須歩行、参入。而、其程、猶遠、老人、難耐。中宮権大夫・右兵衛督経通・資平等、歩行、参禅室。小時、奉謁。暫有清談。「所被悩体、時行。亦、赤斑瘡、所出。老人之故、赤斑瘡也」云々。尤可怖畏事也。

**万寿二年（一〇二五）八月七日条—嬉子薨去（彰子嬉子の女房たち）**

「宰相参二法興院一、衛黒帰来云『女房哭泣声無二間隙一、上達部会合、禅閤（道長）悲歎無レ極、近代不レ聞事也』」。

**万寿四年（一〇二七）十二月十七日条—法成寺法華経供養（彰子に故道長への弔意）**

癸未。修諷誦三ケ寺〈東寺・清水・祇園〉、節会有無レ例可二勘申一事仰二大外記頼隆真人一、参二法成寺一、左兵衛督乗車後、中将并資房別車相従、招二出藤宰相（資業）達一消息関白、**以二左兵衛一督触二女院女房一**、余佇二立西門内一、坐二后中門北掖土殿一、仍不レ進二中門辺一、聞二関白御返事一即帰。弔二故按察使大納言後家使永輔朝臣一。

訳　**治安元年（一〇二一）八月二十九日条—除目奏慶《じもくそうけい》（長家を介しての伝啓）**

太皇太后宮、宮司伺候せず、**長家を以て女房に話を通させた**。拝舞が終わった。

**治安元年（一〇二一）十月二日条—実資東宮傅兼任（季任を介しての伝啓）**

二日、甲辰。よって□□□不参。□□□□□□□□大進季任朝臣を以て、**女房に通達させた**。此の間、□□□□□□□□殿上に伺候する間、即ち、出御があった。良久□□□□□□□方□。是より先、又、宰相を以て□□□□□□□□□□□。右少弁頼明、云、「簾下に伺候すべし」という〈預め高麗端・讃岐円座を敷く〉。そこで参上し、簾下に伺候した。**女房を以て啓上の事の由**。度々、仰せがある。□令。小時、退出した。

**治安三年（一〇二三）四月二十日―倫子病悩（彰子簾前にて伝啓）**

二十日、癸丑。（略）参内し、簾前に伺候する。**女房を以て、母の儀**（源倫子）（61）、**悩み給うの仰せ事があった**。「今日はたいへん気分も宜しくておいでになる」という。中宮権大夫（藤原能信）は重ねて禅室（道長）（59）の御消息を伝えた。『心神ともに宜しくない』由等である。しかし、謁談をしたい御意向があるようだ。そこで乗車して、参入した。本来ならば歩行で参入すべきところである。しかしながら、あの道のりは、なお遠く、老人（実資）（66）には耐え難いものであった。中宮権大夫・右兵衛督経通・資平等が歩行（を介助）しつつ、禅室に参った。短時間のつもりで、拝謁申し上げた。しばし清談があった。「お悩みである所の（倫子の）容態は、今、流行の疫病だ。また、赤斑瘡が出てきたところでだ。老人が故の赤斑瘡である」と云々。もっとも怖畏すべきことである。

**万寿二年（一〇二五）八月七日条―嬉子薨去（彰子嬉子の女房たち）**

「宰相が法興院に参って、衝黒（日暮れ時）に帰り来て云うのには『女房哭泣《こくきゅう》の声は間断なく、上達部が集まり、禅閤（道長）も悲歎極りなし』と。近代聞かなかった事である」。

**万寿四年（一〇二七）十二月十七日条―法成寺法華経供養（彰子に故道長への弔意）**

癸未。諷誦を三ケ寺（東寺・清水・祇園）に修した。節会の有無の例を勘申すべき事を大外記頼隆真人に命じた。法成寺に参詣し、**左兵衛督**（経通）は車後に乗った。中将弁資房は別車にて相従った。藤宰相（資業）を招き出して、関白（頼通）に消息した。左兵衛督を以て**女院**（彰子）**女房に接触させた**。余（実資）は西門内に佇立《ちょりつ》して、二后（妍子・娍子）は中門北掖の土門（貴人が喪に服すために籠る粗末な仮屋。板敷を取り除き、土間とする）におられるが故、中門の辺りには進まなかった。関白の御返事を聞き、すぐに帰った。（ついで）故按察使大納言（行成）の後家の使である永輔朝臣を弔った。

※「佇立」穢れを避けつつ弔問したこと。

以上、彰子後宮、実資周辺での紫式部の後宮不在は明らかである。

このように見てくると、紫式部伝においては、以下の『平兼盛集』に混入附載された逸名歌集十二首はとりわけ重要である(28)。この歌群に関しては、岡一男、萩谷朴の考証が基点ではあるが、さらに久下氏の鋭利な背景の推定もあった(29)。また、平野由紀子が、「寛仁三年五月には存命だった紫式部を、この歌群のように三月三日に娘賢子がしのんでいる」詠歌であり、翌年春以降の作であるとして、「紫式部の没年の上限は、寛仁四年と考えたい。下限は万寿二（一〇二五）年とみる」と論じていたことと、『小右記』寛仁四年（一〇二〇）十二月三十日以降の紫式部不在の符合にわたくしは注目したい(30)。

前述したように、紫式部の消息が確認できるのは、寛仁四年（一〇二〇）十二月三十日。少なくともその日まで、弘徽殿という内裏の女房であった紫式部は、あくまで彰子側近の教養掛兼記録掛が職務であって、乳母にはならなかったことを意味する。のちに万寿二年（一〇二五）八月五日、親仁親王（後冷泉天皇、母・嬉子）の誕生に伴い、娘・賢子が乳母となる。平野氏はこの時の「大宮《彰子》の御方の紫式部が女の越後の弁」（『栄華物語』巻二六）を以て、紫式部卒去の下限と見る。

あたかも、命婦として同じ職務を担っていた清少納言が、杳としてその晩年が知られないのと比べて(31)、紫式部の人生の軌跡はこのようにある程度辿ることが出来る。紫式部の生年を前述したように萩谷『全注釈』の天延三年（九七四）、誕生日を二節で述べたように紫式部の幼名・「もも」に通じる三月三日とすると、寛仁四年（一〇二〇）冬以降卒去したとすれば、最短で数え年四十七歳（満四十六歳）、最長五十二歳の生涯ということになる。

一〇九　眺むれば 空に乱るる うき雲を 恋しき人と 思はましかば

又、三月三日、桃の花遅く侍りける年

一一〇　わが宿に 今日をも知らぬ 桃の花 花もすかむ は《は（×は）》 ゆるさざ《（×ら）》りけり《本ま、》

（現代語訳は本書第二部第四章参照）

翌春の治安元年（一〇二一）三月三日は、母の誕生日に娘の賢子と友人が詠み交わした歌が残るのだが、わたくしはこの逸名歌集は治安元年三月当時の伊勢大輔編纂による彰子後宮女房達の歌稿集と見る（後掲第四節論文）。この年遅く咲いた桃の花を酒に浮かべる故事にちなんで、「散る」の連想からこれを控えつつ、紫式部を偲んでいたことになる。

以上、紫式部の没年月日を、寛仁四年（一〇二〇）十二月三十日生存確認最終記事と認め、この日を上限、治安元年（一〇二一）三月三日を下限とする。

ただし、寛仁四年十二月三十日から閏十二月二十五日までの二十五日間の疫病蔓延の最中の卒去の仮説を提示して、本章の結びとしたい。

## 注

（1）一言主とも。役行者の命を受け、葛城山と金峰山との間に岩橋を架けなければならないのに、自身の容色を気にして夜しか働かなかったので、橋は完成しなかったという伝説を踏まえた定子の発言。『新潮日本古典集成　枕草子』（新装版、新潮社、二〇一七年、一七六段）。

（2）上原作和「宇治十帖と作者・紫式部―「出家作法」揺籃期の精神史」（『知の遺産シリーズ⑤宇治十帖の新世界』

武蔵野書院、二〇一八年（本書第二部第二章所収）参照）。以下、前稿倣之。

（3）上原作和「紫式部伝」（『人物で読む源氏物語』勉誠出版、二〇〇五〜二〇〇六年、全二〇巻）第四回「生い立ちⅠ　幼名・通称「もも」説の提唱」参照。

（4）本文は上原作和、廣田收共編『〈新訂版〉紫式部と和歌の世界―一冊で読む紫式部家集』（武蔵野書院、二〇一二年）。『集』は陽明文庫本、傍記は実践女子大学本。『日記』は黒革本。以下倣之。

（5）今井源衛「紫式部の出生年度」（『今井源衛著作集　紫式部の生涯』第三巻、笠間書院、二〇〇三年、初出一九六六年）。稲賀敬二「天禄元年ころの誕生か」（『日本の作家　源氏の作者　紫式部』新典社、一九八二年）、後藤祥子「紫式部事典」（秋山虔編『源氏物語事典』學燈社、一九八九年）、岡一男「紫式部の生涯」（『源氏物語講座』第六巻（作者と時代）、有精堂出版、一九七一年）、中野幸一「解説」（『新編日本古典文学全集　紫式部日記』小学館、一九九四年）、萩谷朴「解説・作者について」（『紫式部日記全注釈』下巻、角川書店、一九七三年上巻、一九七一年）。以下、萩谷『全注釈』倣之。南波浩『紫式部集全評釈』（笠間書院、一九八三年）、島津久基『日本文学者評伝全書　紫式部』（青梧堂、一九四三年）。以上、堀内秀晃「紫式部諸説一覧」（阿部秋生編『諸説一覧源氏物語』明治書院、一九七〇年）、久保朝孝「紫式部伝記研究の現在」（『古典文学の愉悦』世界思想社、二〇一一年）を参照した。

（6）角田文衞「紫式部と女官の組織」（『紫式部の世界』法蔵館、一九八四年）二八一頁

（7）諸井彩子「第一章　摂関期女房の実態　女房集団の構成／女房呼称の原則」（『摂関期女房と文学』青簡舎、二〇一八年）。本論文は、角田文衞「紫式部の本名」（『角田文衞の古代学　一　後宮と女性』法蔵館、二〇一八年、初出一九六九年）の本格的な批判論文である。また増田繁夫「平安中期の女官・女房の制度」（『評伝紫式部』和泉書院、二〇一四年）、加納重文「後宮」（『平安文学の環境―後宮・俗信・地理』和泉書店、二〇〇八年）、東海林亜矢子「摂関最盛期における王権構成員居住法の考察」（『平安時代の后と王権』吉川弘文館、二〇一八年）参照

のこと。

（8）『小右記』本文は、『大日本古記録　小右記』巻五（岩波書店、一九六九年）、『御堂関白記』本文は『大日本古記録　御堂関白記』上巻（岩波書店、一九五二年）によった。

（9）萩谷朴『新潮日本古典集成　枕草子』下巻（新装版、新潮社、二〇一七年、初版一九七七年）。

（10）『権記』本文は『増補　史料大成　権記』第一巻（臨川書店、一九六五年）。

（11）参照した注釈書は以下の通り。秋山虔『岩波文庫』（岩波書店、一九六四年）、萩谷朴『紫式部日記全注釈』上巻（角川書店、一九七一年）、山本利達『集成』（新潮社、一九八〇年）、伊藤博『新大系』（岩波書店、一九八九年）、中野幸一『新編日本古典文学全集』（小学館、一九九四年）、宮崎莊平『学術文庫』（講談社、二〇〇二年）、山本淳子『角川文庫ソフィア』（KADOKAWA、二〇〇九年）。

（12）久下裕利「大納言道綱女豊子について―『紫式部日記』成立裏面史」「頼宗の居る風景―『小右記』の一場面」（『源氏物語の記憶―時代との交差』武蔵野書院、二〇一七年、初出二〇一七、二〇一四年）。

（13）角田注（6）前掲論文「紫式部と女官の組織」によると「命婦は、正六位上より上の位をもち、掌侍と女蔵人の中間に位する官女の名となっていた。これには特別の定員がないので、運用上は甚だ便利なポストであった。紫式部が少くとも命婦であったことは確かである。しかし中宮付きの掌侍であった可能性も否定できない。一條朝の頃は、女蔵人→命婦、命婦→掌侍→典侍といった昇進も珍しくはなかった。とすれば、初め命婦に補され、後に掌侍に昇進したことも考えられる。中宮の行啓に随った中宮女房たちの車に乗る順番『紫式部日記』から見ると、彼女の地位は掌侍であったように思われる。　二八三～二八四頁」。

（14）山中裕「紫式部伝記考―香子説検討」（『日本文学研究資料叢書源氏物語Ⅱ』有精堂出版、一九七〇年、初出一九六五年）、今井注（5）前掲書所収「紫式部本名香子説を疑う」二〇七～二二〇頁。

（15）『栄華物語』「はつはな」巻にも乗車記事はあるが「御輿には、宣旨の君乗りたまふ。糸毛の御車には、殿の上、

少将の乳母、若宮抱きたてまつりて乗る。次々の事どもあれど、うるさければかかずなりぬ。」（『新編全集』四二二頁）

（16）角田注（6）前掲論文参照「一条朝時代になると、命婦は、正六位上より上の位をもち、掌侍と女蔵人の中間に位する官女の名となっていた。…紫式部自身、当然無給ではなく、今日の社会常識に照らしても五位相当、破格の俸給を得ていた」と述べている。

（17）『令』巻五（禄令第十五）、日本思想大系『律令』（岩波書店、一九七七年）による。『令』巻五（禄令第十五）／正五位に、絁六疋。綿六屯、布卅六端、庸布二百卌常。／従五位に、絁四疋。綿四屯、布廿九端、庸布一百八十常。女は減半せよ。其れ故無くして二年までに上へせずは、給ふことを停めよ。

（18）山口博『日本人の給与明細―古典で読み解く物価事情』（角川ソフィア文庫、二〇一五年）

（19）蒲田和宏『教科書に出てくる歴史人物・文化遺産』三巻（学研教育出版、二〇一二年）には、藤原道長十五歳・従五位下で年収二、八〇一万円、五十二歳従一位・太政大臣で三億七、四五五万円とする。服藤早苗『「源氏物語」の時代を生きた女性たち―紫式部も商いの女も平安女性は働きもの』（日本放送出版協会、二〇〇〇年）一二三頁。

（20）南波浩『紫式部集全注釈』（笠間書院、一九八三年）六二六～六二八頁。三谷邦明「『源氏物語』の創作契機」『物語文学の方法Ⅱ』（有精堂出版、一九八九年）七九頁。

（21）萩谷注（5）前掲書参照

（22）橋本義彦「外記日記と殿上日記」（『平安貴族社会の研究』吉川弘文館、一九八六年）。本文は宮内庁書陵部図書寮文庫画像公開システム「十五／野口菊雄昭和影写」によって確認した。

（23）益田勝実「紫式部日記の女房達」（『紫式部日記の新展望』日本文学史研究会、一九五一年）、今井源衛「晩年の紫式部」（「日本文学」一九六五年六月）において、これを根拠として、寛仁三年八月の紫式部生存説の「補考」

とした角田文衛「紫式部の本名」初出であるが、『紫式部とその時代』(角川書店、一九六六年)においては、この「補考」を削除した。

(24)『小右記』寛仁四年九月二十日条「道綱卿従昨日不覚、只今欲殞命之由告送宰相乳母許〈道綱卿女也〉、仍経営下曹司者」ともあって、父道綱危篤について教通が娘・豊子宰相乳母に伝えた記事もある。割註に家の者が人物を特定できるように記すのが実資の日記法。

(25)服藤早苗『人物叢書　藤原彰子』(吉川弘文館、二〇一九年)は、諸文献を検討し、「中納言の君」ではなく「少将内侍―出自未詳」とする(一四二頁)。

(26)秋山虔・池田尚隆・福長進・山中裕校注『新編日本古典文学全集　栄華物語』第三巻(小学館、一九九八年)

(27)倉本一宏「紫式部の死」(『紫式部と平安の都』吉川弘文館、二〇一四年)による。ただし、倉本氏はこれにおいて「万寿四年(一〇二七)十二月十七日条―法成寺法華経供養」も女房記事とするが、「小記目録　十七日。開関、数日に及ぶ事」があるのみである。

(28)本文は、古典ライブラリー『新編私家集大成』の翻刻によった。一〇七、一〇八番歌は注(4)『紫式部と和歌の世界　新訂版』に廣田收氏の注解と現代語訳がある。

(29)久下裕利「後期物語創作の基点―紫式部のメッセージ」「大納言道綱女豊子について―『紫式部日記』成立裏面史」(久下注(12)前掲書、初出二〇一二、二〇一七年)。

(30)平野由紀子「逸名家集考―紫式部没年に及ぶ」(『平安和歌研究』風間書房、二〇〇八年、初出二〇〇二年)。万寿二年説は、『栄花物語』「楚王の夢」において、娘の大弐三位・賢子が後の後冷泉天皇の乳母となった時点で紫式部も生存していたとする安藤為章『紫家七論』による。

(31)萩谷朴「清少納言の晩年と『月の輪』」(『日本文学研究』二十号、大東文化大学日本文学会、一九八一年)参照。

**（付記）** 諸井彩子「〝波頭〟紫式部の本名について」（「平安朝文学研究」復刊三一号、平安朝文学研究会、二〇二三年三月）については、本書第一部「諸説総覧　紫式部伝」において見解を記した。

# 第四章　「藤式部」亡き桃花の宴——西本願寺本兼盛集附載逸名歌集注解攷

## はじめに

紫式部伝において、西本願寺本三十六人集『平兼盛集』に混入附載された逸名歌集は極めて重要である。(1)この歌群に関しては、岡一男、萩谷朴の考証が基点である。(2)また全註釈としては、年次考証を岡説のみによる憾みはあるが、高橋正治『兼盛集注釈』がある。(3)これらに注解を試み、この逸名歌集に関する私見を提示したい。

### 一　大原野行幸歌群

大くら山におはしましけるに、内の御使に参りて、内侍のかみの殿にはじめてはじめて侍りけるうちの御文

一　ほのかにも しらせやせまし 春がすみ かすみにこめて おもふこゝろや

二　小塩山 みどりのいろも かずまさり まづ鶯の 音をも知らせむ

三　大原や 小塩の山の うぐひすは 花よりさきに まつ人もなし

まいらせたまふ日、またきこえさせたまふ

四　ながしとは　おもはぬ　春の日なれども　ながめがちにて　くらしつるかな

**訳**　大くら山（大原野）においでになりました時に、内の御使として陪従し、内侍の督の殿に初めて差し上げた主上の御詠歌

一　こっそりと　お知らせしたいものです　春霞が一面に立ちこめている　この靄の中に　あなたを思う心を隠しておいたので

二　小塩山の木々の新緑がいよいよ映えるように　まずは鶯の鳴き音をお知らせしましょう

三　大原の小塩の山の鶯は　花を待ち侘びて鳴いています　わたくしは花よりも先に主上をひたすら恋侘びて泣いていたのです

尚侍が参内なさる日、（主上に代わって）また御消息を申し上げる

四　長いとは　思わない　春の日ではあるけれども　外の景色を眺めがちで　日々を過ごしてきたことです

岡一男は、この逸文歌集を『頼宗集』逸文と見て、長和四年（一〇一五）当時のこの四首の和歌にかかわる「内」と「内侍のかみの殿」とを、東宮敦良親王（後朱雀）と尚侍嬉子とする。萩谷朴は寛仁二、三年（一〇一八、一〇一九）の『定頼集』逸文と見る立場から、「尚侍嬉子が東宮妃となったのは、治安元年二月であるから、東宮を「うち」と呼べないことは自明であるにもかかわらず、『後拾遺集』恋十一が、この歌一を後朱雀院御製としてあげたのがその陥弊である。これは、実に寛仁二年三月七日に、尚侍威子が後一條天皇の一條院内裏に入られたときのこと」と考証し、源経頼『左経記』によって挙証した。(4)

**『左経記』寛仁二年三月七日条**

七日庚子、降雨。大殿（頼通）御共参内。為覧尚侍御方御装束也。（略）以酉刻（午後六時）、尚侍令入内給。（略）又、「自内有御書」云々。御使蔵人右中弁資業朝臣、有御返事並禄等女装束。小舎人絹二疋。

八日辛丑、「御書有、於尚侍殿御方」云。「**御使頭右中弁、**有御返事並有禄等」云々。（略）

訳 七日庚子、降雨。大殿《（頼通）》の御共に参内した。尚侍《（威子）》の御方の御装束を覧るためである。（略）西刻《（午後六時）》を以て、尚侍は内裏にお入りになる。（略）また、「内より御書あり」と云々。御使蔵人右中弁資業朝臣、御返事並禄等は女装束。小舎人絹二疋。
八日辛丑、「御書、尚侍殿の御方に有り」と云々。「**御使頭の右中弁**御返事並に禄等有り」と云々。（略）

さらに、萩谷説は「八日条の主上の御書の使者となった「頭の右中弁」とは、当時蔵人兼右中弁内蔵頭正四位下であった藤原定頼二十七歳である。歌一二三詞書に「おほくらやま」とあるのは、内蔵頭であったことを雅言であらわしたものか、もしくは「くらつかさ」の誤りであろうか」とした。「東宮を「うち」と呼べないことは自明」とあるのは重要で、高橋注釈は、寛仁三年二月三日の大原野祭の際の詠歌としながら、詞書は後朱雀天皇在位中（一〇三六〜一〇四五）に書かれたとする。ただし、詞書にあるのは、「内の御使」であるから、臣下の公卿を指すので、東宮大夫であればよいから、この件には拘泥しない。

ただし、長和四年説、寛仁二年説に拘泥しなければ、寛仁二年十一月嬉子尚侍就任、治安元年二月、尚侍の東宮入内時の後朱雀天皇の詠歌（一、二）と尚侍の返歌（三）、ならびに異母兄頼宗による代作歌（四）と解釈する岡説も全否定することはできない。

嬉子が東宮妃となったことを『栄華物語』ならびに行成、実資は以下のように記す。

さて二月十余日に参らせたまふ。こたみは大殿《（道長）》よろづいみじうおぼつかなう心もとなう思されて、ただ関白殿《（頼通）》の御女とてこそは、中宮《（威子）》も后にはゐさせたまひしかば、こたみも同じごとせさせたまふなりけり。さて参らせたまひて、登花殿に住ませたまふ。東宮も梅壺におはしませば、ことさらに近き殿をと思しめすなりけり。

（『栄華物語』「もとのしづく」二二二⑪～⑮）(5)

訳　そこで二月十余日に参内なさった。今回は大殿《道長》もあれこれひどく覚束なく心もとなくお思いになって、ただ関白殿《頼通》の御女ということもあり、中宮《威子》も后でいらっしゃるので、今回も同じように御処遇なされるのである。さて参内なさって以後は、登花殿にお住いになる。東宮も梅壺においでになるので、ことさらに近き殿をとお思いになったのであった。

**『権記』治安元年**（一〇二一）**二月一日条**

（『改元部類記』）（略）衡黒《日暮れ時》、参西殿。尚侍《嬉子》、今夜、参東宮。

**『小右記』治安元年二月二日条　治安改元**

二日、丁未。（略）申時《午後四時》許、召使申云、「大外記文義朝臣申云、『今日可有定。可参入』者」。答有所労之由。当日晩景告、為奇。匠作《資業》来云、「今日巳剋《午前十時》、春日行幸行事所始。上卿依着座不参。仍参入」者。又、云、「昨戌時《午後八時》尚侍《嬉子》入宮。**陪従人大納言《権》公任・行成・教通、中納言頼宗・経房・能信・兼隆・実成、参議公信・通任・広業・某**」云々。「昨、於入道殿《道長》、大略、被定革命有無事。諸道所申難知。今至、只、縁災年改元由、可作詔書」者。「又、被問、下官《実資》参不。申依物忌可参由訖」。**余《実資》所含也。内議外甚無益也。**

**『小記目録』治安元年二月十日条**

十日。大原野祭事。

訳　**『権記』治安元年**（一〇二一）**二月一日条**

（『改元部類記』）（略）衡黒《日暮れ時》、西殿に参る。尚侍《嬉子》が今夜、東宮に参られた。

**『小右記』治安元年二月二日条　治安改元**

二日、丁未。（略）申時《午後四時》ばかり、召使が申して云うのには、「大外記文義朝臣が申して云うのには、『今日は定めあるべし。参入すべし』という」と。**所労がある由を答えた。**当日の晩景になって告げ来るのは、奇と判断した。匠作《資業》が来て云うのには、「今日の巳剋《午前十時》、春日行幸の行事所始めがありました。上卿が着座により不参。よって（私が）参入します」と言う。また、云うのには、「昨日の戌時《午後八時》に尚侍《嬉子》が東宮に入内しました。**陪従の人は大納言《権》公任・行成・教通、中納言頼宗・経房・能信・兼隆・実成、参議公信・通任・広業・某**」と云々。「昨日は、入道殿《道長》において、大略、革命の有無の事を定められた。諸道の申す所は知り難い。今に至っては、ただ、災年に縁る改元の由、詔書を作るべきである」と言う。「また、下官《実資》の不参の理由を問われました。物忌に依って参るべからざる由を申し訖いました」と。**余《実資》には思う所があるから不参なのだ。内議の外は甚だ益無きことである。**

**『小記目録』治安元年二月十日条**

十日。大原野祭の事。

『栄華物語』とは日時が異なるが、治安改元の前日に嬉子は入内したのである。大納言は斎信と実資だが、関係が悪化しており、実資は「物忌み」を理由に参内せず、改元も疫病蔓延による「災年に縁る改元の由」でよいのではないかと記し、不参の由は「含む」所があると暗示に留めた。実資の書き留めた尚侍の陪従は右の通りであるが、この年の蔵人頭は朝任（三十三歳）、公成（二十三歳）である。高橋説は「うちのつかひ」の候補に定頼（三十歳）、教通（二十九歳）、公信（四十五歳）、公成（十九歳）、頼宗（二十八歳）を挙げ、「このあたりを候補」とする（年齢は治安元年時）。治安元年二月での詠歌として、陪従のみに「うちのつかひ」を限定すれば、十二名のうち、最有力は権大納言東宮大夫の頼宗ということになる。この月に大原野祭があったことは、『小記目録』によって知られよう。

したがって、『後拾遺和歌集』巻十一・恋には以下のようにある。

東宮とまうしける時、故内侍の督のもとにはじめてつかはしける　後朱雀院御製

六〇四　ほのかにも　知らせてしがな　春霞　かすみのうちに　思ふ心を

この詠を『新大系』は類歌とするが、[6] 治安元年の大原野行幸の際に詠まれたものであろう。「故内侍の督」とあるから、嬉子薨去の万寿二年（一〇二五）八月五日（享年十九）以降に書かれた詞書である。したがって、岡、萩谷説ともに修正が必要となる。尚侍嬉子はこの年十五歳、東宮敦良親王は十二歳であるから、東宮が尚侍に初めて詠みかけた時期は、尚侍就任の寛仁二年十一月十五日以降の某日ではあるものの、九歳では若過ぎるから、やはり東宮入内の際の大原野行幸の際に詠んだものと考えておきたい。

## 二　石清水臨時祭歌群

以下の歌群を萩谷は「寛仁二年三月十三日丙午の日に行なわれた石清水臨時祭」の際の詠としている。ただし、これもまた、以下の九～十二の歌群のわたくしの推定から、治安元年（一〇二一）、その三月十九日の石清水臨時祭の可能性がある。

大宮（彰子）の小式部の内侍の親のはらからと、臨時の祭、ひとつ車に乗りて見侍りけるに、をしわたして桜の衣どもを、墨《すみ》衣に着てぞ侍りけるを御覧じて、大殿（頼通）の宮に参らせたまひけるに、内侍をとらへて、

「いみじくても見たりしかな」とのたまはせて、「これ、たゞいま破《や》れ」とてたまはせたりける

五　舞ひ人の　かざしの花の　色よりも　あまたつみえし　桜襲《さくらかさね》か

　御かへし

六　花の色に　衣や見えし　我はたゞ　君をのみこそ　見にきたりしか

衣襟《くび》の褄《つま》をさながら押し切り、重ねて書きて参らせたりける

訳　大宮の小式部の内侍が　親（和泉式部）の姉妹と石清水の臨時の祭を　ひとつの車に同乗して見物しておりましたところ　皆が桜襲の衣裳のところ　喪服と見紛う縹の衣で見物しておりましたのを大殿（頼通）が御覧になり（後日）大宮に参上なさった時に　内侍を掴まえて「なんとも忌まわしいことをしてくれたものだな」と仰っしゃって、「これは今すぐに破り捨てよ」と御命じになった時の歌

五　舞い人の　かざしの花を摘むよりも　多くの罪が積み重なって　鮮やかな　桜襲《さくらかさね》が墨染め色になってしまったことではないか

　御返しの歌

六　わたくしの衣の花の色が　縹《はなだ》色に見えたのでしょうか　ただひとえに君の姿だけを拝見しに来ただけですのに
衣襟《くび》の褄《つま》の端を切って殿の消息に重ね、和歌を書いて差し上げた。

この「大宮の小式部の内侍の親のはらから」を萩谷説は、「おそらく和泉式部の姉妹、つまり、小式部内侍が叔母たちと同車したことをいうのであろう」と推定する。岡説は「おや・はらから」と改訂して、母の和泉式部や小式部の姉妹としている。大宮は、太皇太后宮彰子のことである。(7) 小式部が晴れの臨時祭に喪服と見紛う縹の衣で見物していたことに頼通は怒り心頭、「これ、たゞいま破《や》れ」の「これ」は頼通の和歌消息とも、小式部の喪服ともとれるが、限定せず、両用訳してみた。勝ち気な小式部は、自身の衣の一端を頼通の消息に重ねて返したという解釈である。

また、桜襲と墨染の解釈であるが、該当箇所の「墨衣」がどのような色合いのものだったのか、特定は不可能である。女装束の類例がないからである（公卿実資の場合は後述）。類推ではあるが、一案に、小式部内侍たちも桜襲で、黒橡や青鈍、柑子色、萱草色の衣を重ねて着ていたとも、裳などの一部装束が鈍色であったとも考えられる。いずれにせよ、必ずしも、文字通りの墨染めの衣だったと解する必要はないのである。親族の着装として「喪葬令」にも規定される「凶服」と、親族外の「素服」の見分け方は、材質や仕立て方であり、高位の貴族でも凶服は全て紋のない平絹や麻、仕立ても裁ち放しの簡素なものであった。したがって、葬礼が終わると、それらは鴨川に流したのである（図1、図2、図3）。

図1　喪服・黒橡袍

図2　喪服・単

図3　喪服・奴袴

※図1、図2、図3は全て銚子市寶満寺蔵

いずれにせよ、小式部一行は、喪の穢れを祭の場に持ち込んでいることになる。歌語「花の色」は「縹色」を指すのにも用いられるから、不吉な喪の色の「青鈍」を「縹」と言い換えて小式部内侍が喪服と見紛う装束での祭り見物を弁明したのであろう。(8) 小式部は教通との間に、静円を儲けたことが知られるが、頼通とも召人と呼んでもよい、かなり親密な関係であったことがわかる。頼通は、小式部を、服喪をしなければならぬ近親でもないのに、と怒りに任せて言い放ったところ、小式部は頼通発言に反発して返歌したのであろう。「衣襟《くび》の褄《つま》をさながら押し切り」とあるのは、初冠の業平よろしく、自身の衣を切り取って、返歌に添えたのである。

増田美子『日本喪服史―古代篇』によれば、平安中期の服喪の装束として、寛弘八年（一〇一〇）の一條院の服喪に際し、実資は平常の位袍に下襲と袴を喪の青鈍としていたとある（一六一頁）(9)。実資が、道長の着装の決定が日々揺れることに対する怒りと戸惑いを記している。

**『小右記』寛弘八年（一〇一一）八月二日条**

二日、癸卯。源宰相（頼定）告送云、「可着鈍色之事、彼是案内、左府（道長）被命云、『御傍親并院司外可任意』者」。又、既有先日定、当日何有定乎。太奇異也。未剋（午後十二時）、参院〈**着綾冠・綾表衣・縑青鈍下襲・青鈍表袴**〉。

**『小記目録』七月十七日条**

「故院旧臣、御傍親并院司素服外、人々、可有御心喪陣定事」

**訳** **『小右記』寛弘八年（一〇一一）八月二日条**

二日、癸卯。源宰相（頼定）が告げ送って云うのには、「鈍色を着すべき事について、彼是の案内として、左府（道長）が命じられて云うのには、『御傍親ならびに院司の外は任意である』との仰せである」と。また、既に先日に鈍色着装の定があった。当日、どうして定が変わるのか。はなはだ奇異にして遺憾である。未剋（午後十二時）、一條院に参った〈**綾の冠・綾の表衣・縑の青鈍の下襲・青鈍の表袴を着した**〉。

**『小記目録』七月十七日条**

「故院の旧臣、御傍親并びに院司の素服の外、人々、陣の定に心喪の装束を着すべき事」。

この記事を治安元年三月十九日とした時、その暁に藤原長家室の行成娘が同日亡くなっている。『更級日記』で猫に転生したと記述されるかの行成娘の死亡した日である。小式部と叔母一行がみな「墨《すみ》衣に着て」いたのは、このことに起因する可能性がある。言うまでもなく、長家は頼通の弟であり、晴れの日もあり、喪に服すべき日でもあった。いっぽうで、道長の娘で頼通の養女となる尚侍嬉子の東宮入内のお披露目の臨時祭でもあったから、疫病蔓延がやや落ち着きを見せていたこの時期の開催には公卿も腐心していたことがわかる。

**『小右記』治安元年**（一〇二一）**三月十九日条**

十九日、甲午。早朝、匠作（資平）来云、「昨試楽太不便□。□上（後一條）依堅固御物忌、鑰《かぎ》籠夜御殿。供御殿油。無御出。仍左大将《教通》参入、令開戸。不出御夜大殿、御覧試楽。是女房申御物忌」者。若是恡歟。今日、籠御物忌之上達部大納言教通、中納言頼宗・能信、参議経通。

一昨、牛尾結付馬頭。其牛走入禁中、入殿舎等。宮々人迷躁。躁大出来也。（略）「牛走入事、秉燭間、入大宮御在所東宮等。中宮御所是藤壺。牛走登藤壺南渡殿、走懸供御殿油之主殿司。**次蹴折宮女房下女童腰**」者。此間九重騒乱、不可敢言。

**権大納言《行成》女今暁亡**。年来、病者之中、為長家室。

（略）晩頭匠作来云、「**今日臨時祭無興**。右大臣《公季》、大納言斉信・公任・教通、中納言見已下彼是参入。使右頭中将公成、右大臣執挿頭。『頗便宜』云々」者。左頭中将朝任、以匠作相伝云、「斎院御簾可奉仕事、明日密々可示送」者。事之案内申関白《頼通》。而依被不審、所示送歟。明日可示遣也。「今日左大臣《顕光》、斉信・公任卿不見物。其外見之」云々。「関白猶有悩気。不被参入」云々。「上達部参彼殿、訪申。無謁」云々。「次参無量寿院《法成寺の前身》。世間不静事等、中宮大夫〈斉信〉中入道殿《道長》。一切無承引。只、被談他事。或競馬、或無由事等」云々。在々人等隔垣之外。亦有何事歟。

**訳『小右記』治安元年（一〇二一）三月十九日条**

十九日、甲午。早朝、匠作《資平》が来て云うのには、「昨日の試楽は、はなはだ困ったことでございました。主上《後一条》は堅固の御物忌により、夜御殿に鏁《かぎ》をして籠っておられました。御殿油を供しました。御出は無し。よって左大将《教通》が参入し、戸を開けました。夜も大殿から出御せずに、試楽を御覧になりました。主上の女房が御物忌を申しました」という。もしくはこれが物の怪のせいなのでしょうか。今日、御物忌に籠った上達部は大納言教通、中納言頼宗・能信、参議経通である。

一昨日には、何者かが牛の尾に馬の頭を結び付けた事件があった。その牛が禁中に走り込み、殿舎等に入った。宮々の人々は迷躁した。躁ぎは大事になりました。（略）「牛が闖入したのは、秉燭の間に大宮の御在所と東宮等に入った。中宮の御所はこれ藤壺。牛は藤壺の南の渡殿を走り登り、御殿油を供する主殿司を走り抜けました。**次いで宮の女房の下女の童の腰を蹴り折りました**」という。この間の九重の騒乱は、敢えて記すまでもないのである。

**権大納言《行成》の女、今暁、亡くなる**。年来、病者の身でありながら長家の室となった。

（略）晩頭に匠作が来て云うのには、「**今日の臨時祭は興が無いと思います**。右大臣《公季》、大納言斉信・公任・教通、中納言以下の貴顕が参入します。臨時祭の使は右頭中将公成に、右大臣は挿頭を執ります。『すこぶる便宜である』と云々」という。左の頭中将朝任が、匠作を以て相伝えて云うのには、「斎院の御簾に奉仕すべき事、明日は密々に示し送るべし」という。事の案内を関白《（頼通）》に申し上げた。ところが不審に思われるようで、示し送る所が必要があるか。明日示し遣わすべきである。「今日は左大臣《顕光》、斉信・公任卿が見物しませんでした。その試楽を私は見物しました」と云々。「関白はまだ悩気があります。参入なさいません」と云々。「上達部は彼の殿に参り、訪申した。謁は無かった」と云々。「次いで無量寿院《（法成寺の前身）》に参詣。世間が騒がしい事《（疫病蔓延）》等を、中宮大夫〈斉信〉が入道殿《（道長）》に申し上げた。一切、承引は無かった。ただし、他の事は雑談なさった。あるいは競馬、あるいは由無き事等である」と云々。在々の人々は垣の外を隔てた。また、何事かあるのだろうか。

後一條天皇は物忌み、頼通は疾病、試楽も欠席者多数。前日には、狂牛の禁中乱入事件もあって、大混乱であった。大納言斉信は無量寿院に入道道長を訪ねて、世の中騒乱の折、臨時祭実施の有無の判断を仰いだが、道長は中止の判断をしなかった。

さらに、そんな最中の行成娘の死の報である。『栄華物語』には以下のようにある。

女君は十二、男君は十五にてこそは、この御はじめの年は。その後四年といふにかくなりたまひぬるぞかし。あはれに口惜しう悲しき御有様なり。女君の、御年のほどよりはいとうつくしうととのほりて、御手を書きたまへるさま、尽きもせず思さる。〈さらぬだに今は〉と思ふはいみじきに、まいてこれはことわりにいみじや。この大姫君《（源経頼室）》は、かくいともの騒がしき紛れにともかくもおはせざりしをりに、この南の鴨院《（行成邸・菅原院）》の上のおはする所に渡りたまひにけり。御忌のほど、いといとあはれに悲しきこと多かり。

（『栄華物語』「もとのしづく」二三〇②〜⑩）

訳　女君は十二、男君は十五であったか、この御はじめの年には。その後四年を経てこのようにおなりになったのではなかろう。あはれに口惜しく悲しい御様子である。女君の、御年のほどよりはいっそう美しさを兼ね備え、御手をお書なさるさまは、尽きることない美しさだと思われる。〈さらぬだに今は〉と思うのだけでも悲しいのに、ましてこれは世の道理とは云いながら辛いことです。この大姫君《（源経頼室）》は、このようにとてもものの騒がしい紛れにかった折に、この南の鴨院《（行成邸・菅原院）》の上のいらっしゃる所にお渡りになったのでした。御忌のほどは、とても気の毒で悲しきことも多かったのでした。

また、『更級日記』には行成娘死去の報から再び一年が過ぎた五月、迷い猫を作者姉妹が飼っていたところ、猫は気位が高く、姉が病気の時に下仕えの所へやっておくと、姉の夢に猫があらわれて、私は行成娘の生まれかわりであると言ったという。記主孝標の娘（十四歳）の姉の心の友であり、妹は行成娘の筆跡を手本にしていたともある。

小式部（九九七生）は二十五歳[10]。行成娘は遙かに年下であるが、女童としてともに出仕したことでもあったものか、あるいは、叔母達と行成の関係からか、また「世の中静かならざる」時でもあってか、確かなことは、「墨染」で見物したのである。これを見た大殿・頼通が入内したばかりの尚侍・嬉子のお披露目の場である臨時祭に相応しくない装いであることから、「かざしの花」を「あまた摘み得し」に「罪得し」を掛けて抗議の歌を贈り、「すぐに破り捨てよ」と激怒した記事ということになる。

## 三　花薄歌群

次の詠が「馬中将」（『枕草子』）では五節の舞姫を務め、『紫式部日記』では、紫式部との折り合いが悪かった、かの藤原相尹女、名は淑子と推定される女房である。寛仁二年（一〇一八）当時三十七歳、治安元年四十歳となる女の老いらくの恋の歌である。

むま中将、里より、す丶きなどすべて秋の花を織り交ぜて

七　君により はつ根を摘める 花す丶き 露かけまくは かしこけれども

八　白露の か丶るを見ても 花す丶き かたよる風ぞ したまたれける

訳　馬中将が、里から薄など、すべて秋の花を織り交ぜて贈ってきて

七　あなたのために 初根を摘んだ花薄を贈ります 薄に露をかけるように装ったのは（直接消息するのは）おそれ多いことだからです

八　白露のかかる花薄を見ていると こちらに靡くように風が吹くのをひたすら待っていることですよ

萩谷朴は、『枕草子』の正暦四年（九九三）、「宮の五節いださせたまふに」（八五）の段に登場する中宮定子方の五節の舞姫を当時十二歳の「馬の中将」と推定している。(11)

舞姫は、相尹の馬の頭の女、染殿の式部卿宮の上の御おとうとの、四の君の御腹、十二にて、いとをかしげなりき。

馬の中将となる相尹の馬の頭の娘は十二歳。『枕草子』によれば、相尹娘の母は染殿の式部卿宮すなわち為平親王の北の方の妹であったから、馬の中将の母親は道長室・高松宮明子の姉妹となる。のちに馬の中将が彰子後

宮女房となる。『御堂関白記』寛弘三年（一〇〇六）十月九日に「源平子の辞退に替へ、藤原淑子を補すべし」と掌侍召された藤原淑子であろうと思われる。[12]

『紫式部日記』では、内裏還啓の際の、紫式部との同車のくだりが想起されるが、以降の馬の中将は、『栄華物語』「うたがひ」の巻に、道長出家（寛仁三年（一〇一九）三月）に際して御衣の下賜に預り、詠歌を残している。

袖のみぞ 乾く世もなき 水の音の 心細きに 我も泣かれて

さらに『春記』長久元年（一〇四〇）五月二十四日の条に、宮中に盗賊が入り、その犯人が相尹の娘・中将の典侍の従者であったと記されている。中将の典侍（馬の中将）は長久元年までに内裏女房に転じていたのであった。[13]右の贈答の相手は不明である。

## 四　桃の歌群

かくして、『源氏物語』作者の死亡が確認される記事が以下の九の詞書に「藤式部」「亡くなりて」と見えている。紫式部が越後の為時に贈った消息を、死後に娘が開いてみたというのである。この歌群に関しては、久下裕利の鋭利な背景の推定もあった。[14]また、平野由紀子が、「寛仁三年五月には存命だった紫式部を、この歌群のように三月三日に娘賢子がしのんでいる」詠歌であり、翌年春以降の作であるとして、「紫式部の没年の上限は、寛仁四年と考えたい。下限は万寿二（一〇二五）年とみる」と論じていたことと、『小右記』寛仁四年（一〇二〇）十二月三十日以降の紫式部不在の符合にわたくしは注目したい。[15]

同じ宮の藤式部、親の田舎なりけるに、「いかに」など書きたりける文を、式部の君亡くなりて、そのむすめ見侍りて、物思ひ侍りける頃、見て書きつけはべりける。

九　憂きことの まさるこの世を 見じとてや 空の雲とも 人のなりけむ

十　雪積もる 年にそへても 頼むかな 君を白根の 松にそへつつ

まづかうかう侍りけることを、あやしく、かの許に侍りける式部の君の

十一　眺むれば 空に乱るる うき雲を 恋しき人と 思はましかば

この娘の、あはれなる夕べを眺め侍りて、人の許におなじ心に思ふべき人や侍りけむ

十二　わが宿に 今日をも知らぬ 桃の花 花もすかむ は《は(×は)》 ゆるさざりけ《(×ら)》 り《本ま、》

又、三月三日、桃の花遅く侍りける年

訳　同じ大宮に仕えていた藤式部が、越後守として赴任していた父の許に、「お変わりありませんか」などと書いた消息文を、式部の君が亡くなって後、そのむすめが読みまして、物思いをしていた頃、母の文を見て詠み綴った（歌）。

九　憂きことばかりのこの世を見たくないということだったのでしょうか 空の雲にあなたはなってしまったことですね

かくして日々平凡に暮らしておりましたところ、偶然ながら越後の国に居た父の許に残されていた式部の君の（歌が出来て）

十　雪の積もるように白髪となったであろう父を頼みとすることです 越の白山に屹立して千歳の齢を保つという老い松に わたくしもあやかれるように

この娘が、あわれ深い夕方の空を眺めておりまして、おなじ心で眺めていたいと思う人は、やはり母のことだったのでしょうか

十一　眺めていると 空に乱れる浮き雲を 恋しい母と思って いつまでも見ていたいものです

また、三月三日、桃の花が遅く咲きました年に

十二　喪に服すわが家で弥生の節句を待たずに散った桃の花よ 花を酒杯に浮かべて飲むことは許されないからでしょうね

九　賢子の詠「憂きことの　まさるこの世を　見じとてや」から、母の出家志向と思いがけない急逝を想起させる内容である。厭世的なことばを娘にも漏らしていたのであろう。
十　は生前の紫式部が為時に贈った詠で、父を名山・白山の「松」に喩えて、長寿を祈っている。十一は娘・賢子の思い人に宛てた歌であり、詞書は岡説が藤原頼宗、萩谷説が定頼であるが、いずれも第三者的な詞書であることに注意したい。
問題は、十二番歌である。『紫式部集』に紫式部自身を「桃といふ名」を幼名とすることと、世間では桃花の宴の折の、「わが宿（賢子邸）に今日をも知らぬ桃の花」とある詠とは詠者の心の中で通底しているものとわたくしは見る。「花もすかむ」は酒杯に桃の花を浮かべて口にする「曲水の宴」(16)の風流韻事であろう。母を喪った我が家では、喪に服しており、この桃の節句を言祝ぐことは許されない、の意であろう。『本朝麗藻』にも父・為時による以下の詠がある(17)（図4）。

ところが、萩谷説は「桃の花遅く侍りける」から、「やはり寛仁二年のことかと思われる。寛仁二年には閏四月があって、春が遅く訪れた。

図4　曲水の宴（撮影：上原。正月に出会う五節句の日本 2022.2023 東京国際フォーラムにて）

二月中気の春分が一月二十八日、二月節気の清明が二月十四日、三月中気の穀雨が二月二十九日、四月節気の立夏が四月十四日というのであるから、標準より二週間、つまり約一期分季節が遅れているわけである」とする。九〜十一の詠歌を寛仁二年冬以後、十二のそれを「再びさかのぼって」寛仁二年春とするのだが（架蔵本は一九八三年第八版）、紫式部を寛仁三年の年内没とする自身の見解との齟齬が生じている。また、わたくしの説でも時代と時節が問題となる。

すなわち、この前年の寛仁四年は閏十二月があったため、新暦による京都の桃の開花時期にあたる三月下旬から四月上旬に照らして四月十七日には、「桃の花」はとうに終わっており、「今日をも知らぬ桃の花」とある時節の問題は治安元年のみが克服される。従来説ではこの風流韻事が説明できないことは右に明らかである。治安改元は二月二日である。

**長和四年**（一〇一五）　旧暦三月三日　新暦三月二十五日
**寛仁二年**（一〇一八）　旧暦三月三日　新暦三月二十二日
**寛仁四年**（一〇二〇）　旧暦三月三日　新暦三月二十九日
**治安元年**（一〇二一）　旧暦三月三日　**新暦四月十七日**

したがって、敦良東宮、小式部、藤式部の娘それぞれの詠歌年時等の諸条件を勘案すると、この逸名歌集は、治安元年春の歌群ということになるのである。

紫式部亡き後、年老いた為時が孫の賢子の許を訪れた詠歌がある。

**冷泉家時雨亭文庫本『藤三位集』**

年いたく老ひたる御祖父《おほぢ》のものしたる、訪ぶらひに

三四　のこりなき 木の葉をみつ、 慰めよ 常ならぬこそ 世の常のごと

かへし

三五　永らへば 世の常なさを またや見む 残る涙も あらじと思へば

訳　ひどく年老いた御祖父《おほぢ》がおいでになるところを、尋ねて（詠んだ歌）

三四　残り少なくなったとは言え（散り残る）木の葉（御祖父の齢）を見ながら慰めましょう 世の無常をこそ 世の常のこととしてね

かへし

三五　生き永らえると 世の無常を またもや見ることになるのだね 残る涙も もはやないと思っていたのに

「のこりなき木の葉」「世の常なさをまたや見む」とあるから、紫式部の亡くなった直後の冬の詠かと思われ、桃の歌より前の前年暮れに詠まれたのではないかと思われる。「残る涙も あらじと思へば」は、妻、紫式部姉妹、惟規を喪い、孫娘と自身ひとりが生きながらえていることを嘆いたのであろう。

## むすびに

逸名歌集の藤式部の娘の詞書に「物思ひ侍りける」「おなじ心に思ふべき人」とあるから、恋愛関係を想定して、岡説に『頼宗集』、萩谷説に『定頼集』の逸文が想定されたが、右のわたくしの解釈からすれば、男女関係の想定は考えにくい。むしろ、右の詠からして、「おなじ心に思ふ」のは、祖父為時こそが相応しい。くわえて、

萩谷説に、「この家集の詞書の文体が、家集の主人公に対して敬語を用いた卑位の第三者の執筆の形をとっている」ことについて、森本元子は、「この逸名家集は、現存するどの私家集の一部分でもなく、その作者は女性であることが明らかになった」「その作者（編者）たりうる人は誰であろうか」として、『蜻蛉日記』作者の孫で、道綱を父に持つ彰子後宮の美作三位（豊子、宰相の君）[18]の名を挙げた（三八頁）[19]。大原野歌群から桃の歌群までを繋ぐのは、豊子が彰子後宮の後見格の典侍であり、かつ、敦成、敦良両親王の乳母であったことから、編纂者としての可能性はある。しかし、勅撰集には『後拾遺集』（五八二）一首のみ採録された歌才である。とすれば、大弐三位も出詠した長元元年（一〇二八）『上東門院菊合』「歌合日記」の記主で、左方一番の和歌を詠進した伊勢大輔こそ、歌稿の管理編纂に参与した可能性が高いように思われる。

久保木哲夫は、『上東門院菊合』と伊勢大輔について、以下のように述べている。[20]

萩谷朴氏はこの菊合と、永承五年（一〇五〇）の「麗景殿女御延子絵合」、ならびに天喜四年（一〇五六）の「皇后宮寛子春秋歌合」の三つに付されている仮名日記の作者は、その叙述や描写の点で共通する特色を強く持っているとされた上で、同一人物、しかもいずれも伊勢大輔であったかもしれないと推定されているが、『袋草紙』の記述から、特に「皇后宮寛子春秋歌合」の場合はその可能性が強いとすると（七二番歌【語釈】参照）、彰子中心の歌合で、彼女自身が左の頭であった菊合の場合は、いっそう可能性が強いとみてよいであろう。

また、前述したように、『百人一首』採録の「いにしへの」の詠歌は、興福寺の八重桜を年に一度、宮中に献上する習わしで、本来は紫式部の役であったが、これを新参の伊勢大輔に譲ったという、『伊勢大輔集』『袋草紙』『古本説話集』等で著名な挿話である。(21)

**『古本説話集』第九話 伊勢大輔、歌の事**(22)

いにしへの 奈良のみやこの 八重桜 今日九重に 匂ひぬるかな

「取り次ぎつるほどもなかりつるに、いつの間に思ひ続けけむ」と、人も思ふ、殿もおぼしめしたり。

**三手文庫本『伊勢大輔集』**

女院の中宮（彰子）と申しける時、内におはしまいしに、奈良から、僧都の八重桜を参らせたるに、『今年のとりいれ人は、今まいりぞ』とて、紫式部のゆづりしに、入道殿（道長）聞かせ給ひて、『ただにはとり入れぬ物を』と仰せられしかば

五　いにしへの ならの都の 八重桜 けふここのへに 匂ひぬるかな

殿の御まへ、殿上にとりいださせ給ひて、上達部・君達ひきつれて、よろこびにおはしたりしに、

院の御返し

六　九重に 匂ふをみれば 桜がり かさねてきたる 春かとぞ思ふ

**陽明文庫本『紫式部集』**

卯月に八重に咲ける桜の花を、内にて見、

九八　九重に 匂ふを見れば 桜狩り かさねてきたる 春のさかりか

訳 『古本説話集』

いにしえの 奈良のみやこの 八重桜 今日九重に 咲き誇っていることだ

「取り次ぎするほどもなかったので、いつの間に思い続けていたのであろうか」と、人も思い、殿もそのようにお思いなのであった。

**三手文庫本『伊勢大輔集』**

女院が（まだ）中宮《（彰子）》と申し上げた時に、内裏においでになって、奈良から、僧都が八重桜を献上申し上げた時に、『今年のとりいれ人は、今年出仕した人ですね』と言って、紫式部が（その役を伊勢大輔に）譲ったことを、入道殿《（道長）》がお聞になって、『簡単にはなれない取り入れ役ではあるが』と仰せになったので

五　いにしへの 奈良のみやこの 八重桜 今日九重に 咲き誇っていることだ

殿の御前、殿上に取り出しなさって、上達部・君達を引き連れて、慶び申しにおいでになった時に、（女）院が（お詠みになった）御返歌

六　九重に 咲き匂うさまを見ていると 桜花は 重ね着をしたような 春なのかと思うことだ

**陽明文庫本『紫式部集』**

卯月に八重に咲いた桜の花を、内裏にて見て（詠んだ歌）、

九八　九重に 咲き匂うさまを見ていると 桜花は 重ね着をしたような 春の盛りであることだ

六番歌は、陽明文庫本『紫式部集』からして、紫式部の代作と見られるが、『伊勢大輔集』では、伊勢大輔による中宮の代詠となっている。吉海直人は、『伊勢大輔集』諸本の詞書の異同を精査するとともに、宮中における「奈良の八重桜」賞美の記録もないことから、当該「八重桜」伝承を虚構であると判断した。この挿話を伊勢大輔初任の寛弘四年四月の記事とすれば、紫式部の初出仕が寛仁二年暮れの場合でも、式部が一回奉仕したに過ぎない。寛仁三年暮初出仕とすれば、伊勢大輔四年春と四ヶ月しか違わず、初任の式部がやはり初任の伊勢に

譲ったことになる。[23]

このような詠歌を通じた深い交流は、彰子後宮において、紫式部と伊勢大輔、そして大弐三位とが極めて最も深い信頼関係を結んでいたことが背景にあるように思われる。したがって、逸名歌集は治安元年三月当時の伊勢大輔編纂による彰子後宮女房達の歌稿集と見ておきたい。

## 注

(1) 本文は、古典ライブラリー『新編私家集大成』の翻刻によった。九、十八番歌については、上原・廣田収校注訳『〈新訂版〉紫式部と和歌の世界―一冊で読む紫式部家集』(武蔵野書院、二〇一二年)に廣田収氏の注解と現代語訳がある。

(2) 岡一男「紫式部の晩年の生活附説　紫式部の没年について―『平兼盛集』を新資料として」(『増訂　源氏物語の基礎的研究』東京堂出版一九六六年)、萩谷朴「解説」(『紫式部日記全註釈』下巻、角川書店、一九七三年、五〇五〜五〇八頁)。

(3) 高橋正治校注『兼盛集注釈』(貴重本刊行会、一九九三年)。歌番号は二一九〜二三〇。

(4) 古記録本文は東京大学史料編纂所データベース、国際日本文化研究センター、倉本一宏編「摂関期古記録データベース」により、本章では現代語訳とした。

(5)『栄華物語』本文は『新編日本古典文学全集』全三巻(小学館、一九九五〜一九九八年)によった。

(6) 久保田淳・平田喜信校注『新日本古典文学大系　後拾遺和歌集』(岩波書店、一九九四年)。『今鏡』「すべらぎの上・初春」「「かすみのうちに云々。後拾遺集恋にほのかにも知らせてしがな春霞、かすみの中に思ふ心を」とある歌をいふ也」

(7) この詠に先立つ寛仁二年正月二十一日には、頼通の大饗屏風に和泉式部は和歌を、為時法師は漢詩を詠進していることは先に言及した『御堂関白記』『小右記』同日条。

(8) 単衣の喪服は「裁ち放し」で端を一切始末しないものを用い、葬祭が終わると鴨川に流した。反物の両端の「みみ」の部分を使ったり、それが使えなければ多少ほつれていてもそのままに用いた。小式部が裁ち切った部分を「くび」と表記してあるので、「褄」は襟の先の部分か、あるいは衽《おくみ》の先端かは不明。衽《おくみ》を「大くび」ともいうので、衽の端裾の先の可能性もある。以上、服飾に関しては宇都宮千郁氏のご教示による。

(9) 増田美子『日本喪服史　古代編―葬送儀礼と装い』（源流社、二〇〇二年）

(10) 山中裕『人物叢書　和泉式部』（吉川弘文館、一九八四年）

(11) 萩谷朴『新潮日本古典集成　枕草子〈新装版〉』（新潮社、二〇一七年）二〇八頁

(12) 上原作和「ある紫式部伝・第二稿―本名・職階・没年説の現在」（『古代文学研究第二次』第三一号、古代文学研究会、二〇二二年十月（本書第二部第一章所収））

(13) 岩野祐吉『紫式部日記人物考』（『日記文学研究叢書』第八巻（紫式部日記五）、クレス出版、二〇〇六年）

(14) 久下裕利「後期物語創作の基点―紫式部のメッセージ」、「大納言道綱女豊子について―『紫式部日記』成立裏面史」（『源氏物語の記憶―時代との交差』武蔵野書院、二〇一七年、初出二〇一二年、二〇一七年）。

(15) 平野由紀子「逸名家集考―紫式部没年に及ぶ」（『平安和歌研究』風間書房、二〇〇八年、初出二〇〇二年）。万寿二年説は、『栄花物語』「楚王の夢」において、娘の大弐三位・賢子が後の後冷泉天皇の乳母となった時点で紫式部も生存していたとする安藤為章『紫家七論』による。

(16) 古代中国では、桃の呪力信仰から三月三日、禊とともに盃を水に流して宴を行う流觴曲水＝盃を曲水に流す曲水の宴が催された。永和九年（三五三）三月三日、書聖・王羲之が蘭亭で「曲水の宴」を催し、その際に詠じられた漢詩集の序文草稿が『蘭亭序』である。元号「令和」の淵源である。

(17) 一五二「梁園遊筵懷舊　一首」「「梁園は今日宴遊の筵　豈に慮らむや三儒の三年に滅ぼさむことを　風月の英聲は薤露を揮《ふる》ひ　幽閑の遠思は林泉を趁ぶ／新詩は骨を切《せ》めて歌ひては還た濕《うる》ぶ　往事は情を傷《いた》めて覺めながらるに似たり　繁木も昔聞く摧《くだ》け折ること早しと　不才無益にして性靈のみ全し」寛和二年（九八六）、中書王・具平親王の書斎「桃花閣」で三人の鴻儒、藤原惟成、藤原資忠、慶滋保胤の三人を「豈慮三儒滅三年」と追慕したものであった。

(18)『和歌色葉集』歌仙「後朱雀院御乳母、道綱卿女。大江定経美作守時、爲妻仍號美作三位」、『尊卑分脈』「従三位豊子後拾遺集作者・歌人大江清通妻定経妻、定経朝臣母」とある。

(19) 森本元子「西本願寺本兼盛集付載の佚名家集―その性格と作者」（『古典文学論考―枕草子・和歌・日記』新典社、一九八九年、初出一九七六年）

(20) 久保木哲夫校注『伊勢大輔集注釈』（貴重本刊行会、一九九二年）九一頁

(21) 吉海直人「『紫式部集』「九重に」歌をめぐって」（南波浩編『紫式部の方法―源氏物語・紫式部集・紫式部日記』笠間書院、二〇〇二年）、『百人一首の新考察―定家の撰歌意識を探る』（世界思想社、一九九三年）。

(22) 本文は、中村義雄・小内一明校注『新日本古典文学大系　宇治拾遺物語　古本説話集』（岩波書店、一九九〇年）による。

(23) 倉本一宏「彰子への出仕」（『紫式部と平安の都』吉川弘文館、二〇一四年）は、寛弘二年十一月十五日に内裏が焼亡し、東三條邸に一條天皇、彰子は遷御していて慌ただしく、「寛弘三年説の方に分がありそうである寛弘三年三月四日に一條院内裏に遷御している」とある。

# 第五章　『紫式部日記絵詞』人物注記の方法──日記承継者は幼少女性親族か

## はじめに

現存『紫式部日記絵巻』は、その絵柄から複数の絵師に分担制作されたことが推定される。ただし、絵詞本文は現存日記の本文と同一の宗本《アーキタイプ》を転写したものと思われる。『明月記』に詞書を染筆したと傍記される宣秋門院任子《ぎしゅうもんいんたえこ》による絵詞本文[1]は、黒川本、松平文庫本を凌ぐ古態性を有することから、異同がある場合は、これを以て校訂しつつ読まれてきた。なお、黒川本の下巻は十九丁表六行目三文字までが別筆、それ以後、上巻の書写者の筆跡となる。当該箇所には同筆の異文注記はあるものの、人物注記はない。また、人物注記、巻末二つの勘物は、上巻と下巻後半部の筆者の手であろうと思われる。

## 一　『紫式部日記絵詞』の割注（分注）

本日記の人物注記の性格は、同僚女房「四十余人」の内でも、序列の高い女官、女房ではなく、産養に奉仕する特定の職掌、及び船楽乗船者等の特定人物に限定され、父の官職と名が注記される。一方、男性官人は兼官職と実名注記で、寛弘の四納言の場合、公任のみ名を記されない。この注記の法則性は何を意味するのだろうか。

## 『紫式部日記』本文系統図（萩谷モデル上原修正案）

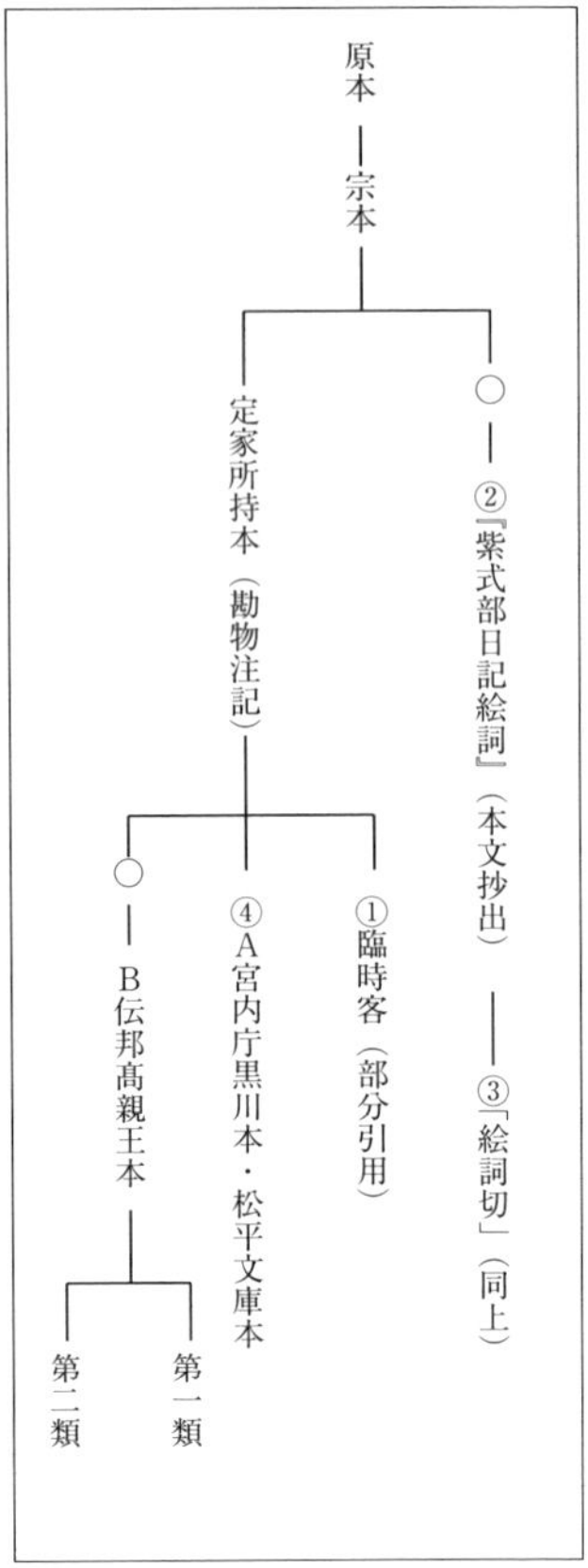


少なくとも、共有すべき情報が選別されていることは自明であろう。

この読者圏を仔細に検討すると、敦成《あつひら》親王生誕儀礼を統括する道長がまず除外され、五節舞姫貢進者等、晴儀に参与する者と記主・紫式部との親疎性を規準として、読者に特定人物の認知を促していることが判明する。すなわち、その承継者は記主・紫式部の幼少女性親族、すなわち、当時、八、九歳の賢子であろう。この仮説について、古記録等の周辺史料を援用しつつ、以下、挙証したいと考えている。

なお、本論の前提として、『絵詞』と『日記』の人物注記は、現存しない共通宗本の段階ですでに存在し、かつ、その注記が当該人物とひとりとして矛盾しないという事実から、この人物注記が、日記記主、すなわち、紫式部当人によってなされたものであるという仮説をもとに検討を進める。このことは、最後に検証結果を示して、その当否を報告する。

そこで、日記の書記法比較のために、藤原道長、藤原行成、藤原実資の三つの公卿日記の女官人名注記の方法についてまずは検討する。

①『御堂関白記』寛弘四年（一〇〇七）正月廿九日条

廿九日、丁卯。源中納言（俊賢）来云、『按察可兼右大将（実資）、大間落、奏聞可被入者也。有掌侍召、以藤香子可被任』者。参東宮（居貞親王）、啓権大夫（頼通）慶由。此日雨下。

②『行成卿記』寛弘四年二月五日条

五日壬申。参内。源中納言、召中務少輔孝明。給女官除目〈去廿九日、任掌侍藤原香子〉

③『野府記（小右記）』長和二年（一〇一三）五月廿五日条

廿五日、乙卯。資平去夜密々令参皇太后（彰子）宮令啓東宮御悩之間依仮不参之由、今朝帰来云『去夕相逢女房〈越後守為時女。以此女前々令啓雑事而巳〉。彼女云『東宮御悩雖非重、猶未御尋常之内、熱気未散、亦左府卿有患気』者。

（現代語訳は、本書第二部第一章参照）

資料①②の記事は、角田文衞氏による「紫式部の本名」の根幹資料である、藤原香子の掌侍召に関する記事である。[2] 道長は割注は用いず、「藤香子《とうのたかこ》」、行成は女官除目のあったことを記し、割注でその女官を「藤原香子」と記してある。道長が「藤」とのみ記したのは、後掲資料⑭で、寛弘六年に出生した、後の後朱雀天皇、敦良《あつなが》親王の乳母に、加賀守重文の娘の源式部、本名源香子が先に出仕していたため、同名の女官との混同を避けるための表記であることが判明する。また、藤原能子（藤少将の命婦）、明子（弁の乳母）も藤氏の式部とあるから、都合三人の藤式部が彰子後宮にいたのである。そのため、この二名と弁別するために、「紫式部」と早くから呼称されていた可能性がある。さらに、③実資の「内密の雑事」を皇太后彰子に取り次ぐ女房として、「越後守為時女」を割注で記していることに注意したい。現時点において、確実な紫式部の記事と確言できるのは、③の記事だからである。

これに対して、公卿日記においては、『行成記』の中務少輔・藤原孝明を除けば、男性官人の源中納言・源俊賢、右大将・藤原実資、東宮・居貞親王、権大夫・藤原頼通らはいずれも人名注記がない。公卿として連日顔を合わせる面々なのだから必要ないのである。

道長は、自身の心覚えとしてのみ日記を認めているのに対し、実資の『小右記』の場合は、昇進する毎に記事が詳細となり、若き日には兄の懐平のみならず、小野宮一門の公任、老いては、嫡子資平、孫の実房をも動員して重要文書を別記しつつ、実資の具註暦と合体させ、小野宮家相伝という特性を持つ。これは行成記も同様の傾向にある。[3]

要は、平安かな日記もまた、書かれ方のみならず、読まれ方や同門子女による活用方法を考える必要があるということなのである。同時代、道長も寛弘七年暦の巻上に「件の記等は露わにすべきではない。早くに破却すべきものである／件記等非可被露、早可破却者也」と書き付けている。しかし、近衛家には自筆本十四巻、藤原師実《もろざね》筆とされる平安時代の古写本が伝来している。『土左日記』の結び「忘れがたく、口惜しきこと多かれど、え尽くさず。とまれかうまでとく破りてむ」とありながら、今日も現存することが想起される、故人常套の韜晦であると見ておきたい。

実資の場合は、具注暦《ぐちゅうれき》と別記（特別な記事等）とを使い分けていたようだが、旺盛な執筆意欲からわずか二〇〇字しか書き込めない具註暦では書き切れなくなり、長和二年（一〇一三）六月二十二日条には自身の考案した広暦を特注している（「伝の事が有った。（これは）暦面に注することは難しい」、あるいは長元三年（一〇三三）九月二十八日条「『広暦』三十巻を宰相中将（源顕基）に借した」[4]）。三橋正は、『具注暦』から発展した古記録類の現存形態を新たに分類整理して意味付け、『小右記』においては日次の日記、記主・実資の手になる略本＝「統合版」、『小記目録』と使用目的ごとに再編成されたことの意義を論じている。同様に、『左経記』についても年中行事等の部類毎に類纂化されたとされる『類聚雑例《るいじゅうざつれい》』の存在意義を論じ、同時代文献の、「文化」としての「古記録」総体の歴史的意味を問い直そうとしたのであった。

公家日記、特に小野宮実資の日記は、宮中行事の知見や執務における実資の判断、作法等を子々孫々に伝える目的があった。実資は七十四歳、右大臣の時、『小右記』六年分を養子の資平に遣わして部類記の作成を開始した（長元元年（一〇二七）九月十九日条「六ケ年の暦記を中納言（実資）の許に遣わした。消息の伝えがあった」）。現存する『小記目録』は長元五年（一〇三五）十二月晦日までだが、日記はさらに長久元年（一〇四〇）十一月十日条の逸文が確認されている。三橋はこれを部類と並行して書き継がれていたと想定している。

先に述べたように、『紫式部日記』と『絵詞』は、原則として、同僚女官の場合、父の官職と名が注記され、実名が記されたのは、本行本文のきよいこ子の命婦、「橘清子」と、資料⑪橘三位のつな子「橘徳子」、大納言の君の源遍子「源廉子」の三名のみである（いずれも章段番号十六）。乳母・橘徳子は藤原有国の妻。大納言の君は、彰子後宮内の紫式部の心の友・小少将の君の姉で、父は源時通、時通没後は扶義《すけよし》の養女となった、源廉子《みなもとのきよこ》である[5]。黒川本傍記は、いずれも転写を重ねた後の本文転化とみておきたい。一方、『日記』と『絵詞』の場合、共通して男性官人は兼官職と実名注記の複名性（後掲注（16））を基本とする。このことから、日記記主、すなわち、紫式部に明確な規範意識、ジェンダーバイアスが存在したことは確かであろう。**例外の実名表記が存在する**

**のは、父の兼官職を以てしても、女房同士が同名であるとか、伺候名が重複して混乱が予想される場合に限定されるのである。**

④　寛弘五年九月十三日条　三日の産養（章段番号十八）(6) の場合、

右衛門督〈大夫斉信〉　源中納言〈権大夫俊賢〉　藤宰相〈権亮実成《ごんのすけさねなり》〉

源中納言俊賢五十歳は資料①②にも登場するものの、これらに注記がないのは必然、斉信四十二歳と共に道長政権を支えた寛弘の四納言のひとりであり、道長の妻明子《あきこ》の腹違いの兄であることから注記は必要ないのである。すなわち、この時点で、この人物注記が、道長、ならびに嫡男頼通、中宮彰子のために施されたものではないことの証左となるのである。また、藤宰相実成《とうのさいしょうさねなり》三十四歳は、この年の五節の舞姫貢進者であった。ちなみに、寛弘五年の五節の舞姫貢進者は、右宰相中将兼隆、宰相実成、丹波守高階業遠《たかしななりとお》、尾張守藤原中清の四名であった。

⑤　九月十五日条　道長主催の五日御産養（章段番号二十）は、髪上げたる若き女房達が、『絵詞』『日記』に共通して列挙されている唯一の例である。(7)

**絵詞**―かみあけたる女房は　源式部〈加賀守しけの（衍）ふ（ン）か女〉　小左衛門〈故備中守みちときか女〉　**小兵部**〈左京かみあきまさか女とそいひける〉　大輔〈伊勢斉主すけちか、女〉　大むま〈左衛門大夫よりのふか女〉　こむま〈左衛門佐みちのふか女〉　小兵部〈蔵人なるちかた、か女〉　小木工〈もくの　せうたいらのふよ（ン）しといひ侍なる人の女なり〉　かたち

なとおかしきわか人のかきりにてさしむかひつ、ゐわたりたりしはいと見るかひこそ侍しか

**日記**―かみあけたる女房は　源式部〈か、のかみ景ふ（ン）かむすめ〉　小左衛門〈こひちうのかみ道ときか女〉　小兵衛〈左京かみあきまさ女〉　大輔〈伊勢のさいしゆすけちか、むすめ〉　大むま〈左衛もんの大輔よりのふかむすめ〉　小むま〈左衛門佐道のふか女〉　小兵部〈蔵人なりなかちか、女〉　小木こ〈もくのせう平のふ（ン）よしといひけん人のむすめなり〉

かたちなとをかしきわか人のかきりにてさしむかひつ、ゐわたりたりしはいとみるかひこそ侍しか(8)

**校訂本文**―源式部〈加賀守重文《しげぶみ》が女〉、小左衛門〈故備中守道時が女〉、小兵衛〈左京大夫明理《あきまさ》が女とぞいひける〉、大輔〈伊勢斎主輔親《すけちか》が女〉、大馬〈左衛門大輔頼信が女〉、小馬〈左衛門佐道順《みちのぶ》が女〉、小兵部〈蔵人なる庶政《ちかただ》が女〉、小木工〈木工允《もくのすけ》平文義といひはべるなる人の女なり〉(9)。

いずれも、「かたちなどをかしき若人」とあるように、記主・紫式部より遥かに年下の若い女房達であり、源式部は、先に述べたように、資料⑭から、行成が本名を把握しているにもかかわらず、『絵詞』『日記』ともに名を記していない。また、伊勢大輔や、萩谷説に清少納言と棟世の娘で、道順《みちのぶ》の養女とされる小馬の存在にも注目しておきたい(10)。いずれも、紫の娘が、将来出仕した際に、実際、同僚となる若い女房達であることに注目すべきである。**これらの女房は、公卿日記等の古記録、『栄華物語』「はつはな」巻にも見えず、記主・紫式部と彰子後宮の同時代人のみが知り得る情報であり、後代の人物注記ではあり得ない。したがって、記主・紫式部が現存日記編纂時に注記したと認定できよう。**

さらに、この若い女房達は、若き貴顕達の誘いで船楽乗船の栄に浴す。

**⑥　九月十六日の夜　若い女房達、経房、教通《のりみち》らに船楽へと誘われる**（章段番号二三）

**絵詞**―こ大輔けんしきふみやきの侍従五せち弁うこむ小ひやうゑ小衛門むまやすらい伊勢人なとはしちかくゐたるを左さい将の中将〈経房〉との、中将のきみ〈教通〉いさなひ　いてたてまて右のさい将の中将〈兼隆〉にさをさゝせてふねにのせ給

**黒川本**―小大ゆふ源しきふ宮木の侍従五せち弁右近こ兵衛小ゑもんむまやすらひいせ人なとはしちかくゐたるを左宰相中将殿中将の君いさなひいて給て右宰相中将**かねたか**にさほさゝせてふねにのせたまふ

**※黒川本以下流布本「かねたか」が本行本文化**

**校訂本文**―小大輔、源式部、宮城の侍従、五節の弁、右近、小兵衛、小衛門、馬、やすらひ、伊勢人など、端近くゐたるを、左宰相中将〈経房《つねふさ》〉、殿の中将の君〈教通《のりみち》〉、誘ひ出でたまひて、右宰相中将〈兼隆〉に棹ささせて、舟に乗せたまふ。

黒川本以下流布本では人物注記「かねたか」のみが唯一本行本文化したものである。いうまでもなく、経房四十歳は明子の弟で道長の甥にあたり、教通十三歳は倫子腹で頼通の弟、道長を読者とすれば注記を必要としないのである。また、道兼嫡子の兼隆は、『栄華物語』巻二六「楚王のゆめ」において賢子《かたいこ》が「また大宮の御方〈彰子〉の紫式部が女の越後弁〈大弐三位〉、左衛門督〈兼隆〉の御子生みたる、それぞ仕うまつりける」と記される賢子の将来の夫、想い人であった。

**⑦　十一月一日、御五十日の祝　紫式部、初めて藤原実資と会話する**（章段番号三六）

**絵詞**―そのつきのまの東のはしらもとに右大将〈実資〉よりてきぬのつまそてくちかそへ給へるけしき人よりことなりゐいのまきれをあなつりきこえまた、れとかはなとおもひ侍てはかなきこと、もいふにいみしうされいまめく人よりもけにいとはつかしけにこそおはす

〝古典の日〟（十一月一日）の根拠となった左衛門督公任が「わが紫」と式部をからかったこの日、紫式部は実資と始めて会話を交わしたものと思われる。実資は、花山天皇の蔵人頭であった時、父為時、夫宣孝の上司に当たり、しばしば連名で当時の『小右記』に登場する。のちに資料⑯のように、三條朝の彰子皇太后時代、後一條朝の太皇太后時代、実資と彰子との伝言役を務めたことは、よく知られるところであり、娘に対し、自身の信頼する有力者としての認知を促すものであったものと思われる。

なお、寛弘の四納言のうち、唯一実名を記されない公任四十二歳であるが、軽視されているわけではないこともまた、明らかであろう。

### ⑧ **寛弘七年正月二日条**（七七） **傍記混入**

**絵詞**―上達部左右内の大臣殿春宮の傅**中宮大夫**四條大納言それより下は見え侍さり

**日記**―かんたちめ左右うちのおほいとの春宮大夫（中宮大夫）四條大納言それよりしもはえ見侍らさりき

こちらは『絵詞』本文に欠損があり、『明月記』に詞書を染筆したと傍記される宣秋門院《ぎしゅうもんいん》任子《たえこ》が、「中宮大夫」を本行本文に混入したことが、黒川本との対校によって知られる。したがって、絵詞、黒川本本文、共に宗本以

降の本文転化が認められよう。
以上が『絵詞』の人物注記である。ついで、日記本文の人物注記を検証する。

## 二　黒川本紫日記の人物注記

⑨ **八月はつかのほど　条**　宮大夫〈なりのふ〉左宰相中将〈経房〉兵衛督みの、少将〈なりまさ〉（**章段番号六**）
**校訂本文**—宮大夫〈斉信〉、左宰相中将〈経房〉、兵衛督、美濃の少将〈済政〉。

「なりのふ」は斉信の本文転化。兵衛督・為平親王の男・源憲定には注記がなく、源済政は大納言・源時中の子で源雅信の孫にあたる。

⑩ **九月十一日条A**　宰相中将〈かねたか〉四位の少将〈まさ道〉宰相中将〈経房〉（**章段番号一一**）
**校訂本文**—宰相中将〈兼隆〉四位の少将〈雅道〉宰相中将〈経房〉

兼隆は⑥と重複注記。悪三位藤原伊周の嫡男従四位下道雅十七歳にも注記があり、源雅通は道長の室・倫子の甥にあたり、大納言の君、心の友・小少将兄。大納言の君・廉子とともに、特記すべき人物であったということであろう。

⑪ **九月十一日条　橘の三位　徳子　大納言の君　源廉子**（**章段番号一六**）

**傍記　橘の三位**《つな子》　大納言の君《源遍子》

先述（本書二〇九頁）のため略。

⑫　**同日条**　御湯殿の儀／　**源少将　雅通**（**章段番号一六**）

**日記校訂本文**―殿の君達二ところ、源少将〈雅通〉など、散米《うちまき》を投げののしり、われ高ううち鳴らさむと争ひ騒ぐ。

なお、⑩と重複の雅通は縦書き、道雅は横書きと表記は異なるが、同じく少将、名前も似通うことからの書き分けと考えておきたい。

⑬　**九月十七日条　朝廷主催の御産養　蔵人少将　道雅**（**章段番号二四**）

**校訂本文**―七日の夜は、朝廷《おほやけ》の御産養。蔵人少将〈道雅〉を御使ひにて、ものの数々書きたる文、柳筥に入れて参れり。

道雅は⑩と重複。

⑭　**十月十余日条　中務の宮　具平親王**（**章段番号二六**）

**傍記**　中務の宮《具平親王》

中務の宮に具平親王と注記のあるのは、父為時の兄が具平親王の家司であり、福家俊幸に、紫式部女童時代の出仕説もある、記主の庇護者である。(11) わたくしは、『源氏物語』習作期はこの具平親王周辺で書き継がれ、読み継がれて、文名をあげたものと考えている。

**⑮　十一月十七日条　侍従の中納言　行成その時弁官**（章段番号四四）

**傍記**　侍従の中納言《行成その時大弁》

侍従の中納言に「行成その時大弁」とある。これは行成が翌寛弘六年三月四日に、長徳二年（九九六）以来十三年間務めた弁官の官職から離れていことを意味し、日記の完成後に注記が施されていたわけであり、執筆時期推定の根拠となるものである。

**⑯　寛弘六年十月四日一条院焼亡、十九日行幸左大臣枇杷第遷御、十一月廿五日第三皇子誕生**（章段番号七六）

日記は寛弘六年正月の記事以降、記載が無く、次いでいわゆる消息体評論と呼ばれる、自己韜晦と人物月旦におよび、ここには人物注記が見られない。これもまた、読者が娘の賢子とする、萩谷朴、田渕句美子説(12)を裏書きするものと考えられる。なお、拙著『紫式部伝』では、この時、枇杷第にいた脩子内親王付として後宮に復帰していた清少納言と紫式部がここで同僚となった可能性について言及した角田文衛説を追認しているので、ご参照頂きたい。

以下、前掲の人物注記の一覧である（**注記対象者の太字は母である記主と賢子周辺人物**）。若い女房達を除けば、道長の近親、ほぼ三等身内、四等親の道雅、さらに四納言が注記されているわけで、現存絵詞・日記本文に若干の瑕疵があったとしても、注記方法の志向性は明らかで、その遺漏から注記内容が大きく異なることはないだろう。

| | 注記記事一覧 | | 被注記者△四納言　※道長四親等内 | 注記対象 |
|---|---|---|---|---|
| ① | 『御堂関白記』任掌侍 | | 注記ナシ | 自身の備忘 |
| ② | 『行成卿記』任掌侍 | 割注 | 藤原香子 | 子孫嫡流 |
| ③ | 『小右記』女房注記 | 割注 | 越後守為時女 | 子孫嫡流 |
| ④ | 『紫日記』三日の産養 | 割注 | 斉信△　俊賢△※　実成 | **幼少女性親族** |
| ⑤ | 『紫日記』五日の産養 | 割注 | **源重文娘・香子ら若い女房八名** | **幼少女性親族** |
| ⑥ | 『紫日記』船楽 | 割注 | 経房※　教通※　**兼隆**※ | **幼少女性親族** |
| ⑦ | 『紫日記』御五十日 | 割注 | **実資** | 幼少女性親族 |
| ⑧ | 『紫日記』寛弘七年正月二日条 | 傍注 | 中宮大夫（公任）△ | 幼少女性親族 |
| ⑨ | 『紫日記』八月廿余日 | 割注 | 斉信△、経房※　済政 | 幼少女性親族 |
| ⑩ | 『紫日記』九月十一日条 | 割注 | **兼隆**※、雅道※　**経房**※ | 幼少女性親族 |
| ⑪ | 『紫日記』同日条 | 傍注 | **徳子**　**源廉子**※ | **幼少女性親族** |
| ⑫ | 『紫日記』同日条 | 割注 | **雅通**※ | **幼少女性親族** |

| | | | | |
|---|---|---|---|---|
| ⑬ | 『紫日記』九月十七日条 | 割注 | 道雅※ | 幼少女性親族 |
| ⑭ | 『紫日記』十月十余日 | 傍注 | **具平親王** | **幼少女性親族** |
| ⑮ | 『紫日記』十一月十七日条 | 傍注 | 行成その時大弁△ | 幼少女性親族 |
| ⑯ | 『紫日記』寛弘六年注記条 | 傍注 | 第三皇子誕生（敦良親王）※ | 幼少女性親族 |

なお、一例「との、うち殿三位の君」（章段番号四）は、「宇治殿」の後人傍記竄入とみて、諸本「殿の三位の君」、角川文庫「殿の宇治殿三位の君」とするが、「うち殿」は本行本文であるから除外した。例えば、萩谷『全注釈』本文校異には以下のようにある。

「殿の三位の君　との、うち殿三位の君[宮傍]　との、うち殿三位君[釈]
との、うち殿藤の三位君[解]」　校訂本文「殿《との、うち殿》の三位の君」

「うち殿」は本行本文であるから、注記が必要である。頼通は、寛弘八年時、十七歳ながら、長保五年（一〇〇三）十二歳で元服し、この時すでに「宇治殿」と呼称されていたようである。藤原実資は長保三年（一〇〇三）、任権大納言兼右近衛大将であった。『台記』の記すように、頼長の時代には、すでに宇治殿と呼称されていたという認識である。

**『小右記』寛弘元年（一〇〇四）二月五日条　春日祭使発遣。**

五日。（『台記別記』六・仁平元年十一月十一日条）為使宇治殿（頼通）、右大将実資勧盃。実資、受之。

## 三　叙爵に際しての人名注記

⑰ **伏見宮家旧蔵本**（広橋本）**『東宮御元服部類記』巻十五「行成卿記」寛仁四年（一〇二〇）八月廿八日条**

東宮敦良親王御元服により乳母七名叙爵の記事である。[13]

正四位下　①**藤原豊子**　**御乳母　典侍**　**（宰相の君）**
正五位下　②藤原嫙子　宣旨
従五位上　③**源陟子**　**御乳母　大宮宣旨**　**（源伊陟《これただ》娘）**
　　　　　④**源隆子**　**御乳母　中務**
　　　　　⑤**藤原能子**　**御乳母　式部**　**（藤少将の命婦／少将の君）**
　　　　　⑥**源香子**　**御乳母　式部**　**（源式部／源重文娘）**
従五位下　⑦藤原明子　御乳母　弁　（弁の乳母／藤原説孝／母・藤原兼正娘、政兼母）

女性実名表記の実例として、⑮伏見宮家旧蔵本『東宮御元服部類記』巻十五『行成卿記』寛仁四年（一〇二〇）八月廿八日条、東宮敦良親王御元服により乳母七名叙爵の記事について検討する。これは行成記が部類化されて逸文として保存された一例、現存『権記』諸本には、簡単に記されるのみで、詳細を極める当該本文はきわめて貴重である。筆頭の従四位下の典侍・藤原豊子《とよこ》は道綱の娘、『蜻蛉日記』作者の孫、『大日本史料』所収菊亭文書、寛仁元年（一〇一七）正月十日条によって、典侍に任じられたことが判明している。

当該史料は、『大日本史料』所載の『光厳院宸記』なる本文と同文だが、これを紹介した益田勝実「紫式部日記の女房達」一九四九年[14]では、「源香子」が「同香子」とある本文であって、この「同」は上の段に記載された藤原能子《ふじわらよしこ》と同姓であると見なさざるを得ない本文転化であった。前掲注(2)角田文衞「紫式部の本名」(一九六三年)は、これをそのまま踏襲し、「補考」として援用していたが、この本文誤謬が明らかになって後、以降数次の再録ではすべて削除している。この経緯については、『角田文衞の古代学Ⅰ　後宮と女性』(二〇一六年)[15]において、角田説変遷のその経緯が克明に記されているから、この文献を以て角田説とすべきであろう。

さて、この行成記逸文では、女性名が記されてあり、叙爵実務においては、本名明記が必須条件であったことを示している。**『絵詞』『日記』においては、忌避とまでは言えないものの、女性のみ実名表記を避ける傾向がある。しかも、特に若い女房の人物注記については、記主の周辺でしか知り得ない個人情報であることにも注意しておきたい。**

## 四　実名注記のジェンダーバイアス

「忌み名」ついては、一九二六年の穂積陳重「実名敬避俗研究」が基本図書である[16]。貴人の実名を敬避する「忌み名」は、タブーの一種であり、人類学上普遍的現象であるとした古典的名著である。すなわち、本居宣長が名前を美称と認識した『古事記』『日本書紀』に記録された神や天皇の名前は、実名の多くが忘れ去られ、副称・尊号のみが伝えられた結果であると規定した。ただし、実名敬避俗が、男女間のいわゆるジェンダーバイアスによったという平安朝女性テクストの論理については僅かの言及しかなく、以下のようにある。

平安朝の才媛として清少納言紫式部の如き文學隆盛の時の人にして、而も自ら書を著はせる人にして、尚且つ其實名の傳はらざるあり。

（三　積極観　美称）

したがって、官職を歴任した文人・紀貫之の名は残ったものの、〝藤原道綱母〟〝和泉式部〟〝清少納言〟の本名は伝わらず、中宮女官として、資料①②のような女官除目に与ったり、資料⑯のように、叙爵されて官人日記に記載されなければ、当時の女性の実名は原則として、伝わらなかったのであった。

このことは『権記』長徳四年（九九八）十月二十九日条では、蔵人頭の行成二十七歳が倫子の名を知らなかったために、一條天皇が先例に従って、倫子に叙爵する意向を受けて、道長の許を訪れ、名を尋ねると、道長三十三歳は、「名は倫子。元従五位上」と答えている。

**『行成記』長徳四年**（九九八）**十月二十九日条**[17]　**行成、倫子の名を知らず**

「（略）亦、月来、御此一條。依有先例、欲給爵賞於大臣室家之由可奏。又、給三位階、如何。其由同加用意可漏申」者。**依不知御名、詣彼殿□案内**。丞相、命云、「名倫子。元従五位上」。

訳　「（略）亦、月来、此一條に御しては、先例の有ることによって、大臣の室家に給爵を賞せんと欲するの由を奏すべし、と。又、三位の階を給うは、如何。其の由同じく加階の用意を漏し申べす」と言う。（道長室の）**御名を知らざるにより、彼の殿に詣で案内を乞う**。丞相、命じて云うのは、「名は倫子。元従五位上」と。

この論理は今上を徳仁《なるひと》天皇、秋篠宮文仁と記す記事は見あたらないものの、皇后雅子様、悠仁様なる呼称が存することにより、今日ではそのジェンダーバイアスが変容しつつ継承されているものと考えられるのである。

## 五　現存『紫式部日記』と式子内親王月次絵

最後に、従来説の日記は藤原道長の要請によるものとする献上説について検討する。研究史は、注（1）前掲拙論を参照願いたい。

そもそも、『紫式部日記』は寛弘五年敦成親王生誕記、消息体評論編、前『紫日記』断章、寛弘七年記で構成されるものの、整然とした編成とは言い難い。くわえて、藤原定家の『明月記』には、現存日記にはない「五月暁景気」なる月次絵もあって、かつては、日記首欠説が唱えられたこともあった。こうした諸説に明確な成立過程の仮説を示したのが萩谷『全注釈』であった(18)（第一部図1は上原『紫式部伝』二七一頁図㉜より転載）。ちなみに萩谷説の前『紫日記』は具註暦記載の日記・歌群の謂である。

久保朝孝は、萩谷説に加え、前記注（4）三橋説を踏まえ、『紫式部日記』の複雑な構成を、現存日記編纂者の所産とみる。ただし、久保説のように、父に宛てて書かれたとしても、それは紫式部自身、あるいは本人の意図を体した人物、すなわち、娘賢子の編纂ということになる。

紫式部の場合、敦成親王生誕記と『源氏物語』豪華本作成には道長による料紙の提供があったものと思われるが、前日記の全貌は不明であり、かつ、現存日記の記事の選択、ならびに人物注記は、私的な意図で編まれ、注記されたものということになる。

読者の想定については、従来の道長献上説を踏まえて、献上本と私家本の二段階成立説を唱えたのが山本淳子であった(19)。現存日記を娘賢子のために編纂されたとするのは萩谷、田渕句美子である(20)。娘宛を否定しつつ、近親に宛てて書かれたとするのが池田節子、父為時にあてて編纂されたとする久保朝孝の説もある。(21) しかし、現存日記の人物注記については、娘賢子に宛てたものであって、父説や道長要請説はあり得ないのである。

紫式部の机辺には、越前に持参した具註暦の他、寛弘五年（一〇〇八）以降の日記草稿が、同時代の形態であったとすれば、巻紙としてあったはずである。編纂前の歌稿や「～侍り」の文体で綴られた消息体の本文もなければならない。『紫式部集』は陽明文庫本の構成から自撰説が有力であり、かつ、現存日記も萩谷説によれば、自身によって編纂されたものであったとしている。

つまり、現存日記にはない、寛弘五年五月の記事は、作者によって断片三編のみが現存日記に挿入されたが、その本体（前日記）は『栄華物語』「はつはな」巻の基礎資料として提供された。この五月記事は鎌倉時代まで存在し、『明月記』貞永二年（一二三三／四月に天福と改元）三月二十日条の「暁景気」の五月月次絵の画材となったというのである。

この時には、十の物語絵「夜寝覚・御津浜松《みつのはままつ》・心高東宮宣旨《こころたかきとうぐうせんじ》・左右袖湿《そでぬるる》・朝倉・御河尓開留《みかわにさける》・取替波也《とりかえばや》・末葉露《つえはのつゆ》・海人苅藻《あまのかるも》・玉藻尓遊《たまもにあそぶ》」の十の物語の他、『源氏物語絵』『狭衣物語絵』『蜻蛉日記絵』『紫式部日記絵』『更級日記絵』『松浦物語絵』も作成されていたことが知られる。

また、式子内親王から定家の娘・民部卿因子が下賜されて定家も披見した月次絵は以下の内容である。

正月〈敏行云々〉、　二月〈清少納言・斉信卿、参梅壺之所、但無歌〉
三月〈天暦、藤壺御製〉　四月〈実方朝臣、祭使神館歌〉
**五月〈紫式部日記、暁景気〉**　六月〈業平朝臣、秋風吹告鴈〉

七月〈後冷泉院御製〉　八月〈道信朝臣、虫声〉
九月〈和泉式部、帥宮叩門〉　十月〈馬内侍、時雨〉
十一月〈宗貞少将、未通女之姿〉　十二月〈四條大納言、北山之景気〉

六月歌は、「ゆく蛍雲の上までいぬべくは秋風ふくと鴈につげこせ」（定家本『伊勢物語』四五段）、九月は、「九月二十日あまりばかりの有明の月に／よそにても同じ心に有明の月を見るやとたれに問はまし」（『和泉式部日記』）、さらに、十一月は僧正遍照「天つ風 雲の通ひ路 吹きとぢよ 乙女の姿 しばしとどめむ」（『古今集』雑上・八七二）が想起される。もし、紫式部テクストから「五月暁景気」に適合する場面を想定すれば、実践女子大学本『紫式部集』六十八番歌が該当しよう。(22) 六十五番歌は、「土御門殿にて三十講の五巻」結願の五月五日とある宵闇から翌六日、暁景気までの連作である。

**やうやう明け行くほどに、**渡殿に来て、局の下より出づる水を、高欄を押さへて、しばし見ゐたれば、**空のけしき、春秋の霞にも霧にも劣らぬころほひなり。**小少将の隅の格子をうち叩きたれば、放ちて押し下ろしたまへり。もろともに下り居て眺めゐたり。

影見ても 憂きわが涙 落ち添ひて かごとがましき 滝の音かな

訳 **夜が白々と明け行くほどに、**渡殿に来て、局の下を通って流れ出づる水を、高欄を押さえながら、しばし見ていたところ、**空の景色は、春秋の霞にも霧にも劣らぬ頃合いである。**小少将の隅の格子を叩いたら、開け放って半蔀を押し下げて下さった。ふたりで下りて眺めていたのだった。

（遣り水に映る自身の）影を見ても　憂鬱なわたくしの涙が　遣水にこぼれ落ちて　責められるが如く聞こえる　滝の音であることだ

陽明文庫本とは並びも異なり、詞書「土御門院にて、遣水の上なる渡殿の簀の子にゐて、高欄におしかかりて見るに／六十一番歌異同ナシ」とあり、五月とは特定できない。また、同歌は藤原為家撰『続後撰和歌集』に「土御門院」を「東北院」と改めて入集しているので、御子左家周辺では、以前から著名な和歌であったということになろう。(23)

さて、萩谷成立過程説は、この月次絵のテクストを「紫式部。日記せる暁の景気」と訓み、現存日記とは別の具注暦に書きつけた日記の存在を想定している。いずれにせよ、この月次絵と『紫式部日記絵巻』は底本が別であって、前者が『前日記』によって作成され、後者が現存日記を底本とした『紫式部日記絵詞』とする。後者が現存日記の構成と叙述に完全に重なることを論拠として、現存『紫式部日記』が絵画化されたからであるとした、諸説とは一線を画す合理的な理解であった。したがって、当該歌を含む『前日記』が、『明月記』以外の文献には見出し得ないものの、献上本の性格を有していた可能性は残る。しかし、前記「影見ても」詠を月次絵の画材と認めるならば、紫式部の『日記』と認識されていた当該歌所収の歌日記的性格のテクストであったと考えてよいように思われる。

## むすびに

以上、この日記の読者圏を検討したところ、読者に特定人物の認知を促しており、敦成生誕儀礼を統括する道長およびその周辺が読者としては除外され、五節舞姫貢進者等、晴儀に参与する者と記主・紫式部との親疎性を基準としていることが判明した。すなわち、**記主・紫式部がこの日記の承継者としたのは、記主の幼少女性親族、すなわち、当時、八、九歳となる賢子なのであった。**先に仮説としたこの原理について、古記録等の周辺史料を援用しつつ、これを検証した結果である。

幼少女性親族たる娘・賢子のために、船楽に同船する栄に浴した若き中宮女房達は、将来、娘の同僚となることが予想されることから、父の官職名等を注記して娘に認知を要請したものと推論する。また、五節の舞姫の選考を行ったり、母紫式部が次代を担うと目し、かつ親近感を抱く公卿等に人名注記を施して、娘・賢子が舞姫の選考対象となる際、あるいは将来の出仕に備えて留意すべき人物に、記主・紫式部自らが注記を施したものと結論する。注記の時期は、寛弘十年正月から没年の寛仁四年までであろう。

弁官を歴任した紀貫之の『土左日記』(青谿書屋本)には冒頭に年次注記はあるものの、人物注記はない。この書記方法は、現存平安仮名日記においては、『紫式部日記』が初めて使用した方法なのであった。

## 注

(1) 萩谷朴「『紫式部日記』の古筆切と写本」(『古筆と『源氏物語』』八木書店、一九九〇年)、藤本孝一編『翻刻明月記』第三巻(冷泉家時雨亭叢書別巻四、朝日新聞出版社、二〇一八年)。上原作和「ある紫式部伝・第三稿―日記の成立過程と読者圏、道長妾問題の現在」(『物語研究』二三号、物語研究会、二〇二三年三月(本書所収))、上原作和『紫式部伝―平安王朝百年を見つめた生涯』(勉誠社、二〇二三年)参照。

(2) 角田文衞『紫式部伝―その生涯と源氏物語』(法藏館、二〇〇七年)

（3）倉本一宏『藤原道長の日常生活』（講談社現代新書、二〇一三年）、倉本一宏『『小右記』と王朝時代』（吉川弘文館、二〇二三年）。

（4）三橋正「「古記録文化の形成と展開—平安貴族の日記に見る具注暦記・別記の書き分けと統合」（二〇一四年）「『小右記』と『左経記』の記載方法と保存形態—古記録文化の確立」（二〇一五年）、ともに『古記録文化論』（武蔵野書院、二〇一五年所収。解題・上原作和）。

（5）安藤重和「大納言の君・小少将の君をめぐって—紫式部日記人物考証」（「中古文学」六三号、中古文学会、一九九九年五月）。

（6）章段番号は上原作和・廣田收編『〈新訂版〉紫式部と和歌の世界—一冊で読む紫式部家集』（武蔵野書院、二〇一二年）による。以下、日記、陽明文庫本『紫式部集』の引用は同書による。

（7）絵詞本文は、『紫式部日記絵巻と王朝の美』（五島美術館、一九八七年）による。人名注記の撥音便務表記には（ン）とルビを施した。ゴチック箇所の（衍）はルビは絵詞、日記それぞれの独自誤謬。

（8）日記本文は、中野幸一・津本信博編『宮内庁書陵部本紫日記』（武蔵野書院、一九七四年）により、沼尻利通『紫式部日記本文資料集』『続』（福岡教育大学・私家版、二〇一八、二〇二一年）、渋谷栄一『源氏物語の世界WEB版』（二〇二三年八月二十日閲覧）をあわせて参照した。

（9）絵詞、日記本文に異同があるものの、人物考証は萩谷朴『紫式部先部日記全註釈』上巻（角川書店、一九七一年、二八九～二九二頁）以降安定し、中野幸一『新編全集』（小学館、一九九四年）、笹川博司『紫式部日記』（和泉書院、二〇二一年）は、いずれも「～か」と留保付きながら踏襲されて新見解を見ない。

（10）萩谷朴『紫式部の蛇足貫之の勇み足』（新潮選書、二〇〇〇年）。

（11）福家俊幸「紫式部の具平親王家出仕考」（『紫式部日記の表現世界と方法』武蔵野書院、二〇〇六年、初出一九八六年）、「具平親王家に集う歌人たち—具平親王・公任の贈答歌と『源氏物語』」（久下裕利編『考えるシリーズ⑤

王朝の歌人たちを考える―交遊の空間』武蔵野書院、二〇一三年)。

(12)萩谷朴『紫式部日記全注釈』上下巻(角川書店、一九七一年、一九七三年)、田渕句美子「『紫式部日記』消息部分再考―『阿仏の文』から」(『女房文学史論―王朝から中世へ』岩波書店、二〇一九年、初出二〇〇八年)。

(13)橋本義彦「外記日記と殿上日記」(『平安貴族社会の研究』吉川弘文館、一九八六年)。本文は宮内庁書陵部図書寮文庫画像公開システム「十五/野口菊雄昭和影写」によって確認した。

(14)津本信博編『日記文学研究叢書/紫式部日記』第八巻(クレス出版、二〇〇六年、初出一九四九年)

(15)『角田文衞の古代学I　後宮と女性』(吉川弘文館、二〇一六年)

(16)穂積陳重・穂積重行『忌み名の研究』(講談社学術文庫、一九九二年、原著『実名敬避俗研究』一九二六年)

(17)『増補史料大成』(臨川書店、一九六五年)

(18)萩谷朴「解説」(『紫式部日記全注釈』下巻、角川書店、一九七三年)

(19)山本淳子「紫式部日記の成立―献上本・私家本二段階成立の可能性」(『紫式部日記と王朝貴族社会』和泉書院、二〇一六年、初出二〇一〇年)

(20)田渕句美子『紫式部日記』の消息文―宮廷女房の意識」(『女房文学史論―王朝から中世へ』岩波書店、二〇一九年、初出二〇〇八年)

(21)上原作和「ある紫式部伝・第三稿」(二〇二三年)参照(本書所収)。池田節子『紫式部日記を読み解く―源氏物語の作者が見た宮廷社会(日記で読む日本史)』(臨川書店、二〇一七年)、久保朝孝「第一部第一章『紫式部日記』の成立―読み手の想定を手がかりに」(『紫式部日記論』武蔵野書院、二〇二〇年、書き下ろし)、久保朝孝「『紫式部日記』の成立―読み手の想定を手がかりに(補遺)」(『危機下の中古文学二〇二〇』武蔵野書院、二〇二一年)。

(22)萩谷朴「紫式部日記絵巻物の考察より日記本文の残欠非残欠説の批判並に日記歌原体の推測に及ぶ」(『日本文学

研究資料叢書　源氏物語Ⅱ』有精堂出版、一九七五年)、『源氏物語と紫式部』(角川書店、二〇〇八年、初出一九四三年)、萩谷注(1)前掲論文。

(23) 当該歌についての詳細は、前掲拙著『紫式部伝』一八二、二五六頁を参照。

## 『紫式部日記』関連系図

※太字は『絵詞』『日記』で註記された人物

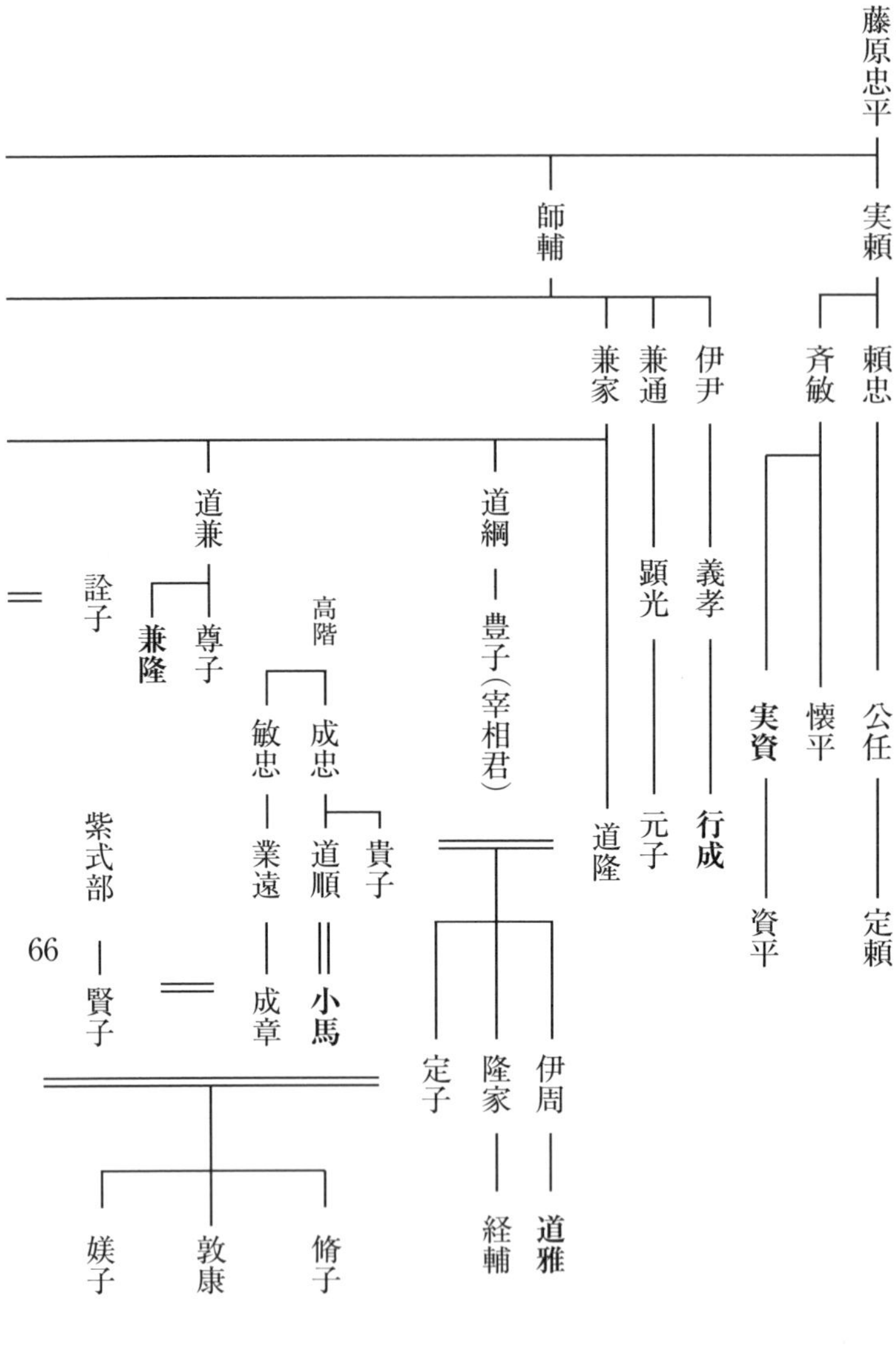

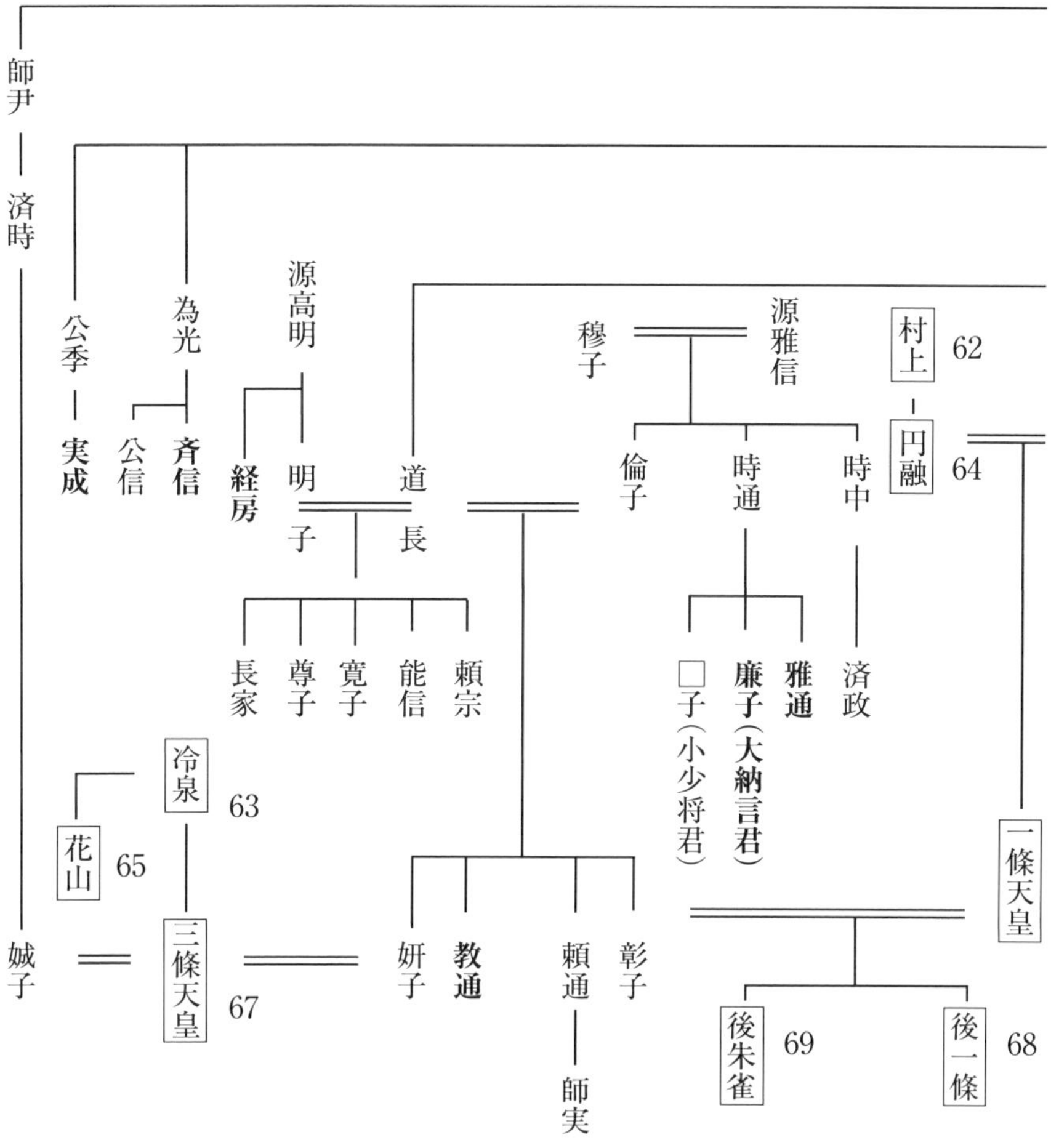
師尹
済時
娍子
公季
実成
為光
斉信
公信
源高明
明子
経房
道長
長家
尊子
寛子
能信
頼宗
穆子
源雅信
倫子
時通
時中
廉子（大納言君）
□子（小少将君）
雅通
済政
村上 62
円融 64
冷泉 63
花山 65
三條天皇 67
一條天皇
妍子
教通
頼通
彰子
師実
後朱雀 69
後一條 68

# 第六章　『源氏物語』の作者・紫式部の楽才

## はじめに――紫式部楽才の基底

『源氏物語』の作者、紫式部の音楽的才能と知見について概観することが本章の目的である。
そこで、諸説入り乱れる紫式部の一生について、近著『紫式部伝　平安王朝百年を見つめた生涯』（二〇二三年十月）[1]に基づき、最新の研究成果に照らして、年譜を掲げておこう。

**紫式部略年譜**（**太字は上原説**）

天延二年（九七四）頃生　藤原為時二女（香子として出生（幼名・桃））
天延四年（九七六）　母藤原為信娘は惟規《のぶのり》出産後没か
　**具平親王家に女童として出仕**（福家俊幸説）
寛和二年（九九六）花山天皇退位に伴い、父為時散位となる。
　**紀時文**（**九二八生**）**と婚姻　物語を断片的に執筆**
長徳三年（九九七）八月十九日、左大臣（道長）陣定で「故大膳大夫時文後家香子申事」を裁可。『行成記』。

翌年夏、父為時の任地越前国武生に下向。ひと冬を過ごす。帰洛して山城守藤原宣孝（四十七歳）と結婚。一女・賢子を儲ける。

長保元年（一〇〇一）四月二十五日、宣孝、疫病禍に卒去（『尊卑分脈』）。

**藤原道長室、源倫子家に出仕。本格的に『源氏物語』の稿を起こす。**

寛弘三年（一〇〇六）十二月二十九日、道長の招請により、彰子後宮に命婦として出仕。

四年（一〇〇七）正月二十九日、任掌侍『道長記』『行成記』

**寛弘五年（一〇〇八）春より原『紫日記』起稿、秋、十一月一日、『源氏物語』完成。**

**寛仁四年（一〇二〇）十二月三十日、『実資記』に弘徽殿女房として確認できる紫式部執務最終記事、疫病蔓延禍に没したか。**

**治安元年（一〇二一）三月三日、娘・賢子、「亡き」「藤式部」偲ぶ桃宴詠を残す**（西本願寺本「兼盛集」逸文）。

紫式部の伝記は安藤為章『紫女七論』（一七〇三年）によって、その骨格が形成された。その後、与謝野晶子「紫式部考」（一九二八年）、岡一男『源氏物語の基礎的研究』（一九六六年）、今井源衛『人物叢書紫式部』（一九六六年、改訂版一九八五年）、角田文衛『紫式部とその時代』（一九六三年）、萩谷朴『紫式部日記全注釈』上下巻（一九七一年、一九七三年）によって、当時参照される文献の検討はし尽くされたものと思われる。これに、平成以降の新たな文献に検討を加えて提示したのが拙著『紫式部伝―平安王朝百年を見つめた生涯』（二〇二三年）である。これらの研究史は同著を参照願いたい。

そこで、紫式部の日常生活において、音楽が常にあったことを確認しておきたい。

## 陽明文庫本『紫式部集』(2)

はやうよりわらは友だちなりし人に、年ごろへて行きあひたるが、ほのかにて、十月十日のほど、月にきほひて帰りにければ、

一　めぐり逢ひて 見しやそれとも わかぬまに 雲がくれにし 夜はの月かげ

その人、とほき所へ行くなりけり。秋の果つる日きたるあかつき、虫の声あはれなり。

二　鳴きよわる まがきの虫も とめがたき 秋の別れや 悲しかるらむ

「箏の琴しばし」と書いたりける人、「参りて御手より得む」とある返り事に、

三　露しげき よもぎが中の 虫の音を おぼろけにてや 人の尋ねむ

訳

幼い時から童友だちである 年月を経て再会できたものの それはほんのわずかな間で 七月十日のほど 月に追われるように父君の任国に帰ってしまったので

一　幼い時のめぐり逢いから ようやく再会できたのに 互いの心を通わせることもままならぬうちに 雲に隠れてしまったような夜半の月影（のあなた）であることだ

その人は遠い所へ行ったのだった 秋の果ての日の来たその暁は虫の声があわれであった

二　鳴き弱って来た籬の中の虫の命を留めることはできない 秋の別れは悲しいことですね

「箏の琴をすこしの間 教えてください」と言ってきた人が「お尋ねしますから 御手ずからお教え下さい」とある返り言に

三　露がたくさん葉に溜まるような蓬の中の虫の音（私の箏の音色）を かすかに聞き分けてあなたは尋ねてきてくれるのですね

『百人一首』でも知られる一番歌は、父の任地筑紫に下向する女友達との束の間の再会を詠んだものである。ついで二番歌の「籬の虫」「秋の別れ」の歌語は、『源氏物語』賢木の巻、六条御息所が娘の斎宮下向に伴って都を離れる際の、野々宮の光源氏と御息所の別れの場面を連想させるものである。このような自身の体験を、男女の悲しい別れに転用出来るところに、早熟の才能の、作家的資質が窺えようかと思われる。

また三番歌は、紫式部が七絃（琴《きん》）のみならず、十三絃（箏の琴）の演奏に長けていたことが分かる詞書である。ある人が「箏をしばらく習いたい」と消息文をよこした上に、「あなた手づからお願いしたい」と書いてあったというのである。紫式部は、自身の宿を「蓬が中」に喩えて、『古今集』巻十八・雑下の良峯宗貞（＝遍照）の和歌を引歌とした(3)。

奈良へまかりける時に、荒れたる家に女の琴《きん》弾きけるを聞きて、詠みて入れたる。

九八五　わび人の　住むべき宿と　見るなへに　**嘆きくははる**　琴の音ぞする

訳　奈良に行きました時に、荒廃した家で、女が琴《きん》を弾いているのを聞いて、詠み入れました。
わび住いをしている人が　きっと住んでいるのだろうと見ていると　溜息が加わるような琴の音が　聞こえてきたことだ

すなわち、「嘆きくははる」「琴の音」に准えて承諾したのであった。若い時から人に教えるほどの腕前であったことになることは記憶しておいて良いだろう。

## 『紫式部日記』寛弘七年（一〇一〇）以前　寂寥の日々

風の涼しき夕暮れ、聞きよからぬ独り琴をかき鳴らしては、「嘆き加はる」と聞き知る人やあらむと、ゆゆしくなどおぼえはべるこそ、をこにもあはれにもはべりけれ。さるは、あやしう黒みすすけたる曹司に**箏の琴、和琴、調べながら心に入れて、「雨降る日、琴柱倒せ」**なども言ひはべらぬままに塵積もりて、寄せ立てたりし厨子と柱とのはざまに首さし入れつつ、**琵琶も左右に立ててはべり**。

訳 風の涼しき夕暮れ、聞く耳にはよからぬ独り琴をかき鳴らしながら、〈「**嘆き加はる**」と聞き知る人があるだろうか〉と、怯えるように思ったりするなんて、愚かしく情けなかったりすることです。とは言いながら、不気味に黒く煤けてしまった曹《ぞう》司《し》で、箏の琴や和琴を調絃しながら心配りをして、「雨の降る日は（湿気で絃が狂うので）琴柱《ことぢ》を倒しておいてください」などと（家司に）も言い置かなかったために塵《ちり》が積もって、寄せ立てておいた厨子《ずし》と柱とのはざまに絃楽器の頭をさし入れながら、琵琶も左右《さう》に立ててありました。

紫式部は、箏の琴の他に、和琴、琵琶も保持していて、しかも「雨降る日琴柱倒せ」とあるように、絹絃が湿気で音程がずれることを自覚しつつも放置していたまま、塵が積もってしまったと書き残している。このことじたい専門的知識の披瀝なのであって、楽器の保管にも精通していたものの、精神的に鬱な状態で、琴を爪弾くこともなかったということなのであろう。

## 一　問題提起――山田孝雄『源氏物語之音楽』（一九三四年）の意味(4)

本章では、『源氏物語』の作者・紫式部の音楽的才能と知見について、今日的な展望を示すことを目的とする。『源氏物語』の音楽は、国語学者・山田孝雄の研究抜きには語れない。『源氏物語』の音楽描写を通して、それは醍醐、朱雀、村上朝を舞台として時代設定された歴史小説であるという、いわゆる「准拠説」を提示したのである。いささか長文ではあるが、重要箇所を引用する。

この音樂に関する観察は恐らくは源氏物語の芸術的観察の基礎をなすものならむと思わる、なり（四三八頁）

**その1**

かくて更に專ら琴《きん》につきて顧みるに音楽上の源氏君の一生は琴を以て一貫し、且つ琴を第一の技とせしこと明かにして、これをこの物語の音樂の上にては最も第一におくものと見らるべきものなり。しかも源氏君の語として、「いまはをさをさつたふる人なしとか」といへる程に知る人稀になりしものとせり。かくてこそ古代趣味の末摘花がこれを唯一の技とせし趣も解せらる、なれ。ことに特に注意すべきは若菜下の巻に於いて琴を論ぜし末にその琴の妙技が源氏の君にて終を告げ後世に傳はらざらむことを預言せることなり。**かく見奉り吾人に奇異に感ぜらる、ことは當時最も今様の風を好み、その先頭に立ち、風尚を導きたるらしく思はれ易き源氏君が、今は殆んど廃れたりと自ら認めてある琴の権化の如き姿を呈することは抑も如何にこれを解すべきものなりや。**

**その2**

抑もこの著者の當時たる一條天皇の御宇の御遊又音楽の實地の事を記せるものを見るに、琴を奏する由の例を見ざるは如何なる事なるか。續本朝往生傳には一條天皇を巻頭にかかげ奉りて管弦に堪能にまします由をいひ、又その御世の管絃の達人として道方、済政、時中、高遠、信明、信義の名をあげたるが、**天皇をはじめ奉り一人も琴をよくせし由の傳なきなり。**

かくて眼を転じて枕草子について琴の記事ありやと見るに、その記する所はいづれも昔の物語か若くは琴といふ器に関することに止まりその當時奏せし曲には見えざるなり。**さればその時代には琴を知りたりしことはもとより異議なけれどそれを實地に奏してもてはやしたりとは見えざるなり。**

**以上の如き史上の事實なるに関せずこの物語の盛んに琴を奏することをいひ、人としては源氏君が琴の権化の如くに描寫せられ、巻の名としては「松風」が琴によりて生じ、又末摘花が琴の代表人物となり、明石の君なども琴を以て興味の中心とせむとしてつくられたるが如き事あるは如何に解すべきか。これ疑問の第三なり。**

**その3**

以上音樂の記事についての著しき三の疑問について更に考ふるに今様については著者當時に勃興流行せしものを載録せず、大篳篥については著者當時既に廃絶して行はれざりしものを載録せり。次に琴については當時流行せず、知る人殆んどなかりしならむと思はるゝ古きものを、自ら古きものと認め且ついひつゝ、しかも盛んに記述してこれを興味の一大中心とせると見るなり。こゝにこの三點を綜合してこれを統一調和せるものとして考ふる時には、今様の未だ行はれず、大篳篥のなほ廃絶せず琴の盛んにもてはやされし三點の合致せる時代の音樂を記述せりとするより外に解釋の方途なきを見る。かくの如き見地に立ちてこれに該當すべき時代を遡り求むれば、著者に最も近き時代としては村上天皇の御代といはざるべからず。これによりて論ずれば、音樂上より見れば、この物語の描ける時代は一條天皇の御世の時代相にあらずして少くとも村上天皇の御代を下るべからざるものなりといはざるべからざることゝなるべきなり。

**この天暦の御世までは琴の重ぜられ同時に盛んに行はれしことは明かにして、大篳篥もこの御世に行はれしなるが、今様は未だあらざりしものならむ。**若し、上の如く見ずとならばどの物語は音樂に於いては新古雑揉何等の調和も共鳴もなき、雑音の如く、或は骨董師の店頭に於ける樂器の臚列の如きものと解すべくならむ。かゝることは上來いへる如く音樂に対して微妙なる鑑賞眼と十分なる同情とを有すと思はる、著者の敢へて行ひうべきことならむや。この故に余は先づこの點よりしてこの物語は少くとも村上天皇の時代などの世相を標準とし、楷模として記述せしものならむと思惟するものなり。

（四四一〜四四四頁）

山田孝雄は、琴の演奏は、村上朝の天暦年間が盛んであって、以後の文献には見られないにもかかわらず、『源氏物語』では、琴が重要な役割を担っていることを不審とし、あわせて、村上朝には宴で披露されていた大篳篥と今様が『源氏物語』には登場しないことを指摘した。ただし、『源氏物語』では、今様の先蹤とも言える催馬楽が重用されている。たとえば、「明石」巻の「伊勢の海」、また巻名ともなった「梅枝」「竹河」「総角」「東屋」は、詞章の物語内容が、巻の主題を担う重用ぶりである。したがって、刊行後九十年を閲した山田説も修正可能である。近時、豊永聡美は、通史としての天皇の音楽を論じて、山田以後の研究成果の進捗は本書で辿ることが出来るので参照願いたい(5)。

本章では、山田孝雄の言うように、一條天皇の時代には、琴の演奏が絶えているのではなく、稀少ではあるが存続していることを明らかにすることを目的とする。すなわち、それは『源氏物語』作者紫式部も、その奏法や名曲についても知り得る環境にあったことを挙証することである。

## 二　『源氏物語』の前史と時代背景

山田孝雄の言う、琴の盛んであった時の典型として、村上天皇の天暦の御世に撰進された『後撰和歌集』夏部に見える、清少納言の祖父・清原深養父《ふかやぶ》、紫式部の曾祖父・藤原兼輔、これに、紀貫之の三人による交友が挙げられる。しかも琴にまつわる「伯牙絶絃」の故事は琴曲「流水」に因むものである。(6)『後撰和歌集』夏部の唱和に以下のようにある。(7)

夏の夜、深養父が琴《きん》ひくを聞きて　藤原兼輔朝臣

一六七　短か夜の　ふけゆくままに　高砂の　峰の松風　吹くかとぞ聞く

同じ心を　紀貫之

一六八　あしひきの　山下水は　ゆきかよひ　琴の音にさへ　ながるべらなり

訳

夏の夜に深養父が琴を弾くのを聞いて（詠んだ歌）　藤原兼輔朝臣

一六七　短か夜が　更けゆくままに　松風が吹きぬけるかと聞こえたことです

同じ心を　紀貫之

一六八　山の下水が　流れゆくように　琴の音もまた　流れるように聞こえてきたことです

琴の音曲に心通わせる「知音」の故事が和歌に読み込まれた好例である。

**『本朝麗藻』下巻・帝徳部　一條天皇御製**(8)

**九六　瑤琴治世音　一首　探得遙字。　御製**

初識瑤琴佳趣饒　契唯治世思猶遙　無為化出南風曲　有道心聞子野詞

撫似養民聲更理　張如布政操相邀　従他樂府清絃上　至徳深仁幾聖朝

訳 美しい琴韻が興趣豊かなものであることを初めて知る
その琴韻が相応しいのは 徳治の世だけであり その思想が遙か彼方まで響くのである
無為の徳は かの堯帝作の南風の曲で知ることができる
世に知られる楽匠の子野（師曠）の調べには治天有道の心が込められている
琴を弾くのは民を養生することに似て 琴韻が民の心に通じているからだ
絃を張り 調律するのは施政に似て 音が揃わなければ 民心は離反することもある
楽府の曲を清らかな音色の絃上に奏でることによって
至徳深仁の治世が幾王朝も続いてゆくのだろう

※一條天皇（九八〇〜一〇一一）円融天皇第一皇子、母藤原詮子。詠作時二十四歳。

詩作の背景については、拙著『紫式部伝』と重なることをお断りする。一條天皇は、冒頭に「美しい琴韻が興趣豊かなものであることを初めて知る」とする。したがって、自身も宮廷音楽で馴れ親しんだ和琴でも琵琶でもない「琴韻」だったのである。したがって、七絃の琴の演奏を初めて聞いたということになるのである。また、一條帝が詩に詠み込んだ師曠（生没年不詳）は中国春秋時代の晋の平公に仕えた楽人であり、字は子野。盲目の琴の名手であり、酒色に耽溺する平公にたびたび箴言を述べたという。皆が「整っている」と言った鐘の音を、「整っていない」と判断できたほどの絶対音感を持ち、師曠が琴を弾くと南より鶴がやってきて集まり、風曲を弾けば風が吹き荒れ、雨曲を弾けば雨が降り出したという逸話を持つ。「陽春白雪」を作曲したと伝えるが、許健『琴史初編』[9]は「雉朝飛」と同曲とするものの、『琴操』では齊の獨沐子の作とある。

おそらく、一條天皇が典拠とした逸話は以下のような内容であろう。

**『蒙求和歌』巻十二、管絃部「師曠清耳」**(10)

師曠は、心、管絃に長じ、耳、清濁を分かちて、晋の平公の時、大鐘を鋳て工《たくみ》に聞かするに、みな、「声とゝのほれり」と思へり。師曠、「いまだとゝのほらず」と言へり。師涓も、師曠に同ず。師曠、琴を弾くに、鶴、南より来て、廊門の上に集まりて、頸を伸べて舞ふ。照王、ときに、琴を弾かしむるに、風曲を弾く時は、大風吹きて、屋の瓦みな飛び、雨曲を弾くときは、天曀々として、雨降りけり。「師曠が琴曲は陰陽調和す」とぞ、王、讃め給ひける。

山風に とふべかりけり 花の鐘に まだ色かへぬ 声のにほひを

訳 師曠は、心底、管絃に長じ、耳は清濁を聞き分けることができたため、晋の平公の時、大鐘を鋳て工《たくみ》が聞かせたところ、みな、音調は整っています」と思っていた。師曠は「いまだ音調が整っていません」と言った。師涓も、師曠に同調した。師曠が琴《きん》を弾くと、鶴が南より飛来して、廊門の上に集まり、頸を伸べて舞う。照王が、ときに、琴を弾かせたところ、風曲を弾く時は、大風が吹き、屋の瓦がみな飛び、雨曲を弾くときは、天が曀々として、雨が降ったのだった。「師曠の琴曲は陰陽を調和させる」と、王はお讃めになったのだった。

山風に 問うのがよいであろうよ 花の鐘が まだ色を変えない 声の響きの時にはね

後述する『うつほ物語』の「ゆいこく」「くせこゆくはら」の帝の琴曲解説に通ずる、琴の超越的な世界観があることに注意しておきたい。

さて、この「瑤琴治世音」の詩宴は、川口久雄によると長保五年（一〇〇三）六月二日のことであるという。(11)

**『権記』長保五年（一〇〇三）六月二日条**(12)

庚申。参内。被定削阿波国前々司忠良・前司安隆等過。

今夜、有御庚申。献道済序。題広業、「瑤琴治世音」。探韻。以此題、御書所同応製。

六月三日、辛酉。巳剋、講詩。御書所詩、為政朝臣、入御之後、献之。今夜依方忌、詣尚侍殿（藤原綏子、土御門邸）。入夜。暁更宿則友家。

庚申。参内。阿波国前々司忠良・前司安隆等の過を定め、（日給簡から）名が削られた。

訳 今夜、御庚申が有った。**道済が序を献じた。広業は題を「瑤琴は治世の音なり」と、探韻した。此の題を以って、御書所も同じ題で作文した。**

六月三日、辛酉。巳剋、詩を講じた。御書所の詩は為政朝臣が入御の後、之を献じた。今夜は方忌に依って尚侍殿（藤原綏子、土御門邸）に詣でた。夜になった。暁更となってから則友の家に宿した。

さらに、川口氏は「揺琴治世音」行成詩稿を紹介している。前半の「普天塵」は成句と成らなかったようであるが、「夏夜」はかたちを為している。以下、川口氏の釈文に訓釈をわたくしに付す。

普天塵　普天霧霽薫

四海　四海波平緑水流

夏夜庚申同賦　揺琴治世音　各一字応

製詩一首　探得遊字

見説揺琴徳自由　音傳治世供仙遊　絃是文武　理情曰調正君臣知性秋　應是薫風吹処出　偏非緑水曲中流無為　聖代今如此　雅頌□宜垂令猷

訳　見たまへ　揺琴の徳の自由なことを　音は治世を伝え　わたくしたちを仙遊に誘ってくれる　絃は是れ　文武の聖代の音を響かせ　理と情を奏でる　調べを正しうする君臣の知性はまさに秋（大事）　まさに琴は薫風の吹き出つづる楽器だからだろう　琴の音色はひたすら緑水曲中に流れているわけではない　無為にして聖代が今このように　すぐれた宮廷音楽となったわけではない　爾りとその音色に学んで、徳のある政をし頂けなければならない

※雅頌—「詩経」六義雅は宮廷音楽、頌は先進の功美する歌。また、すぐれた詩文のこと。

一條天皇、行成の琴韻から、文人貴族に、琴にまつわる君臣和楽と徳治思想を基底とし、琴にまつわる詩語が融合して成熟した詩句を為しているように思われる。

## 三　琴は礼楽思想を体現する

右の詩文に顕著な礼楽思想は、正倉院北倉宝物である金銀平文琴の裏面に刻印された、いわゆる琴銘に明らかである。

**金銀平文琴裏面「銘」**―『藝文類聚』（欧陽詢編、六七二年）

「後漢李尤琴銘曰．琴之在音．盪滌邪心．雖有正性．其感亦深．存雅卻鄭．浮侈是禁．條暢和正．樂而不淫」

後漢・李尤（五五～一三五）、広漢市羅（今日の四川省）の漢学者の作である。

（背銀平文銘）　訓釈

琴之在音盪滌耶心　　琴の音在るや　耶《よこしま》な心を盪滌す
雖有正性其感亦深　　正性有りと雖も　其の感亦た深し
存雅却鄭浮侈是禁　　雅を存し鄭を却して　浮侈是を禁ず
條暢和正樂而不淫　　條暢和正の樂　而して淫せず

訳 琴の音は邪心を清浄し　正しい性質であって　感銘もまた深いものである
優雅なる宮廷の楽は猥雑を棄却し　軽薄な奢りを禁ずる　のびやかなる楽音から　心乱れることはない

『藝文類聚』「銘」にも収められた著名なものであるが、行成の」「雅頌」に通じ、琴の音色によって、猥雑な者を棄却し、伸びやかな楽音から心乱れることはないという礼楽思想そのものなのである。『源氏物語』には、このような思想的背景があったものと推定される。

## 四　紫式部の楽才と知――『源氏物語』引用楽書一覧

拙著『紫式部伝』では、『源氏物語』の引用書一覧を掲げたが、本章では音楽書を中心に選抜して掲出すると、以下のような書物を作者は参照していたようである。もちろん、熟読して、物語に血肉化され、登場人物達を躍動させたことは言うまでもないのである。また、史書や四書五経には、琴学が必須の教養であり、かつ、後述するように、その演奏技法にまで筆が及ぶのであるから、山田孝雄の「一條朝琴廃絶」説は、否定して良いように思われる。

**史書**（漢）『毛詩』『史記』『漢書』『後漢書』『晋書』『孫氏世録』『帝範』

**四書五経・思想**『論語』『孝経』『詩経』『礼記』『周礼』『老子』『荘子』『管子』『韓非子』『列子』
**楽書**『青海波詠』※『楽府詩集』（須磨、若菜下、宿木）『琴操』（明石・若菜下）『蓮道譜―日没還午楽』（若菜上・御法・橋姫）（**楽書傍線上原説**）

とりわけ、『源氏物語』の琴学を知るには、琴曲にまつわる逸話を集めた『琴操』が重要である。

## 五　平安時代までに請来が確認できる琴曲

さらに、文献に記された琴曲を列挙してみると、琴譜が伝わっていたにもかかわらず、詩文に詠み込まれた琴曲は、わずか十指余りに過ぎない。したがって、鈴木朖『玉の小櫛補遺』による『源氏物語』明石巻の「かうれう」の「広陵」表記疑念説は、他に該当する琴曲があるわけではないから、杞憂ということになる。[13]『うつほ物語』は、底本である尊経閣文庫蔵前田家諸卿筆十三行本が近世写本でしかないために、本文が乱れており、琴曲の特定は私案に過ぎないが、俊陰巻の「（帝）げに、この調べは、珍しき手なりけり。これは、ゆいこくと云ふ手なり。くせこゆくはらと云ふ曲なり」の「ゆいこくといふ手」は許健の琴学通史や、『琴操』の研究成果[14]に照らして、孔子が諸国を遊説して受けいれられず、絶望して臨んだ幽谷に咲く蘭を曲にした「幽蘭」であろう、また、「くせこゆくはら」は字音転化を勘案すると「崔子越河操」であろうと推定する。「崔子越河操」は、母を亡くした崔子は、継母に亡き母の名を以て呼ばれていたが、崔子はこれに答えないで居ると、継母は鞭で打ったので、崔子は河を渡りながら身を投げた物語である。俊陰の巻の帝によると、唐の帝がこの琴曲を弾くと瓦が砕けて雪が降ると説かれた琴曲である。

**『懐風藻』**(15)

**流水**　藤原宇合「琴瑟之交遠相阻」

**広陵散**　石上乙麻呂「彈琴顧落景」

**『うつほ物語』**

**胡笳の調べ**（明君胡笳）　俊蔭巻

**幽谷**（幽蘭／ゆいこくといふ手）　俊陰巻

**崔子越河操**（くせこゆくかは／くせこゆくはらといふ曲（ごく）　俊陰巻

**こくのめてたといふ手**／「胡の妻の出で立ち」　吹上・上巻

このめくたち／「胡の妻の出で立ち」　内侍のかみ巻

**秋の調べ**（秋風詞）　楼の上下巻

**『源氏物語』**

**幽蘭**　夕霧巻

**広陵散**「かうれうといふ手」　明石巻

**胡笳の調べ**（**明君胡笳**）　若菜下巻

**『狭衣物語』**

**秋の調べ**（秋風詞）　巻二

**保坂本『源氏物語』(16)「若菜」下巻　女楽　五六の溌溂（pola）**

きむはこかのしらべ。あまたのての中に心と、めてかならすひき給べき五六のはらを、いとをもしろくすましてひき給ふ。さらにかたほならず、いとよくすみてきこゆ。春秋のよろつの物にかよへるしらべにて、かよはしわたしつ、、ひき給ふ。こ、ろしらひをしへきこえ給ふ。さまたかはずいとよくわきまへ給へるを、いとうつくしうおもた、しく思きこえ給ふ。

訳 琴《きん》は胡笳の調べ。あまたある弾き方の中で、もっとも注意して必ず澄んだ音色でお弾きにならなければならない五、六徽の部位の（魚の勢いよく跳ねるように右指で弾き返す奏法の）発溂を、たいそうたくみに澄んだ音色でお弾きになった。まったく異音も混じらず。たいそうよく澄んで聞こえた。春秋のどの季節の物にも調和する調べゆえ それぞれに相応しくお弾きになる。（女三宮）そのお心配りは、（光源氏が）お教え申し上げたものとすこしも違わず、たいそうよく会得なさったのを。（光源氏は）たいそういじらしく、晴れがましくお思い申し上げげになるのだった

冒頭の「琴は胡笳の調べ」以下が、紫式部の楽才を知る上で重要である。すなわち、女三宮の琴《きん》は胡笳の調べであって、「あまたある弾き方の中で、もっとも注意して必ず澄んだ音色でお弾きにならなければならない五、六徽の部位の（魚の勢いよく跳ねるように右指で弾き返す奏法の）発溂を、たいそう巧みに澄んだ音色でお弾きになった」というのである。しかも「まったく異音も混じらず、たいそうよく澄んで聞こえ、春秋のどの季節の物にも調和する調べゆえ、それぞれに相応しくお弾きにな」ったというのである。

**「こかのしらべ」『岩波文庫』第五巻脚注**

胡笳の調子。胡笳は漢代に西域から入ってきた管楽器。『碣石調幽蘭第五』（日本にのみ伝来、初唐の書写と

される琴の文字譜）の巻末では四つの調子の一つとし、「胡笳調」が示される。『うつほ』にも「胡笳の声」「胡笳の手」「胡笳の調べ」などの例がある。『原中最秘抄』の源孝行説、『光源氏物語抄』の素寂説、『紫明抄』などが「五ケ調」（五箇の調べ）とするが、琴関係の文献に見られない。（四六九頁）

この注釈は、『原中最秘抄』によって本文は「五ヶ調」とする『新編全集』があり、『新大系』は底本・大島本傍記によって「胡笳の調べ」とした。研究史に照らして最新の成果を導入した『岩波文庫』新版によって、ようやく「こかのしらべ」は定見を見たと言ってよい[17]。

また、『うつほ』『狭衣』の「秋の調べ」については、わたくしに李白「秋風詞」の琴曲と推定したところだが、この曲については、物語内容との検討も加え、いずれ別稿を用意したい[18]。

秋風清　秋月明　落葉聚還散　寒鴉棲複驚　相親相見知何日
此時此夜難為情　入我相思門　知我相思苦

訳　秋風は清々しく　秋月が明るく照らす　落葉が積もりまた散じ　寒鴉が棲みついたことにまた驚く　相親しみ逢瀬を重ねる日がいつ来るのだろうか　この時この夜そうした情を交わすことは難しい　わたくしは相思の門に入ったものの　そこで相思の苦しさを知ったのである

此の時此の夜情を為す難し　我が相思の門に入れば　我が相思の苦を思ふ
以下、琴歌として後人付加。

長相思兮長相憶　短相思兮無窮極　早知如此絆人心　何如當初莫相識

訳　長く相思い長く相憶う　短く相思っても窮極それは無きに等しい　早くにこの絆の人の心のありようを知っていたなら最初から相識らなかったほうが　よかったかもしれないのだから

## むすびに——紫式部の楽才の内実

前述したように、山田孝雄は「琴については當時流行せず、知る人殆んどなかりしならむと思はる、古きものを、自ら古きものと認め且ついひつ丶、しかも盛んに記述してこれを興味の一大中心とせるると見るなり」と述べていた。以上の検証の結果、以下のように結論する。

◎紫式部は七絃琴に関して、当時、傳来していた楽曲の物語内容、著名な奏法に関する正確な知識を有していた。

◎一條天皇御製からも七絃琴弾奏が類推されることから、山田説は部分的に否定できる。

このように、『源氏物語』に引用された楽書のみならず、歌書典籍はおおよそ明らかとなりつつあるが、彼女の楽才は文学的素養を基幹とし、さらに寛弘期屈指の漢詩人を父に持ち、歌壇の家たる環境に加え、故実に詳しく、歌舞に長けていたことが知られる有識であった夫・藤原宣孝の存在等、複合的な要因によって紫式部の楽才は醸成されたのである。天地人の三才がまこと僥倖によるものと言えるだろう。

本章では、特に第二節の一條天皇の楽才と、平安朝文学に見える琴曲を特定する新見解とを新たに加えながら、紫式部の楽才の内実を考察した。おおかたの御批正を乞う次第である。

## 注

（1）上原作和『紫式部伝　平安王朝百年を見つめた生涯』（勉誠社、二〇二三年）

（2）『紫式部集』『紫式部日記』の引用は、上原作和・廣田收編『〈新訂版〉紫式部と和歌の世界―一冊で読む紫式部家集』（武蔵野書院、二〇一二年）による。萩谷朴『紫式部日記全注釈』上下巻（角川書店、一九七一、一九七三年）を参照。

（3）本文は『新日本古典文学大系　古今和歌集』（岩波書店、一九八九年）による。

（4）山田孝雄『源氏物語之音楽』（宝文館出版、一九三四年）

（5）豊永聡美『天皇の音楽史―古代・中世の帝王学』（吉川弘文館、二〇一七年）

（6）上原作和・正道寺康子『日本琴學史』（勉誠出版、二〇一五年）

（7）本文は、『新日本古典文学大系　後撰和歌集』（岩波書店、一九九〇年）による。

（8）川口久雄編『本朝麗藻簡注』（勉誠社、一九九三年）による。

「揺琴治世音」

訳　美しい琴韻が興趣豊かなものであることを初めて知る

その琴韻が相応しいのは 徳治の世だけであり その思想が遙か彼方まで響くのである

無為の徳は かの堯帝作の南風の曲で知ることができる

世に知られる楽匠の子野（師曠）の調べには治天有道の心が込められている

琴を弾くのは民を養生することに似て 琴韻が民の心に通じているからだ

絃を張り 調律するのは施政に似て 音が揃わなければ 民心は離反することもある

楽府の曲を清らかな音色の絃上に奏でることによって

至徳深仁の治世が幾王朝も続いてゆくのだろう

(9)許健『琴史初編』(人民音楽出版社、一九八二年)、許健『琴史新編』(中華書局、二〇一二年)、吉聯抗編『琴操―丙種』(人民音楽出版社、一九九〇年)、正道寺康子編『琴操―本文・訓釈・語釈』(聖徳大学短期大学部、二〇一四年)。

(10)本文は『蒙求和歌校注』(渓水社、二〇一二年)によった。

(11)考証は、川口久雄『平安朝日本漢文學史の研究』(明治書院、一九五九年)による。桃裕行「行成詩稿に就いて」『桃裕行著作集』第二巻(思文閣、一九八九年)にも考証がある。

(12)本文は『増補史料大成』(臨川書店、一九六五年)による。

(13)今西裕一郎校注、田村隆補注『源氏物語』第二巻(岩波文庫新版、二〇一七年)

(14)許健等注(9)前掲書、正道寺注(9)前掲書参照。

(15)上原作和・正道寺康子『日本琴學史』(勉誠出版、二〇一五年)

(16)本文は、『保坂本源氏物語』(おうふう、一九九六年)によった。

(17)陣野英則補注『源氏物語』第五巻、岩波文庫新版、二〇一九年、上原作和「中世源氏学の准用を疑う」(「文学語学」二三一号、全国大学国語国文学会、二〇二一年四月)。

(18)DVD『古韻琴声　余明　王昭君を奏でる』(上原作和「秋風詞・解説」武蔵野書院、二〇一八年)。正道寺康子氏と共編。

# 第三部　『源氏物語』と暦象想像力　論攷編Ⅱ

# 第一章　「入る日を返す撥こそありけれ」——徳川本『源氏物語絵巻』「橋姫」巻瞥見

## はじめに

徳川・五島本『源氏物語絵巻』十九面のうち、宇治十帖関係はいずれも徳川美術館蔵にかかり、「橋姫」「宿木」三面、「東屋」二面、都合六面が現存する。宇治の物語の劈頭に位置する四五帖「橋姫」巻絵巻は、「秋の末つ方」の「有明の月」のもと、薫が八宮邸の大い君・中君姉妹を垣間見る著名の構図として知られる。絵詞は本文の抄出が多い本作ではあるが、この巻は末尾に「云々」とあるものの、当該場面に関しては、省筆のないフルテクストである。中村義雄は、この巻の本文に最も近い伝本として別本に分類される横山本を挙げる。(1) 中村の調査時には、校合本として池田亀鑑私邸の桃園文庫に存した本文資料も、今は散逸して現存しない。(2) そこで、本章では、『源氏物語大成』(3)の横山本の異同を、陽明文庫本、保坂本（いずれも別本系）、大島本（青表紙本系）によってこれを補いつつ検討する。(4)

さて、この「橋姫」巻の当該絵巻場面は、薫訪問以前から、父八宮が「姫君は琵琶、若君に箏のこと、いまだ幼なけれど、つねにあはせつゝならはし給へば、聞き難きにもあらず、いとをかしくきこゆ」（一五一二③〜④）と、姉に箏、妹に琵琶を伝授したとあったものの、それぞれに以前付与された容姿の表象「**ひめ君《大い君》はらう〳〵し**

図１　『源氏物語絵巻』「橋姫」Wikimedia Commons（1937年）

**くふかく重りかに見え給ふ。わか君**（中君）**はをいらかにらうたけなるさましてものつゝみしたるけはひにいとうつくしう、**様々におはす」（一五一〇⑩～⑪）とあり、当該場面でも「いみじううつくしげ」「重りかに愛敬づきたり」とあるから、本来持っているべき楽器が異なるとする姉妹の解釈が、室町時代の注釈以来、重要な争点となっていた。

また、絵巻の図柄を構成する主要な要素が物語内容とは異なることを指摘した河添房江の論攷は重要である。[5] すなわち、狩衣ではない直衣姿の薫、当該場面では描かれていない垣根の蔦。さらに顔料の科学的分析による絵巻復元プロジェクト（一九九九～二〇〇五年）[6] によって明らかとなった琵琶の姫君の山吹襲が、中君の纏うべき襲の色目であることを論じたものである。河添氏は『新編全集』校訂本文で論じているところ、本章では絵詞本文でこれを補うこととしたい。

さらに、同絵巻の重要な中君の「**入る日を返す撥こそありけれ**」の発話が舞楽・蘭陵王（没日還午楽、陵王還午楽）の故事を踏まえたものであり、このテクストの分析を通して、本邦の「蘭陵王」受容史を辿りつつ、この舞楽の諸要素を分析する。それを踏まえて『源氏物語』の時代の様相を明らかにし、それが宇治十帖の物語全体を領導する結節点となっていることを論じたい。

## 一　「橋姫」巻本文の諸相

前述したように、薫は、「秋の末つ方」の「有明の月」の出を待って宇治へと馬で出向いたとある（復元絵巻では満月と解釈している（宮崎いず美・画））。八宮邸は宇治川右岸、左岸の夕霧別業は、宇治川を挟んで直面し、かつ宇治橋も見渡せる位置にあり、荒々しい川音が物語の重低音として常に響いていた(7)。具体的にその月の出時間を本年の新旧の暦を通して確認すると以下のようになる。

**旧暦　二〇二二年九月二十五日／新暦　二〇二二年十月二十日　壬寅／辛亥／丙午**

**日の出入・月の出入**（計算地・京都）(8)

**日の出　六時六分（方位一〇二度）：日の入 十七時十七分**（二五八度）

**月の出　零時三十一分（方位六五度）：月の入 翌日十四時四九分**（二九二度）

都を出発した時の月齢は二十四、二、移動の馬の常歩（なみあし：時速六、六㎞）で都から宇治（三條院跡から宇治神社・恵心院まで約十六㎞）まで所要時間約二時間二十六分かかり、到着は午前二時五十七分、月の仰角は二十九、〇度であるから、月光は廂の間の奥まで確実に届いていたことになる（関河眞克氏御教示による）。よって、当該場面は、日付変更となった午前三時・寅一刻の物語ということになる。薫、匂ふ宮の宇治行きは公務の合間を縫ってのことであり、特に珍しいことではない(9)。薫が帰洛するのは、「かのおはす寺の鐘の声、かすかに聞こえて、霧いと深くたちわたり（保坂本「橋姫」一五二九④）」とあるから、八宮の籠もる阿闍梨の寺の明け六つの梵鐘（午前六時）が聞こえたのであり、約三時間の滞在であった。

以下、当該絵詞を有力諸本との比較を通して検討する。

**徳川本源氏物語絵詞**(10)（一五二二～一五二三⑫～⑦）

あなたにかよふべかめる**すいがいをす**こしをしあげてみたまへばつきのをかしきほどにきりわたれるをながめて**すだれすこしまきあげて**人々ゐたり**すのこになえばみたるわらは**おなじさまなるおとなゐたり**うへなる人一人**はしらにすこしゐかくれてびはをまへにおきて**ばちをてまさぐりにしては**かくれたりつるつきのにはかにいとあかくさしいでたればあふぎならでこれしてもつきはまねきつべかりけりとて**さしのぞきたまへる**かほつき**いみじううつくしげなり**そひふしたまへるひとはことのうへにかたぶきかゝりているひをかへすばちこそありけれさまことにも**かよひたまへる**おほむこゝろかなとうちわらひたまへるいま《す》こし**おもりかにあい行づきたまへり**云々

**横山本**

あなたにかよふへかめる・**すひかひを**・**いさゝか**をしあけて見給へは・月おかしきほとに・**霧わたるを**・すだれを**すこし**まきあけて・人〳〵ゐたり・**すのこに**さむけに身ほそく**なえはめたる**わらはひとり・さまなるおとなとゐたり・**うちなる人**・はしらにすこしゐかくれて・ひはをまへにをきて・はちをてまさくりにしつゝゐたるに・**月のにハかに**・あかくさしいてたれは・あふきならてこれしても・月はまねきつ**へかめりとて**・さしのそきたるかほ・いみしくらうたけにほいやかなるへし・そひふし給たる人ハことのうへに・かたふきかゝりて・いる日をかへすはちこそありけれ・さまことにも・**おもひ**・**より給ふ**・御心かなとて・うちわらひ**給**けはひ・いますこしおもりかによしつきたり

| | |
|---|---|
| | 琵琶の君 |
| **絵詞** | さしのぞき**たまへる**かほつきいみじう**うつくしげなり** |
| 横山 | さしのそきた　るかほ　いみしくらうたけにほいやかなるへし |
| 陽明 | さしのそきた　るかほ　いみしくらうたけに匂ひやかなるへし |
| 保坂 | さしのそきた　るかほ　いみしくらうたけにほひやかなり |
| 河内 | さしのそきた　るかほ　いみしくらうたけにほひやかなるへし |
| 明融 | さしのそきた　るかほ　いみしくらうたけに丶ほひやかなるへし |
| 大島 | さしのそきた　るかほ《姫》・いみしくらうたけにほいやかなるへし |
| | 箏の君 |
| **絵詞** | うちわらひ**たまへる**　いま《す》こしおもりかに**あい行づきたまへり**云々 |
| 横山 | うちわらひ**給**　けはひ・いますこしおもりかによしつきたり |
| 陽明 | うちわらひた　るけはひ今　すこしをもりかによしつきたり |
| 保坂 | うちわらひた　るけはひいますこし**をいらかに**よしついたり |
| 河内 | うちわらひた　るけはひいますこしおもりかによしつきたり |
| 明融 | うちわらひ多　るけはひいますこしおもりかによしつきたり |

中村義雄は、絵詞本文の、以後の書写にかかる諸本との相違点として、敬語の丁寧な付置と院政期の音便使用を挙げている。当該箇所には音便の明確な相違は確認できないが、敬語に関しては、箏の君、琵琶の君ともに諸本にない、敬語「たまふ」で待遇されている。別本とされる陽明文庫本と保坂本は、河内本、明融本とに異同がなく、これに対し、横山本に一例箏の君に「たまふ」が待遇されていることに注意したい。

また、講釈に用いられた明融本には、動作主が記されてあり、箏の君が姫（中君）、琵琶の君が姫君（大い君）

と弁別している。これは今日の主要注釈書にも踏襲されている。

**注釈史一覧**

| | 明融本 | 大島本 | 細流抄 | 岷江入楚 | 湖月抄 | 孟津抄 | 絵入源氏 |
|---|---|---|---|---|---|---|---|
| ひとりはしらに | 中君 | 姫 | **大君也** | **大君也** | **大君也** | 中の君也 | 中の君也 |
| そひふしたる人 | 大君 | 姫君 | **中の君也** | **中の君也** | **中の君也** | 大君也 | 大君也 |

## 二　楽器の相承と姫君達の衣裳

これに対し、父の伝承による楽器の解釈は、先のように、三條西実条『細流抄』以下、中院通勝『岷江入楚』、北村季吟『湖月抄』と江戸時代を通して継承されていた[11]。これに対し、九条稙通『孟津抄』が、箏を中君、琵琶を大い君とする見解を示し、明融本傍記と合致することとなる。これが今日の通説と言ってよかろう。

ついで、前掲の河添論文である。同論文は、狩衣であるはずの薫の「直衣」姿について、「「橋姫」の段では、薫の姿を垣間見の時の狩衣姿ではなく、着替えた後の直衣姿にすることで、場面の一瞬の挿絵であることを超えて、この一夜の非日常的な時間の長さといったもの、薫の三年もの宇治通いに匹敵する、あるいはそれ以上ともいえる物語の急展開も、鑑賞者に想起させるような仕組みなのではないか。「橋姫」の絵は、垣間見の場面の忠実な再現であることをこえて、もっと奥深い意味での『源氏物語』の世界を伝えているといえようか」とし、「蔦の心象の連鎖」ついても、「赤と黄色に紅葉した蔦は、総角・宿木。東屋など宇治の姫君たちにまつわる物語の蔦の場面の記憶を呼びさましている」という。

その白眉が「楽器担当の謎」であり、「総角巻の離れた場面の山吹襲の記憶が、「橋姫」の段の絵に流れ込んでいるといえるのではないか。あるいは秋の衣装の色目として山吹襲といえないまでも、山吹系統の色で、それが似合うような姫君のイメージ、すなわち中の君として描いているとみることはできないだろうか」と述べて、絵巻の制作者の描いた琵琶の君が中君であることを示唆している。

秋の「山吹」と言えば、『枕草子』「殿などのおはしまさで後」一三六段（長徳二年（九九六）仲秋）である。道隆薨去の後、定子後宮に居辛くなった清少納言は里下りしていた。そこに届いたのは、定子の「返り咲き」を促す秋の「山吹の花」一輪なのであった。

〈人づての仰せ書きにはあらぬなめり〉と、胸つぶれて、とく開けたれば、**紙にはものも書かせ給はず、山吹の花びらただ一重をつつませ給へり。それに、「いはで思ふぞ」と書かせ給へる、**いみじう、日頃の絶え間なげかれつる、みな慰めてうれしきに、長女《をさめ》もうちまもりて、（略）前にゐたるが、「『**下ゆく水**』**とこそ申せ**」[12]といひたる、などかくわすれつるならむ。これに教へらるるもをかし。

（二三五〜二三六頁）

訳 〈人づての仰せ書きではないようだわ〉と、胸つぶれて、すぐに開けたところ、**紙には何もお書きにならず、山吹の花びらただ一重包んでいらっしゃった。それに、「いはで思ふぞ」とお書きになっていらっしゃる、**ずいぶんと、日頃の絶え間をお嘆きになっていらっしゃったことがわかり、すっかり慰められてうれしかったので、長女《をさめ》も見守りながら（略）前にいたのだが、（宮が）「『**下ゆく水**』**とこそ申せ**」と言ったことなど、どうしてこのことを忘れることがあるだろう。こうしたことでお教えし下さることも有り難いことです。

「返り咲き」の「山吹」にかんしては、諸註釈を参照願うとして、初めての妊娠（脩子内親王）に戸惑う定子が、雅やか、かつ粋な計らいにより、清少納言の復帰を促したことは確かである。また、この秋の山吹は、『源氏物語』垣間見の場面の忠実な再現である「橋姫」巻においては、中君のイメージカラーとしての襲であり、「若紫」巻、北山での紫の君の山吹襲の記憶と重なり、ふたたびの「紫のゆかり」の物語が、宇治の「有明の月」のもと、再現されたことになるのである。

## 三　『教訓抄』と蘭陵王

ついで、「入る日を返す」物語についてである。南都楽所の楽人である狛近真が著した『教訓抄』（天福元年（一二三三年））巻第一は、紙幅の大半を割いて『蘭陵王』の由来について、以下のように記している。

まず『通典』によって、北斉の王・長恭（＝蘭陵王）は大変な美貌の持ち主で、兵士達が戦よりも王の姿を見ようとばかりするので、軍の士気を高めるため、戦場ではその容貌を隠して獰猛な仮面を被って指揮を執り、見事勝利を収めたという。この舞はその武勇を象った「蘭陵王入陣曲」と呼ばれる。その一方で、『教訓抄』は異なる由来も伝えている。

隣国との戦の最中に死した王の後を継いだ脂那国《しなこく》の太子が、争いを鎮められず、父王の墓前で苦戦を嘆いたところ、父王の魂が、沈みかけていた日を中天に呼び戻し、敗れつつあった戦に勝利した。人々はこぞってこれを祝して舞い歌い、「没日還午楽」と名づけた。

どちらの説も、戦勝にまつわる伝承に基づくものであり、林邑の僧仏哲が伝え、尾張連浜主（八世紀の楽師。生没年不詳）が高野（孝謙）天皇の命を受けて一部改作したとされ、林邑八楽（《菩薩》《迦陵頻》《抜頭》《陪臚》

《万秋楽》《蘭陵王》《安摩・二ノ舞》《胡飲酒》）のひとつに数えられている。後年、『還城楽』と楽曲が混同され、藤原定家（一一六二〜一二四一）の『源氏物語奥入』に「還城楽陵王をあや布めむとす」（四半本、自筆本異同なし）とある。[13] ともに城に帰る物語内容と、「還午楽」から混同されたものか。

「陵王」の他に「蘭陵王」「羅陵王」「竜王」とも称され、舞を「陵王」、曲を「蘭陵王」と呼び分けるとも、「陵王」は単に「蘭陵王」を略したものとも言われ、「没日還午楽」「陵王還午楽」の別称もある。調子は沙陀調（壱越調の枝調子）の左舞、番の右舞は、「納曽利（落蹲）」である。[14]

**『教訓抄』巻一、**（**狛近真、一二三三年、底本・宮内庁書陵部蔵本**）

**5　羅陵王　別装束舞　通大の曲　古楽**

乱序一帖。囀二度。嗔序《しんじょ》一帖。

荒序八帖。入破二帖〈拍子各十六〉

面に二様有り。一は〈武部様、黒眉　八方荒序の時、之を用ゐる〉。一は〈長恭の仮面様小面と云ふ。光季家相伝の宝物なり〉

此の曲の由来は、**『通典』**と申す文に申したるは、大国北斉に、蘭陵の王〈長恭と申しける人〉、国をしづめむがために、軍に出でたまふに、件の王ならびなく才智武勇にして形うつくしくおはしければ、軍をばせずして、偏に将軍をみたてまつらむ、とのみしければ、其の様を心得たまひて、仮面を着して後にして、周の師金墉城下にうつ。さて世こぞりて勇み、三軍にかぶらしめて、此の舞を作る。指麾撃刺のかたちこれを習ふ。これをもてあそぶに、天下泰平にして国土ゆたかなり。仍て、**『蘭陵王入陣の曲』**と云ふ。此の朝伝来 イ 様〈未だ勘出せず〉**尾張連浜主の流を正説とするなり。**

**『蓮道譜』**に云はく、〈此の曲沙門仏哲伝へ渡す。(15)唐招提寺留め置くなり〉。又云はく、

「脂那国に一人王あり。となりの国の王と天子をあらそひける間に、彼の王崩畢んぬ。其の子即位して、なをあらそひやまざりければ、太子王の陵に向かひたまひて、なげき申されたまひければ、忽ち墓の内にこえあり、雷電して子に占して云はく、「汝なげくことなかれ」とて、則ち此の形を現して戦陣に赴きぬ〈竜顔美しく鬚髯異ならず〉。日すでにくれにおよびて、戦ひやぶれぬべし。爰に父王、神魂を飛ばして日を掻く。仍て蒼天〈午時に成り了んぬ〉。さて合戦。思ふ如く国をうちとりてけり。さて世こぞりて、これを歌舞す。**『没日還午楽』**と名づく〈本文無しと雖も、古者の伝ふる所なり〉。」 二

乱序一帖。此の内各別名有り〈**日搔返手**《ひをかきかえすて》。**桴飛手**《ばちをひるがえすて》。青蛉返。角走手。大膝巻。小膝巻〉。囀り三度〈昔七度ありけれども、今世にはもちゐず。三度囀る手舞ふ事、**狛光時の流の外、他舞人、之を知らず**〉。

**其詞**云はく、「〈即ち四方に向かひ之を舞ふ。殊に**八方荒序**の時、之を用ゐる〉」。

**一説云はく、「吾罰胡人。古見如来。我国守護。翻日為楽。**〈**浜王伝ふ**〉」。

一説、我等胡人。許還城楽。石踏んで泥の如し〈**第二度**。**光則の説**。当時之を用ゐる〉。

一説、阿刀胡児。気吐いて電の如し〈初度〉。我採頂雷《がさいちょうらい》、石を踏めば泥の如し〈**光近の説**〉。 八

**桴《ばち》の事**

浜主伝に曰はく、「『陵王』の桴《ばち》は蘭陵《らむれう》の王入陣《しうちむ》の時、鞭の姿なり。而るを我れ朝に渡《わた》りての後、天平勝宝の比、高野天皇御時、勅定を以て当曲の古《ふる》き記を改めらる。五箇の新制《しむせい》の内なり。

一は、桴《ばち》を一尺二寸に縮《つづ》めらる。

二は、蘿半臂《らのはんぴ》を着《き》るべからず。

三は、七度囀《さへづり》を止《とど》めて略定三度を用ゐる〈北方一度、南方一度之を用ゐる。已上常説。詠詞之に准ず。東西方一度。已上秘説。詞を詠ずべし〉。

四は、古は先古楽乱声を吹き、今は楽乱声を用ゐる〈乱序専ら双調曲・新楽乱声を為す。又、此の調子者なり。仍て「同音と為するに依《よ》て、新楽乱声を用ゐるべし」と云々〉。女帝《にょだい》に御《おはしま》すと雖も、此くの如く舞ふ楽《がく》の生御《せいおはしま》しけるなり。

**五は、**古は舞ひ入るる時に入り、沙陀調々子を吹き、**今は『安摩』急吹くを用ゐる**〈是れ又其の奥と為すなり。入綾は舞ふべき料なり〉。

ロ

（イロハニの各ブロックは、王媛の分類に倣う。一七～一八頁上）[16]

**訳　羅陵王　別装束舞　通大の曲　古楽**
**乱序一帖。　囀二度。　嗔序一帖。**
**荒序八帖。　入破二帖拍子各十六**

面は二種類ある。一つは、武部様で、黒眉八方荒序の時に、之を用いる。もう一つは、長恭の仮面様で、小面とも云う。光季家相伝の宝物である。

この曲の由来は、『通典』と申し上げる文に書かれなさっていることは、大国北斉に、蘭陵の王長恭と申し上げた人が、国（くに）を鎮めようとして、軍にお出でになる際、この王が肩を並べるものがないほど才智武勇であり、容姿端麗でおりますので、（味方の兵士達が）軍を放棄して、ひたすらに将軍（蘭陵王）を拝見なさろうとばかりするので、（蘭陵王は）その様子を心得なさって、仮面をかぶり後方に移動して、周の多くの軍勢を金墉城下で討ち取った。さて、世間ではこぞって心が奮い立ち、三軍に重ねさせて、この舞を作る。指麾撃刺のかたちは、これを習う。これを興じ楽しみとしていたところも、天下泰平となり、国土が豊かになった。よって、『蘭陵王入陣の曲』と云う。この朝（我が国）へ伝来した事情については、いまだ良くわかっていない。尾張連浜主の流れを正説としている。

『**蓮道譜**』に云う、「この曲沙門仏哲が伝えて渡す。唐招提寺に留め置いている」。
又云う、「脂那国に一人の王がいた。隣の国の王と天子を争っている間に、彼の王が崩御した。その息子が即位しても、まだ争いが止まないので、太子は亡き王の墓に向かいなさって、嘆いて申し上げなさると、すぐに墓の中から声があり、雷電のさなか息子の王に示して云う、「汝、嘆くことはない」と言って、すぐにこの形を現して戦陣に赴いた。天子の顔は美しく顎髭と頬髭とが繋がっている。日がすでに暮れるに及び、（このままでは）きっと戦いに敗れてしまだろう（と思われた）。ここにおいて、父王は神魂を飛ばして日を搔《まね》いた。よって蒼天午の時になり終わったとなり、さて合戦となった。思うように国を討ち取ったのであった。さて、世間ではこぞって、これを歌舞する。『没日還午楽』と名付ける」。本文はないけれども、古者の伝える所である。

**乱序一帖**。この内、各別名がある。日搔返手。桴飛手。青蛉返。角走手。大膝巻。小膝巻。囀り三度。昔は七度あったけれども、今の世には用いない。三度囀る手を舞う事は、狛光時《こまのみつとき》の流れの外、他の舞人は之を知らない。

その詞に云う、「即ち、四方に向かって之を舞う。特に、八方荒序の時は、之《これ》を用いる」。

一説に云う、「吾罰胡人。古見如来。我国守護。翻日為楽。（吾胡人を罰す。古より如来を見る。我が国の守護なり。日翻へり楽を為す。）」浜王が伝える。

一説に、我等胡人。許還城楽（我等胡人。還城楽を許す）。石は、踏むと泥のようである。第二度。光則の説。当時、之を用いる。

一説に、阿刀胡児。気吐いて電の如し（阿刀胡児。気吐くことは雷のようである）。初度。我が採頂雷石を踏むで泥の如し。（我採頂雷、石を踏むことは泥のようである。）光近の説。

**桴《ばち》の事**　浜主の伝に曰うのには、「『陵王』の桴《ばち》は蘭陵の王入陣の時の鞭の姿なり。そののち我が朝に渡《わた》っての後、天平勝宝の頃、高野天皇御時に勅定を以て当曲の古き記を改められた。五箇の新制の内である。

一は、桴《ばち》を一尺二寸に縮めらた。

二は、蘿半臂《らのはんび》を着《き》てはならない。

三は、七度囀《さへづり》を止《とど》めておおむね三度を用いる〈北方一度、南方一度之を用いる〉。以上が常説。詠詞は之に准ずる。東西方一度。以上は秘説。詞を詠ずること。

四は、古は先古楽乱声を吹き、今は楽乱声を用いる〈乱序専ら双調曲・新楽乱声を為す。また、此の調子者なり。よって「同音と為すことによって、新楽乱声を用いること」と云々〉。女帝に御《おはしま》すといえども、かくの如く舞う楽《がく》の生《せい》（の心得）を御しておいでである。

**五は、**古は舞い入る時に入り、沙陀調々子を吹き、**今は『安摩』急を吹くのを用いる。**〈これまたその奥（技）と為すのである。入綾は舞うべき料である。

『教訓抄』巻一「羅陵王」説話の複雑な成立過程を、王媛は、[ハ]「乱序」の「其詞」の内容から、以下のように成立過程を整理した。

　一番の詞は「吾罰胡人、古見如来、我国守護、翻日為楽」と述べていて、「胡人」は懲らしめられる対象となっており、「周辺地域」ではなく「中央」の立場から詞を展開している印象が強い。さらにその後に続く文からは、如来が現れて我が国を守護して日を翻して（それを）楽にした、という意味を読み取ることが不可能ではない。（略）両者を併せて見ると、[イ]で説く浜主が伝承した正統な舞楽には、もともと[ハ]の囀の詞の一番が付随していた可能性が高いと思われる。そうなると、上記で見たように[ハ]の一番の囀の詞が表現した内容は[三]の奇譚と相通ずることから、[イ]で伝承される浜主の正統な舞楽「蘭陵王」と、[二]で説かれる奇譚の「没日還日楽」との関連性が生じてくると考えられる。ここで仮に浜主が伝承したとされる正統な舞楽「蘭陵王」由来が、実は[二]で説かれる「没日還日楽」の由来であり、そこにもともと[ハ]の一番の囀の詞が付随していたと考えることができるならば、浜主が伝承したとされる正統な舞楽「蘭陵王」は、そもそも中国由来の「蘭陵王」とそれに付随の囀の詞とは別の伝承系統を持っていたのではないかとも推測されるのである。

（一三八～一三九頁）

## 狛氏系（出自には、高麗二十二代安蔵王を祖とする高麗国夫連説と小野説がある）

小野妹子―狛好行（小野好行）―狛葛古―狛衆古―狛衆行―狛斯高―狛真高―狛真行―

- 狛光高（大友信正弟子／舞の師／**左方一者▼**／正七位上／左近将監）―則高（舞の師／左方一者／正六位上／左近将監）
  - 光季（野田判官・野田流祖／左方一者　楽所一番／従六位上左近将監／一一一二没88）―光貞（光季外孫）―光時（舞譜作る／左方一者／従五位下／左近将監／一一五七没73）
    - 光近（左方一者／従五位下／左近将監／一一八二没65）―
      - 光真（左方一者／従五位下／左近将監／一二三七出家／一二四〇没76）―近真（則房の養子　光真弟／母青蓮尼／左方一者／従五位下／左近将監／一二四〇一者／一二四二没66／**『教訓抄』著者**）
        - 真葛（春福丸　実葛、本名近葛）（近眞三男／従五位下／左近将監）
        - 光葛（近眞二男／一二七五没66）
        - 光継（近眞一男／一二六九没63）
    - 則康
    - 光忠―光重
  - 則季※
  - 高季※

▼狛光高の左方一の者の任を記す『教訓抄』巻一「陵王」は藤原詮子四十賀の藤原頼通の舞の師を務めた功とあるが、叙爵されたのは右方「納曽利」頼宗の師多吉茂（好用）である（『権記』『小右記』）。

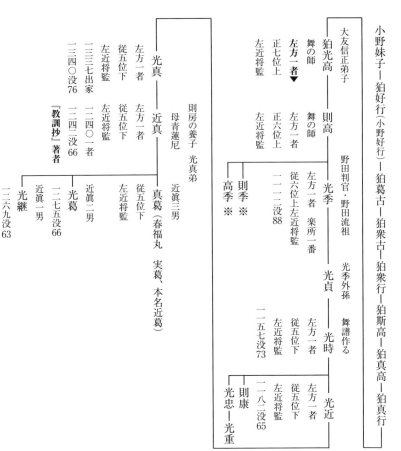

**多氏系図**（京都大内方　左舞人狛氏に対し、右舞人として大内楽所を世襲）

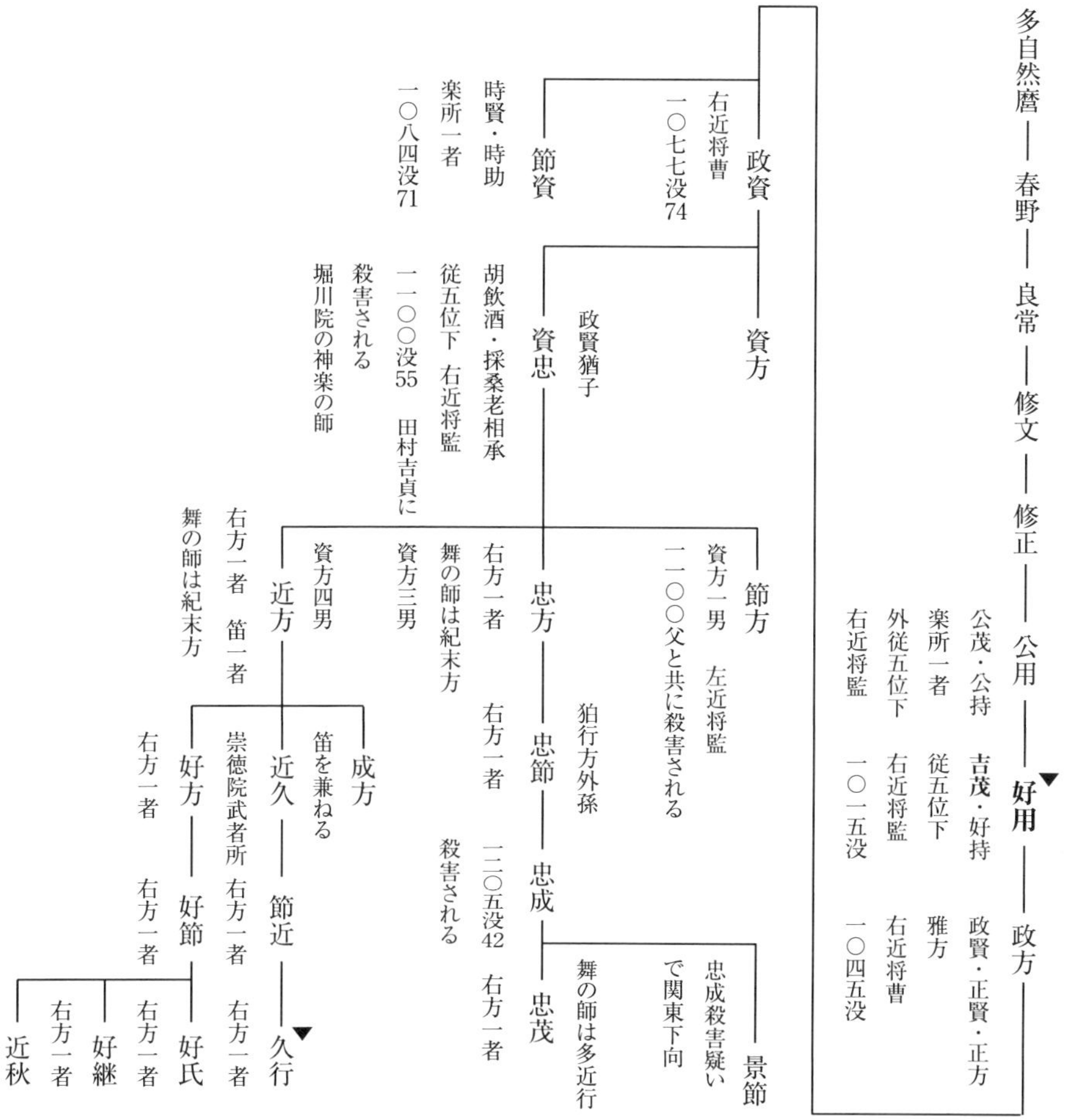


▼多好用は、藤原行成『権記』、藤原実資『小右記』には吉茂。道綱、頼通の舞の師。

▼多久行は、藤原定家『源氏物語奥入』「紅葉賀」巻「青海波」条に小野篁詠詩の書簡添付あり。

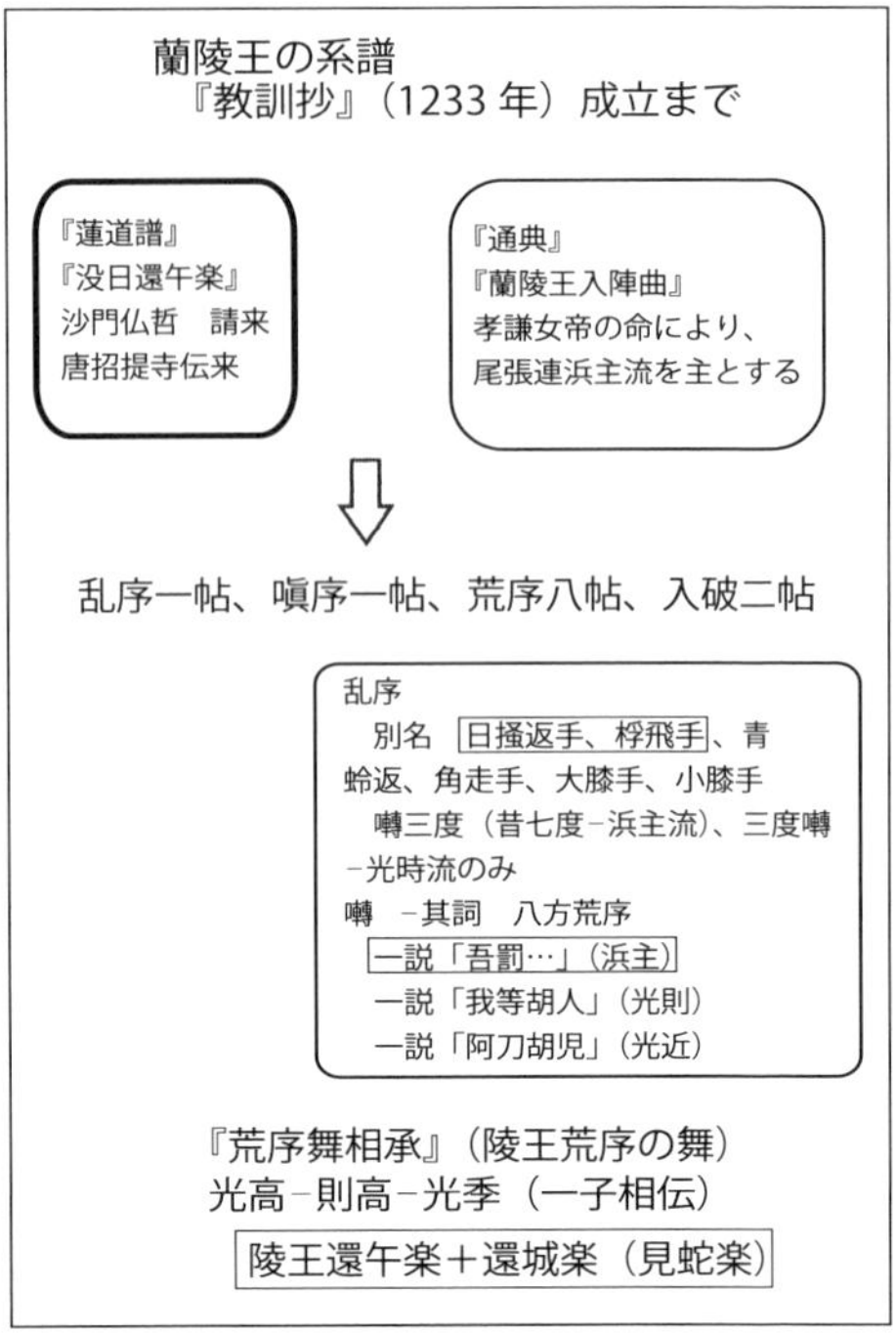

図2（上原作成）

浜主とは、[ロ]孝謙女帝の時代に、「蘭陵王」を編曲したとされる尾張連浜主(17)のことである。狛光高が『源氏物語』の時代の狛氏であるから、これ以降の伝承を除かねばならない。例えば、ふたつの面があり、ひとつは武部様《たけむべのやう》、黒眉、もうひとつは[イ]の『通典』の「陵王」、長恭の仮面様《かりのつらのやう》小面だが、後者は光季相伝とあり、『源氏物語』以降、現行の陵王面に繋がるものである。舞の実際は、[二]と[ハ]の囀詞一番の物語、すなわち、「没日還日楽」として伝承された。それゆえ、橋姫巻、中君の「入り日を返す桴《ばち》こそありけれ」の発話は、装束を[イ]の前者、次第は[ロ]、物語内容は[二]と[ハ]の囀詞一番の物語を典拠とするものなのである。現在、囀りで舞人は発声せず、垂らした面の下顎が囀りの意を表している。

## 四　徳川本『源氏物語絵詞』橋姫精読

「絵詞」を注釈的に解読して、この場面の詳細を確認する。(18)

あなたにかよふべかめる**すいがいを**すこしをしあげてみたまへば、つきのをかしきほどにきりわたれるをながめて、**すだれすこしまきあげて**人々ゐたり**すのこになえばみたるわらは**おなじさまなるおとなゐたり。**うへなる人一人、**はしらにすこしゐかくれてびはをまへにおきて、**ばちをてまさぐりにしては、**かくれたりつるつきのにはかにいとあかくさしいでたれば、「あふぎならで、これしてもつきはまねきつべかりけり」とて**さしのぞきたまへる**かほつき、**いみじううつくしげなり。**

そひふしたまへるひとは、ことのうへにかたぶきかゝりて、「『いるひをかへすばちこそありけれ』、さまことにも**かよひたまへる**おほむこゝろかな」とうちわらひたまへる、いま（す）こし**おもりかにあい行づきたまへり、**云々

訳　あちらに通じているらしい透垣の戸を、少し押し開けて御覗きになると、月が美しい具合に霧がかかっているのを眺めて、簾を短く巻き上げて、女房たちがいる。簀子に、萎えばんだ衣裳の女童、同じような身なりの大人がいた。上側にいる人一人は、柱に少し隠れて、琵琶を前に置いて、撥を手まさぐりしていると、雲に隠れていた月が急に明るく差し覗いたので、「扇でなくとも、撥なら（沈む）月は招き寄せられるわね」と言って、**月を眺めていらっしゃる顔つきは、**たいそう美しい様である。添い臥している姫君は、箏の上に身をもたれかけて、「入り日を戻す撥というお話でしたね。まこと相相応しい思いつきですこと」と言って、**ちょっとほほ笑んでいらっしゃる様子は、**落ち着きがあり、優雅な雰囲気であると云々。

## 注釈

○**あなたに通ふべかめる透垣の戸を**（明融本異同ナシ―以下同じ）「月の」以下、語り手、視点人物の薫、読者が同化した垣間見の語り。(19) 徳川本『源氏物語絵巻』「橋姫」の構図である。

○**すだれすこしまきあげて**（**簾を短く巻き上げて**）　簾の高さで見解が割れている。『集成』「高く」。『新大系』

図３　橋姫図部分
（『人物で読む源氏物語 17 ―薫』
勉誠社、2006 年より）

「高く巻きあげる意か」。『完訳』「簾を低く巻き上げて」。『新編全集』「巻き上げた空間が低い意か」。

○**人びとゐたり**　女房たちが薫からも見える。敬語のない自由直接言説である。

○**上なる人一人は**（**内なる人**）　以下、薫視点の中君の描写である。「上なる人」は絵詞独自本文で、殿上の二人姉妹をいう。中村義雄は、絵詞を「画面説明的」な異同と評する。[20] 八宮の楽器の伝授から、三条西家流古註釈『細流抄』『弄花抄』では、箏が大い君、琵琶を中君としたために、古来論議があったが、明融本傍記にもあるように、大い君が琵琶に持ち替えて中君に箏を教えているところと見る（清水婦久子説[21]）。

○**扇ならでこれしても月は招きつべかりけり**[22]（異同なし）　中君のことば。扇で月を招く故事については『原中最秘抄』「扇にて月を招事、（藤原）永範卿説云、『漢書』に「扇にて月をまねぶ」と云事あり。ひときと五音通するゆへ也。然はまなぶと可得心歟。此扇はかはほりの扇にはあらす。俗云へる打輪と号する扇也。行阿云[23]、日本扇事、延喜御時、燈前に蝙蝠あり。見之造始也。唐朝扇事、班婕始作之云々」。『異本紫明抄』「月重山に隠れぬれば、扇をあげて之を喩ふ／月は重山に隠れてしまったので、扇をかかげて月に喩える。」（和漢朗詠集、仏事）。藤原永範（～一一八〇）、行阿説の班婕妤「怨歌行」の「団雪の扇」の故事を踏まえるか。前漢・成帝の愛妃・班婕妤が趙飛燕にその座を奪われ、寵を失ったわが身を月のように円く、雪のように白い扇に喩えて「新たに斉の紈素《かんそ》を裂けば、皎潔たること霜雪の如し。裁ちて合歓の扇を為れば、団団たること明月に似る」と『怨詩』で詠じたことから、「秋の扇」は男の愛を失った女の喩えとなっていた。中君は自身を班婕妤の扇でなくとも、撥で月を招くことができた、と軽口を言ったのである。ちなみに、琵琶で撥を収納するところを「隠月」と言う。中君が撥を取り出したところ、雲に隠れていた有明の月が顔を出したことからの発話である。「夕顔」巻では、女童を介して夕顔の差し出した香で「いたうこがしたる」白い扇に「をかしうすさみ書」いた、「心あてにそれかとぞ見る白露の光そへたる夕顔の花」の詠によって、光源氏が危険な恋に導かれたという経緯があった（黒須重彦説(24)）。「扇」の故事はこれが念頭にあろう。

**○顔つきいみじううつくしげなり**（匂ひやかなるべし） 語り手が薫の視点を通して中君の女性美を語っている。敬語で待遇される自由間接言説に転移。保坂本「姫君はらうらうじく深くおもりかに見え給ふ。若君はおいらかにらうたげなる様してものつづみしたるけはひにいとうつくしう」。明融本（青表紙本）は先に「若君はおほどかにらうたげなるさましてものつつみしたるけはひにいとうつくしう」と形容したところに「匂ひやか」を加える。対して大い君は「姫君はらうらうじくふかくおもりかに」とあって、後文の絵詞「いま少しおもりかに愛敬づきたまへり」と照応。

**○添ひ伏したまへる人は**（添ひ臥したる人は） 大い君である。待遇から自由間接言説。

**○入る日を返す撥こそありけれ**(25)（異同ナシ） 大い君のことば。舞楽「陵王還午楽、（没日還午楽）」の、戦のために一度沈んだ太陽を再び正午まで戻したと言う伝説（『淮南子』巻六・「覧冥訓」魯陽公、韓と難を構ふ。戦酣《たけなわ》にして日暮る。戈《くわ》を援《ひ》きて之を撝《さしまね》けば、日之が為に反ること三舎なり）を踏まえた発言。「舎」とは、日、星のやどり。星宿のことであり、「三舎」とは「古代中国の天文学で、二十八宿のうちの三星宿」、つまり「午」の刻のことである。「陵王」は唐楽の壱越調。舞人一人の走舞。管絃の譜では「蘭陵王」。番舞は「納曾利」。目にも鮮やかな赤色の裲襠装束に、顎の揺れる金色の竜頭の面をつけ、右手には金色の桴を持つ。また、左手は剣印という形をして舞う。『教訓抄』には前述のように二つの挿話が併記され、北斉の蘭陵王長恭は美貌故、味方の士気をあげるため、勇壮な面をつけて兵を指揮した故事と、沈んだ夕日を正午まで「戈／桴」で呼び戻して勝利を得た故事とがある。本邦では孝謙女帝の時代、尾張浜主によって、二つの物語が統合されて「陵王還午楽」となった。「陵王」は『源氏物語』の時代、後者の「入る日を返す」「桴」の物語に焦点化されていたことがわかる。絵詞直後の本文に「及ばずともこれも月に離るるものかは」とあり、中君が琵琶の「撥」で「月」を招き寄せたのに対し、「陵王」の「入る日を返す」「桴」になぞらえたものであるから、大い君は「様異にも通ひたまへる（中君の）御心」、すなわち、「変った思いつきをなさるのね」と返したのである。「入る日を返す」「桴」の物語は、実際は「沈んだ太陽を再び正午まで戻」すことの出来ない、不可逆的な姫君姉妹の後の運命を暗示するものと言えよう。このあと、敬語不在の自由直接言説に転移する。

## 五　舞楽「陵王」と『源氏物語』の時代

『源氏物語』では、二つの「陵王」が舞われている。ひとつは、朱雀院五十賀の試楽、落蹲とともに童舞（「若菜」下巻）であり、もうひとつは、紫の上の法華経千部供養（御法）であった。同時代の童舞には、以下のような史料もある。東三條院の四十の御賀で、道長の子の頼通十歳が「陵王」、頼宗九歳が「納蘇利」を舞ったのだが、文献によって巧拙の記録が逆転する。

**『教訓抄』巻一「羅陵王」**

長保三年〈辛丑〉十月九日〈丙午〉。東三條院の四十の御賀せさせおはしましけるに、宇治殿の若君にて、『陵王』あそばしけるに、入綾の手、教へまゐらせたりける。さて御師《狛光高》、其の勧賞に左方の奉行始めたまひたり。〈其の以前は多氏の一者にて、両方を奉行しけるとかや。『納蘇利』は、頼宗いわ君九歳にて舞はせたまふ。**多氏面目失ひ畢んぬ**〉。其れより此の方、御賀の『陵王』、みな若君あそばす。仁平には、家成卿若君「御師匠光時」。安元には、宗家卿若君。〈皆入綾の手を教へまゐらするは例なり。当家の秘事。此れ入綾の手在るなり〉。（二一一頁下）

※仁平二年《一一五二》正月七日法皇五十賀か。安元二年《一一七六》三月四～六日後白河法皇五十御賀

**長保三年（一〇〇一）十月九日、東三條院（詮子）御賀試楽事「小右記」**[26]

**舞の師、頼通十歳―（狛光高）、頼宗九歳―多吉茂**

日迫西山。仍有勅、令奏陵王・**納蘇利**。**納蘇利、極優妙**。主上《一條天皇》、有令感給之気。上下、感歎、拭涙者衆。右大臣《顕光五十七》奏事由。有天許。**賜爵右兵衛尉多吉茂**。拝舞。今、思先例、奉勅之人、起坐、於便所召仰者也。似失故実。就中、已是、納蘇利童父也。又、執柄臣也。而不得気色□□□ □吉茂、忽預栄爵、不可為悦〈勅奉□□□不可預、□□□□爵之由〉。□□（左府《道長三十六》）心怨色□、起座、解脱、入臥内。時人奇矣。「陵王兄、既愛子、中宮《彰子十三》弟、当腹長子。納蘇利外腹子《明子二十七》。其愛猶浅。今、被賞納蘇利師。仍忿怒所」云々。又、右大臣《倫子三十八》乍置上臈、執奏重事。又、似有其心。

訳 『**教訓抄**』巻一「**羅陵王**」

長保三年〈辛丑〉十月九日〈丙午〉。東三條院の四十の御賀をなさった時に、宇治殿の若君（頼通）が『陵王』を舞われ、入綾の手を教え申し上げたのだった。そこで御師《狛光高》がその勧賞によって左方の奉行をお始めになったのである。〈それ以前は多氏が一の者であって、両方を奉行していたということだ。『納蘇利』は、頼宗（いわ君）九歳が舞われた。**多氏**

**は面目を失ってしまった**〉。その時より此の方、御賀の『陵王』はみな若君がお舞いになる。仁平の御代には、（藤原）家成卿の若君「御師匠は（狛）光時」。安元の御代には、宗家卿の若君。〈皆入綾の手を教え申し上げるのが通例である。当家の秘事はこの入綾の手があるからだ〉。

**『小右記』長保三年（一〇〇一）十月九日、東三條院（詮子）御賀試楽事**

日が西山に迫る時刻になった。よって勅が有り、**陵王・納蘇利を奏した。納蘇利、極めて優妙であった。**主上《一條天皇》はいたく感動なさったようである。上下の者ともに感歎し、涙を拭う者が大勢いた。右大臣《顕光五十七》が（叙爵の）意向を奏上した。天許が有った。**爵を右兵衛尉多吉茂に賜うた。**（返礼の）拝舞があった。今、先例を思うに、勅を承る人が座を起ち、便所《都合のよいところ》に於いて召し仰せするものである。故実を失したようなものである。就中、この場合、（道長は）納蘇利童舞の父である。また、執柄《最高実力者》の臣である。ところが平常心を失ったようで□□□ □吉茂が意に反して栄爵に預かったのを悦んではいないようである〈勅を奉□□□爵に預かるべきではない由□□□□□〉。□□（左府《道長三十六》）は心に怨色を持ったのか□、座を起ち、衣裳を脱いで、臥内に入ってしまった。時の人はこれを訝しんだ。「陵王の兄（頼通）もまた（道長の）愛子、中宮《彰子十三》の弟で、当腹《倫子三十八》の長子である。納蘇利は外腹《明子三十七》の子（頼宗）。（生母によって）子への愛はむしろ浅いのか。今、納蘇利の（舞の）師が賞せられている。よって忿怒したのである」と云々。又、右大臣は、上臈をさし置いて、重事を執行奏上した。また、これも何か意図があるようなものである。

『大鏡』「道長伝」下に、「陵王の御師はたまはらで、いと辛かりけり。それにこそ、北の政所（源倫子）少しむつからせたまひけれ。さて後にこそたまはすめりしか」とあって、藤原詮子による狛光高の叙爵の可能性を示唆しているから、これを期に、狛光高が、「其の勧賞」により、「左方の奉行」となり、宇治殿・頼通の「御師」となったことは確かなようだが、これは二三三年後の狛氏の氏族伝承であり、実際には、七日の試楽から頼宗が頼通の舞を凌駕し、舞の師の多吉茂は爵を賜っていた。ところが、『教訓抄』には、「多氏面目失ひ畢んぬ」とあり、爵のことに言及はない。

童舞双方の父である道長は、頼通に肩入れしてふて腐れてしまい、四十六歳の小野宮実資に、当腹と違って外腹の子への「愛はなほ浅し」と呆れられている。紫式部の父藤原為時、後の夫の宣孝は、花山帝の蔵人として、蔵人頭実資に仕えており、寛和元年（九八五）正月十八日の賭弓では、左方の勝によって「陵王」が舞われ、宣孝、為時が実資の命によってそれぞれ、射的の確認を行っている（『小右記』）。宣孝は舞に巧みで、賀茂臨時祭では人長として「駿河舞」「求め子」を舞っている（『権記』長徳四年（九九八）十一月三十日『小右記』、長保元年（九九九）十一月七日）。したがって、このような盛儀の話は、紫式部も容易に知ることが出来たのであろう。なお、宣孝（四十九）は長保三年（一〇〇一）四月二十五日、当時も流行していた疫病で没していた。

さて、『源氏物語』「御法」巻、死期を悟っていた紫の上が書写した『法華経』の千部供養で「陵王」が舞われている。

「薪樵る　思ひは**いまを**　**はじめにて**　**この身にねがふ**　法ぞはるけき

夜もすから、たうとき事にうちあはせたるつゝみのこゑ、たえすおもしろし。ほのぼのと明くる朝ぼらけの霞の間よりみえたる花の色々、なほ春に心とまりぬべくにほひわたりて、もゝちどりのさえづるも笛の音におとらぬ心ちして、ものゝあはれもをもしろさものこらぬほどに、**陵王舞ひて急になるほどのすゑつかたの**、かくはなやかにおもしろし。みな人ぬぎかけたる物の色々なども、をりからにをかしうのみ見ゆ。

（保坂本「御法」一三八三⑪～一三八四⑩）

訳「仏道へのお思いは今日を初日として　この世で願う　仏法ははるかな未来も祈り続けられることでしょう」

一晩中、尊い読経の声に合わせた鼓の音、鳴り続けておもしろい。ほのぼのと夜が明けてゆく朝焼けに、霞の間から見えるさまざまな花の色が、なおも春に心がとまりそうなほどに咲き匂っていて、百千鳥の囀りも、笛の音に負けない感じがして、しみじみとした情趣も感興もここに極まるといえるほどで、陵王の舞が急の調べにさしかかった最後の楽は、はなやかな興趣がある。みな人々が脱いで掛けていた衣装のさまざまな色なども、折からの情景に美しく映えて見える。

「三月の十日なれば花盛り」の舞である。諸註釈は「陵王舞ひて急になるほど」を古来不明とするが、[27]『教訓抄』巻一「羅陵王」「桴《ばち》の事口」の五の『陵王』の舞の終わりに「今は『安摩』急吹くを用ゐる」とあり、『安摩』乱序は現在も『陵王』「一具《いちぐ》」の退場の曲として構成されているから、[28]この舞の転回を「かくはなやかにおもしろし」と評したのであろう。浜主が伝える『陵王』の「囀」の「一説」から、舞は、「往古、如来が現れて我が国を守護し、日を翻したので、これを楽とした」とあるから、「入る日を返す」如来の再来を期して舞われたことが推察される。これは朱雀院五十賀の童舞も同様に長寿を希求する願いが込められていたのであろう。神仏習合的な思想的背景のもと、神事・仏事に「陵王」が舞われる所以である。平安時代の朝覲行幸、相撲節などの宮中行事や、堂供養、御八講などの法会に行われた舞楽を書き留めた『舞楽要録』にその一端が知られよう。植田恭代は『源氏物語』のこの舞の意味を、以下のように述べている。[29]

光源氏を舞人とし、宮廷を場として始まった舞楽描写は、物語世界の時間の経過とともにその場と舞人が変わり、回想され、二条院の光源氏四十賀精進落としと六条院における朱雀院五十賀試楽の子孫たちによる童舞へと移る。第二部の終わりも近い御法巻では、紫上の邸とされる二条院で、光源氏世界の主要な女性であった紫上の生涯と照応するように舞楽が描かれている。

（三〇一頁）

言い換えれば、薫の垣間見た「山吹襲」によって、かつての光源氏、紫の君の「紫のゆかり」の物語が、再現されるかのような舞台設定がなされながら、「陵王」の舞の記憶は、最晩年、死を目前にした紫の上の法華経千部供養という極楽往生を願うものであって、如来が再来して「入る日を返す」ことなどできるわけもない。むしろ、自身の死を前提とした紫の上の「不可逆的な運命」を暗示していたことになるのである。

もちろん、「扇ならで」「月は招き」、「入る日を返す」と戯れ言を交わす姉妹は、後に薫、匂ふ宮に翻弄されることになる互いの運命など知る由もない。絵巻に選択されたこの場面は、後の彼女たちの運命を暗示することになるからこそ、制作者にとっても重要な絵と詞であったわけである。

秋山虔は二十七歳の時に書いた『源氏物語』論で、宇治十帖を以下のように評している(30)。

ひとはしばしば宇治十帖を称して近代小説的という。たしかにここでは人間の、なかんずく女性の運命と生きかたを深く洞察すると同時に、それをきびしく突き詰め、いとおしむ作者の哀感にみちた純乎たる告白が感ぜられるに違いない。

（三七三頁）

## むすびに――「人生の不可逆性」の物語

以下、物語の結節点となる挿話を概観しておく。宇治十帖の物語は、「橋姫」絵巻の画面の直後に、薫の出生、薫が自身の秘密を弁の尼から知らされて苦悩するという、謎解きを用意している。さらに、八宮も宇治川の川音の彼方から漏れ聞こえてきたかつての薫の笛の音に、六条院の風ではなく、致仕大臣の血脈を想起したという仕掛けを用意するという周到さである。

**「昔、六条院の御笛の音聴きしは、いとをかしげに愛敬つきたる音にこそ、吹き給ひしか。これは澄みのぼりて殊々しき気の添ひたるは、致仕の大臣の御族の笛の音にこそ似たなれ」**など、ひとりごちをはす。
（保坂本「椎本」一五四八⑧〜⑩）

訳 昔の六条院のお笛の音を聞いたのは、とりわけ崇高ながら親しみの湧く音色をね、お吹きになったものだ。「この音色に空に澄み上ってゆくような独自の気品が備わっているのは、（むしろ）致仕の大臣のご一族の笛の音に似ているのだが」などと、独り言を仰せになる。

秋、薫は中納言に昇進して、宇治を訪ねたところ、八宮は薫に娘達の将来を託す発言をしている。そのいっぽう、大い君には、「おぼろけのよすがならで、**人の言にうちなびき、この山里をあくがれたまふな。ただ、かう人に違ひたる契り異なる身と思しなして、ここに世を尽くしてむ、と思ひとりたまへ。**ひたぶるに思ひなせば、ことにもあらず過ぎぬる年月なりけり。まして、女は、さる方に絶え籠もりて、いちしるくいとほしげなる、よそのもどきを負はざらむなむよかるべき」（保坂本「椎本」一五五四②〜③）と遺戒して亡くなる。[31] 八宮の一周忌を経て、宇治は再びの秋である。大い君はこの宇治で暮らすことを決意する。翌年の夏、宇治を訪問した薫は、姉妹を垣間見るのだが、大い君は髪の末が細り「翡翠だちて」「糸をよりかけたるやう」であり、かつ「細さまさりて、痩せ痩せ」であった。この「病的な大君に蠱惑」されている薫を、三谷邦明は「宇治の、それも病的なものに憧憬する薫の内部」、「異常な内面」と言説分析している（保坂本「椎本」一五八一⑧〜⑪）[32]。病みつつある大い君は、薫の求愛を拒み、中君に薫を世話しようと思案するのだが、すでに匂ふ宮が中君に執心、後朝の文、三日餅と婚姻のかたちを調えてしまっていた（「総角」巻）。いっぽう、十月となった都では、明石中宮が匂ふ宮に禁足を命じ、夕霧六君の婚姻話を進めていた[33]。この話を伝え聴いた大い君は、嫡妻ではなく妾妻として処遇されることになるであろう妹の将来に大きな不安を抱くこととなった。その直後、「山吹襲」の中君の昼寝の夢に、故八宮が現れる。八宮は心配そうな思案顔であったとある。

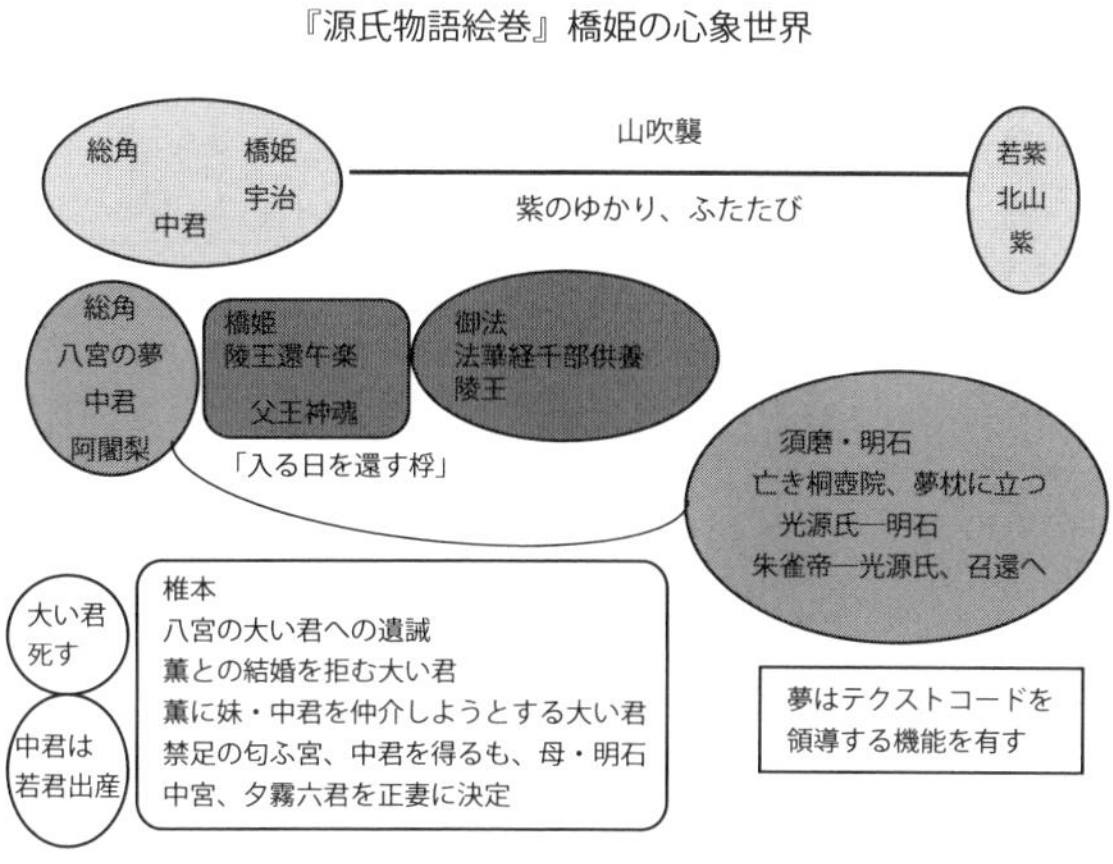


**図4（上原作成）**

昼寝の君も風のいと荒きに驚かされて起き上がり給へり。**山吹、薄色など、はなやかなるあはひに**、御顔はことさらに染め匂はしたらむやうに、いとをかしう、はなばなとして、いささかも思ふべきさまもし給へらず。「**故宮の夢に見え給へるいとものおぼいたる気色にて、このわたりにこそほのめいたまひつれ**」とかたり給へば、いとゝしうかなしさそひて、「亡せたまひにしのち、いかで夢にも見たてまつらむとおもふをさらにこそみえ給はね」とてふた所ながらいみじう泣き給ふ。

（保坂本「総角」一六四九⑩〜一六五〇②）

訳 昼寝の君は、風がたいそう荒々しいのに目を覚まされて起き上がりなさった。山吹襲に、薄紫色の袿などがはなやかな色合いで、御顔もとりわけ染めて匂わしたように、とても美しくあでやかで、いささかも物思いをする御様子でもいらっしゃらない。

「故宮が夢に現れなさったけれど、とても御憂鬱そうな様子で、このあたりにちらちら現れなさった」

とお話しになると、ますます悲しさが募って、

「お亡くなりになって後、何とか夢ででもお逢いしたいと思うものの、まったくお逢いできません」

と言って、お二方ともひどくお泣きになるのだった。

ついで、阿闍梨も俗の姿で夢に現れた八宮のことを語っている。「いささかうちおもひしことに乱れてなむ、ただしばし願のところを隔たれるをおもふなむ、いとくやしき。進むべきわざせよ」と八宮は阿闍梨に語りかけたという。「思っていたことに乱れが生じ、極楽浄土から離れているのを思うと悔しい。追善供養をせよ」との命ではあるが、自ら遺戒を遺しながら、「思っていたことに乱れが生じ」たのは、娘達の将来以外にはあり得ず、これを案じての夢告げであったということになる。(34)

故宮の御事など聞こえいでて、鼻しばしばうちかみて「いかなるところにか、おはしますらん。さりとも涼しきかたにぞ、おもひやりたてまつるを、さいつころの夢になん見えおはしましし、俗の御かたちにて『**世中を深う厭ひ離れしかば、心とまることもなかりしを、いささかうちおもひしことに乱れてなむ、ただしばし願のところを隔たれるをおもふなむ、いとくやしき。進むべきわざせよ**』となむ、いと定かに仰せられしを、たちまちにつかうまつるべきことのおぼえはべらねば、堪えたるにしたがひて、行ひしはべる法師ばら五六人ばかりして、なにがしの念仏仕うまつらせはべり。(保坂本「総角」一六五五⑩〜一六五六③)

訳　故宮のお事などを申し上げて、鼻をしばしばかんで、「どのような世界にいらっしゃるのでしょうか。そうはいっても、涼しい極楽あたりで、と想像しておりましたが、先頃の夢にお見えになりました折は俗人のお姿で、『世の中を深く厭い離れていたので、心留めることはなかったが、わずかに思っていたことに乱れが生じたのでね、今しばらく願っていた極楽浄土の世界から隔たっているのを思うと、とても無念である。追善供養をせよ』とね、とりわけはっきりと仰せになったのだが、すぐにご供養申し上げる術が思い浮かびませんので、できる範囲内で、修業している法師たち五、六人で以て、何々の称名念仏を称えさせております。

阿闍梨と薫、大い君・中君姉妹が八宮のために、『阿弥陀経』『法華経』「常不軽菩薩品」を唱えて追善供養を調えるものの、[35] 大い君は「かの世をさへ妨げきこゆらむ罪のほどを苦しき御心にもいとど消え入りぬばかりに（保坂本「総角」一六五六④～⑤）」、これを自分たちの罪深さゆえと自責の念をひとり抱え込んだ。[36] 豊明の夜、薫と大い君は夢告げに現れた八宮のことを語り合う。すでに病を得て衰弱していた大い君は、「ものの罪めきたる御病（保坂本「総角」一六五七⑩）」ではなかったものの、「ものの枯れゆくやうに（一六六一⑧「総角」保坂本／大島本「かくれゆく」）亡くなってしまった。[37] 大い君の人生の呪縛となった八宮の遺戒については、古来議論があり、高木和子は「八の宮の遺言は受け手の解釈、異なる志向を許し、引き裂かれた遺言と化していく。遺言の遵守こそが正義であり、幸福をもたらすという正編の物語の前提を覆し、遺言の呪縛が齟齬や混乱をもたらすところに、宇治十帖の悲劇の発端がある（二二七頁）」と述べている。[38]

この悲劇は、落陽の後の「入る日を返す」ことは出来ない大い君と中君姉妹の「人生の不可逆性」そのものなのである。正編で「陵王」の舞われた「若菜」下巻の朱雀院五十賀の試楽では、髯黒三男の「陵王」と夕霧長男の「落蹲」という孫世代の童舞を見た光源氏が、「**さかさまに行かぬ年月よ。老いはえ逃れぬわざなり**」（保坂本

図5　宇治十帖の登場人物配置図（上原作成）

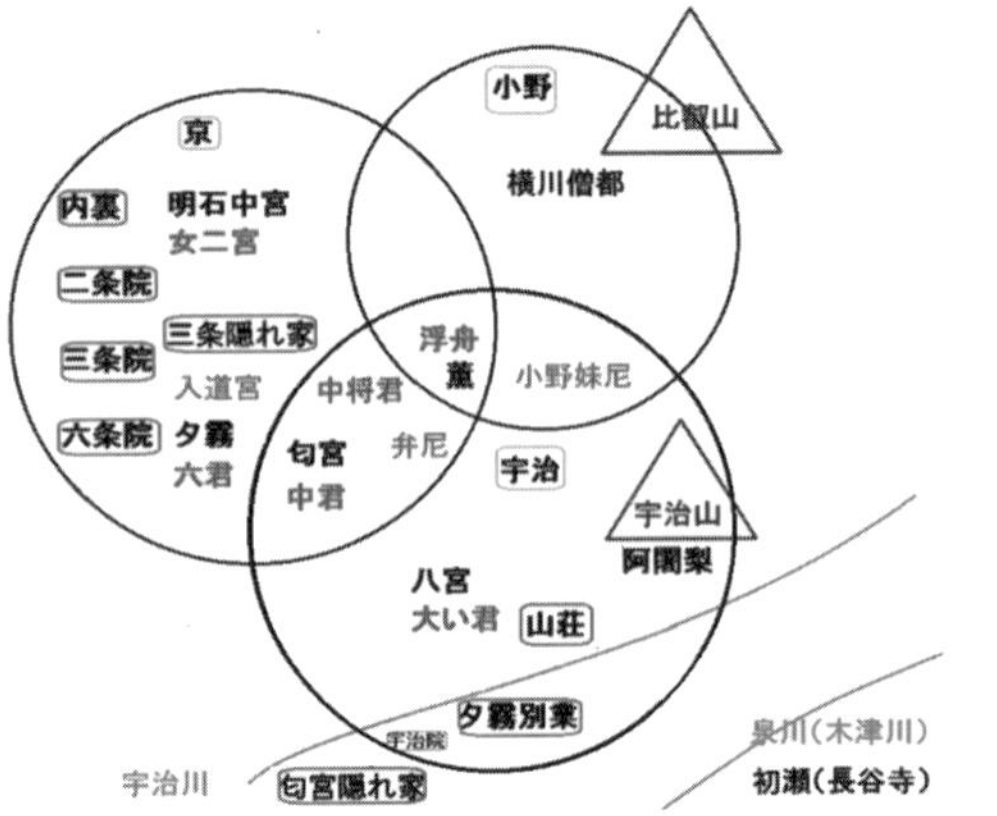


図6　宇治十帖人物系図（上原作成）

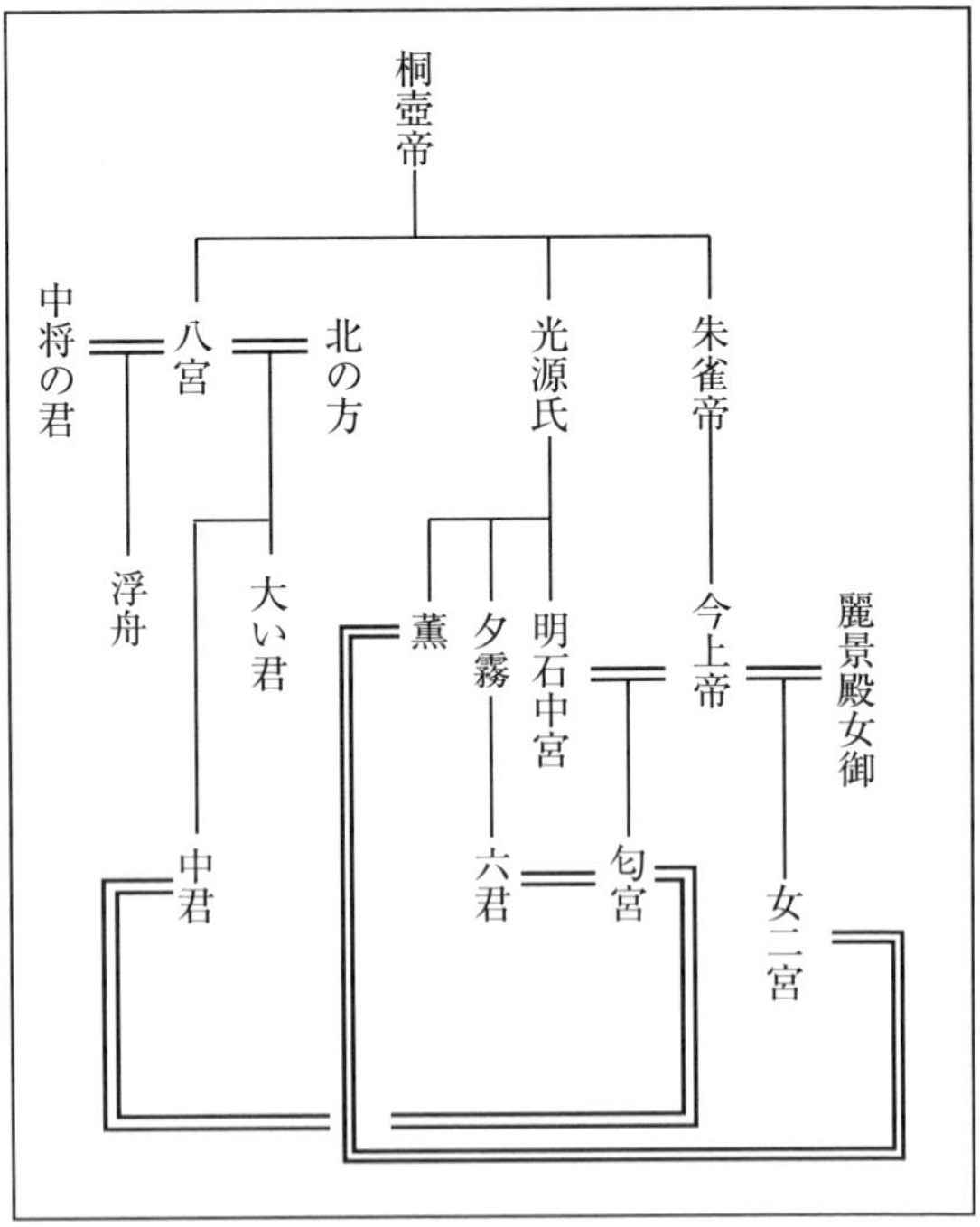


「若菜」下巻、一二一七⑪と、藤壺、女三宮、ふたつの密通事件の当事者同士となってしまった柏木に対して、皮肉混じりにその因果応報を慨嘆している。「御法」巻の法華経供養の「陵王」は、「入る日を返す」如来再来の「不可逆性」を意味した。**かくして、宇治の物語の始発に位置する「橋姫」巻の「扇と撥と桴」の戯れ言の中に、実は、この姉妹の「入る日を返す」ことの出来ない運命、すなわち、「さかさまに行かぬ」人生を暗示していたのであった。**(39)

図7　蘭陵王図（栗原はつき氏作成）

岡一男は、『源氏物語』の主題を以下のように喝破した。(40)

貴族社会における典型的状況における典型的人物の生涯を前史から、後史まで精緻に描くことによって、貴族社会の総体的表現を志向し、人生の総価値批判を敢行したのであって、作者がこれを意識的に企画したか否かに拘らず、これこそ『源氏物語』のイデー的テーマだと思う。（一〇二頁）

「入る日を返す」如来の再来などあり得ない「不可逆的なる宿命」の物語、それが『源氏物語』なのである。

## 注

（1）中村義雄「源氏物語絵巻詞書について」「源氏物語絵巻詞書の本文の性格」（『絵巻物詞書の研究』角川書店、一九八七年、初出一九五四年、一九八〇年）、上原作和・陣野英則編『テーマで読む源氏物語論／本文史学の展開』（勉誠出版、二〇〇八年再録）、上原作和「『源氏物語絵巻』〈詞書〉の本文史」（特集「古代文学における〈両極〉」「古代文学研究 第二次」〈三〇、特別号〉二〇二一年十月）。

（2）松村誠一「桃園文庫のこと」（『桃李有言』私家版、一九九三年、初出一九九〇年）

（3）池田亀鑑編著『源氏物語大成』（中央公論社、一九五三〜一九五六年）。本文所在頁行数（○は行数）はこれによる。

（4）『陽明叢書源氏物語』十三巻（思文閣出版、一九八二年）、『保坂本源氏物語』（おうふう、一九九五年）、『源氏物語明融本Ⅱ』（東海大学出版会、一九九〇年）、『大島本源氏物語』（角川書店、一九九六年）の各種影印、加藤洋介『源氏物語校異集成（稿）』（二〇一四年）、青表紙本二種は渋谷栄一 web 版『源氏物語の世界』も参照。

（5）河添房江「『橋姫』の段の多層的時間―抜書的手法と連想のメカニズム」（『源氏物語越境論　唐物表象と物語享受の諸相』岩波書店、二〇一八年、初出二〇〇六年）

（6）NHK名古屋取材班『よみがえる源氏物語絵巻―全巻復元に挑む』（日本放送出版協会、二〇〇六年）

（7）三田村雅子「〈音〉を聴く人々―宇治十帖の方法」（『源氏物語感覚の論理』有精堂出版、一九九六年、初出一九八六年）、上原作和・陣野英則編『テーマで読む源氏物語論／『主題』論の過去と現在』（勉誠出版、二〇〇八年再録）。「不意に登場人物の実存にまで鋭角的に切り込んでくる〈音〉や、様々に屈折し乱反射する〈音〉を物語の中に響かせることによって、宇治十帖は疑いもなく、彼を彼から剥ぎとり、彼女を彼女から剥ぎとってくる物語の新しい段階に踏み入れたのである。二八七頁／引用は後者による。」

（8）「こよみのページ」http://koyomi8.com/　関河眞克氏の計算式による薫訪問時の宇治邸の月の仰角は二四、七÷二五度。および、吉海直人『源氏物語の時間表現』（新典社、二〇二二年）参照。

（9）上原作和「「ついたちごろのゆふづくよ」の詩学―桃園文庫本「浮舟」巻別註と木下宗連書入本」（「国語と国文学／（源氏物語研究の展望）」九一巻十一号、東京大学国語国文学会、二〇一四年十一月）、上原作和「中世源氏学の「准用」を疑う」（「文学・語学」〈中世小特集・中世の注釈を俯瞰する〉二三一号、全国大学国語国文学会、二〇二一年四月）いずれも本書第三部所収。

（10）『国宝源氏物語絵巻』（五島美術館、二〇一〇年）の影印による。なお、近藤泰弘氏より、一九七八年度東京大学大学院築島裕ゼミの研究成果データの提供を受け、これをもって校合した本文である。

(11) 大阪女子大学蔵『源氏物語絵詞―翻刻と影印』（大学堂書店、一九八三年）（三條西家流解釈の工具書）

橋姫／同／そひふしたる人ハことのうへにかたふきかゝりて入かをる宇治へまいり給ふ八宮ハ山におハしましその留守也はしらかくれに**大君ひわをまへにおき雲かくれの月のにはかにさし出たるをはちにてまねき給ふ中君箏によりかゝりゐたまふ**ゑんにわらハ一人おとな一人あるへしすたれをみちかくまきあけとありかをるハ竹のすいかきの戸を少あけてのぞき給ふかり衣すかた也下人一人案内するてい也

そひふしたる人八ことのうへにかたふきかゝりて入日をかへすはちこそ有けれさまことにもをもひをよひ給御心かなとてうちわらひたるけはひいますこしおもりかによしつきたり。

(12) 本文は萩谷朴『新潮日本古典集成　枕草子』（新潮社、一九七七年、新装版二〇一九年）によった。「山吹の花びら」の諸註釈は以下の通り。

**岸上「大系」**（**一九五八年**）「中宮は秋の庭に一重散り残る山吹の花に清少納言の変わらぬ真心を期待され、作者も亦その歌の意より中宮の知己に感激したのであろう」

**池田『全講』**（**一九五八年**）**田中『全注釈』**（**一九七八年**）**渡辺『新大系』**（**一九九一年**）**も同解釈。**

**松尾聡・永井和子「全集」**（**一九七四年**）「山吹は晩春のものなので先の女房の衣裳とはそぐわない。あるいは、秋の返り咲きか、山吹の花びら形に切った紙か絹か」

**萩谷朴「集成」**（**一九七七年**）「長徳二年（九九六）閏七月ないし八月という仲秋の季節から、返り咲きの山吹と思われる」

**松尾聡・永井和子『新編全集』**（**一九九七年**）「ここを春の山吹と見て、作者の里居が翌春の春にまで及んだと見る最近の考えもある」※赤間恵都子「枕草子「殿などのおはしまさで後」の段年時考―山吹の花の季節から」（『枕草子日記的章段の研究』三省堂、二〇〇九年、初出一九九一年）。

**萩谷『解環』**（**一九八二年**）いはておもふそ―山吹の花自体に、中宮は、『古今集』誹諧歌・『古今六帖』巻五、素性の「山吹の花色衣主やたれ　問へど答へず口なしにして」の態度を説明し、そこから花びらに書き付けた『古今六帖』巻五の「心には下行く水のわきかへり言はで思ふぞ言ふにまされる」という引歌を暗示されたのであろう」

**上坂信男・神作光一『講談社学術文庫』**（二〇〇一年）「造花とも押し花とも言われるが、返り花であろうと言われている」

(13) 麻原美子「舞楽楽曲の伝承語と「還城楽物語」の成立」（『幸若舞考』新典社、一九八〇年、初出一九七七年）。「蓮道譜」一巻が『国朝書目』（藤原貞幹纂、出版・西村平八、寛政三年（一七九一））巻三の平安時代樂書の中に見えるとの指摘がある。中原香苗「還城楽説話の伝承」（『中世文学』四一号、一九九六年）。

(14) 『源氏物語研究事典』（角川書店、一九九七年）。**蘭陵王**／左方唐楽の壱越調《いちこつちょう》の曲。林邑八楽の一つ。曲を「蘭陵王」、舞を「陵王」という。「羅陵王」「没日還午楽とも」。裲襠装束に桴《ばち》を持ち、吊りあごのある金色の面を着けて舞う走舞《はしりまい》。落蹲と番えられ、競馬・相撲・賀などに用いられる。中国の北斉の蘭陵の王長恭が容姿端麗だったので仮面をつけて戦ったという逸話から生まれた。○朱雀院五十賀の試楽では、落蹲とともに童舞として舞われている（若菜下六九）。○「橋姫」巻で、薫が宇治の姫君たちを垣間見する場面に、中の君が琵琶の撥で月を手招きすると、大君が、陵王の故事をふまえて、「入る日を返す撥こそありけれ」と言い添えている（橋姫二七）。○この舞には急《きゅう》がないとされるが、「御法」巻の紫の上の法華経供養で急に言及された部分があり（御法四）、古来問題になっている。（上原作和）

(15) 仏哲は、林邑出身の渡来僧で林邑楽の祖。菩提遷那とともに日本に渡って大安寺に住み、天平勝宝四年（七五二）の大仏開眼供養会では舞を披露した。「陵王」も大安寺文化圏の遺産の一つである。藏中しのぶ編「『南天竺婆羅門僧正碑並序』注釈」（「水門」二一号、勉誠出版、二〇〇九年四月）参照。

(16) 王媛「第四章「蘭陵王」にまつわる伝承」（『『教訓抄』に語られる中国音楽説話の研究』三元社、二〇二〇年、初出二〇一四年)。本文の所在を植田行宣校注『日本思想大系/古代中世芸術論』(岩波書店、一九七三年)によって示す。

(17) 熱田神宮伶人。『続日本後紀』によれば、承和十二年(八四五)時点で百十三歳にして、大極殿の最勝会で自作「和風長寿楽、別名「春鶯囀」」を舞い、その翌々日、清涼殿で仁明帝の御前で長寿楽を舞う。翌承和十三年(八四六)再び清涼殿で舞い、従五位下叙任とある。『続教訓抄』(狛朝葛、一三三三年)には承和の遣唐使であったとするが、すでに百歳を超えている。折口信夫「翁の発生」(『折口信夫全集』第二巻、中央公論社、一九九五年、初出一九二八年)。

(18) 上原作和「薫物語」(『人物で読む源氏物語/薫』勉誠出版、二〇〇六年)の注釈を大幅に改稿した。

(19) 三谷邦明「言説分析の可能性—文庫本あとがき」(『入門源氏物語』ちくま学芸文庫、一九九七年)

(20) 中村義雄「註釈」(『新修日本絵巻物全集/源氏物語絵巻』角川書店、一九七五年)

(21) 清水婦久子「8章・楽器の習得」(『国宝源氏物語絵巻を読む』和泉書院、二〇一一年)

(22) **集成**「扇でなくたって、この撥ででも、月は招き寄せるのでした。撥の形が扇に似ているところから、戯れていう。扇で月を招く故事は明らかではないが、『紫明抄』以下に「月重山に隠れぬれば、扇をあげて之を喩ふ」(「和漢朗詠集」巻下、仏事。出典を『摩訶止観』とする)を引く。

**新編全集** 月光が急に明るくなるのを、折から「手まさぐりしていた撥のせいだと機知をはたらかせた。撥で月を招くとするのは、「月重山に隠れぬれば、扇をあげて之を喩ふ」(和漢朗詠集・下)。琵琶の撥の形末広などに似たれは、女君何となく、月は是しても招きつべしといへり。月ヲ招クといふ熟字もあるにや」(湖月抄、師説)。↓付録五一八頁。付録「『河海抄』に、『摩訶止観』の「月重山ニ隠ル 扇ヲ擧ケテ之フ喩フ」を引く。また、『水原抄』に(藤原)基長卿云ハク、漢書ニ扇ヲ以テ月をまなぶと云事あり。然ラバまなぶと心得ベキカ」(片仮名は補読)とあるのを引き、さらに、杜甫の詞句(篇名未詳)「月生ジテ初メテ扇ヲ学ビ、雲細クシテ衣ヲ成サズ」

を引く。しかし、その後に続けて、「之ヲ案ズルニ、まねくとあるを押てまなぶと心えん事もすこし理不尽にや。扇を古来月に喩たる事勿論也。……次の詞にも入リ日をかへすばちこそありけれとあるも、偏にまねく心也、学にはあらさる歟」という。

新大系 中の君の言。扇でなくても、この（琵琶の）撥ででも、月は招き返せるものだった。手に持った撥が扇に似ているところから機知を働かせた戯れ言。月を招く故事は未詳、古注以来、「月重山に隠れぬれば、扇をあげて之を喩ふ」（和漢朗詠集・下・仏事）の例を掲げる。

(23) 行阿は源義行男、知行。曾祖父源光行、祖父親行の『水原抄』、『原中最秘抄』に加筆、一三六三年には、二条良基に『源氏物語』の奥義を講義。山田孝雄『假名遣の歴史』（宝文館、一九二九年）一四頁。田坂憲二「『原中最秘抄』の基礎的考察」（『テーマで読む源氏物語論／本文史学の展開』勉誠出版、二〇〇八年再録、初出一九八六年）には、当該注記に関する考証がある。

(24) 黒須重彦『増補版 夕顔という女―露のゆかり』（笠間書院、一九七五年）

(25) 集成 夕日を呼び返す撥のことは聞いていますが、（月とは）変った思いつきをなさるのね。入る日を返す撥」の話は、『釈』に「還城楽、陵王を危ふめんとするに、日の暮れるれば、撥して日を手掻きたまふに、引き返されたる事也」と注する。舞楽「陵王」は一名「没日還午楽」ともいい、「入り日を午の刻に還す意で、最初の乱序一帖に、「日掻返手」という、桴を上げて空を仰ぐ動作がある。違っていたかもしたませんけれど、これ（撥）も月に縁のないものではございません。琵琶の撥を納める所を隠月というからである。

新大系 夕日を招き返す撥はあったが、（月をとは）一風変つた思いつきをなさるものよ。夕日を返す撥とは、舞楽「陵王」の夕日を返すべく桴を振り上げ空を仰ぐのによるとする説がある。

新編全集 中の君の言う月は日の誤解だと笑う。「楽家録」によれば、陵王の舞の秘曲に「日掻手」別号「入る日ヲ擊ク手」という舞曲があり、太鼓に合せて大回りに疾走しながら急に右後をふり向いて桴（鼓を打つ柄・

槌）を上にあげて空を仰ぐ動作をする。琵琶の撥に桴をかけて戯れた。なお古注は「戈（くわ）ヲ援（ひ）キテ之ヲ撝（さしまね）ク。（淮南子・覧冥訓）の故事を引く。→付録五一八頁『楽家録』巻四十八（安倍季尚、一六九〇年）「入る日をかへす投こそありけれ／陸王舞之秘曲ニ日接手有ル也。慶安之比、例年舞フ御覧ズ。伯耆守狛近元此ノ品ヲ舞フ。所調手ハ乱序之中ニ在り。還城楽ノ如キハ、太鼓ニ合ハセテ走り大輪ヲ作ル。既ニ本ノ座ニ廻り帰ツ作ル。既ニ本ノ座ニ廻リ帰ラント欲スル之時、右後ヲ顧ミル。即チ桴ヲ指シ上ゲテ空ヲ見ル。此ヲ日掻クテト号ス。亦入リ日ヲ麾ク手ト号スル也。意ハズ後ヲ顧ミル。故ニ三万人目ヲ驚カシ、甚ダ之ヲ称美ス。」

(26) 本文は国際日本文化研究センター「摂関期古記録データベース」の訓読に拠った。

(27)『集成』「陵王の場合には、終曲にテンポの早くなることか。一般には序破急の急であるが、陵王には急がない」。

(28) 関河眞克「龍笛と古代の笛、そして文学」（『東アジアの音楽文化―物語と交流と／アジア遊学170』勉誠出版、二〇一六年）、関河眞克「『源氏物語』の舞楽―舞楽次第からの視点を交えて」（『『源氏物語』の解釈学』新典社、二〇二〇年）、関河眞克「小説『蘭陵王』の真実」（『『豊饒の海』の時代／三島由紀夫研究』二〇号、鼎書房、二〇二一年）。

(29) 植田恭代「二条院の陵王」（『源氏物語の宮廷文化―後宮・雅楽・物語世界』笠間書院、二〇〇九年、初出二〇〇一年）

(30) 秋山虔「源氏物語―主題性はいかに發展しているか」（上原作和・陣野英則編『テーマで読む源氏物語論／「主題」論の過去と現在』勉誠出版、二〇〇八年、初出一九五六年）

(31) 三谷邦明「源氏物語第三部の方法―中心の喪失あるいは不在の物語」（『物語文学の方法Ⅱ』有精堂出版、一九八九年、初出一九八二年）。宇治十帖は登場人物の「人格の解体化」の物語であると規定する。

(32) 三谷邦明「言説分析の可能性―文庫本あとがき」（『入門源氏物語』ちくま学芸文庫、一九九七年）

(33) 三村友希「延期される六の君の結婚―葵の上の面影」（『姫君たちの源氏物語―二人の紫の上』翰林書房、二〇〇八年）

(34)『集成』「姫君たちの身の上を心にかけてのこと、ととれる言葉」。『新編全集』「姫君たちの身を案じて。大事な臨終の際にその妄想が浮んで、往生の一念が乱れたという趣。生前の懸念が的中」。
（35）阿部好臣「〈牛頭栴檀〉と薫―彼方の仏の世界を模索する」（『物語研究』十六号、物語研究会、二〇一六年）
（36）笹生美貴子「『夢』が見られない大君―宇治十帖の〈父〉〈娘〉を導くもの」（『日本文学』第五七巻九号、日本文学協会、二〇〇八年九月）
（37）三村友希「死と再生の『源氏物語』宇治十帖―枯れ急ぐ大君と朽木願望の浮舟」（『日本文学』六六巻九号、日本文学協会、二〇一七年九月）
（38）高木和子『源氏物語を読む』（岩波新書、二〇二一年）
（39）神野藤昭夫「扇ならで、これしても月は招きつべかりけり―異空間の女性たちとの出会いと音楽」（『国文学』学燈社、二〇〇〇年九月）
（40）岡一男「『源氏物語』の主題」（『古典における伝統と葛藤』笠間書院、一九七八年、初出一九七一年）

**（付記）** シンポジウム報告の後、関河眞克氏から、論中に組み込んだ「月齢」の他、「山吹襲」についても二点のご批判を賜りました。②は科学的顔料分析により、卑見と見解を異にしますが、銘記して御礼申し上げ、後考を俟ちたく思います。

①確かに『源氏物語絵巻』の世界では成り立ちますが、『源氏物語』内では紫式部は中君たちの襲に関して何らの記述もしていないので、無理があると言わざるを得ません。

②古代の色彩に精通する染色家の吉岡幸雄氏は、「橋姫」の中君の襲は朽葉襲、大君のは紅葉襲、その手前の女房のは菊襲と、いずれも秋に因んだ襲ではないかと読み解いています（『源氏物語の色辞典』一九六～二〇一頁）。そうだとすると、周囲の大君や女房が秋に因む襲を身に着けているのに、中君だけが春に因む山吹襲を着ていると断じるのには困難が伴います。

# 第二章　中世源氏学の「准用」を疑う

## はじめに

本章は『文学語学』（二三一号）の特集テーマ「中世の注釈を俯瞰する」に鑑み、昨今の『源氏物語』研究において、無批判に権威化されて、固定化、硬直化しつつある解釈史の問題点を考えようとする試みである。「准用」（『大乗院文書』文永四年〔一二六七〕）は「ある物事を標準として適用すること」で法律用語にも転用されている。(1)『源氏物語』解釈史に照らして、中世源氏学「准用」の可能性と限界とを見定めることを意図して援用した。

具体的には、「若菜」下巻と「椎本」巻ふたつの解釈史を焦点化し、通説化した中世源氏古註釈の問題点を考えることである。(2)

## 一　中世源氏学の展開――『こかのしらべ』の注釈史

いわゆる『源氏物語』古注釈において『原中最秘鈔』総体の「博引旁証」ぶりは特筆されるところである。これは先行する、世尊寺伊行の『源氏釈』や、藤原定家の『奥入』の内外の典籍の引用に終始する態度と比較すると顕著である。とりわけ、のちに家学の秘伝となり、『徒然草』でも言及される夕顔巻の「揚名介」(3)と、当該

「こかのしらべ」の注釈史が著名であるが、前者は一条兼良『源語秘訣』によって解明されたものの、後者はつい最近まで定見を見なかった。そこで、本章では、拙編『日本琴學史』（勉誠出版、二〇一六年）の各論を踏まえつつ、「若菜」下巻の施註「こかのしらべ」の註釈史を再考する。

『源氏釈』(4)

きんはこかのしらへ　掻斗　片垂、水宇瓶、蒼海波《そうがいは》、雁鳴調《かんめいちょう》

『奥入』（第一次）（第二次）施註ナシ。

『原中最秘鈔』若菜下巻　広本(5)

かへりこゑとは、「万秋楽」の五六帖半帖《はんでう》より破にかへるを云へる也。

こかのしらべとは、胡笳《コカ》の調。

実俊三品息五辻の拾遺二品公世　被レ勘二進仙洞一（後深草院）常磐井殿折紙に云

「こかの事　あまたの手の中に心とゞめてかならずひき給べき五六のはちを　如レ此説者破等字にはあらず。撥と被レ存歟」。

同状云、

「五絃弾六絃七絃いまの四絃おなじ調べなり。此事『金花従智』といへる文に見えたり」。

又、被二書載一事下少々可レ勘申候上見出申候。云々。

又、（藤原孝経）孝行説云「琴に五ケ（×千）調あり。掻手《かくて》、片垂《かたたり》、水宇瓶《すいうひょう》、蒼海波《そうがいは》、雁鳴調《かんめいちょう》」。

（中原）伶人光氏説、「掻手より雁鳴のしらべに至まで孝行説同前」。

（行阿説、異説、『列子』いずれも略）

**図1　阿波国文庫本『原中最秘抄』琴図**
**（『源氏物語大成』より）　※7弦の右○が13の徽。**

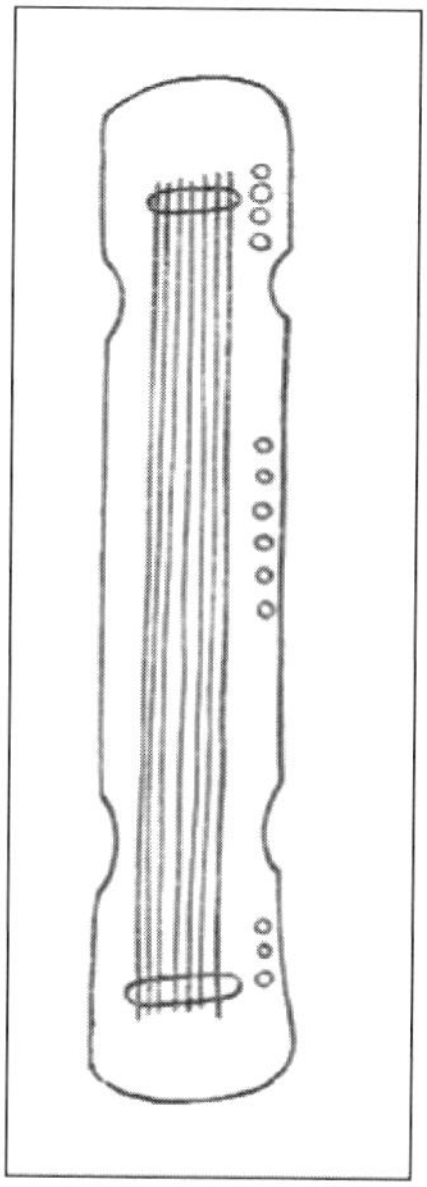

私云、「琴の正本とて後徳大寺殿（実定）に侍しを申出して見侍き。而上古よりの絵図に少しもたかはず、宇治の宝蔵にも在之」。
「若菜下」云、琴なむ猶わづらはしく手ふれにくき物にありける。（以下略）琴面　長三尺六寸　広六寸七絃也。
唐箱などの埃よらぬ物の絵(飾)に琴の形を作付たる
（**行阿**云、以下略）

をみるに、此図に少もたかはず。唐物の琴なり。

『光源氏物語抄＝異本紫明抄』(6)
きむはこかのしらへあまたのてのなかに心とゝめてかならすひき給へき と云事　琴有五ケ調《ごかしらべ》 琴に五ケ(×千)調あり。搔手《かくて》、片垂《かたたり》、水宇瓶《すいうひょう》、蒼海波《そうがいは》、雁鳴調《かんめいちょう》」。
**素寂**　五六のはらをいとおもしろくすましてひき給 と云事※
万秋楽五六帖かならすなかはより破にかへる五帖の破六帖の破といふこゝろなり。
このゆへに五帖の破等をいとおもしろくすまして引(弾き)給 と云事　素寂(7)

『紫明抄』『光源氏物語抄＝異本紫明抄』にほぼ同文。

『河海抄』
きむはこかのしらへ
琴に五ケ(×千)調あり。搔手《かくて》、片垂《かたたり》、水宇瓶《すいうひょう》、蒼海波《そうがいは》、雁鳴調《かんめいちょう》」。

一説胡笳《コカ》歟。白氏六帖第十八拍曰笳者胡人巻芦葉吹之以作楽也。胡曰笳播為琴曲。五六のはらをいとおもしろくすましてひきたまふ

万秋楽五六帖なかはより破にかへるかゆへに五六破等といふ也。五帖の破六帖の破といふ心也。

今按御遊盤渉調有先蹤歟。可勘無此儀者万秋証拠猶有不審五ヶ調中有五六破之　名乎。

すでに、女楽の当該条の琴曲と奏法に関して、『原中最秘鈔』の引用典籍が本文解釈に合致することは、『日本琴學史』各論に詳述したところである。『光源氏物語抄』『紫明抄』『河海抄』は、持明院皇統期に流布した『原中最秘鈔』の藤原公世の勧申「折紙」、すなわち、琵琶西流の楽理の孫引であり、先行する『原中最秘鈔』の河内学派の本流・光行一統の一説が、我が国に渡来した「琴」の楽書に通じて事実は重要である。

その「折紙」であるが、これは『徒然草』四五段に榎木の僧正・良覚の兄として登場する三条公世（一二四一?〜一三〇一）が、下問のあった仙洞常磐井殿(8)に対して勘申した考証であり、その中に、「こかのしらべ」についての秘説「此の如き説は破等字にはあらず。撥と存ぜらるるか」と書かれてあった。公世は八条実俊（?〜一二三八）の子で『尊卑分脈』に「箏一流正統」と特記されており、『光源氏物語抄＝異本紫明抄』や『雪月抄』にも公世の説が引用されていることから、公世が『源氏物語』と箏に詳しい文人として重用されていたことがわかる。その公世在世中の時の仙洞は後深草・亀山・後宇多・伏見天皇が該当するが、『原中最秘鈔』の施註を精査すると、「夕顔」巻の「やうめいのすけ」の施註に「後深草院被レ尋レ仰、鷹司太閤《兼平》之時、為二山城介一被レ申レ之云々」と見え、第一次聖覚の「奥書」に「太上天皇（伏見院）持明院殿御坊之時被レ行二論談一（＝「弘安源氏論義」）と伏見院の名も見えており、公世の在世期間に世代的な齟齬はないから、下問したのは両院（後深草／一二四三〜一三〇

四）（伏見／一二六五～一三一七）周辺であることが判明する。持明院統の院周辺が『源氏物語』解釈上の不審点のひとつ「はち＝破等説」を下問し、それに対して公世が仙洞に勘進したのである。しかし、ここで注意すべきは、公世の勘申が七絃琴のそれではなく、「撥」説という琵琶の楽理であり、全くの失考であった点である。

いっぽう、『原中最秘鈔』には日本琴学史において特記すべき記事もある。それは「私云」とある本文のことである。聖覚とされる「私」には琴学の知識は乏しかったようだが、「琴の正本」が伝える寸法と広さは現存の七絃琴のサイズと変わらない。そして、これを「上古よりの絵図」と比べても「物の絵（飾＝高松宮家本）に琴の形を作付たるをみるに此図に少しも違はず」、これをこそ「七絃琴」であると認めている。すなわち、『水原鈔』もしくは原『原中最秘鈔』成立時には後徳大寺相伝の「琴の正本」があり、その「絵図」を「唐箱の埃寄らぬ物の絵」と照らし合わせて、これこそ世に言う「唐物の琴」であると断定したということなのである。

こうした歴史的背景を踏まえつつ、現代の註釈を検討する。以前、論じた段階では、いずれの注釈にも問題があったが、新たに『岩波文庫』の注解が加わった[9]。

青表紙本は『五六のはち』とあるが、河内本の中に『五六のはら』とするものがあり、これが正しいであろう。『はらは溌刺《ハツラツ》とかく。七徽の七部あたりにて六の絃を按《さ》へて、五六を右手人中名の三指にて内へ一声に弾ずるを撥《ハツ》と云ふ。外へ弾ずるを刺《ラツ》と云。つめていへば発刺《ハラ》なり』（『玉堂雑記』）

（『新潮日本古典集成』一九八〇年、一八四頁）

「『はち』は誤りか。河内本『五六のはら』。『はら』は『溌刺（はつらつ）』がつまったもので、五絃、六絃を三指でもって内へ弾じ、外へ弾じて一声の如くする奏法だという（山田孝雄説）」

（『新日本古典文学大系』一九九五年、三四七頁）

これも古注釈以来諸説あるが不審。近時では、五絃・六絃を掻爪（撥）で手前に掻くこととする説が有力

（『新編日本古典文学全集』一九九六年、二〇一頁）

尾州本など河内本多く「五六のはら」「はち」は「はら」が正しく、（「溌剌《はつらつ》」『碣石調幽蘭第五』）の詰まった語か。五絃と六絃を三指でもって内へ弾じ外へ段じて一声のようにする奏法である。

（『岩波文庫』二〇一九年、四六九頁）

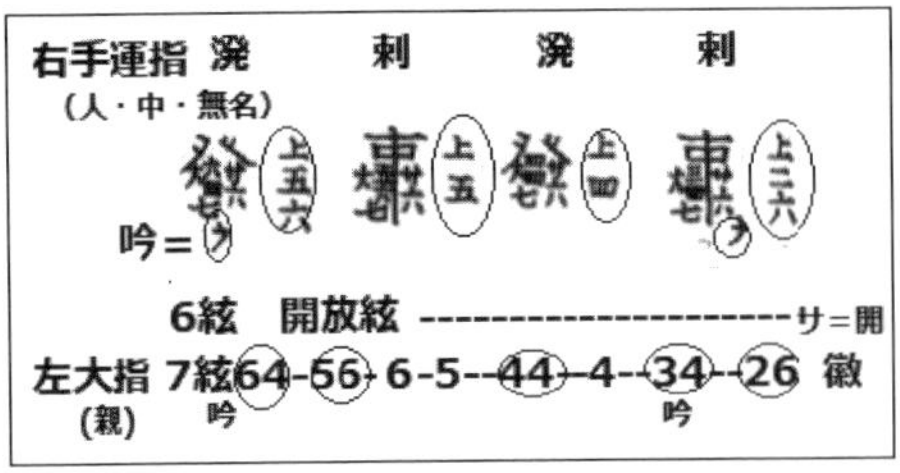


図2「龍翔操—王昭君」減字譜「五六のはら」当該部分（上原作成）

『新編全集』と『集成』『新大系』『岩波文庫』が対立するが、前者は琵琶西流のそれであるから、後者の浦上玉堂『玉堂雑記』と山田孝雄の「溌剌」説が正解に近い。山田説は「五六」を絃のこととするが、実際は、『玉堂雑記』の如く、十三ある徽の、左から数えて五と六の徽の、その六部のあたりの六、七絃を左親指で押さえつつ、「（右手）三指でもって内へ弾じ、外へ弾じて一声の如くする奏法」である。これは『玉堂雑記』に七絃の言及がないことが混乱の原因である。下図「減字譜」で「五六の溌剌」の前後の左右の運指法を示した。左親指が七絃を抑えつつ右へビブラート（＝吟）を効かせつつスライドする中、右手三指は、六七絃を内へ外へと連弾するのである。このあたりになると、絃を抑える親指にかなりの付加が必要で、小柄な女三宮がこれを見事にこなすには相応の修練が必要なのであった。これは文献や伝聞では理解不能であり、実際に奏法の経験がな

いと書けない叙述なのである。
なお、最新の注釈書である『岩波文庫』（陣野英則校注）には「こかのしらべ」について、以下のように正鵠な施注をしていることを評価したい。

胡笳の調子。胡笳は漢代に西域から入ってきた管楽器。『碣石調《けっせきちょう》幽蘭《ゆうらん》第五』（日本にのみ伝来、初唐の書写とされる琴の文字譜）の巻末では四つの調子の一つとし、「胡笳調」が示される。『うつほ』にも「胡笳の声」「胡笳の手」「胡笳の調べ」などの例がある。『原中最秘抄』の源孝行説、『光源氏物語抄』の素寂説、『紫明抄』などが「五ケ調」（五箇の調べ）とするが、琴関係の文献に見られない。

このように、研究の深化とともに注釈書も進歩しつつあることを確認できる。

## 二　「山の端近き心地する」八宮と薫――「椎本」巻の語りと暦象想像力

西に山がない宇治の地の「夜深き」月が、「山の端近き心地する」心象風景を論じた大谷雅夫氏の論攷が話題となった(10)。大谷論文は、中院通勝『岷江入楚』から『源氏物語玉の小櫛』、現代注釈書を参看しつつ、このテクストが白詩を典拠とすることで、まったく違う情景が現出する例として当該条を挙げている。さらに、大谷氏は『枕草子』や『源氏物語』の「山の端」を、「夕日がさして、山の端に近づいている状態」と解釈する従来説に対し、山が近づいてみえる現象は、文学表現としての例は少ないものの、漢詩には似通った表現が多数存在することを指摘した上で、従来説の「月が早くも西の山に沈みつつあるような心地がする」のではなく、「夕日に照らされて、山の輪郭がはっきりし、近くに見える」心地と解釈し、古注釈を踏襲した注釈書には見られない卓説を提示した。

ただし、『源氏物語』「椎本」巻の当該条の場合は、薫が中将として近衛府の「相撲節会」関連の執務に忙殺され、早暁には出立している描写の直前に位置することから[11]、月齢と薫の移動時間の関係までは大谷氏も言及しておらず、この点はまだ解明すべき余地も残されているように思われる。

夜深き月の（大）あきらかに　さし出でて、山の端近き心地するに、念誦いとあはれにし給ひつ、むかしものかたりなとし給ふ。（略）

客人（薫）、「いかならむ 世にかかれせむ 長き夜の契り結べる草の庵は

「相撲などおほやけごとどもはべるころ、過ぐしてさぶらひ侍らむ」などきこえ給ひて、こなたにて、かのとはず語りのふる人召し出でて、のこりおほかる物語などせさせ給ふ。入りがたの月隈なくさし入りて、透影なまめかしきに、きみだちは奥まりてをはす。よのつねの懸想びてはあらず、物語などのどやかに心ふかくきこえてものし給へば、さるべき御いらへなどはわざとならねどきこえ給ふ[12]（略）

まだ夜深きほどにかへり給ひにけり。

（保坂本　一五五四⑥～一五五七①）

訳　まだ夜明けには月が差し出して、山の端が近い感じがするので、念誦をたいそうしみじみと唱えなさって、昔話などをなさるのだった。（略）

客人（薫）「どのような世になりましても 訪れなくなることなどはありません 末長く契りを結びましたこの草の庵にはね

「相撲など、公務に忙しい頃、それが過ぎましたら、伺いましょう」などと申し上げなさる。こちらで、あの問わず語りの老

女を召し出して、話し残したことの多いあれこれなど話をなさる。入方の月が、すっかり明るく差し込んで、透影が優雅ながら、姫君たちも奥まった所にいらっしゃる。世の常の懸想人のようではなく、思慮深くお話を静かに申し上げていらっしゃるので、しかるべきお返事などを申し上げになる。（略）まだ夜深きほどにお帰りになったのだった。

時系列として、入り方の月が基点となるから、「**夜深き月の明らかにさし出でて**」は、月の出から南中、さらに傾きかかる時間までを射程に考慮すべきである。「さし出づ」が雲間から月光が射すとする解は、『新編全集』、『新大系』、新版『岩波文庫』等の現行注釈書にも見られるところである。

くわえて、八宮邸の立地条件も顧慮されなければならない。というのも、宇治山を抱く宇治川右岸は、北に宇治山、東に天ケ瀬ダム（天ヶ瀬森林公園）を抱く山稜が迫り出しており、日の出、月の出はこれら山稜から昇るので「（光が）さし出づ」るのである。

さらに、先行する注釈書に付された「宇治図」は、宇治山（仏徳山（一三一メートル）、朝日山（一二四メートル））を東北の喜撰山（四一六メートル）と誤り、槙ノ尾山の位置もまた宇治川右岸として、いずれも誤っている。『岩波文庫』七巻刊行に際して、校注者・藤井貞和氏からの諮問があり、『新潮日本古典集成』七巻の附録図（三六〇頁）をもとに訂正案を答申したところ、精確な宇治周辺図が公刊されるに至ったのである。この地名の混乱は、江戸時代に遡源される。明治時代に旧日本陸軍が作成した地図では興聖寺の東側の山には山名がなく「槙島村飛び地」とのみ記されていたが、地域の人々に「槙島のお山」と呼ばれることで、この山名となったものらしい（久保田孝夫氏御教示）。このことは、『山州名跡志』巻十七「槙雄山」（一七〇五年）にも「八雲御抄云宇治○土人云在朝日山東池尾山村辺」とあることから、本来は、巨椋池の「池尾」の「山」から「槙尾」の誤伝が定着したものと思われる。現在では、天ヶ瀬森林公園内に、「宇治の槇尾山」（三一四メートル）もある。玉上『評釈』十巻（一九一頁）『集成』七巻の「宇治図」は、これを右岸で八宮邸から目視可能なところまで山稜を拡げる作図であり、『集成』もこれに依拠したことが判明する。

本来『源氏物語』等の古典に描かれた槇ノ尾山（一〇六メートル）は、現行の地図では総て宇治川左岸の山としてある。山頂付近のGPSデータは、北緯三四度五三分九秒、東経一三五度四八分四八秒である。くわえて、八宮邸からの視界も顧慮されなければならないが、このことは薫の仰角を測定することと関連することから後述する。

そこで、藤井貞和・光源氏延喜十二年（九一二）生誕説を基に「椎本」巻の物語時間を九八〇年（庚辰／閏三月）の七月と仮設し(13)、当年の秋除目、相撲召仰、召合の史実から、翌月の八宮の死までの日程を再構成する。宇治十帖の時代、例えば九八〇年（庚辰）旧暦七月を起点として、この年と同じく新暦（四年に一度）と旧暦（十九年に七度）の閏年が重なるのは、二〇一七年（丁酉、閏五月）二〇二〇年（庚子／閏四月）が該当する。そこで、二〇二〇年の月入・日出時間、月の正中高度等を算出しつつ、薫の「山の端近き心地する」心性を生成した風景（場と時間と仰角）を復原する手続きを行う(14)。

## 三　時間軸から薫の仰角を測定する

その前提として、「椎本」巻当該条（九八〇年）秋の時系列を示す。

六月二十日　丙申　二十四節気・立秋
七月　一日　除目　任中納言
**七月十余日　薫、「七月ばかり」に音羽山、山科経由で、「都にはまだ入りたたぬ秋のけしき」の宇治に出向**

**く。八宮、娘たちの将来を薫に託す。**

**二十三時前後「夜深き月」のもと、八宮念誦しつつ物語。姉妹、箏、琵琶弾奏。**

**翌　二時頃「入り方の月」のもと、弁の尼と語らう。姉妹同伴。**

**三時以前「まだ夜深きほどに」、八宮邸を立ち、三條邸に戻る。**

十七日　相撲召仰（永観二年（九八四）は十一日）左右大臣ら相撲人に「瓜」「食」を供す、二十五日　右近衛府相撲内取、二六日　御前相撲内取、二十九日　相撲召合

八月二日　抜出、十日　相撲還饗

「秋深くなりゆく」頃、八宮、大い君に遺戒

八月二十日「夜中ばかりに」八宮薨去の一報、「有明の月」の早暁姉妹に届く。

九月上旬「御忌みも果てぬ」（閏八月による。関河眞克氏教示(15)）

これらを勘案しつつ、「椎本」巻当該条の天象条件を整理する。

条件①「入り方の月、隈なくさし入りて」とあるから、日の出前であること。

条件②暁（三時）、ならびに日の出の前に月の入となる必要がある。

条件③薫の宇治訪問時、「山の端」が間近に照り映える南中が、夜中であること。

条件④日没から数時間後、「夜深き月が明らかにさし出」て以降、薫が和歌を詠み、「入り方の月」の頃、弁の尼と語らい、「夜深き」うちに宇治を出て帰洛する時間的余裕（十四㎞徒歩二時間五十三分／馬で一時間程度）があること。

条件⑤　薫が秋の除目で中納言となり、再訪を相撲召仰（十七日（九八〇年））以降、召合（二十九日）の後とするので、除目のある初旬以降、相撲行事以前であること。ただし、相撲の節の日程は、十日前後の年もあったが、一條朝以降は安定している。[16]

二〇二〇年は新暦閏年、かつ旧暦 閏四月のある年であった。旧暦七月の満月以前の日の出、月の出没は以下の通りである。

| 旧暦／新暦 | 日出 | 月没 | 方位 | 月出 | 方位 | 南中 | 高度 | 正午月齢 |
|---|---|---|---|---|---|---|---|---|
| 七・十／八・二十八 | 5:26 | 0:13 | 240 | 15:15 | 120 | 20:11 | 30 | 9 |
| 七・十一／八・二十九 | 5:27 | 1:07 | 240 | 16:0 | 120 | 21:06 | 31 | 10 |
| **七・十二／八・三十** | **5:28** | **2:05** | **241** | **16:5** | **118** | **22:00** | **32** | **11** |
| **七・十三／八・三十一** | **5:28** | **3:06** | **244** | **17:3** | **114** | **22:50** | **36** | **12** |
| 七・十四／九・一 | 5:29 | 4:06 | 263 | 18:14 | 110 | 23:37 | 39 | 13 |
| 七・十五／九・二 | 5:30 | 5:06 | 253 | 18:46 | 104 | ／ | ／ | 14 |
| 七・十六／九・三 | 5:31 | 6:04 | 249 | 19:14 | 98 | 0:22 | 44 | 15 |

旧暦七月の満月以前の数日ならば、ほとんどの年で全条件を満たす天象の日はあるが、二〇二〇**年で以上の条件を総て満たすのは、旧暦七月十二、十三日の二日のみである。**

「山の端」に月が照り映えるとすれば、旧暦七月上旬の月の出は十五時以降であるから、「月の出」は一切該当せず、月が沈む「入り方」以前、直截には、月が南中（三二度）する前後から月没（零度）までの五時間あまりの物語であることが判明する。

さて、八宮の山里邸は、「網代のけはひ近く、耳かしかましき川のわたりにて、静かなる思ひにかなはぬ方もあれど（一五一三⑧）」（橋姫巻）、「川のこなたなれば、舟などもわづらはで、御馬にてなりけり。（一五二〇⑦）」（橋姫巻）「遊びに心入れたる君達誘ひてさしやり給ふほど、酔水楽遊びて、水にのぞききたる廊に造りおろしたる階《きざはし》の心ばへなど、さる方にいとをかしう、ゆゑある宮なれば、人びと心して舟よりおりたまふ（一五四九⑭～一五五〇②）」（「椎本」巻）とあって、宇治川に直接面した廊と階があり、薫を迎え入れる舟着き場もあった。したがって、寝殿から長い長い廊が階段を備えて宇治川直結していなければならない（A）。

くわえて、薫が初瀬詣でから帰る浮舟の「（女車が宇治）橋より今渡り来る見（一七八一⑬）」、かつ「宇治橋のいともの古りて見渡さるる（一六二九⑩）」（総角巻）（B）ところで、かつ「例の、かう世離れたる所は、水の音ももてはやして、物の音澄みまさる心地して、かの聖の宮にも、（対岸の夕霧別業が）ただざし渡るほどなれば、追風に吹き来る（薫の笛の音を八宮が）響きを聞きたまふに、昔のこと思し出でられて（一五四八④～⑦）」（「椎本」巻）（C）ともあるから、対岸に宇治院が直面するところでなければならない。すなわち、

A　宇治川右岸で舟を必要としない川縁にあり、寝殿から船着き場を繋ぐ廊がある。

B　古い宇治橋が見える位置にある。

C　対岸の夕霧別業と差し向かいに位置し、追い風で笛の音が聞こえる位置にある。

右の三条件を満たすところは限定される。宇治川をはさんで平等院と対置する宇治神社（海抜三〇メートル）・恵心院一帯（海抜三〇メートル）である。この一帯は恵心院南東六四〇メートル、宇治院から六九〇メートルに位置する槇ノ尾山もはっきり見える。一説にある興聖寺の本堂付近だと、東面に山がせり出して槇ノ尾山はまったく見えず、約二百メートル続く

琴坂入口石門付近ならば辛うじて三条件を満たす。また源氏物語ミュージアムは、槇ノ尾山が背後の遠景となる。

ちなみに、この付近の宇治川の川幅は現在約一〇〇メートル、宇治川岸の海抜は現在約一九メートルである（国土交通省淀川河川事務所「宇治川断面図」五一、二㎞を基点とする）。また、旧暦七月の満月以前の該当日の南中高度は三二から三六度、該当三箇所と槇ノ尾山（一〇六メートル）と仏徳山（一三二メートル）との仰角は以下の通りである（Keisan/https://keisan.casio.jp/exec/system/1161228774）。

図３　宇治郷総絵図（部分・宇治市歴史資料館蔵）
右岸左から宇治橋、恵心院、興聖寺琴坂。
背後に仏徳山と朝日山。左岸下に平等院。
上部に槇ノ尾山。

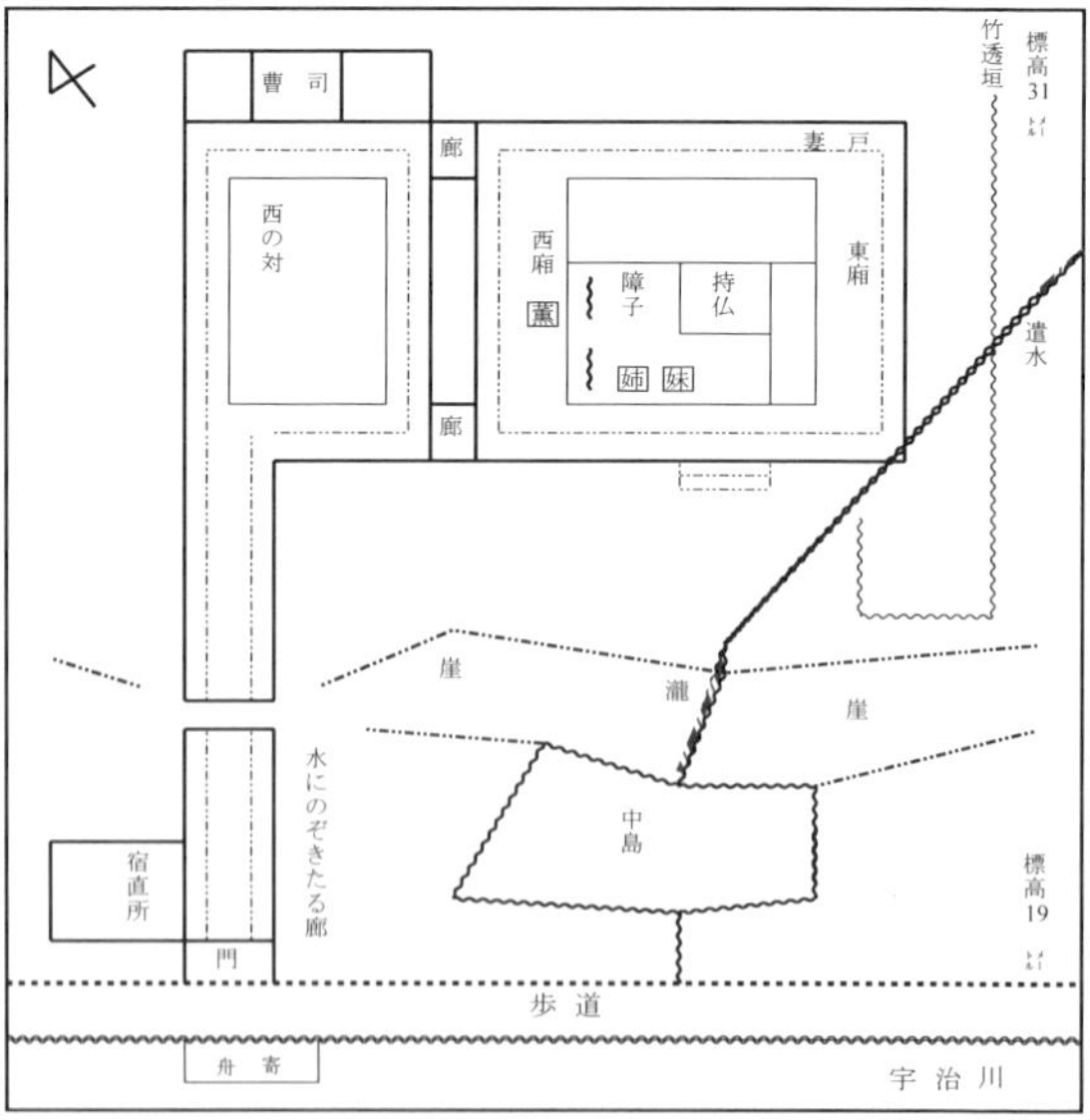


図４　宇治八宮邸宅図（上原作成）

| 計算位置（京都）　経度一三五、四八　緯度三四、五三 | |
|---|---|
| ①　興聖寺琴坂石門を基点とする　海抜二二《メートル》＋二《メートル》（※庇の間と座高分）<br>槇ノ尾山との距離　三〇〇《メートル》／目標物（槇ノ尾山）との標高差八二《メートル》 | **仰角一五、一七度** |
| ②　宇治神社本殿を基点とする　海抜二八《メートル》＋二《メートル》※<br>槇ノ尾山との距離　六九〇《メートル》／目標物（槇ノ尾山）との標高差七六《メートル》 | **仰角六、一七度** |
| ③　源氏物語ミュージアムを基点とする　海抜二九《メートル》　＋二《メートル》※<br>槇ノ尾山との距離　一、四km　／目標物（槇ノ尾山）との標高差八五《メートル》 | **仰角三、二八度** |
| ④　興聖寺琴坂石門を基点とする　海抜二〇《メートル》＋二《メートル》※<br>仏徳山との距離　四五〇《メートル》／目標物（仏徳山）との標高差一一〇《メートル》 | **仰角一二、四六度** |
| ⑤　宇治神社を基点とする　海抜二八《メートル》＋二《メートル》※<br>仏徳山との距離　三六〇《メートル》／目標物（仏徳山）との標高差一〇二《メートル》 | **仰角一五、四九度** |
| ⑥　源氏物語ミュージアムを基点とする　海抜二九《メートル》＋二《メートル》※<br>仏徳山との距離　四五〇《メートル》／目標物（仏徳山）との標高差一〇一《メートル》 | **仰角一二、三九度** |

右図のように、八宮山荘と目される宇治神社本堂・恵心院一帯の標高三〇《メートル》、標高差七六《メートル》とすれば、川岸と本堂では十《メートル》の段差はあるものの、槇ノ尾山の仰角は約六度、仏徳山の仰角は一二度、本殿仏間の八宮と南廂で南北に対座する薫の視界に雲間から射した月明かりの「山の端」を照らす風景が、視界に入るはずである。本文では月明かりのもと「念誦しつつ昔物語」をする八宮視点であるから、左に槇ノ尾山、右に宇治殿（平等院）を背にした低い山稜が視界に入るわけである。ところが、八宮邸をさらに西に仮設すると、槇ノ尾山と月の仰角は

一気に乖離する。③の源氏物語ミュージアムがそれで、槇ノ尾東隅の仰角は三、四四度、眼前の丘稜はさらに低くなるから、「山の端」そのものがない。したがって、八宮邸は、宇治川を挟んで限りなく槇ノ尾山が眼前の位置になければならないが、地形から視界を遮るところも勘案して、宇治神社・恵心院一帯ということになる。この地点なら、月が大きく傾くと「山の端」に近接することは目視可能である。[17]

なお、大谷論文は、以下のように解釈している。

> 宇治の地を今の地図で確認すれば、八の宮邸があったはずの北岸には仏徳山と朝日山、南岸には槇ノ尾山がある。いずれも海抜百米あまりの低山だが、東の空に迫る山である。さらに東には、より大きな山塊が横たわっている。しかし、西の方と言えば平坦な地が続く。（略）語り合う八の宮と薫の目には、おそらくは朝日山か槇ノ尾山かの稜線が映っていた。物語の作者も読者も、宇治の地をいささかでも知る人であれば、おそらくそのように想像したことであろう。（三四頁）

以上、大谷論文は現行注釈書の宇治関係図の誤謬は言及なく克服して、八宮と薫の視界を一体のものとして解釈する。氏の想定する朝日山頂（一二四メートル）との距離は四八〇メートル、仰角は約十二度と月の高度も接近し、物語内容にも合致する。また、右の説述からすれば、大谷氏は宇治八宮邸の位置について宇治神社・恵心院一帯を想定していたことになる。ただし、槇ノ尾山と東の山塊、朝日山のそれぞれの「山の端」を月が照らすのであれば、二人の視点からして、八宮は仏間の前、薫が南廂にあって南北で対座しなければならない。この点、大谷論文は、視点人物と両者の視角が顧慮されていない憾みがある。ただし、両者の位置に移動はあるものの、ある程度、定位置は書かれていた。八宮薨去後の翌年夏の出来事ではあるが、薫が西廂にいたと書かれてある。

その年、常よりも暑さを人わぶるに、〔薫〕「川面《かはべ》涼しからむはや」と思ひ出でて、にはかに参うでたまへり。朝涼みのほどに出でたまひければ、あやにくにさし来る日影もまばゆくて、**宮のおはせし**（かたの※）**西の廂**に、宿直人召し出でておはす。（一五七九⑩～⑬　※（　）内は麦生本・阿里莫本）

訳　その年、例年よりも暑いのを人々が嘆いていると、〔薫〕「川面《かはべ》なら涼しいのではないかな」と思い出されて、にはかに参うでなさった。朝涼みの時間にお出ましになると、あいにくさし来る夏の日差しもまばゆいほどで、〔八〕**宮のおいでになるかたの西の廂**に、宿直人を召し出していらっしゃる。

「宮のおはせし（かたの）西の廂」に薫がいることが常態であったとすれば、前年夏の薫訪問では、前述のように、八宮は寝殿にいて、薫は挨拶の際は本殿南廂、さらに移動して西廂が定位置であったということになるだろう。薫が宇治に久方ぶりに再訪したところ、八宮は、保坂本によると「念誦し給つつ昔物語など」とあるから、薫と相対しつつ、時折お経の一節を唱え、山の端を照らす月に向かって手を合わせる所作も想像されるところである。つまり、薫視点の言説に八宮の心象風景も重なりつつ、この場面の語りが生成されているのである。その後、八宮は仏間に籠もり、日の出を待ちながら、朝の勤行（後夜）に備えることになる。多くの本尊がそうであるように、宇治恵心院（真言宗智山派）の仏間の本尊・木造十一面観音立像もおおよそ南向きである。ただし、平等院鳳凰堂の阿弥陀如来は東向きで衆生を西方に招いているから、八宮の持仏が女三宮と同じく阿弥陀如来像だとすれば、朝日に光背が映し出される光景も想定される（高橋秀城氏御教示）。

この間、薫は西廂に移動し、大い君・中君は管絃のもてなしを聞き、さらに「問はず語りの古人〔弁の尼〕」を召し出して昔話をしている。そこに「入り方の月」が射して、西の対にいる大い君と中君の「透影なまめかしきに」見え、姉妹は「奥まりて」いると、薫視点の人物位置が記される。(18) この時、薫が仏間を向けば、月光が本尊を照らし、南の空を眺めれば槇ノ尾山と平等院を背にした低い山稜、北を向けば仏徳山・朝日山稜を照らす月光が視界に入る。この後、薫は「まだ夜深きほどに」都に帰ったのである。

## 四　注釈史を俯瞰する

これらの理路を踏まえて、「**夜ふかき月のあきらかにさしいでて山のはちかき心ちするに**」の諸註釈を検証すると、月が傾き「山の端」に沈む直前、楽器の演奏や弁の尼との昔語りが、極めて短時間になされたと解釈する注釈史的な問題点も明らかとなる。

**日本古典全書**(19)　雲間から出て、西の山の端に近い感じであるのに、諸註八宮が我が齢に寄せての感とする。

**集成**　「(月が) 山の端に沈むのも間近な思いがするので、八宮が、月によそえて死期の近い我が身を観ずる趣。「山の端」は山の頂」。

**新編全集**　夜更けて、暁にはまだ遠い時刻の月。雲に隠れていたその月が、雲間をやぶって輝き出たという意。後に「入り方の月は隈なく…」とあるのと照応。「さし出て」から「入り方の月」までの間。後に薫の帰京がやはり「夜深きほど」とあるから、そう長い時間ではあるまい。

**現代語訳**　まだ明け方には遠い時刻の月が明るく顔を出して、まもなく山の端に沈む様子なので、宮は、しみじみと念誦をなさって、それから昔の思い出話をなさる。

新大系　「夜明けにはまだ間のあるころの月。それが雲間から湧き出る」「月が山の端に沈むのも間近な気がするので。宮の死期の近いのを喩える表現か」（鈴木日出男）

岩波文庫　深更の月が皎々と（雲間から）出てきて、山の端に（沈むのも）間近な気がするので宮の死期の近いのを読者に感じさせる。（藤井貞和）

これらを古注釈に照らすと、『岷江入楚』の箋、すなわち、三条西実枝の解釈を踏襲した『湖月抄』の解釈が、現代注釈書に綿々と反映していることが分かる。(20)

中院通勝『岷江入楚』「夜ふかき月のあきらかにさしいで、山のはちかく心ちするるに
箋　八宮の心に我齢に比べて観じたる也」　※「箋」は三条西実枝聞書。

一竿斎『首書源氏物語』「山のは近き 在る抄 八宮の御身に思よそへ給也」

北村季吟『湖月抄』「夜ふかき月の 抄 八宮心よはひにくらべて観じたる也」

この月の八宮心象説に対し、異を唱えたのが契沖で、以後、賀茂真淵に継承される。(21)

契沖『源註拾遺』「夜ふかき月のあきらかにさしいで、山のはちかく心ちするるに（湖月）抄 八宮の心我よはひに比べて観じたる也○今按、（湖月）抄の義あやまれり 源家長朝臣歌に、秋の月ながめ〳〵て老が世も山のは近くかたぶきにけり かやうに西山へ近きをみそよはひにくらぶる事に侍れ。これは月の明らかなるによりて東の山の近きやうに見ゆる山里の景色也。万葉に 此山のみねに近しと我見つる月の空なる恋もするかも」
→「夜深く」出た月なら、朝も残る「有明の月」だが、物語は満月以前。

**賀茂真淵『源氏物語新釈』**「夜深き月の　こは月の明らかに出て、山の端も手に取る計り見ゆる山里の月の様をいふのみ。或説に我がよはひにくらべてといへるは、西の山のはにかたぶける月とおもひ誤れる物なり。月の出るは必東の山なるを知りつゝ、私のこゝろにひかれたる説なり。」

↓「有明の月」となり、本文と齟齬あり

**本居宣長『玉の小櫛』**「山のはちかく心ちするるに十一のひら　拾遺に　此山のはを、東の山といへるはさし出てといへるは、東の山より出るにはかぎらず、雲にかくれなどしたるが顕はるゝをも、又の日くれて、光の見えそむるを出ヅといへり、こゝは雲に隠れたるが、顕はれたるにて、山のはは、西の山のは也、下に、入かたの月は、とあるにてもしるべし」

これらを検討した大谷論文は『源註拾遺』『玉の小櫛』それぞれの長所「これは月の明らかなるによりて東の山の近きやうに見ゆる山里の景色也」「こゝは雲に隠れたるが、顕はれたるにて」を採用して現代の注釈を克服しつつ、『白氏文集』巻十九・七言律詩「中書寓直」から『千載佳句』「禁中」に取られた第三・四句「天晴更覚南山近／月出方知西掖深」を踏まえた表現であるとして、「月に照らし出された山の端が間近に見えて、（八宮の）思いがふと遠い過去にかえってゆく。そのような心のあやを紫式部が描き出したのではないか（四六頁）」と結んだのである。最新刊の岩波文庫に至る注釈史とはまったく異なる新見であるが、これは契沖以降の新註に軍配があがり、中世古注釈を踏襲する現代注釈書各種は、誤謬を踏襲し続けてきた、いわば「准用」に過ぎないと言えるのである。

したがって、大谷論文を基調としつつも、さらに暦象とこれを眺める視点を顧慮する読みが必要であることはらである。

明らかであろう。[22]隣接科学の援用により、中世古註釈の呪縛から『源氏物語』の読みを解き放つことができるか

## むすびに

「こかのしらべ」と「山の端近きここち」の註釈史を通して、中世『源氏』学者たちの古註釈が、現代注釈書にそのまま反映されているものの、これが誤謬の孫引きとなっていること、ただし、これは現代の隣接諸科学や国学者の解釈を再評価することで、更新可能なことを論じてきた。もちろん、宣長の文法論が、本文の実態とかけ離れたものであるにも関わらず、通説化している事例もあるが、すでに与えられた紙幅は尽きた。[23]

中世源氏学は、家学として秘伝化したために、権威化し、読みが無批判に「准用」化している面が多々ある。そこで、このような硬直化した読みを根源的に問い直し、いずれの諸註釈をも絶対化することなく、不断に検証する必要があること、既に贅言を要すまい。[24]

**キーワード　准用　こかのしらべ　琵琶西流　暦象創造力　視点と語り**（『文学・語学』二三一号）

### 注

（1）「準用（准用）」（『日本国語大辞典　第二版』第七巻、小学館、二〇〇一年）の定義による。

（2）通説、定説の今日的定義については、松田浩、上原作和、佐谷眞木人、佐伯孝弘編『古典文学の常識を疑う』『古典文学の常識を疑うⅡ』（勉誠出版、二〇一七、二〇一九年）、それぞれの「はじめに」（上原執筆）に述べた

ので、参照願いたい。

（3）小川剛生「二条良基と「揚名介」除目の秘事、および『源氏物語』の難義として」（『二条良基研究』笠間書院、二〇〇五年、初出一九九五年）

（4）本文は渋谷栄一『源氏物語古註集成　源氏釈』（おうふう、二〇〇〇年）による。

（5）池田亀鑑『源氏物語大成　資料篇／解説篇』（中央公論社、一九五六年）。以下倣之。ただし、翻刻本文には誤脱が目立つので、高松宮家旧蔵本『国立歴史民族博物館蔵貴重典籍叢書　物語　四』文学篇第十九巻（臨川書店、二〇〇〇年）の影印で校合した。略本本文は池田利夫・解説『奥入・原中最秘抄　日本古典文学影印叢刊』（貴重本刊行会、一九八五年）による。

（6）『光源氏物語抄』＝『源氏物語古註釈叢刊』第一巻（武蔵野書院、二〇〇九年）、『紫明抄』『河海抄』＝『紫明抄・河海抄』（角川書店、一九六八年）を阪本龍門文庫蔵本web版影印で校合した。

（7）小川靖彦「筑後入道寂意考　源孝行による仙覚の万葉学説の継承」（『万葉学史の研究』おうふう、二〇〇七年、初出二〇〇〇年）所収参照

（8）池和田有紀氏御教示による。常磐井殿の位置付けについては、宮内庁書陵部蔵の高松宮家本『原中最秘鈔』の影印本（書陵部函架番号一五五―三四二）の精査による池和田氏の見解に従う。川上貢『新訂　日本中世住宅の研究』（中央公論美術出版、二〇〇二年）参照。

（9）石田穣二・清水好子校注『新潮日本古典集成』（新潮社、一九八〇年）、室伏信助他『新日本古典文学大系』（岩波書店、一九九五年）、藤井貞和他『岩波文庫』（岩波書店、二〇一九年）。以下倣之。

（10）大谷雅夫「椎本巻『山の端近きここちするに』考」（『文学』十六巻一号、岩波書店、二〇一五年一月）、今井上「面白かった、この3つ」（『リポート笠間』五九号、二〇一五年十二月）。

（11）小林賢章『「暁」の謎を解く―平安人の時間表現』（角川選書）より午前3時「夜明け＝暁」説※「有明の月」は

日付変更線を跨ぎ月の出からとする。吉海直人「平安文学における時間表現考　暁・朝ぼらけ・あけぼの・しののめ」（『古代文学研究第二次』二十七、古代文学研究会、二〇一八年十月）。

（12）本文は『保坂本源氏物語』（おうふう、一九九六年）により、『源氏物語大成』の所在頁行数を付した。異同は加藤洋介『web版源氏物語校異集成（稿）』を参照した。

（13）藤井貞和「わたしと源氏物語」（『週刊　絵巻で楽しむ源氏物語五十四帖』三三号、朝日新聞出版社、二〇一二年七月）、「世界から見る源氏物語、物語から見る詩」（『構造主義のかなたへ『源氏物語』追跡』笠間書院、二〇一六年）。

（14）「山の端」は、宇治八宮邸と宇治川を挟んで南北にあり、ともに標高一〇〇メートル余の宇治山（仏徳山・朝日山）と槙ノ尾山山稜付近を「山の端」の前提に考察を進めることとする。ちなみに月の朔望の原理は十三、六〜十四、九日であるから、二十九、五五日周期となる。

（15）「御忌みも果てぬ」は九月であることから、諸註釈混乱。この年閏八月があったとすれば、九月上旬に四十九日が果てたことになる。康保三年（九六六・村上朝）もしくは寛和元年（九八五・花山朝）に閏八月があった。関河眞克氏御教示。ただし、閏三月のある二〇二〇年の計測データは、行論の関係上、修正しなかった。

（16）上原作和「相撲節」（『小右記註釈』下巻、八木書店、一九九七年）

（17）加納重文「物語の地理」（『源氏物語の研究』望稜舎、一九八六年）は、八宮山荘を宇治神社西、橋寺東付近と推定し、大軒史子「源氏物語「宇治」の風土」（『青山学院女子短期大学総合文化研究所年報』二号、一九九四年）は聖興寺、旅荘亀石楼付近を想定する。なお、槙ノ尾山は旧説である。

（18）加藤伸江「宇治八の宮邸の構造についての再考」（『源氏物語庭と邸宅　想定配置図私案』新典社、二〇二〇年、初出二〇一七年）

（19）池田亀鑑校注『日本古典全書』（朝日新聞出版社、一九五五年）

(20)『岷江入楚』は『源氏物語古注釈叢刊』第九巻(武蔵野書院、二〇〇〇年)、『首書源氏物語』は架蔵版本、『湖月抄』は弘文社、一九二七年による。

(21)本文は『契沖全集』第九巻(岩波書店、一九七四年)、『賀茂真淵全集』第九巻(吉川弘文館、一九二八年)、『本居宣長全集』第四巻(筑摩書房、一九六九年)によった。

(22)暦象想像力と語りの問題については、上原作和「「ついたちごろのゆふづくよ」の詩学―桃園文庫本「浮舟」巻別註と木下宗連書入本」(『国語と国文学(特集・源氏物語研究の展望)』九一巻十一号、東京大学国語国文学会、二〇一四年十一月)を参照願いたい(本書第三部第三章)。

(23)上原作和「定家本『若紫』の本文史」(『物語研究』二一号、物語研究会、二〇二一年三月)

(24)星山健『王朝物語の表現機構　解釈の自動化への抵抗』文学通信、二〇二〇年の副題「解釈の自動化への抵抗」は「従来説の無批判な踏襲」批判の謂いであり、本章と同じ志向性を持つものと言えよう。

**(付記)**　本章初出稿公刊後、笹川博司(「まきのをやま考―宇治川左岸か右岸か」「地名探求」第二〇号、京都地名研究会、二〇二〇年三月)の批判があったので補説する。氏は、「岩波文庫」第七巻(岩波書店、二〇二一年)「橋姫」巻(二五七頁注三、藤井貞和校注)のような槇の尾山の従来説の変更には丁寧な論証が必要である・紫式部の地理知識は歌枕、山水画より得ている・中世における槇の尾山は「丸山」「院の御所山」と呼称されていた・右岸の「槇の尾山」と思しき詠歌もあり、左岸に肯定的要素もあるが、特定するのは困難である、と述べている。これを踏まえて「紫式部の地理的視角―宇治・槇の山編」(『紫式部伝―平安王朝百年を見つめた生涯』勉誠社、二〇二三年)を草した。あわせてご参照願いたい。

# 第三章　「ついたちごろのゆふづくよ」の詩学

## ——桃園文庫本「浮舟」巻別註と木下宗連書入本

### 一　前提——いわゆる大島本『源氏物語』「浮舟」巻は桃園文庫に現存する

東海大学桃園文庫蔵の零本「浮舟」巻（桃六—一四三）は、昭和五年ごろ、伝飛鳥井雅康等筆本五十三帖（大島本）のツレとして佐渡から出現した写本である。ただし、他の巻々とは明らかに異なる性格を有する。くわえて、巻末には独自の別註を有し、木下宗連なる人物の書入本から「朔日比の夕月夜」の考証が転写されている。これは正徹の歌学を援用し、実地検証した説である。

本章では、木下長嘯子の弟で、大分中津藩に仕えた文人である木下宗連の「ついたちごろのゆふづくよ」の解釈を軸に、この一写本を窓として『源氏』学の一端を明らかにしたい。そこから、埋もれていた「ことばのあや」とその文藝史的鉱脈を掘り起こしつつ、『源氏物語』に「ゆふづくよ」の詩学を措定したいと考える。

### 二　書誌と傳來——木下宗連書入転写本

すでに述べたことではあるが、東海大学桃園文庫に蔵される当該本の青焼き写真版の五十四巻六十二冊本（桃六—七）の存在から、この伝本が池田亀鑑のもとに寄託された時点では「浮舟」巻を含む全五十四帖揃いの完本

であった。このことは、すでに報告したとおりである。(1)

この伝本の出現前後については、池田亀鑑の回想がある。(2)「もとこの本を代々家に傳へて來た人の話」とあるから、この伝本が池田亀鑑との直接交渉の上、池田の依頼で大島雅太郎に購入されたことが分かり、拙著『光源氏物語傳來史』（二〇一一年）で類推した昭和の伝来過程を裏書きする証言なのであった。(3)

以下、当該巻の基本情報である。

**『桃園文庫目録』上巻（東海大学附属図書館、一九八六年）**(4)

**桃　六―七　源氏物語　青写　五四巻六二冊　　吉見正頼印**

佐渡から出現直後、桃園文庫で五四帖の綴糸を外して撮影したものの青焼き写真版。

**桃　六―一四三　源氏物語　写本　一冊　袋綴　紗綾紋様空押紺色紙表紙**

鳥の子　二五・六×十九・四糎　十行

八十四丁　題簽左肩　巻末「羊の歩み」「朔日比の夕月夜」の歌をあげ、（略）。

（墨（×流）書にて傍注あり江戸初期写）

ちなみに、ツレとなる古代学協会蔵のいわゆる、大島本五十三帖の書誌情報は、

縦二七・五糎、横二〇・九糎。楮紙袋綴。表紙は藍染紙。

であるから、天地・幅ともに若干異なり、一瞥して別筆の本であることは明らかである。

『奥入』はいわゆる第一次とされる本文で、(5)同じく桃園文庫に所蔵される伝明融筆本「浮舟」のそれと同文で

あり、池田本「浮舟」巻は『奥入』そのものを欠くため、第一次が計二本確認されたことになる。しかし、この写本で注目すべきは、巻末別註が附載されていることである。本論文は、この別註の問題提起を起点として、『源氏物語』本文表記史を考えようとするものである。

**東海大学桃園文庫蔵本『浮舟』巻末別註**

朔日頃の夕月夜　草根集ニ　一日《(二日)》の夕月三日月の出るほと高く」見え侍る源氏宇治の巻に朔日比の夕月夜みえ侍るを不審なる事にて註とも附られたる昨日も雨ふらす晴たらま」しかは山の端ちかくは見えぬへしとそ覺るしかも十二月晦か」廿九日にて有しかた〳〵疑はれておもしろく眺られ侍る

出ぬへし　朔日頃の　夕月夜　二日の月も　た《そ》かくかすめる

木下外記入道宗連坊云　承應の比豊前国中津河に住侍しに」海こしに小倉の方に夕月いかにもあり〳〵と見え侍し草」根集思出侍し是はそれより又慥成ほとに書附侍也」承應三年五月朔日酉の時の事なり　**已上宗連源氏浮舟」ノ書入ニ出サレタリ**

※」は原文の改行を示す。

訳　日頃の夕月夜　草根集に一日《(二日)》の夕月は、三日月の出より高く見えます。源氏宇治の巻に「朔日比の夕月夜」と見えていますが、不審なる事ながら註などが附されている。昨日も雨降らず、晴れたならば、山の端近くに見えるだろうと考えた。しかも、十二月晦が廿九日であれば、あれこれ疑うべきことがあって、おもしろく眺められました。

(そろそろ)出る時分だろうか　朔日頃の夕月夜　二日の月はね　高く登って霞んで見えることだ

木下外記入道宗連坊の云うのには、承應の比、豊前国中津河に住んでおりましたが、海越に小倉の方に夕月がいかにもありありと見えたのだった。草根集を思い出しまして、是はそれよりまた確かなこととして書き付けたのです。承應三年五月朔日酉の時の事なり。**以上は宗連源氏浮舟ノ書入に書かれていることである。**

木下宗連に参照されていた『草根集』は正徹（一三八一～一四五九）の私家集。弟子正広によって文明五年（一四七三）七月、一条兼良の序文を付して編纂されたものである。この右別註本文は、以下のように該当箇所が存在する。

**『草根集』**（書陵部蔵五一〇・二八）(6)

巻十二　「述懐」

二日の夕の月、三日月のいつるほとたかくみえたる、光源氏のうちの巻の末に、ついたちころの夕月夜にと侍るを、不審なる事にて注ともつけられたる、昨日も夕に雨ふらす、かやうに晴たらましかは、山のはちかく見えぬへしとそおほゆる、しかもしはすのつこもりは廿九日にてありし、かた〳〵うたかひはれて、おもしろくそなかめられ侍る

九二四一　いてぬへし ついたち比の 夕つく夜 二日の月そ たかくかすめる

大分日出の霊場清水寺《せいすいじ》中興の木下宗連（一五八三～一六六五）は、秀吉の北政所高台院の兄・木下家定の四男（長男は猶子の勝俊（長嘯子））。室町末期の連歌師で、その中心指導者の宗祇の流れを汲む松田慶安を師として詠歌を好み、書は定家、茶は利休・少菴に学ぶ文化人であると言う。晩年、中津を訪ね、八十三歳で示寂し、観音堂岳林下に葬られた。

木下家は幕末まで日出藩主を務めているが、一部に宗連が藩主であったと伝える記事や、豊臣秀頼（一五五三

～一六一五）の生き残り説まで存在するが、「大分・清水寺」の伝える記事が最も詳細にして正鵠である。(7)
以下、その木下外記入道宗連坊の書入源氏の考証を検証する。

## 三　「ついたちごろのゆふづくよ」の諸問題

別註が問題とする「浮舟」巻本文は以下の通りである。当該写本（以下「桃園文庫本」と称する）を校訂した本文で提示する。

二月上旬、薫が宇治へ行く場面である。

朔日ごろのゆふづくよに、すこし端近う臥して眺め出だし給へり。男は過ぎにし方のあはれをも思し出で、女は今より添ひたる身の憂さを嘆き加へて、かたみにもの思はし。

（桃園文庫本三五オ・伝明融筆本三六ウ・大成一八八七⑫）(8)

**桃園文庫本　本文並びに傍記**
ついたち《朔日》ころのゆふつ」くよにすこしはしちかくふしてなかめいたし給へり
哢サマ〳〵ノ義アレト優ナラス月ノ初ノ夕月夜成ヘシト
異同「ゆふつく夜に」麦生本、「夕月夜に」阿里莫本、「たまへり」明融本
※「ゆふつくよ」は陽明文庫本、明融本ほか諸本表記に異同なし。(9)

伝明融筆本にも人物註等の書き入れはあるが、古注釈そのものの書き入れはない。いっぽう、桃園文庫本には

右のような『細流抄』と『弄花抄』にほぼ限定される注記が巻頭から巻末まで施されている。桃園文庫本の別註、ならびに『草根集』に見える歌学は、二日の三日月を目視し得たところから、前日に雨が降って確認できていないものの、見えないとされる新月もまた、同様の目視が可能であろう、という推測を記しているのである。しかも、十二月晦日は小の月で二十九日しかなく、二月朔日の月齢も一日ずれていて「月齢二十九」台の新月前となるはずであるから、少しは見えてしかるべきだという理路を示している。これに加え、木下宗連書入本には、さらにこれを補強する情報が付加されているのである。

木下宗連は、承応三年（一六五四）五月一日（新暦　承応三年六月十五日　庚寅）の夕方、新月を目視しようと試みた。前提として「月齢〇」の新月は目には見えないはずのところ、宗連にはこれが「夕月いかにもあり〳〵と見え」たと言うのである。「豊前国中津河」は現在の大分県中津市、「龍王の濱」は中津市龍王町として地名が残る。中津は福岡県北九州市小倉に隣接する。

宗連が観察したのは承應三年（一六五四）五月朔日の酉の時（午後十八時頃）とあるが、計算上、月齢〇台を刻む、グレゴリオ暦による直近の旧暦該当日である本年五月二十九日には、以下のように空に現れ、沈んでゆくことになっている（本年（甲午）は九月が閏月にあたる）。

大分県　新暦換算二〇一四年五月二十九日正午　月齢〇、三
月の出　五時二十八分 方位六十八度　月の入　十九時三十六分　方位二九三度

わたくしも同日の月の入の時刻前後、さいたま市荒川運動公園で月の入りの目視を試みたが、日没（埼玉十八時五十分）とほぼ同方位に沈む月は確認できなかった（埼玉十九時八分）。しかしながら、中津からみた小倉の方

位と月の沈んだ方位、月の入の「酉四刻」とが新暦換算数値とほぼ重なり、木下宗連の証言はまったく無視することもできないとは言えよう（図1）（図2）。

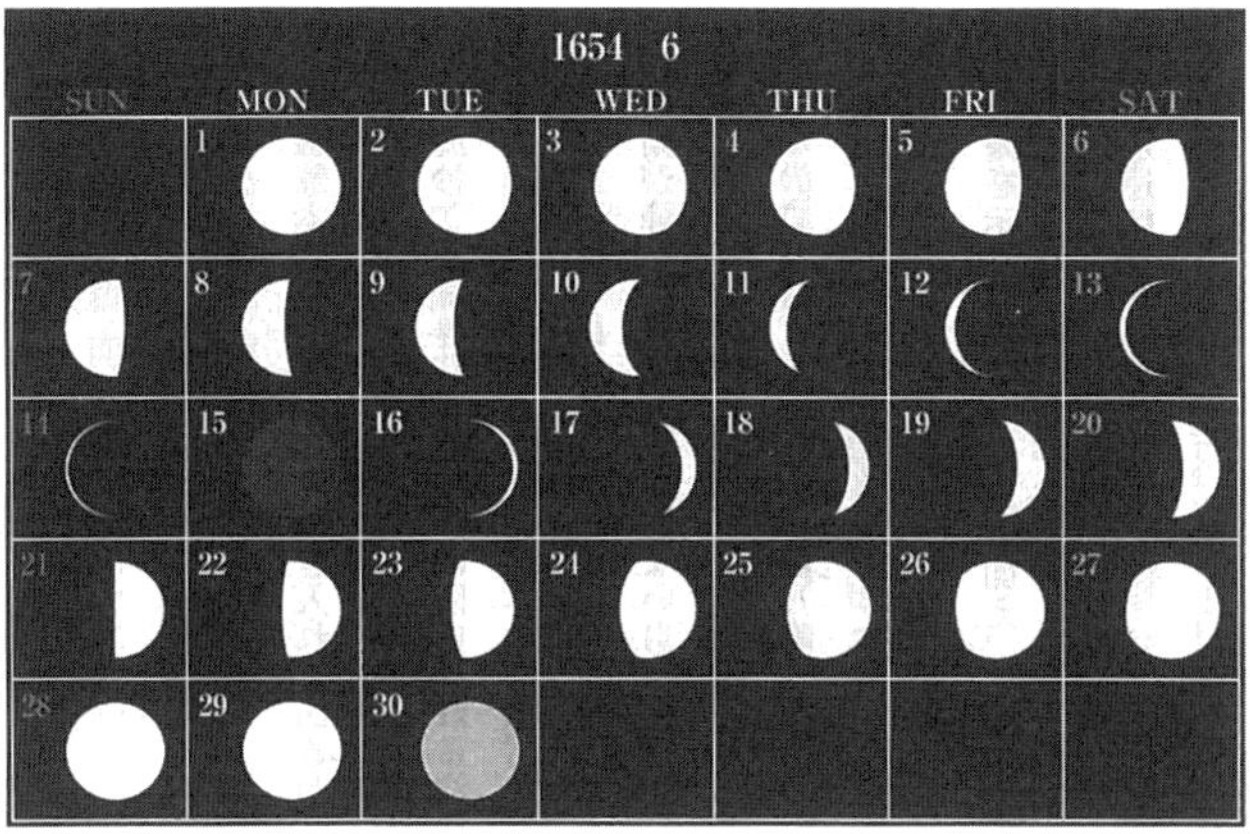


図1　旧暦　承応三年（一六五四）五月一日
新暦　承応三年六月十五日　庚寅
（「國語と國文學」第九十一巻第十一号、明治書院、2014年より転載）

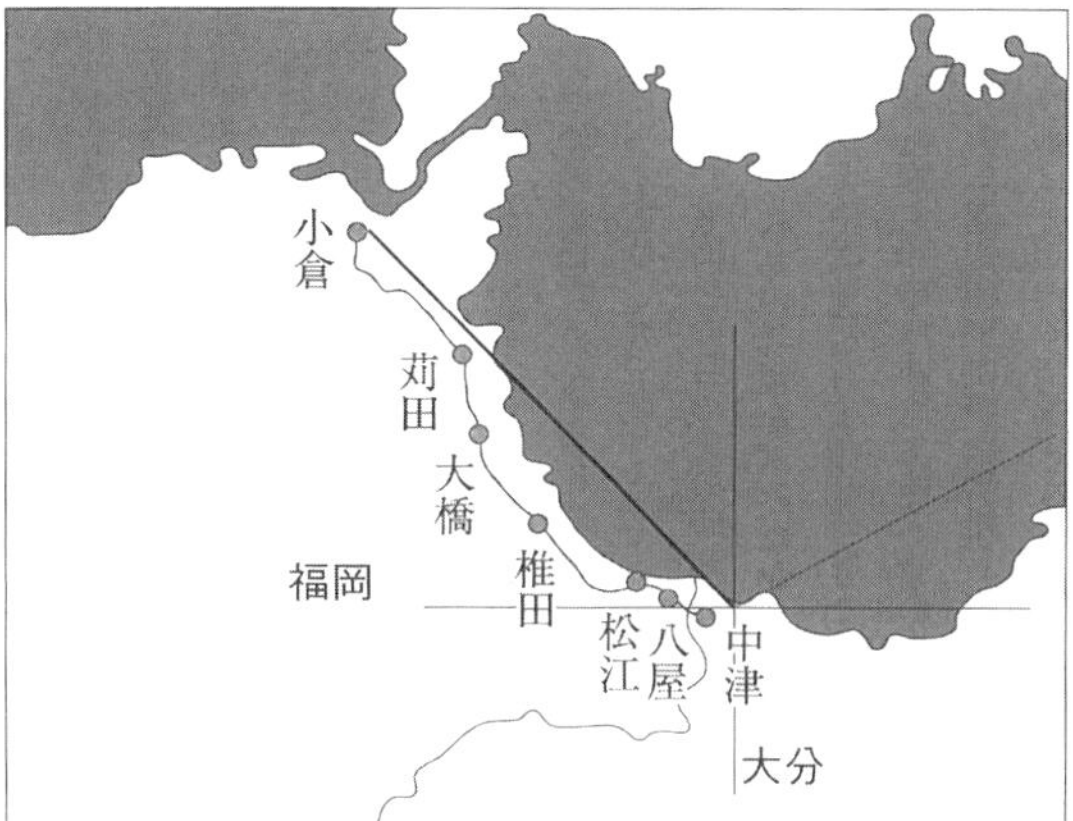


図2　中津より見る旧暦五月一日の月の出、月の入の方位
（「國語と國文學」第九十一巻第十一号、明治書院、2014年より転載）

ここで、桃園文庫本とともに毛利家に蔵されていたであろう、毛利右田家伝来本『源氏物語古註』と近代の主要な注釈書を参看しておこう。(10)

『源氏物語古註　山口県文書館蔵毛利右田家伝来本』

一、ついたちごろの夕月よ　とは、七日よりうちは、ついたちごろといへる也。かほる、はしちかくふして眺め給也。

『集成』浮舟巻「朔日ごろの夕月夜」

二月、月初めの夕月夜。夕方早く出る。

『新編全集』浮舟巻「朔日ごろの夕月夜」

「月の始夕月夜成べし　尤幽玄也」（弄花抄）。西の空に上弦の月がかかる。

↓「七日の夕月夜」（藤裏葉四三九③）↓藤裏葉巻「七日の夕月夜」前の「四月朔日ごろ」とは、正確には七日。以下の内大臣家の情趣深い遊興のさまに注意。

『新大系』浮舟巻「朔日ごろの夕月夜」

「月の始めの夕月夜なるべし　尤も幽玄也」（弄花抄）。

古来から問題となっているように、旧暦朔日は、月齢一＋αの新月で目視できないことを前提とし、「朔日」と記されてあるものの、実は七日前後の月を想定して書かれているという物語の時間解釈に集約される。ただし、『集成』の（月は）「夕方早く出る」は根拠不明である。ひとつ言えることは、次の匂の宮来訪の「有明の月」と対置させる意味を持ち、薫と浮舟のかみ合わない幻想を表象しているという可能性である。

## 四　『源氏物語』の暦日表象――そして「有明けの月」

そもそも、『源氏物語』の暦日表象は奇数の日に集中し、しかも多く「朔日」を起点としていることが知られる。また、『源氏物語』の暦日表象については多くの成果がある。(11)

朔日　二十二例／三日　三例／五日　七例／七日　十八例／九日　四例／十三日　六例／十五日　一例／二十三日　二例／晦日　九例

先行研究によれば、『源氏物語』の出来事は、年単位でも、婚姻儀礼などは春に行われ、夏は避ける慣例があるようである。また月単位でも貴族の行事が上旬に行われることから、物語の出来事も前半に集中している。むしろ、月なかば以降の出来事は、イレギュラーな事件の起こる傾向があるという。ところが、「浮舟」巻には、薫とのあるかなきかの「朔日頃のゆふづくよ」の記憶に呼応するかのように、匂の宮との逢瀬を照らす「有明の月」も重要な場面に登場する。この日は、「有明の月」は月の入りの時間が日の出以降でなければならないから、如月二十日と推定される。

ありあけの月澄みのぼりて水のおもても曇りなきに「これなむ橘の小島」と申して御舟しばしさしとどめたる。（桃園文庫本四〇ウ・明融本四一ウ・一八九二①）

細　此の詞にて見れば文つくり玉ひしは二月十日のほど也。こゝは有明の月の時分なればほどをへたる也。此の雪のさま衣片しきなどいひし時の雪に似たり。さてやがての事の様に見へたれど其間ほどをへたるなるべし。

※『岷江入楚』も「秘」により同文。※細川幽斉『源氏物語聞書』も同文。

『集成』浮舟巻「有明の夕」

明け方西に掛かっている月。陰暦二十日以後の月で夜半に出る。これによれば、匂宮の宇治来訪は、宮中詩宴（二月十日頃）の十日ほど後になる。

『新編全集』浮舟巻「有明の月」

「此詞にて見れば、文つくり給ひしは二月十日のほど也。こゝは有明の月の時分なれば、ほどをへたる也」（細流抄）。

『新大系』浮舟巻「有明の月」

明け方西にかかる月。陰暦二十日以後の月。夜半に出る。宮中詩会から十日ほど後。

ちなみに、月齢二十の如月を、グレゴリオ暦の新暦換算すると、直近で二〇一四年三月二十日が該当する。この日の京都は、月の出二十一時四十二分　月の入七時四十九分、日の出六時一分であるから、日と月とが同時に眺められる、いわゆる、匂宮と浮舟の濃密なる「有明の月」の時間は、一時間四十八分の間の出来事ということになる。本文にある「日のさし出でて軒の垂水の光あひたる」頃合いは、「橘の小島」の詠歌のあとであることは記すまでもあるまい。

## 五　大島本『源氏物語』「ゆふづくよ」の詩学

さて、「ついたちごろのゆふづくよ」については、ともに正徹の『草根集』の『源氏物語』理解とは異なる見解を『正徹物語』の「夕月夜」で述べていたのであった。

六二「夕月夜小倉の山」の歌は、昔から人の不審する歌なり。これは九月尽の歌なり。「夕づく夜」は夕から月の出づる四日五日の頃なり。いかにとおぼつかなきか。万葉に「夕づく夜」といふに、書様あまたあり。「夕月夜」と書きたるは、夕から月の出づる頃のことなり。又、「夕付夜」とかきたるは、月にはあらず、ただ、夕暮れからやうやう暗くて夜になりたるを「ゆふづくよ」といふなり。古今の歌は夕につきたる夜の心にて「夕付夜小倉山」と詠みたり。

（『正徹物語』[12]）

訳　六二「夕月夜小倉の山」の歌は、昔から人の不審とする歌である。これは九月尽の歌である。「夕づく夜」は夕から月の出でる四日五日の頃である。なんともおぼつかないことではないか。万葉に「夕づく夜」というのは、書様も多くある。「夕月夜」と書いたのは、夕から月の出でる頃のことである。また、「夕付夜」と書いてある場合は、月ではなく、ただ、夕暮れからだんだんと暗くなって夜になってゆくのを「ゆふづくよ」と言うのである。古今の歌は、夕に言付けた夜の心にて「夕付夜小倉山」と詠んだのである。

この正徹の歌論を、新暦換算の上、二〇一六年の月齢に照らすと以下のようになる。

九月尽・旧暦九月三十日正午　月齢　二十八、九　新暦二〇一四年十月二十三日

○京都　月の出　五時十五分　月の入り　十六時五十分
×　京都　月の出　六時九分　月の入り　十七時十三分
旧暦閏九月四日（×十月四日）正午　月齢三、二　新暦二〇一四年十月二十七日
○京都　月の出　九時十九分　月の入り　十九時四三分
×京都　月の出　六時十二分　月の入り　十七時九分
旧暦十月十五日正午　月齢十三、六（満月）新暦二〇一四年十二月六日、七日
○京都　月の出　十六時四九分　月の入り　六時七分
×京都　月の出　十六時一分　月の入り　五時七分

正徹は「夕づく夜」を「夕から月の出づる四日五日の頃なり」として、『草根集』では見えるとする「朔日頃の夕月夜」を見えない前提としており、注意が必要である。しかも、四日の月の出は京都で朝六時十二分であり、本来は夕方に月が出る十三夜以降のことでなければならない。したがって、正徹からの聞き書きともされるこの本文の文意は「十四、十五日」であり、「十」の欠字と解しておく。

さて、正徹の解釈の先後の時系列は証明し得ないが、『草根集』の「見えないとされている新月も実は見える」とする自説を『万葉集』の書記表現史を精査して、「ことばのあや」として再定義したと思量されることから、後者に合理性が認められよう。すなわち、

○夕月夜　夕から出づる頃のこと
○夕附夜　月にはあらず、ただ夕暮れからやうやう暗くて夜になりたる

として、截然と「夕月」と「夕づく」の語義を弁別し得ているからである。とすれば、宗連が拘泥した「朔日頃

の」「ゆふづくよ」は、新月が見えようが、見えまいがそれは関係なく、夕暮れめいた、「夕づく」時間を、このように表現したものであったということになる。(13)

ちなみに、最新の『源氏物語大辞典』を参照すると、従来説の「夕月夜」表記を基底とした腐心の語義認定がなされ、かつ以下のように「夕づく」「夕づけゆく」の立項がある。(14)

**ゆふづきよ（夕月夜）大島本「ゆふつくよ」「夕つく夜」「夕附夜」「夕月夜」**

① 夕月頃に月が出ている夜。初旬の夕月は西の空に、十三夜頃の夕月は東の空に懸かる。▼「（二月）ついたちごろの夕月夜に、（薫は）少し端近く臥して眺め出だしたまへり（浮舟6一四四・5二一八）

② ①の頃に空に懸かる月。▼（四月）七日の夕月夜、影ほのかなるに、池の鏡のどかに澄みわたれり。（藤裏葉3四三九・3一八二）

**ゆふづく（夕づく）**

夕方になる。▼「光源氏の少納言の乳母への発言」人（＝侍女）なくて、悪しかめるを、さるべき人々、夕づけてこそは（三条の院に）迎へさせたまはめ。（若紫1二五七・1一九五）

**ゆふづけゆく（夕づけ行く）**

夕方になってゆく。▼夕づけゆく風、いと涼しくて、（六条の院から）帰り憂く、若き人々は思ひたり。（常夏3二一六・3六）

しかしながら、正徹の理論に言う、「朔日頃」の新月は、従来説の「夕月夜」ではなく、むしろ「夕づく」、あるいは「夕づけゆく」「夜」であってこそ、解釈可能なのである。

そこで、大島本ならびに昭和五年までツレとして保管されていた桃園文庫本によって、その表記を確認しておこう。（論文初出の二〇一四年旧暦閏九月は閏年に該当。二〇一六年に統一した）

| 「ゆふつくよ」七例<br>推定月日――月齢 | 本文表記 | 新暦換算<br>京都月出 | 新暦換算<br>京都月入 |
|---|---|---|---|
| 桐壺　伝聖護院道増筆<br>七月七～十日前後<br>月齢七～十<br>※「野分立つ」を「立秋」と措定する。 | 野分たちてにはかにはたさむき夕暮の程常よりもおほしいつることおほくてゆけいの命婦といふをつかはす**夕附夜**のをかしき程に出たしたてさせ給てやかてなかめおはします　七ウ／八オ<br>※伝明融筆本「ゆふくれのほとつねよりも」「ゆふつくよをかしきほとにいたしたてさせ給て」 | 二〇一六年<br>八月九日<br>10:59<br>八月十一日<br>12:46 | 九日<br>22:30<br>十一日<br>23:41 |
| 賢木　伝飛鳥井雅康筆<br>九月七日　月齢七 | **ゆふつくよ**にうちふるまひ給へるさまにほひにゝるものなくめてたし　四ウ | 十月七日<br>11:07 | 21:39 |
| 明石　伝飛鳥井雅康筆<br>四月。「夕月夜」か「満月」と措定　月齢十五 | のとやかなる**夕月夜**にうみのうへくもりなく見えわたれるもすみなれ給し故郷の池水思ひまかへられたまふに　十七オ | 二〇一六年<br>五月十九日<br>16:31 | 二十日<br>3:56 |
| 蓬生　伝飛鳥井雅康筆<br>四月七日　月齢七 | **ゆふつくよ**にみちのほとよろつの事おほしいて丶おはするに　二十ウ | 五月十三日<br>11:03 | 00:15 |
| 篝火　伝飛鳥井雅康筆<br>七月五、六日　月齢五、六 | 五六日の**夕つく夜**はとくいりてすこしくもかくるゝけしきおきのをともやう〱　二オ | 八月八日<br>10:05 | 21:57 |

| | | | |
|---|---|---|---|
| 藤裏葉　伝飛鳥井雅康筆<br>四月七日　月齢七 | **夕つく夜**かけほのかなるにいけのか、みのとかにすみわたれり　八ウ | 五月十三日<br>11:03 | 十四日<br>00:15 |
| 浮舟　桃園文庫本某筆<br>二月一日　月齢○<br>二日　日の出06:00 | ついたちころの**ゆふつくよ**にすこしはしちかうふしてなかめいたし給へり　三六ウ<br>※伝明融筆本「はしちかく」「たまへり」 | 三月九日<br>6:13 | 九日<br>18:14 |

上記のように、月齢と「夕附夜」「夕月夜」は見事な表記の書き分けが見られる。すなわち、「明石」巻のみが「満月」の表象と推定される「夕月夜」表記であることを除き、『源氏物語』の「ゆふづくよ」は「朔日頃」から「十日」までの使用に限定されることが認められる。中旬の月は、正徹に言う「夕月夜」は「夕から出づる頃」のことであるから、「明石」巻のみが該当し、他の六例は「夕附夜」「月にはあらず、ただ夕暮れからやうやう暗くて夜になりたる」時空の書記表現ということになる。このように見てくると、「桐壺」巻は、吉見正頼の「奥書」から「永禄七年（一五六四）七月八日」、聖護院道増の書写にかかるとされ、「浮舟」巻はさらに下る江戸時代初期の書写にかかるとしても、「ゆふづくよ」表記における語義による書き分けの一貫性を確認することができる。[15] しかしながら、正徹の再考した見解は『源氏物語』の「ゆふづくよ」解釈には援用されず、表記の問題もまた、今日まで本文校訂にも注釈にも正鵠を得られなかった。隣接する歌学の再検証の必要性と『源氏』学の限界と可能性がここに露呈したとも言えよう。

## むすびに

以上の考察から、以下のような作業仮説が提示出来よう。

**○「ゆふづくよ」は、『正徹物語』の定義が、大島本『源氏物語』の表記に合致する。すなわち、十三夜以降の数日間、夕方東の空に出る月を「夕月夜」、夕方めいた西の空を「夕づく」「夜」、これは夕空に月が懸かっていることを必要要件としない。**

言うなれば、「朔日頃の夕附夜」の詩学とは、月が浮舟の運命を表象する。つまり、薫・浮舟双方の、見えない「月」に、かみ合わない幻想を表象するものが「夕附夜」なのであった。いっぽう、二十日後の、匂の宮・浮舟の隠れ家での朝の逢瀬を照らす「有明の月」の含意は、浮舟の心象風景となり、後に薫との「夕附夜」とともに回想され、浮舟を追い詰めてゆく。朧なる夕暮れ「朔日頃のゆふづくよ」の意味がここにあったことになる。

このように、「浮舟」巻は「夕附夜」と「有明の月」というふたつの歌語が物語の叙景を支える。その心象が「月」と音韻双通の「附く」に仮託され、薫との逢瀬を持ちながらも匂の宮に心惹かれ行く浮舟の心象が、天空に表象されているのである。「弄花抄」の言う「尤も幽玄也」の含意が、物語理解としては至当な見解と言うべきであろう。

なお、新月は、関東圏では湿度の低い二月三月に目視可能である(16)。

※グレゴリオ暦による旧暦換算、月齢計算は、以下のデータベースに依拠した。
こよみのページ　http://koyomi.vis.ne.jp/opening.shtml
暦情報データベース　http://www.hucc.hokudai.ac.jp/~x10508/

## 注

（1）上原作和「東海大学桃園文庫藏吉見正頼旧蔵本「浮舟」巻調査報告」（『源氏物語本文のデータ化と新提言Ⅰ』國學院大学、二〇一二年三月）
○本文は、明融本に近接する。また、日本大学総合図書館蔵三条西家本本文との親近性も認められる。
○書き入れは、『細流抄』『弄花抄』の引用が見られる。
○本巻が補綴された時期は佐渡に渡る以前、毛利家所蔵時代であろう。
上原作和「東海大学桃園文庫蔵吉見正頼旧蔵本「浮舟」巻別註と木下宗連」（『源氏物語本文のデータ化と新提言Ⅱ』國學院大学、二〇一三年三月）
○別註（宗連書入本転写）と本文書入注記は同筆。本行本文とは別筆で時間的懸隔もあろう。
（2）池田亀鑑「佐渡と源氏物語」（『歌と評論』歌と評論社、十七巻二号　昭和二一年十月号）
○藤川さん…藤川忠治（一九〇一～一九七四）。佐渡羽茂出身の歌人、国文学者。
（3）上原作和「佐渡時代の大島本『源氏物語』と桃園文庫」（『光源氏物語傳來史』武蔵野書院、二〇一一年）
（4）『桃園文庫目録』上巻（東海大学付属図書館、一九八六年）
（5）東海大学桃園文庫藏本『奥入』「一道口律」大国には羊為食物女馬牛飼置矣」臨食物相具屠所歩行也随歩死期近」以之世間人女相待無常喩之」経云歩々近死地人命亦女是」けふも又午のかひをそふきつなる」ひつしのあゆみ

かつきぬらむ」けさうする人のありさまのいへれうなき」やまとものかたり在万葉集」をとめつかの事也」

（6）『草根集』（書陵部蔵五一〇・二八）は『新編私家集大成』（古典ライブラリー版）による。巻十二は、六九歳の宝徳元年（一四四九）以後の日次詠草。日文研データベースの内閣文庫本『草根集』に当該歌はない。

（7）菊川春暁著「九州西国霊場　巡礼の道」（海鳥社、一九九九年）、工藤重矩「北九州市市立図書館蔵―木下宗連筆勅撰和歌集御殿の紹介と宗連の文事」（『福岡教育大学国語科論集』六十五号、福岡教育大学国語国文学会、二〇二四年二月）に最新の木下宗連研究が網羅的に言及されている。

（8）本文は『東海大学蔵桃園文庫影印叢刊源氏物語明融本Ⅱ』（東海大学出版会、一九九〇年）、『大島本源氏物語』（角川書店、一九九五年）、池田亀鑑『源氏物語大成』（中央公論社、一九五三〜一九五六年）による。

（9）源氏物語別本集成刊行会編『源氏物語別本集成』第十四巻（おうふう、二〇〇二年）による。

（10）熊本守雄編『翻刻　源氏物語古註　山口県文書館蔵毛利右田家伝来本』（新典社、二〇〇六年）、『新潮日本古典集成』第八巻（新潮社、一九八五年）、『新日本古典文学大系』第五巻（岩波書店、一九九七年）、『新編日本古典文学全集』第六巻（小学館、一九九八年）、『源氏物語古註釈叢刊』（武蔵野書院刊の諸巻）参照。

（11）長谷川政春「物語・時間・儀礼」（『物語史の風景』若草書房、一九九七年、初出一九七七年）、三田村雅子「第三部発端の構造―〈語り〉の多相性と姉妹物語」（『源氏物語　感覚の論理』有精堂出版、一九九六年、初出一九七五年）、池田節子「月設定のしくみ―五六七月の欠落、および季節と人の一生の重ね合わせ」「一か月の日々」（『源氏物語表現論』風間書房、二〇〇〇年、初出一九八七年、二〇〇〇年）、神尾暢子「暦日映像と体制批判」「期間規定と時間規定―「ついたち」と「つごもり」」（『伊勢物語の成立と表現』新典社、二〇〇四年、初出一九八〇年、一九八一年）。

（12）底本は国文学研究資料館本とする小川剛生校注『正徹物語』（角川文庫、二〇一一年）を使用し、あわせて久松潜一、西尾実校注『歌論集・能楽集／日本古典文学大系』（岩波書店、一九六一年）を参照した。

（13）代表的な見解は以下の通り。西丸光子「三日月と夕月夜―平安時代の文学素材としての位置と性格―」（『国文目白」八号、一九六九年三月）、『歌ことば歌枕大辞典』（角川書店、一九九九年）、「夕月夜　ゆふづくよ〔歌ことば〕夕方空にかかっている月のことで、陰暦の上旬の月を指す。時に夕月の出ている夕方を指すこともある。」（渡部泰明）。『日本国語大辞典　第二版』（小学館、二〇〇三年）、「ゆふづくよ（夕月夜）【一】〔名〕夕暮に出ている月。陰暦一〇日頃までの夕方の時刻に、空に出ている上弦の月。また、その月の出ている夜。ゆうづきよ。暁月夜。《季・秋》【二】〔枕〕（1）夕方から出ている月は夜中に沈んでしまって、明け方は月の無い闇になるところから、「暁闇（あかときやみ）」にかかる（以下略）」

（14）源氏物語大辞典刊行会編『源氏物語大辞典』（角川学芸出版、二〇一一年）

（15）大島本の巻毎の表記の統一性について、池田利夫『源氏物語回廊』（笠間書院、二〇一〇年）が「あとがき」で、大島本では天皇の子を「みこ」、親王の子を「御こ」と書き分けているところ、「桐壺」巻の一例のみ「ひきいれの大臣の御こはら」なる異例を指摘する。ただし、「紅葉賀」巻三十五丁ウラに「みかとの御こ」とあり、池田説は成り立たない。

現存大島本の成立に関しては、飛鳥井雅康本を二グループの祐筆が書写して吉見正頼が永禄七年（一五六四）に後補し、長福寺に滞在した道増に「桐壺」巻、道澄に「夢浮橋」巻の染筆を依頼したであろうとする佐々木孝浩「「大島本源氏物語」に関する書誌学的考察」（『大島本源氏物語の再検討』和泉書院、二〇〇九年、初出二〇〇七年）の見解に従う。「桐壺」「紅葉賀」巻はともに「宮河」印を欠くグループに入る。

（16）本章初出稿発表後、和歌表現を中心に斎藤菜穂子「王朝文学における月初の三日月考」（『国文学研究』一九〇集、二〇二〇年）、「王朝文学における月末の細月考」（『国学院大学紀要』五十八号、二〇二〇年三月）が公刊された。本章の核心とは論旨を異にするが、精緻な論証による批判的論攷として重要である。

（付記）本章初出稿発表後、星山健、関河眞克両氏からご教示賜り、初出時のデータを差し替えたところがある。引用の場合は、本章を参照願いたい。

# 附篇

## 一　紫式部と清少納言、道綱母の家

廬山寺は紫式部邸宅跡ではない。最近、これを証することに繋がる発掘があった。

二〇二四年二月二十日付、産経新聞「藤原道長ゆかりの法成寺跡から鮮やかな緑釉瓦、遺構の出土は初　思いはせる「光る君へ」の世界」の報道である。法成寺の位置について、「京都御苑東隣に建つ梨木神社境内でのマンション建設に伴い、民間調査団体「古代文化調査会」が寺跡の北西角の約五〇〇平方メートルを発掘調査。井戸跡（直径二・二メートル、深さ一・七五メートル）と寺域の北限を示す東西溝が出土した。いずれも一緒に出土した土器などから道長時代の遺構と判明した」という（『京都古図（花洛往古図）』一七九一年、京都御所と梨木神社[1]）。

また、至近にあったとされる染殿の位置も諸説ある。紫式部邸宅跡（四辻善成『河海抄』料簡「正親町以南、京極西頬、今東北院向也。比院は上東門院御所の跡也」）の「京極西頬」には従来説では染殿と清和院があるから、角田文衞は、「西頬」を京極大路に隣接と訓んで、東隣の廬山寺附近とした[2]。これに対し、増田繁夫は京極大路西に隣接する北半町を染殿、南半町を清和院とした。この考証は、この地を東半町を紫式部邸、西半町を清和院とする『京都古図』の清和院考証に部分的に重なる[3]。問題なのは染殿で、加納重文らの考証による『京都源氏物語

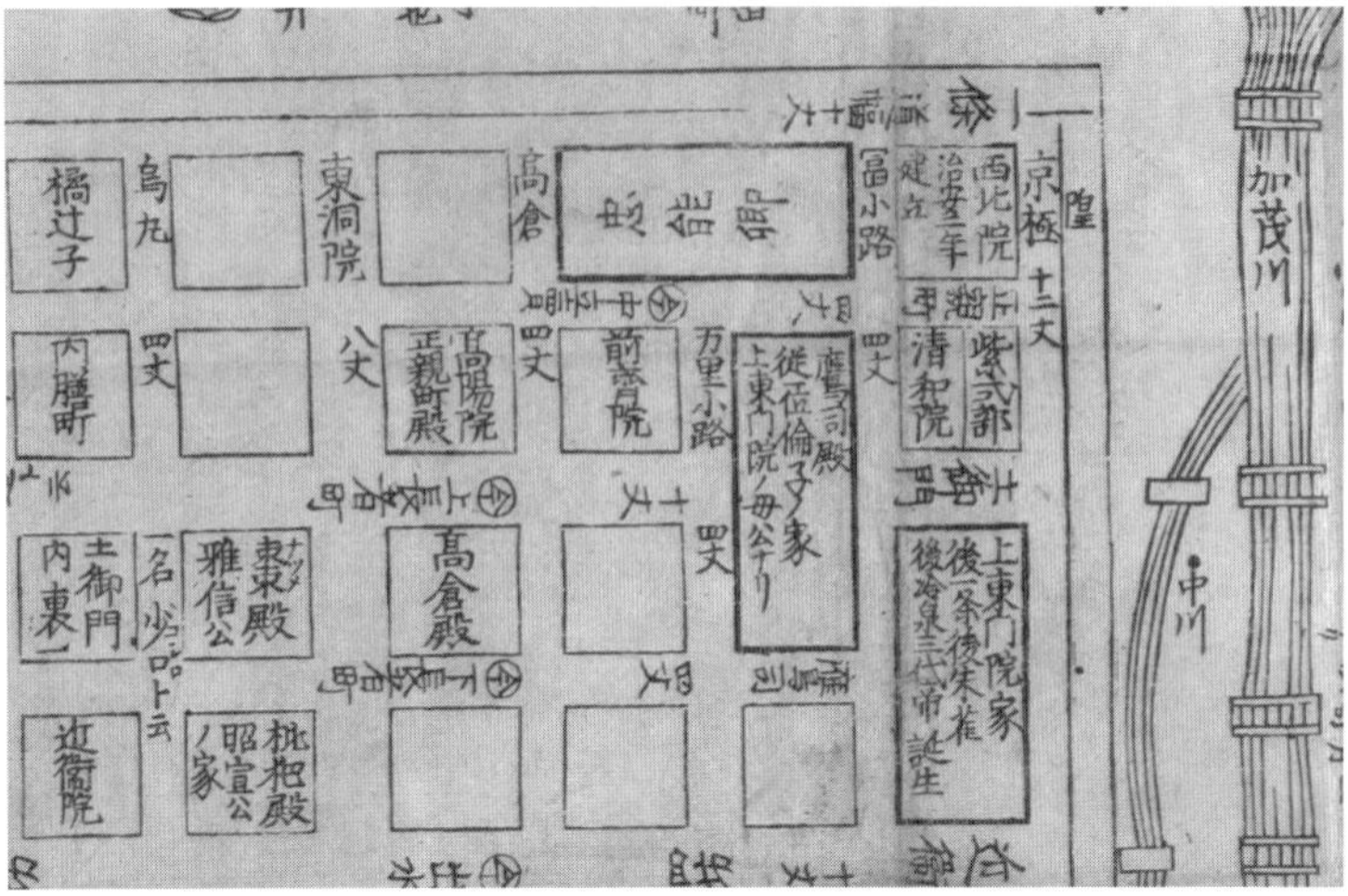


図１　『京都古図（花洛往古図）』1791 年
（国立国会図書館デジタルコレクション）

地図』では、染殿は平安京東北部に位置する。『京都古図』では西北院があるが、これは「治安三年（一〇二三）建立」とあるし、後掲『権記』「一條経由、染殿北路（の染殿）」とも矛盾しない。

増田氏の引用する『権記』と『小右記』は以下のとおりである。

**『権記』寛弘元年（一〇〇四）三月十四日条**

戊戌。早朝、右中弁〈朝経〉・左京大夫〈明理〉、来臨。同車詣霊山。相逢穀絶《こくだち》。帰至**桃園（世尊寺）路、経一條。於染殿（為平親王）北路、案内「源中将坐不《おわ》」**。亜将（源頼定）出逢門外。共乗一車至寺。聊飲食。即至一條院鞠射。日晩、帰詣弾正宮（為平室）。

訳　戊戌。早朝、右中弁〈朝経〉・左京大夫〈明理〉、来臨。同車して霊山（寺）参詣。穀絶《こくだち》聖にお逢いする。帰りに、**桃園（世尊寺）に向かう路は、一條（大路）を経由。染殿（為平親王）の北路に於いて、「源中将は坐《おわ》すや坐《おわ》さざるや」と尋ねる。**亜将（源頼定）は門外にお出になり逢う。共に一車に乗って、（世尊）寺に至った。すこしばかり飲食をした。その後、一條院に至って、蹴鞠と射儀をした。日

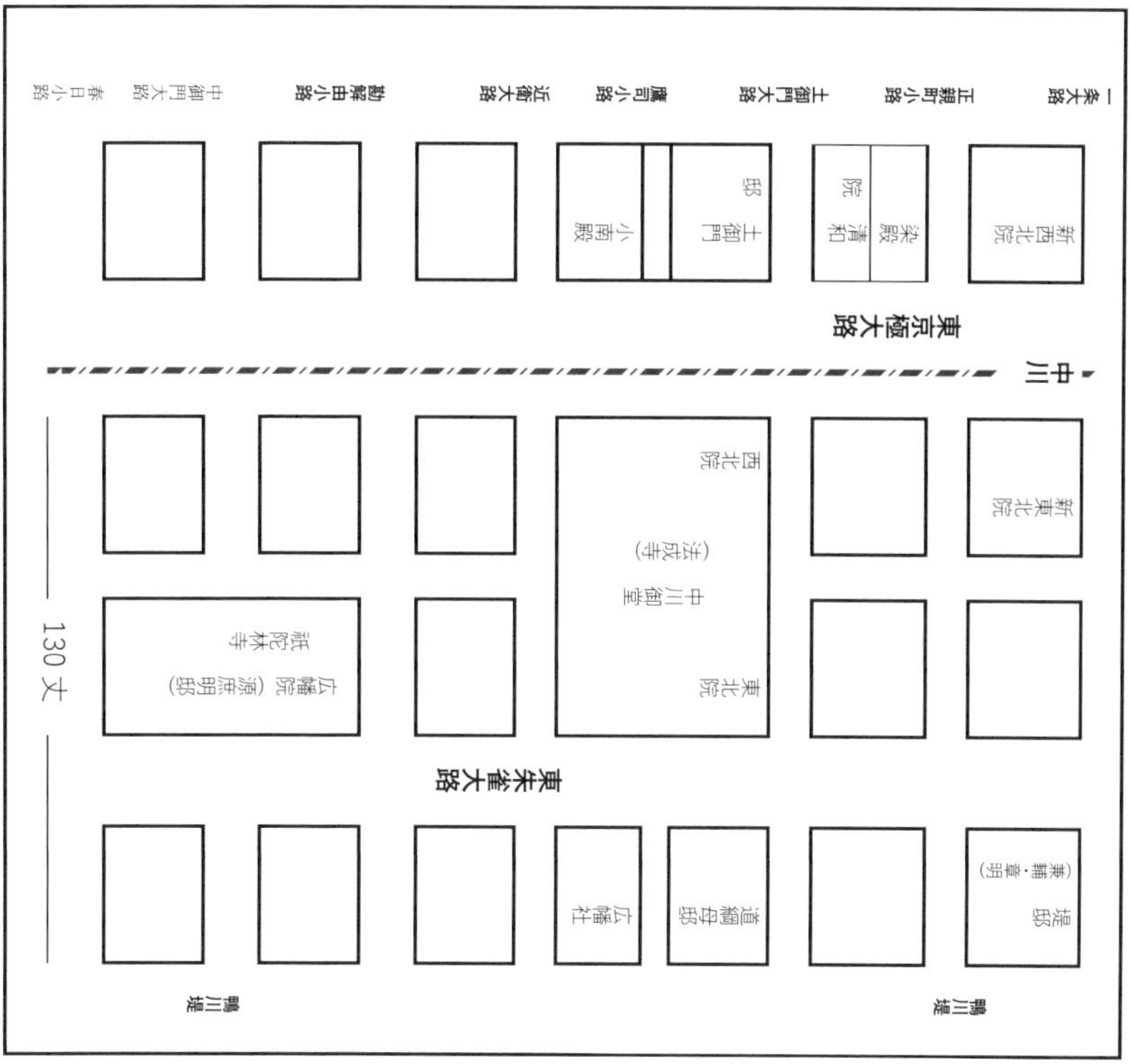


図3　増田繁夫モデル（上原作成）

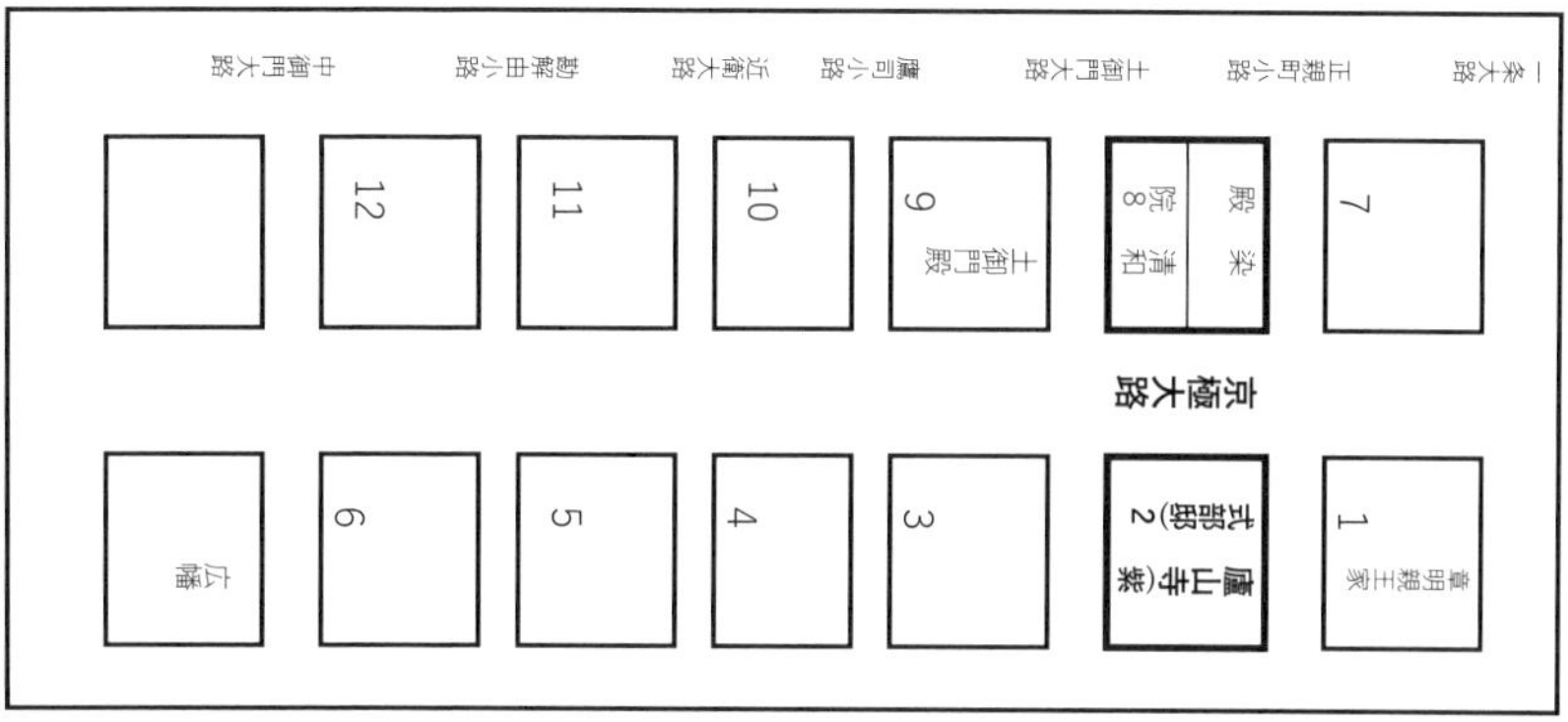


図2　角田文衞モデル（上原作成）※数字も注（2）同書による。

の晩、（阿将は）弾正宮（為平室）に帰り詣った。

**『小右記』長和五年（一〇一六）二月十九日条**

十九日、甲午。入夜、資平来云、「今日、斎王卜定」。（略）**卜定斎王之由、以左少将経親、仰遣女王（嬉子女王）宅〈染殿〉」**云々。

訳 十九日、甲午。夜に入りて、資平、来て云うのには、「今日、斎王を卜定する」と。（略）**斎王に卜定する由は、左少将経親を以て女王（嬉子女王）の宅〈染殿〉に仰せを遣わせた**」と云々。

これら為平親王室の源高明女や、為平男の頼定、長女婉子女王や二女恭子女王、具平の三女嬉子女王（母・恭子）らが、町半分の狭いところに皆いたとは考えられない。やはり『京都源氏物語地図』の考証する平安京東北の一町とすれば、『権記』の一條通の染殿北と矛盾しない。また『河海抄』の紫式部邸宅も、後代の考証図ではあるが、『京都古図』も生きてくる。くわえて、京都御苑の染殿井戸跡は、平安京東北一町の南端にある。したがって、増田『評伝』の染殿・清和院の考証は正鵠なのである。ただし、清和院が一町すべてではなく、西が紫式部邸、東が清和院とする『京都古図』のとおりであったとすれば、この問題はすべて氷解する。では、角田説はなぜ、今日の通説の地位を得たのだろうか。

岡一男「紫式部と廬山寺」（『古典の再評価』有精堂出版、一九六八年、初出一九六六年）

『河海抄』は中世源氏学の権威ある注釈書なのだが、その巻頭にある紫式部の伝記や『源氏物語』成立についての説には、多分に伝説的なものがあって一概に史実とは言えないのだが、紫式部旧宅跡には反証がなく、とくに角田さんは式部の祖堤中納言兼輔いらい雅正→為頼とここに住み、為頼の弟の為時も兄と同じ邸内に住んでいたのだということを精緻に文献立証されたのである。

一つの大きな邸内に多くの家族が住んでいる例は『宇津保物語』の源正頼の邸の描写を見てもわかり、**『蜻蛉日記』に出てくる醍醐天皇の皇子章明親王の邸もこの辺りで、私は角田さんの説をとってもよいと思っていた。そうすると式部の祖父雅正の隣家には伊勢が住んでいたし、章明親王の隣には道綱母が住み、また雅正の弟の舅であった京極院、為頼の弟の為長これらいずれも勅撰歌人として有名な人々と、生活圏を近くしていたのだから紫式部の教養体験も自然拡大するのも当然になる。**それにこの辺いったいは中川の地で、伯父の為頼は中川を越えて女に通いに行ったというが、光源氏が一夜契った空蝉の中川の宿もこの辺で、のちに紫式部が中宮彰子におともして出入した土御門殿もこの近くであるはずだ。

(三七三〜三七四頁)(4)

岡説がおおむね角田説を支持していることから、この説は今日の通説となったのである。また、道綱母、紫式部の伯父為頼が至近に住んでいたこととの指摘は重要である。

## Ⅰ　清原致信《とものぶ》と清少納言の家

清少納言の兄・清原致信は、大宰少監などを務め、藤原保昌の郎党としても行動していたが、寛仁元年(一〇一七)三月八日の夕刻、六角福小路(富小路)の邸宅を源頼親の指示する七、八騎の騎兵および十余名の歩兵に襲われ殺害された(『御堂関白記』三月十一日条)。これは大和守を務めていた主君保昌が同国内の利権を巡り源頼親(保昌の甥)と競合した際、大和の在地領主で頼親の郎党であった右馬允・当麻為頼を殺害したことに致信が

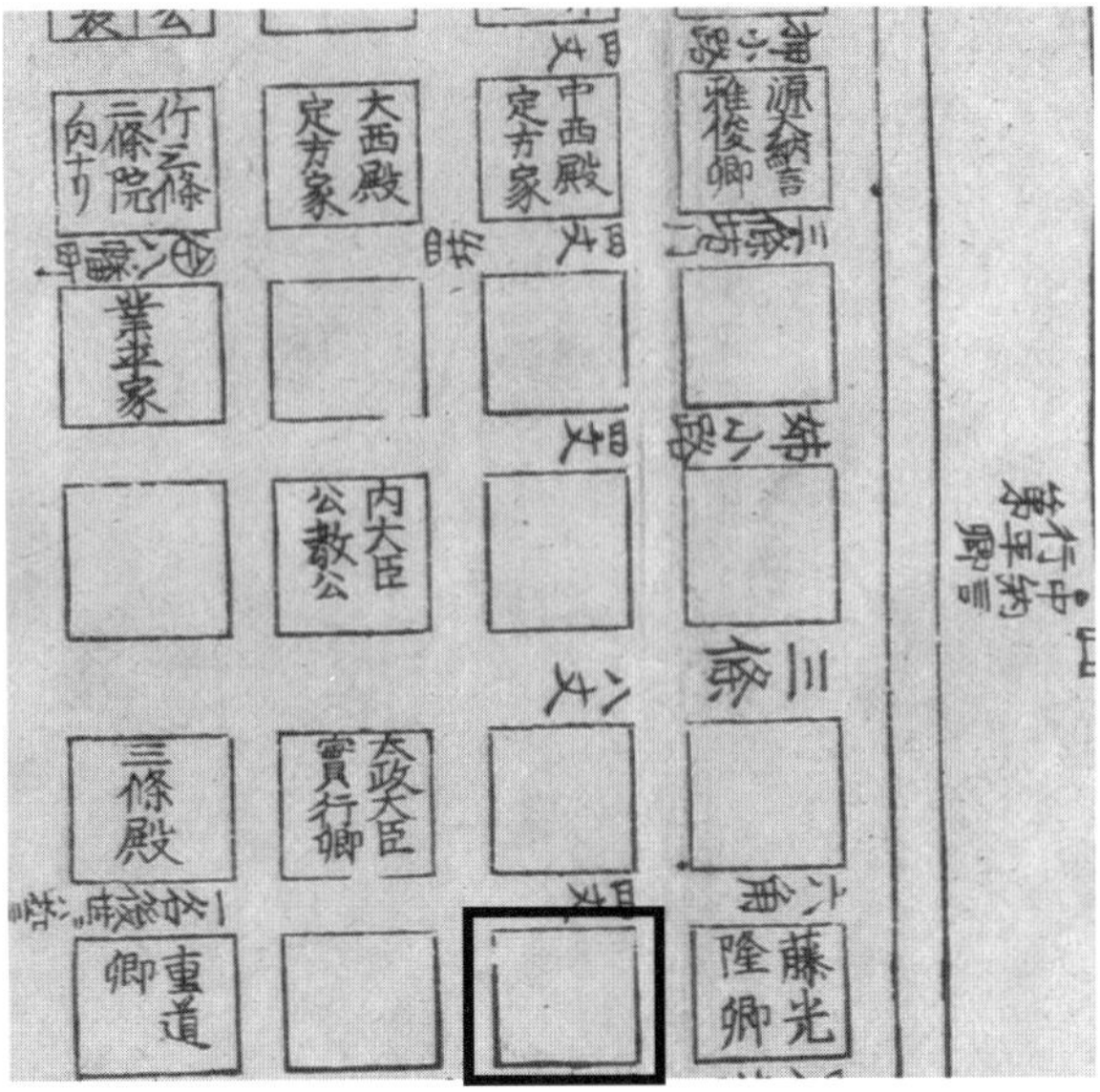

図4　『京都古図(花洛往古図)』1791年
(国立国会図書館デジタルコレクション)
※藤隆光邸左隣が六角福小路の致信邸。図版上に□で示した。

関与したことに対する報復であったと考えられている。なお、源頼親はこの殺害の罪を問われて、右馬頭兼淡路守の官職を解かれた(『御堂関白記』三月十五日条)。

致信襲撃は、頼親の実兄である頼光に仕えた頼光四天王の仕業とされ(『古事談』第二臣節五七「清少納言、開を出だす事」)、この事件の背景に頼光と保昌の緊張・対立関係が反映しているとする見方もある。また、この際に尼姿の清少納言が居合わせたことから、当時は、致信と清少納言は同母兄妹とされていたということであろう。

## Ⅱ　道綱母の広幡中川の家

『蜻蛉日記』下巻、天延元年(九七三)八月二十余日には、一條通りにあった邸宅を鴨川河畔の広幡中川に転居したことが記されている。前掲『京都源氏物語地図』では、法成院の西北、増田『評伝』では、法成寺東北の東隣を想定するが、現実的には、一町を構えるだけの区画はない。主要な諸説を挙げる。

今日明日、広幡中川のほとりに渡りぬべし。　天延元年（九七三）八月二十余日

○広幡中川　「中川」については、『源氏物語』の『奥入』に「なか河　見二李部王記一。今京極西也。古人称中河。法成寺の始メ人ハ中河の御堂と云。又在二行成卿記一。『河海抄』（巻第二）に「今京京極川也〈見二李部王記一〉、栄花物語云中川辺に御堂をたてらる〈法性寺東北院也〉、旧記ニ曰ク日京極川二条以北を号二中川一云々、東川〈賀茂川〉西川〈桂川〉中川〈京極川〉」。その「法性寺」は正しくは「法成寺」とありたい。中川は賀茂川の西側を大体京極大路に並行して流れていた川であったらしい。奥村恒哉氏（『源氏物語事典』上巻）は「中川は今暗渠となって、鴨沂高校から寺町へ南流するのがそれである」といっておられる。「広幡」については、『全訳王朝』は「今の寺町今出川の辺」とし、『大系』は「架蔵西荘文庫旧蔵応仁以前京兆古図によると、東北院法成寺の南に接し、中川と鴨川の中間に二町あって「広幡亭」としるす。おそらくここをさすのであろう。すなわち京極東、近衛南、勘解由小路北であって、中御門にあった祇陀林寺の北にあたる。だいたい十町の荒神橋筋の付近、立命館大学の南、もとの府立第一高女（私云、今の鴨沂高校）あたりかと思われる」とする。（略）さすれば広幡中川は大体今の鴨沂高校付近となり、『大系』説にほぼ一致する。しかし藤田元春博士『平安京変遷史』付載の近世の地図によると、「広幡（または畑）殿」なるものが下鴨神社の対岸、相国寺の東に見え、あるいは「広幡」とは相当広範間にわたる地名で、祇陀林寺はそれに属するのにすぎなかったのではないかと思われ、もしもそうなら『全訳王朝』の説もいちがいに非といえず、確実にはなお後考をまたねばならない。

（柿本奨『蜻蛉日記全注釈』下巻、角川書店、一九六六年）

「広幡」は、京極東、近衛南、勘解由小路北で、上京区寺町荒神町筋附近とする説に従う。「中川」は京極川で、賀茂川の西、ほぼ寺町通に沿って流れていた。ここに倫寧の別邸があったのだろう。

（下巻・十五　伊牟田経久『完訳日本の古典』小学館、一八六頁）

川村裕子校注『蜻蛉日記』（角川ソフィア文庫、二〇〇三年）※六九頁注一三「現在の寺町荒神口附近（角田分類5）

『全注釈』の荒神町筋とすれば、法成寺南の鴨沂高校附近となり、前掲の『京都源氏物語地図』増田『評伝』より南となる。ただし、いずれにせよ、紫式部邸と道綱母邸が至近であったことは確かであって、『源氏物語』創作において、『蜻蛉日記』が与えた多大なる影響は、地理的視角からも裏付けられるであろう。また、三巻本『枕草子』二八八段にも、道綱母の詠歌を収めていることはよく知られている。

「薪樵る ことは昨日に 尽きにしを いざ斧の柄は ここに朽たさむ」

訳 （修業中の釈迦を念じながら）薪を樵っていたのは昨日で尽きたので さあ斧の柄は ここ小野で朽ち果てさせて遊びに時を忘れましょう

『枕草子』と『源氏物語』の引用仏典・漢詩文と和歌はかなりの重複が見られる。これは、清少納言が引く仏典漢籍を紫式部も参照していたことを意味する。清少納言邸の六角福小路と道綱母邸・紫式部邸とは、約一kmの隔たりはあるが、京極大路の隣にある福小路（富小路）を南下するのみでよい。後に菅原孝標娘の住むことになる竹三条、在原業平跡の「三条坊門南、高倉西」と三条坊門通を隔てて隣接する。鴨長明『無名抄』には「業平

図3　上原修正モデル

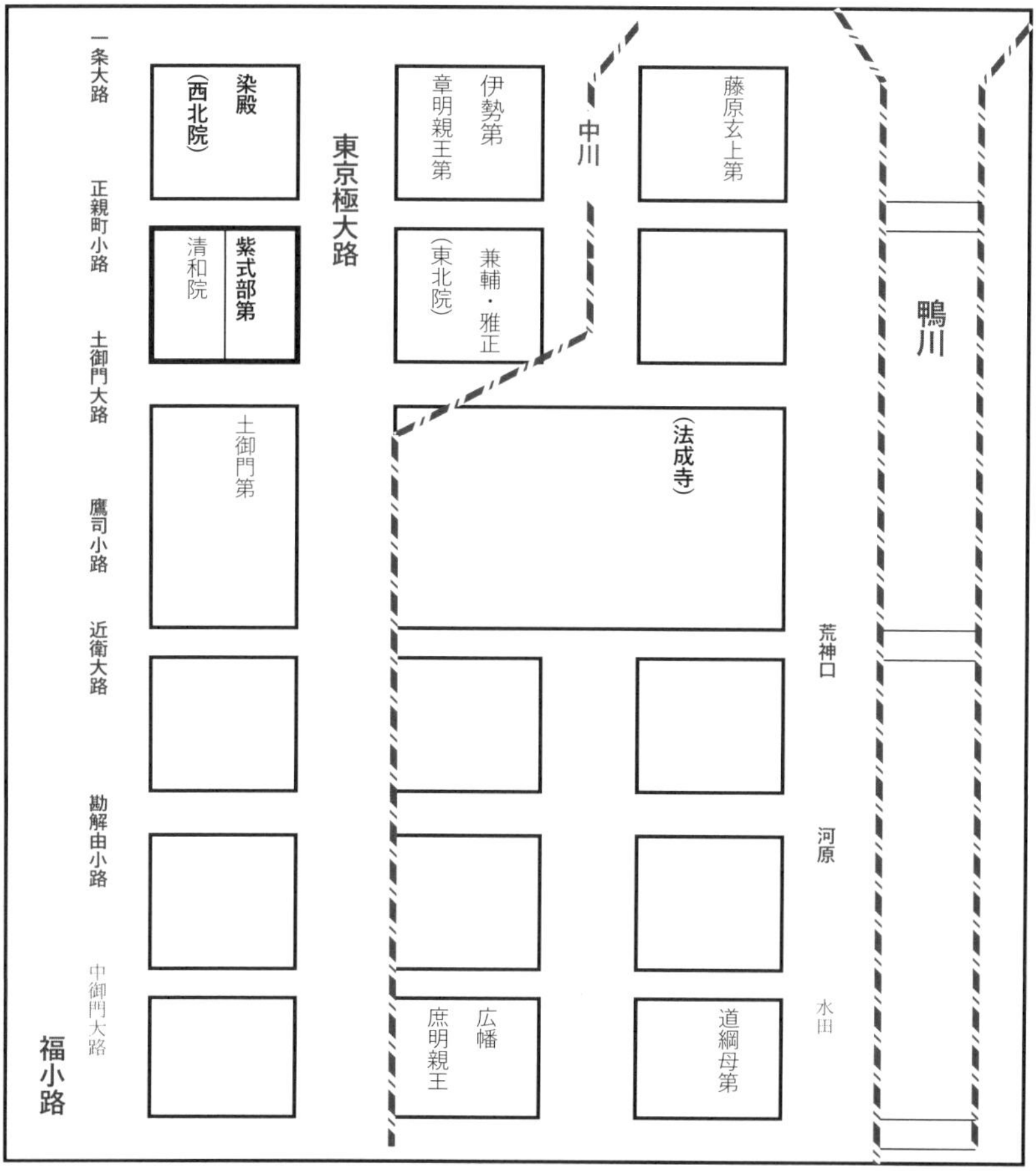


の家は三条坊門よりは南、高倉よりは西に高倉面に近くまで侍き。柱なども堂にも似ずちまき柱といふ物にて侍りけるを、いつ比の人のしはざにか後に例の柱のやうにけづりなしてなん侍し。なげしもみなまろに門もなく築地もなく成て、誠に古代の所と見え侍き。中比晴明かふうしたりけるとて火にもやけずして久敷有けれど、世の末にはかひなく、一とせの火に焼にき」とある。

注

（1）清浄華院内に法成

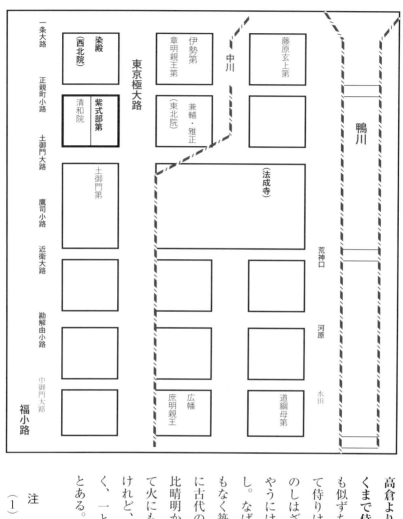

寺の礎石とされた礎石があるが、今回の寺域の北限を示す東西溝の発見により、梨木神社、廬山寺より同寺院がさらに一区画東北にあるため、別の遺構のものと判明した。
（2）角田文衞「紫式部の居宅」（『紫式部伝—その生涯と『源氏物語』』法蔵館、二〇〇七年、初出一九六六年）
（3）増田繁夫「紫式部の家系」（『評伝　紫式部—世俗執着と出家願望』和泉書院、二〇一四年）
（4）岡一男「紫式部と廬山寺」（『古典の再評価』有精堂出版、一九六八年、初出一九六六年）

## 二　『源氏物語』ふたつの閏月

『源氏物語』の閏月は確認できないとされていた。[1] しかし、二〇二二年九月の水門国際シンポジウム（本書第三部第二章）で椎本巻には閏月を挟まないと解釈できないテクストのあることを述べたところ、視聴参加の関河眞克氏から、紅葉賀巻にもそれと思しきテクストがあることを私信の形でご教示いただいた。以下は関河氏との往復書簡（電子メール）を、わたくしがまとめたものであることをお断りする。このうち、関河氏のプライオリティーは、紅葉賀巻の閏月介在の可能性及び、以下の史的な閏月の組み合わせ算出にある。

a）閏月が二月か三月（紅葉賀巻＝光源氏：十九歳）。

b）閏月が八月（椎本巻＝薫：二十三歳）。

（薫の生誕は光源氏が四十八歳の時であるから、薫二十三歳時に光源氏が存命であれば七十（＝四十八＋二十二）歳）

ｃ）上記ａ）の年からｂ）の年までの経過年数が五十一（＝七十－十九）年。

その上で、西暦八〇〇年から一〇五〇年の二五〇年間で、ａ）からｃ）の要件を全て満たす年の組み合わせを調べると、

ｄ）八五八年（閏二月）→九〇九年（閏八月）

ｅ）八七七年（閏二月）→九二八年（閏八月）

ｆ）九一五年（閏二月）→九六六年（閏八月）

の三組が実際に存在することが分かる。

『源氏物語』には、ふたつの閏月があるとしてこれを検証する。それがｄ）からｆ）の何れかに該当したのなら、その組み合わせは単なる偶然ではなくて、『源氏物語』作者が意図した物語の時代設定と考えられるだろう。

　中将の君はいとど思あはせて、御呪法など、さとはなくて、所々にせさせ給ふ。世の中のさだめなきにつけても、「かくはかなくてや、やみなむ」と取りあつめてなげき給ふに、二月十よ日のほどに男皇子むまれ給ひぬれば、なごりなく、内裏にも宮人もよろこびきこえ給ふ。（保坂本「紅葉賀」巻二四六⑭～二四七③）

二月十余日のほどに、男皇子生まれたまひぬれば、なごりなく内裏にも官人も喜びきこえたまふ。（『新編全集』三二五①）

訳　中将の君は、ますます思い当たることがあって、御修法などを、きちんと事情は知らせずに方々の寺々におさせになる。「世の無常につけても、このままはかなく、終わってしまうのか」と、あれやこれやとお嘆きになっていると、二月十日過ぎのころに、男御子がお生まれになったので、杞憂に終わり、宮中でも宮家の人々もお喜び申し上げなさる。

「長生きを」とお思いなさるのは、つらいことだが、「弘徽殿などが、呪わしそうにおっしゃっている」と聞いたので、「死んだとお聞きになったならば、物笑いの種になろう」と、お気を強くお持ちになって、だんだん少しずつ気分が快方に向かっていかれたのであった。

四月に内裏へまいりたまふ、**ほどよりはおほきにおよすけ給ひて**、やうやうおきかへりなどし給ふ。あさましきまでまぎれ所なき御かほつきをおぼしよらぬことにしあれば、またならひなきどちは、「げにかよひ給へるにこそは」とおもほしけり。いみじうおもほしかしづくことかぎりなし。

（保坂本「紅葉賀」巻二四八⑭〜二四九③）

四月に内裏へ参りたまふ。**ほどよりは大きにおよすけたまひて**、やうやう起きかへりなどしたまふ。

（『新編全集』三二八②）

※②『新編全集』頭注「ほど」は、程度。生後二か月余の成長ぶりが標準よりも。

訳 四月に参内なさる。生まれた日数の割には大きく成長なさっていて、だんだんと寝返りなどをお打ちになる。驚きあきれるくらい、間違いようもなく似たお顔つきながら、ご存知ないことなので、「他に類のない美しい人どうしというのは、なるほど似通っていらっしゃるものだ」と、お思いあそばすのであった。

この注記は、藤壺が内裏に帰参した年の二月や三月に閏月は無かったことを前提としている。何故なら、「生後二か月余」と断定している以上、二月か三月が閏月である余地はないからである。しかし、この注には大きな問題点がある。それは、生後二か月余の赤ん坊が果たして「起きかへり」(寝返り)出来るのか、という点である。育児書などに拠れば、一般に赤ん坊が寝返りをし出すのは、生後三か月から六か月の間とされている。物語を矛盾なく解釈するには、二月か三月の何れかが閏月であったか、皇子が二か月で「起きかへり」が出来るほど優れた身体能力を有していたか、と考える外はない。ところが皇子の「起きかへり」様は「やうやう」の状態であると記されているから、後者での解釈は適用できない。したがって、ここは前者の二月か三月の何れかが閏月であった、と結論付けるのが妥当なのである。

紅葉賀巻の「起きかえり」であるが、二ヶ月ではまず首が座らないから、全身の筋力もなく不審である。ところが、フリーアナウンサー森麻季氏の子育てブログに、四ヶ月あまりでの「寝返り」が報告されていた。しかも、長男は一年かかった体重八kgを、四ヶ月で到達という超大型の赤ん坊であるから、次男は標準以上の成長の好事例ということになろう。

さて、「起きかへり」の場面を改めて振り返ってみると、藤壺の出産は当初の出産予定月を二か月も過ぎた光源氏十九歳の二月。その分赤子は胎内成長しているので、藤壺が四月に内裏へ戻った時に赤子が「ほどよりは大きにおよすけたまひて」(『新編全集』紅葉賀巻三二三頁)なのはごく当たり前の成長で、身体的優位性を意図した記述には当たらない。そうすると、これに続く「やうやう起きかへりなど」も同様に、この赤子は標準的な生後三か月目の四月に「起きかへり」出来るようになった、とすべきであろう。即ち、閏二月ないし閏三月が介在しているのである。逆に閏月がなかったと考えると、標準体重より重い赤子が僅か二か月で「起きかへり」するといった不自然さを強引に解釈することになる。森氏の次男の事例が、この間の事情を雄弁に物語っているのである。

もうひとつの閏月は「椎本」巻である。

明けぬ夜の心地ながら九月にもなりぬ。山のけしきはまして、袖の時雨をもよをし顔にともすれば、あらそひ落つる木の葉の音も、水の響きも涙の瀧もひとつ物のやうにくれ惑ひ、「いかでかぎりあらん御命のほども、しばしめぐらひ給はん」、とさぶらふ古人どもも、いみじく**心細くなぐさめきこえかねて**《大・いみしくなぐさめきこえつ、》**思ひ惑ふ。**ここにも念仏の僧などさぶらひて、おはしましし方は、仏を御形見に見奉りて、時々も参り仕かうまつりし人々の御忌みに籠もれるかぎりは、あはれにうち行ひつつ過ぐす。兵部卿の宮よりもたびたび訪ひきこえ給ふ。さやうの御返りなども聞こえむ心地もし給はで、おぼつかなければ、「中納言にはかうもあらざなるを、我をば思ひ放ちたるなめり」とうらめしくおぼす。紅葉のさかりに文などつくらせ給はんとて、いでたち給ひしを、かうこのわたりの逍遥、暇なき折なれば、おぼしとまりて口惜しくなむ、**御忌み果てぬらんかぎりあれば、**〈涙の暇もや〉、とおぼしやりて、いと多く書き続け給へりし。くれ顔なる夕つ方、

「牡鹿鳴く　秋の山里　いかならん　小萩が露の　かかる夕暮れ」

（保坂本一五六二⑩〜一五六三⑧）

[訳] 夜の明けない心地のまま、九月になった。山の景色はまして時雨が涙を誘いがちで、ややもすれば先を争って落ちる木の葉の音も、水の響きも、涙の滝も、ひとつのもののように分からなくなって、「どうして、定めのある御命も、しばらくの間ですらお保ちになれようか」と、お仕えする女房たちは、心細く、ひどくお慰め申し上げかねつつ思い惑うのだった。こちらにも念仏の僧が伺候して、故宮のいらした部屋は、仏像を形見と拝し上げながら、時々参上してお仕えしていた者たちで、御忌に籠もっている人びとは皆、しみじみと勤行して過ごす。（匂）兵部卿宮からも、度々ご弔問申し上げになっておいでである。そのようなお返事など、差し上げる気もなさらない。何の返事もないので、（匂）「（薫）中納言にはこうではないだろうに、自分をやはり疎んじていらっしゃるらしい」と、恨めしくお思いになる。紅葉の盛りに、詩文などを作らせなさろうとして、お

出かけになるご予定だったが、こうしたことになって、この近辺のご逍遥は、不都合な折なので思いとどまって、口惜しく思っていらっしゃる。御忌中も限りがあるので、〈涙も絶え間があろうか〉とお思いやりになって、とてもたくさんお書き綴りなさった。時雨がちの夕方、

「牡鹿の鳴く秋の山里では いかがお暮らしでしょうか 小萩に露のかかる夕暮時などにはね」

諸註釈も「○御忌も果てぬ 『集成』「八の宮が亡くなったのは八月二十日だから、忌の三十日を過ぎて九月二十日過ぎの頃」。『新編全集』「普通には四十九日をいうが、八の宮の死が八月二十日ごろであるから四十九日は十月で、冬になる。後に秋のことが歌われる点からいえば、「卅日の穢過たるをいう歟」（『岷江入楚』三光院実枝説）の説をとるべきか」。」とある。

これも閏月を介在させれば、合理的な理解が得られる事例である。したがって、『源氏物語』にはふたつの閏月があることになろう。

注

（1）宮崎荘平「時間論・表現論」（『女流日記文学論輯』新典社、二〇一五年、初出二〇一四年）

## 三　望月の歌と紫式部

二〇二三年十二月二十七日は、年内最後の満月でコールドムーンという。美しい月の写真がSNSにたくさん投稿されているので検索されたし。ただし、実際にはこれを書いている翌二十八日八時五十分に月齢十五、〇。十五、一から欠け始めるから、今宵が十六夜の月となる。これは、旧暦の前月が大の月だからであって、九月は小の月で二十九日だから、実際に月齢十五、〇になるのは、旧暦十月十六日（新暦十一月二十八日）の十八時三十分なのであった。ところが、夕方のニュースでは、旧暦十五日（新暦十一月二十七日）に「今日は満月です」とアナウンス。二〇二三年は旧暦二月に閏月があり、前月九月が小の月だから、満月が翌日にずれたのである。道長が望月の歌を詠んだ寛仁二年（一〇一八）は四月に閏月があったし、六、七、八月が連続して小の月・二十九日だったので、九月は大の月に変更したという（『日本暦日原典』（雄山閣、一九七五年）では同年八月も大の月とある）。

このように、旧暦の大の月、小の月が新暦より一日ずつ少ないうえに、閏月も十九年に七回も入れる必要もあって、月齢の時間は一定ではなく、暦通りに月が満ち虧けしないことは憶えておかなければならない。

新暦　二〇二三年十一月二十八日　癸卯／甲子／庚寅
旧暦　二〇二三年十月十六日　癸卯／癸亥／庚寅

新暦　二〇二三年十二月二十八日 癸卯／乙丑／庚申
旧暦　二〇二三年十一月十六日 癸卯／甲子／庚申

ところが、佐々木恵介『天皇の歴史　天皇と摂政・関白』（講談社学術文庫、二〇一八年、原著二〇一一年）には、以下のようにある。

この寛仁二年の十月という月は、大の月が四回続くのを避けるため、本来小の月だった九月を大に変更し、小の月となっているので、十六日の月が満月なのか、十六夜なのかは微妙なところではある。（一四〇頁）

傍線部前後は、「大」「小」が混乱、文脈の理路から「本来小の月だった九月を大に変更し、大の月」、あるいは、「（十月も）大の月」と書かれるべきなのである。また、前記したように『日本暦日原典』では八月が大の月と見解が異なる。ところが、最近刊行された山本淳子『道長ものがたり――「我が世の望月」とは何だったのか』（朝日選書、二〇二三年）では以下のようにある。

この日は十六日で、空の月は欠けていた。歴史学者の佐々木恵介氏によれば、天文学的には限りなく満月に近かったらしいが、和歌はそれには頓着しない。（二六〇頁）
今夜のこの世を、私は最高の時だと思う。空の月は欠けているが、私の望月は欠けていることもないと思う

と

（傍線上原）

佐々木説は「天文学的には限りなく満月に近かったらしい」とは述べていない。さらに問題なのは「和歌はそれには頓着しない」とあるものの、実際、暦どおりなら歌語は「十六夜の月」でよく、十六日に「望月」であった理由の説明にはなっていない。道長は具注暦に自身の日記を記している。残念ながら、この寛仁二年の道長自筆本はないので、当日の暦註は書写されず、日記本文のみしか遺っていない。例えば、自筆本『御堂関白記』で言えば、紫式部が「めづらしき光さしそふさか月はもちながらこそ千代もめぐらめ」と詠んだ翌日の具注には以下のようにある。

寛弘五年九月

| | | | |
|---|---|---|---|
| 十六日癸酉金閉 | 《望》 | | 大徳対歳徳合 |
| 密　三寶吉　（朱） | 月蝕十三分之十二　虧初申三刻三分<br>時酉三刻一分　復末戌二刻三分　（朱） | | |

紫式部の詠歌は十五日だが、翌日は望月ながら暦注に月蝕と記される「めづらしき光さしそふ」前日。ゆえに、「望ながらこそ千代を巡らめ」と詠んだのであろう。したがって、望月の宴当日の具注暦の廿四季にも「望」（＝満月（月齢十四〜十五））が記されてあったはずである。だから、十六日でも「望月」と詠んだのであろう。国立

天文台暦wikiには以下のようにある。

宣明暦　寛仁二年（一〇一八）十月朔日　己丑（一〇一八年十一月十日）

↓　庚寅（一〇一八年十一月十一日）『日本暦日原典』

しかも、『史料総覧』寛仁二年十月条には「庚寅―朔」とあって、朔日が一日ずれていたから、後述する月相の論理によって、十六日が「甲辰―望」となるのである。

なお、当該解釈(1)をコラムにした読売新聞二〇二一年七月十三日付けの「追記」として、「コラム公開後に読者の方から「寛仁二年十月十六日の月は満月だった」という指摘をいただきました。国立天文台天文情報センターに確認したところ、当日夜の月はほぼ満月（満月から約半日が経過）だったそうです。改めて山本さんを取材したところ、「天文学的にはほぼ満月だったとしても、和歌の世界では通常、十六夜の月を満月とすることはなく、解釈を変えることはない」との答えをいただきました。ただ、当日の月は満月ではなかったとする表現は訂正します。ご指摘ありがとうございました」としていたから、前記の佐々木説との内容の齟齬は、実は、国立天文台の解釈の敷衍であったことになる。また、寛仁二年十月十六日は、天文学的には、ほぼ「満月」であったことが、この時までに確定していたのであった。なお、山本氏が「十六日を満月とすることはな」いと述べているが、暦の上での満月と実際の月齢十四～十五がしばしば一日ずれることも考慮されなければならない。つまり、朔、上弦、望、下弦（これを月相という）をすべて整数四の倍数二十八として、平均朔望月の約二十九、五三日を、それぞれ旧暦に重ねているため、実際に旧暦でも満月となるのは十五日、十六日が拮抗するのである。ちなみに国立天文台暦計算室でこれを確認すると、以下のように、まさしく「満月」である。

**旧暦一〇一八年十月十六日**／新暦十一月二十五日　**二十一時　月齢十五、一**

月の高度・方位　京都（京都府）緯度:35.0167°経度:135.75 標準時:21:00

| 年月日 | 時刻 | 高度[°] | 方位[°] | 視半径[″] | 月齢 | 天体 |
|---|---|---|---|---|---|---|
| 1018・11・25 | 21:00 | 57.3 | 100.09 | 989.9 | 15.1 | 月 |

さて、『御堂関白記』寛弘五年正月以降、「望」と注されるのは、四月十五日、五月十六日、六月十六日、七月十六日、八月十六日、九月十六日、十月十五日、十一月十五日、十二月十五日で四対五であった。また、月相の論理に関しても、寛弘五年九月八日具注には以下のようにあって、十六日が「望」であるから、これが証される。

寛弘五年九月《上弦》—『日本暦日便覧』による。

| | | | |
|---|---|---|---|
| 八日乙丑金平 | 除手甲 | | 大小徳対天思月殺　裁衣市買／納財吉 |
| 忌遠行大間（朱） | | | |

したがって、山本氏の和歌解釈は、旧暦十五日が必ずしも満月とはならないことからして、立論の前提が破綻している。すくなくとも、暦学、天文学の常識に照らして、読売新聞の記事以降、記者から事実を伝えられた時

点で修正が必要だったはずである。

くわえて、道長が白内障で、翌十七日、実資に顔も見えないと話しているから、拙著『紫式部伝』に記したとおり、「記憶の中の望月」であったということになる。

このような暦日表象の実相を踏まえて、月齢と月相の論理から紫式部と望月の歌についての私見を記しておきたい。当該の詠歌には、紫式部の父為時の兄為頼に、以下のような類歌もあることに注意したい。

人のかめに酒いれて、さかづきにそへて歌よみて出だし侍りけるに　為頼
もちながら 千世をめぐらむ さかづきの 清き光は さしもかけなむ（『拾遺集』賀・一一五三）

訳 ある人が瓶に酒を注いで、杯に添えて歌を詠出なさったので
月は満月のまま千年の間 大空を巡りながら 清い光を射しかけることでしょう お酒もまた一座の間をいつまでも巡りながら盃が差し向けられることでしょうね

「もちながら」に「望（もち）ながら」と「持ちながら」を掛けていることは言うまでもあるまい。「千世をめぐらむ」盃が一座の者の間を巡る意に月が大空をめぐる意を掛けたのである。これを踏まえたのが、『紫式部日記』の寛弘五年十月十五日夜の詠なのである。

産養五日夜は殿の（道長）主催であった。「めづらしき光」は『御堂関白記』具注にある月蝕を言うのであろう（国立天文台暦編算室データベースによっても、この日の部分月蝕を確認可能）(2)。当時の我が国の陰陽道の天文学的

知識は正鵠であり、まさに面目躍如と言うべきであろう。

めづらしき 光さし添ふ 盃は もちながらこそ 千世をめぐらめ

（『後拾遺集』賀、四三三）

訳 明日は満月かつ月蝕という珍しい月光が射し添える宴の盃が 千代巡りながら差し向けられることでしょう

紫式部は、漢詩、和歌、管弦の三才に優れる四条の大納言（公任）に詠歌を示す際に、女房達から「さしいでむほど、歌をばさるものにて、声づかひ、用意いるべし」と囁かれたとある。日記には公任は特に発言もなく退席したと記されてあるが、勅撰集に採録されるほどの名歌であったと言うべきであろう

林田孝和は、『源氏物語』における月光の用例を検討し、管弦・宴の場、霊出現の場、男女逢瀬の場という三つの型において月光が設定されていることを指摘したうえで（『源氏物語の発想』）、源氏物語はじめ多くの物語、また和歌・日記などの文学においても同様に、月光のもと、平安人の精神史的な位相が醸成されたとした。(3) 道長もまた、人生絶頂期の宴で、紫式部の先の詠歌に啓発されながら、望月の歌を詠んだのであろう。以上の考察を踏まえて、『小右記』寛仁二年十月十六日に記した、道長五十三歳の時の望月の歌を解釈してみよう。

このよをば わがよとぞ思ふ 望月の 虧けたることも なしと思へば

訳 今宵は我が人生至福の時だと思うのだ。欠けてはいないこの望月のような（我が一族の／紫とともに築いた栄華の）未来を思うとね。

本書では、紫式部が「月に想いを寄せる」、その精神史な位相を文理融合の解析方法によって示してみたのである。

注

（1）山本淳子「藤原道長の和歌「この世をば」新釈の試み」（「国語国文」八十七巻八号、京都大学国語国文学研究室、二〇一八年八月）

（2）国立天文台暦編算室（https://eco.mtk.nao.ac.jp/cgi-bin/koyomi/eclipsey_l.cgi?eclid=10082）

（3）林田孝和「源氏物語における「月光」の設定―朧月夜尚侍を焦点に」（『林田孝和著作集』第一巻、武蔵野書院、二〇二一年、初出一九八〇年）、「源氏物語の自然描写―月光の美」（『林田孝和著作集』第一巻、武蔵野書院、二〇二一年、初出一九九三年）。

## 四　黒川本『紫日記』の本文校訂史

二〇一九年十月、『源氏物語』本文研究史上、驚くべきニュースが飛び込んで来た。定家本「若紫」巻の出現である。ところが、初動段階で誤ったマスコミ報道が先行したことはきわめて遺憾な出来事でもあった。ことの経緯は佐々木孝浩渾身の諸論攷によって、正確な情報に軌道修正されたと言って良いだろう。

初動問題の典型の一つは、「朝日新聞」特集記事「「若紫」、定家の探求　源氏物語、5冊目の「青表紙本」」（二〇一九年十月二十八日東京本社版）での定家本の本文特性についての山本淳子氏のコメントである。

「新出の定家本の意義について、定家が直接監修・校訂した点を強調する。定家本と大島本を比べると、ストーリーの内容に大きな違いはないようで、仮名や文字の使い方、表現の細部に違いがみられる。**大島本に表現される「よろしう」は、定家本では「よろしく」**。大島本で「いかかたはかりけむ」（いかが謀〈たばか〉りけむ＝どのようにはかりごとを巡らしたのか）とあるが、定家本は「いかかはたはかりけむ」とされる。「いかがは」とは、疑問を強調する言い回しだ。（略）「紫式部のオリジナルにより近いテキストを研究できるのではないか。教科書に採用された若紫も、今回の定家本に基づいた文章に変わる可能性がある」

**大島本渋谷榮一氏翻刻本文**「よろしくな《祖母紫上》／里て・いて給尓遣り・」三十四ウラ

**定家本渋谷榮一氏翻刻本文**「よろしくなりていいて堂まひ尓个り」三十五オモテ

「かの山寺の人は、よろしうなりて出でたまひにけり。」（『新編全集』二三五③）

三七〇頁の「校訂附記」に大島本のみ「よろしく」。諸本「よろしう」につき校訂したことが分かる。

二三五頁5行目（校訂本文）よろしう（明・証・穂・幽・柏・吉・御・横・榊・池・肖・三・別）

――よろしく（底本・大島本）

したがって、この二箇所の異同のうち、後者「いかかはたはかりけむ」はコメント者の発見にプライオリティが発生するが、前者「よろしう」の本文異同については極めて遺憾な誤りである。この「よろしう」は大島本ではなく、新編全集の校訂本文だからである。山本氏は、大島本影印、および『源氏物語大成』本文を確認してはいないことがあきらかであって、文献学的手続きの基本すらおぼつかないコメントが、全国紙に配信されてしまった。学界の痛恨事であったと言えよう。

これが五年前の文献学的手続きとすると、それ以前の校訂本文も検証が必要となってくるだろう。山本氏の『紫式部日記』の凡例は以下の通り。

**本文校訂表【凡例】**

一　上から、校訂箇所の頁・行・校訂後の本文。底本の本文（括弧内）。校訂の根拠となる資料を記した。なお、仮名遣い、送り仮名・呼称や官職名中の「の」については校訂の中に合めていない

一　校訂根拠資料の『切』は京都文化博物館・萩谷朴氏所蔵の『紫式部日記切』断簡二葉、「絵詞」は『紫式部日記絵巻』の絵詞、「流」は近世流布版本、『栄』は『栄華物語』巻八の『紫式部日記』引用箇所本文、『産』は『御産部類記』を指す。私解による場合は「意」とした。

このうち、校訂文献として、萩谷旧蔵『紫式部日記切』を掲げながら、黒川本との異同がないために、結局校

訂には使用しなかったのは、管見の及ぶところ、萩谷朴『全注釈』（一九七一、一九七三年）と渋谷栄一『WEB版』、山本文庫、後発の上原の『〈新訂版〉紫式部と和歌の世界―一冊で読む紫式部家集』（武蔵野書院、二〇一二年）である。笹川博司『紫式部日記』（和泉書院、二〇二一年）は頭注に、古代学協会蔵別本『日記切』を紹介するに留めている。いずれも、伝承筆者は三条実重、転法輪実重と同一である。

以下は、渋谷氏の凡例である。日記切による校訂は二例で、萩谷旧蔵断簡が採用されていないのは、異同がないからであろう。

【校訂付記】

1　底本の宮内庁書陵部蔵「黒川本紫日記」は後世の写本であるため、それよりも遡る逸文資料の国宝『紫式部日記絵詞』（鎌倉期）及び伝三条実重筆『日記切』（室町期）が存在する箇所では、原則として、その本文を尊重し校訂した。

2　**萩谷朴著『紫式部日記全注釈　上下』の考証を尊重し、受け入れ難い説以外は、原則として、それに従って校訂した。**

※なお、2の「受け入れ難い説」とは「このわたりに若紫《わが》やさぶらふ」である。

校訂01　けはひ（底本「気色」。逸文『日記切』『栄華物語』に従って訂正する）

校訂02　忘らるるも（底本「わすらるにも」。逸文『日記切』に従って訂正する）

ところが、以下の一例は、中野幸一『新編日本古典文学全集　紫式部日記』（一九九四年）に瑕瑾がある。底本黒川本は、明確に「十一月のあか月も」とあるのだが、実際には、彰子がこの日初めて産室となる土御門邸東対の北廂二間に移動するのだから、反復を著す「〜も」はあり得ず、校訂する必要がある。「〜も」とあるのは、黒川本の独自誤謬であり、むしろ流布本の邦高親王本諸本には「〜に」とある。この箇所の中野『新編全集』の「暁も」の本文誤謬の踏襲の問題点は、すでに、浜口俊裕によって指摘されていた。[1] これは中野『新編全集』の前身である『全集』（小学館、一九七一年）『完訳日本の古典』（小学館、一九八四年）からの誤謬の踏襲なのだが、底本通りであるから、もちろん、「校訂付記」には記されていない。浜口氏によれば、黒川本発見（一九六七年）[2]以前に、松平文庫本を底本とした校訂本文が流布していたが、黒川本の出現によって、以後の校訂本文が挙ってこれを底本としたために、底本とした黒川本に少なくない歴史的規準による誤謬を消し忘れたのではないかと推定している。特に、阿部秋生の校訂態度が黒川本発見前（『標注紫式部日記全釈』紫之故郷舎、一九四九年、『校訂紫式部日記』武蔵野書院、一九五八年、いずれもB分類カテゴリー）と後（『鑑賞日本古典文学』角川書店、一九七六年）で揺れていることを浜口論文は指摘している。

黒川本を底本として、校訂しないAと校訂するBとに分類する。

A 暁も　中野幸一・全集、完訳、新編全集／阿部秋生『鑑賞日本の古典』

B 暁に　萩谷朴『全注釈』『校注』、山本利達『集成』、渋谷校訂版、山本文庫
笹川『和泉叢書』

山本文庫もこの箇所は校訂し、「校訂付記」に「二四頁七行　暁に（暁も）『流』」と記している。このように見てくると、B系の萩谷、渋谷校訂本文との親和性がかなり高い本文ということになる。この校訂傾向は、山本利達『集成』（新潮社、一九八〇年）にも言えるのだが、『集成』の場合は、よく使用される「土御門邸想定図」は『全注釈』にほぼ一致し、かつ、参考文献・校訂付記の提示も一切ないことから、今日的には知的財産権に問題があるテクストであると言えよう。

ところが、本書第二部第五章「『紫式部日記絵詞』人物注記の方法」において指摘したように、山本文庫は「校訂付記」に記されない校訂も見られる。例えば、「との、うち殿三位の君」（『紫式部と和歌の世界』章段番号四）は、「宇治殿」の後人傍記竄入とみて、諸本「殿の三位の君」とするのに対し、山本文庫は「殿の宇治殿三位の君」と表記する。この点は評価すべき処置ではあるが、校訂付記には説明が必要である。

この本文異同と表記については、萩谷『全注釈』、渋谷校訂版には以下のようにある。

『全注釈』「殿の三位の君　　との、うち殿三位の君[宮傍]　との、うち殿三位君[釈]
との、うち殿藤の三位君[解]」　　校訂本文「殿《との、うち殿》の三位の君」
校訂05「三位の君（底本「うち殿三位の君」の「うち殿」は注記の本文混入とみて削除する）」

「うち殿」は本行本文であるから、このような注記が必要なところである。頼通は、寛弘五年時（一〇〇八）、十七歳ながら、長保五年（一〇〇三）十二歳で元服し、この時すでに「宇治殿」と呼称されていたようである。左の記主・藤原実資は長保三年（一〇〇三）、任権大納言兼右近衛大将であった。頼長の時代には、すでに、寛弘元年時点で、宇治殿と呼称されていたという認識である。

**『小右記』寛弘元年（一〇〇四）二月五日条　春日祭使発遣。**

五日。（『台記別記』六・仁平元年十一月十一日条）為使宇治殿《（頼通）》、右大将実資勧盃。実資、受之。

山本文庫（初版）の校訂付記は都合九十八、中野『新編全集』の校訂付記総数一三四、渋谷校訂（黒川本「紫式部日記」本文整定（ver.2-1）二〇一五年九月版、初版二〇〇四年五月）は、校訂総数一九五、萩谷『校注』（新典社、一九八五年）の「改訂本文」は二三一に及ぶ。決して善本とは言えない黒川本を底本としながら、右のような細部の校訂を記していない例が、相当数に及ぶことが類推されるのである。典型的なのが「底本・さい少納言―清少納言」のような些細な異同であり、これは『新編全集』も同様に掲示されていない。黒川本の人物表記が当該人物を正確に記すことは稀であって、例えば、大納言の君「底本傍記・源遍子／源廉子（『御産部類記』後一條院条『不知記』Bに「以源廉子〈左大弁扶義朝臣女子也〉奉仕御迎湯」文庫・新編全集注記あり）」のように、歴史的規準に照らして人物名表記として校訂する場合が大多数を占める。しかし、山本文庫の注記はそれらの半数程度に留まり、その採否に関する規準も前掲「凡例」からは不明である。本来、校訂付記があるからには、これを以て黒川本本文の様態を復原できる説述を備えなければならない。かような校訂付記の粗漏をあげつらう紙幅は本コラムにはないが、その若干例をとっても、新編全集・文庫共に、黒川本の翻刻・釈文の後、校訂本文を作成するという手続きを踏まえた成果ではなく、先行校訂本文をテクストとして、独自の見解に照らしつつ作成したことは明らかである。とりわけ、後者は、源氏物語千年紀を前後として、編集担当者の判断で、校注予定者が交替し、比較的短期間に作成されたと側聞している。となれば、以上の本文特性からして、萩谷『全註釈』の校訂方針を踏襲した電子データである、渋谷校訂本文（二〇〇四年公開）の恩恵下にあることが類推されるのである。ただし、山本文庫の場合は、依拠したはずの渋谷校訂本文のクレジットがなく、これは加える必要があるだろう（渋谷氏は、クレジットを入れれば事前の許可は必要ないとの姿勢である。なお、拙著『紫式部と和歌の世界』も大学教科書という性格上、校訂付記はなく渋谷氏データを援用したと明記してある）。

本書第二部第五章の「人物注記」を論ずるに際して、黒川本本文の様態を仔細に検討したところ、以上のように、広く流布する校訂本文の問題点に気付いたので、認めたところである。

注

（1）浜口俊裕「十一日の暁に、北の御障子二間はなちて廂に移らせ給ふ」について―『紫式部日記』の再検討」（『日本文学研究』二十七号、大東文化大学日本文学会、一九八八年二月）

（2）宮崎荘平「黒川家旧蔵本「紫日記」について」（『文学』三十五巻十一号、岩波書店、一九六七年十一月）

## 五　定家本「若紫」出現と誤伝の弊害

二〇二〇年十月二十八日（水曜日）放送のＮＨＫ歴史秘話ヒストリア「新発見！まぼろしの源氏物語　藤原定

家の挑戦」が波紋を呼んでいる。冒頭から、まさか、の展開であったからである。録画を二度見直したのだが、冒頭、山本淳子氏が「『源氏物語』の作者はひとつ定家と言えるのではないかという研究者もいらっしゃいます」とコメント（テロップのママ）。これが定家の挑戦だというコードが四十五分間の物語の骨格となっているのである。『源氏物語』の論文集成『テーマで読む源氏物語論』三冊や、研究案内『古典文学の常識を疑う』ⅠⅡ（ともに勉誠出版）を編んだわたくしであるが、『源氏物語』の作者として定家を論じた研究者をわたくしは知らない。ぜひ、このことを論じた研究者とこの論文を紹介していただきたいところだ。

確かに定家は古典作品を添削する人である。たとえば、「男もすなる日記といふものを」で始まる『土左日記』を「男もすといふ」と改めるなど、「遺憾ながら、定家という人物は頗る自我の強い性格の持ち主であって、本文の書写校訂に際して恣意的な改訂を加えることが多く、まことに信用し難い本文と化している（萩谷朴編『影印本 土左日記（新訂版）』新典社、一二頁）という言説はある。ただし、これは息子の為家が、紀貫之自筆本を忠実に写していたことから判明したことであって、『源氏物語』で定家がどのような添削を施したのかは分かっていない。部分的に大橋家本『奥入』に巻末を切り取った残欠本文があるものの、新出の定家本「若紫」の当該箇所を対校したところ、ふたつの『源氏物語』本文に異同はない。『奥入』残欠本文は『明月記』に記されるように「家の小女」の書写かと思われる女手である。これに対し、新出定家本「若紫」は定家様そのもの、しかも異同はないのだから、この本文から添削の痕跡は分からないのである。いっぽう、『源氏物語絵巻』若紫断簡は、定家本、大島本と対立し、中山本との親近性が認められる。

定家本には、『土左日記』のような①定家手沢本（自ら書写した本）に加え、②定家書入本（架蔵本に改訂案、注記を書き込んだ本）、③定家令書本（定家監督書写本）の三種があり、萩谷朴は③と認められる三巻本『枕草子』

の場合には、書写を命じられた祐筆が勝手に本文を改めることはないから、定家本であっても③は最も信頼できる本文であると述べている（萩谷朴「『土佐日記』定家本と為家本」『おもいっきり侃々』河出書房新社、一九九〇年、初出は一九八四年、為家本出現時の共同通信配信記事）。もちろん、新出定家本「若紫」は③に該当すると思われる定家監督書写の様態であることは、発見当時から藤本孝一も認めるところだ。

ところが、番組では定家監督書写の話が一切出てこず、独力で書写したような話になっていた。定家作者説を唱えた方が、この添削行為を「作者」と言うのだとすれば、定家本『土左日記』は定家が作者だということになるが、そんな論理にはならないのである。

発言を切り取られて真意が伝わらないことは承知で出演した久保木秀夫氏のコメントにしても、番組内で唯一紹介された、光源氏が紫の君を初めて垣間見するくだりの「人なくて」は、大島本にもあるのだから、『校異源氏』（一九四二年）、『源氏物語大成』（一九五三年）旧『全集』（一九七〇年）、『新大系』（一九九三年）と何十万人もの読書人が目にした本文にすぎない。ただし、それが吉田幸一旧蔵、現聖徳大学川並記念図書館蔵の伏見天皇本と大島本とのみに伝えられ、いわゆる青表紙本内では孤立していることなど、定家本出現以前の本文伝来史は未解明の事柄であった。定家本出現によって、ひとつ確かになったのは、大島本の孤立本文「人なくて」が定家本に遡源されることから、大内政弘旧蔵の青表紙本本文特性の良質性が保証されたことである。番組での久保木氏のコメントもほぼカットされたようだが、「人なくて」の本文的価値は、以上のような意味を持つのであって、定家が創出した本文であるか否かは、おおよそ否定されるものの、現在のところ、可能性は限りなく低いという他はない。

もちろん、誰も見たことがない定家本五帖を並べたのは眼福であったし、定家宛て消息の、『源氏物語』を探索するも目当ての本は売却済みといった新資料の紹介もあったことは有難いことではあった。未視聴の方は再放送、オンデマンドでぜひご覧頂きたい。この番組が、ドキュメントではなく、物語となってしまっていることが、よく分かるはずである。

二〇二〇年十月三十一日

**（付記）　拙稿「定家本「若紫」の本文史」（「物語研究」二十一号、物語研究会、二〇二一年三月）、拙稿「『源氏物語絵巻』詞書の本文史」（「古代文学研究第二次」三十号、古代文学研究会、二〇二一年十月）**

コロナ禍の緊急事態宣言の最中、定家本「若紫」の青表紙本諸本との校合を試みた。その結果、伏見天皇本が最も親近性を持ち、ついで大島本が定家本の本文特性を継承している事が明らかとなった。一説に日本大学藏三条西家本が最も近いとする見解もあるが（伊井春樹『人がつなぐ源氏物語―藤原定家の写本からたどる物語の千年』朝日選書、二〇二一年）、総ての異同を閲してもその結論はあり得ないのである。

したがって、青表紙本を代表するテクストとして大島本を選択した池田亀鑑の慧眼を再評価する結果となったのであった。

## 六　結核文学の系譜――堀辰雄『伊勢物語など』と池田亀鑑、そして紫の上

筑摩書房版『堀辰雄全集』別巻1・来簡編。

七二八、東京都豊島区椎名町の池田亀鑑より、軽井沢町追分の辰雄（一九〇四～一九五三）あて葉書。

昭和二十六年（一九五一）七月二十八日消印

拝啓　その後御具合いかゞでございますか。御伺ひ申し上げます。

さて先日御文章引用について御願ひ申し上げました処、早速御快諾下され、有がたう存じます。別便をもつて一部拝呈いたします。何分御笑納願ひ上げます。

先は御礼まで。敬具。

調べてみたところ、これは『伊勢物語精講』（至文堂、一九五五年）の四十五段の「批評」欄においての、『伊勢物語など』（一九四〇年六月・堀辰雄『全集』第三巻所収）の長文の引用であったことが判明した。

むかし、をとこありけり。人のむすめのかしづく、いかでこのをとこにものいはむと思ひけり。うち出でむことかたくやありけむ、もの病みになりて死ぬべき時に、「かくこそ思ひしか」、といひけるを、親き丶つけて、泣く泣くつげたりければ、まどひ来りけれど、死にければ、つれづれとこもり居りけり。時は六月のつごもり、いと暑きころほひに、よひは遊びをりて、夜ふけて、や丶涼しき風吹きけり。蛍たかう飛びあがる。このをとこ、見臥せりて、

ゆく蛍 雲のうへまで いぬべくは 秋風吹くと 雁につげこせ

暮れがたき 夏のひぐらし ながむれば そのこと丶なく ものぞかなしき

**精講・批評** 「なまじいな事を書くよりも、ここは堀辰雄氏の文章を引用させて頂こう。『かういふ一段を讀んでをりますと、何かレクヰエム的な――もの憂いやうな、それでゐて何となく心をしめつけてくるやうなものでいつか胸は一ぱいになつて居ります。「宵はあそびをりて」――自分ゆゑに死んでいつた女の棺の前で、男はその魂を鎭めるために音樂などをしてその宵を過ごしてゐた。「夜ふけてややすずしき風吹きけり。螢たかくとびあがる。」もうなすわざをやめて、横になつてゐた男は、その螢に向つて、死者の魂をもう一度戻すやうに「雁につげよ」と乞ふやうな氣もちになる。昔は、雁にかぎらず、鳥はすべて魂を運ぶものと考へられて居たからである。…』堀氏は、この文章のあとの所に、人々に魂の安寧をもたらす、何か鎮魂的なものが一切のよき文学の根底にはあるはずだという意味の事を言われている。」

上原訳　昔、ある男がいた。ある人の娘で大切に育てている娘が、どうにかしてこの男に想いを伝えようと思っていた。打ち明けることが難しかったのだろうか、病気になって死んでしまいそうな時に、「このように思っていたのです」と呟いたのを、親が聞きつけて、（そのことを男に）泣く泣く告げたので、（男は）あわててやってきたものの、（娘が）死んでしまったので、しみじみともの寂しく（女性の家で喪に服して）引きこもっていた。時は六月の下旬で、大変暑い頃で、宵には楽器の演奏をして、夜が更けてからは、少し涼しい風が吹いていていた。蛍が高く飛び上がる。この男は、（蛍を）横になったまま眺めて、

飛び上がる蛍よ　雲の上まで飛んでいくことができるのであれば秋風が吹くよ（雁が飛来する季節になった）と（天を飛ぶ）雁（娘）に伝えておくれ

暮れにくい夏の一日中　物思いにふけっているとなんとももの悲しく思えることだなあ

結果的に、この別便は刊行遅延と辰雄の早世により、死後に届いたことになる。行く蛍の段の昔男は、婚約者・矢野綾子（一九一一〜一九三六）を喪った辰雄の心象風景そのものなのであろう。ロマンチスト池田亀鑑の面目躍如といったところである。辰雄が東京帝国大学国文科に入学した大正十四年は、池田亀鑑が在学した最後の年に当たるから、ふたりは大学以来の同窓であった。矢野を喪った辰雄は古典に傾倒、折口信夫を頼って、昭和十二年に慶應で『源氏物語』を、國學院で『蜻蛉日記』を聴講し、これは辰雄一連の古典物として結実した。

この書簡集については、矢野の養父・透（一八七六〜一九五七）を始め、横光利一、川端康成の書簡もあり、川端書簡には、臼田甚五郎（一九一五〜二〇〇六）も登場。また、『新編折口信夫全集』（中央公論新社）には、堀辰雄書簡は未収録につき、近々、これは新編全集編集委員の伊藤好英先生がおまとめになると側聞している。

『源氏物語』の女主人公紫の上は「胸の病」（若菜下巻）で死に至る設定であった。「胸の病」は『枕草子』「病

は／一八〇段」でも言及される疾病で、結核のことである。抗生物質ストレプトマイシンが一九四三年に開発されるまで、発症すれば死に至る細菌感染症であった。

女御の御かたより御せうそくあるに「かくなやましくて」などきこえ給へるに、おどろきて、そなたよりきこえ給へりけるに、むねつぶれ給ひて、いそぎわたりたまへるに、いとくるしげにてをはす。「いかなる御心地ぞとてさくりたてまつり給へば、いとあつくおはすれは、昨日きこえ給し御つゝしみのすちなどおぼしあはせ給ひて、いとをそろしくおぼさる。御かゆなどこなたにまいらせたれど、御覧じもいれず。日ひとひ、そひおはしてよろづにみたてまつりなげき給ふ。はかなき御くだ物をだにいと物うくしたまひて、おきあがり給ことたえてひころへぬ。いかならんとおほしさはぎて御いのりともかずしらず、はじめさせたまひそうめして御加持などせさせ給ふ。そこところともなく、いみじく苦しくし給ひて、**胸時々をこり給つつ、わづらひたまふさま、たえがたく、くるしげなり。**さまざまの御慎みかぎりなけれど、しるしもみえず、「おもし」とみれど、おのづからおこたるけぢめあるは、たのもしきを、いじしく心ほそくかなしとみたてまつり給ふに、ことごとおぼしめされねば、御かのひゝきもしつまりぬ。かの院よりもかくわづらひ給ふよしきこしめして、御とぶらひ、いと懇ろにたびたびきこえ給ふ。おなじさまにて二月もすぎぬ。

（保坂本「若菜」下巻、一一六八⑬〜一一六九⑫）

訳 （明石）女御の御方からお便りがあったので、「かように御気分悩ましくていらっしゃいます」と申し上げたので、（源氏は）驚き、女御からお聞きになったようで、深刻に受けとめて、急いでお帰りになると、（紫の上は）とても苦しそうにしていらっしゃる。（六条院）「どのようなご気分ですか」と手をさし入れなさると、とても熱っぽくいらっしゃるので、昨日申し上げなさったご用心のことなどをお考え合わせになって、とても恐ろしく思わずにはいらっしゃれない。御粥などをこちらで差し上げたが、御覧にもならない。一日中付き添っていらして、いろいろと介抱なさり、お心を痛めなさっている。少しばかりの御お果物でさえ、すこしも口になさらず、起き上がりなさることもまったくなくなって、数日が過ぎてしまった。（六条院）どうなるのだろうとご心配になって、御祈祷などを数限りなく始めさせなさる。僧侶を召して、御加持などをおさせになる。どこが痛むということもなく、たいそうお苦しみになっていたところ、**胸に時々発作が起こってお苦しみになる様子は、我慢できそうもないほど苦しげである。**さまざまの御謹みは数限りないが、効験も現れない。「重態だ」と見えても、自然と快方に向かう兆しが見えれば期待もできようが、たいそう心細く悲しいと見守っていらっしゃると、他の事などお考えになれないので、御賀の騒ぎも静まってしまったのだった。あちらの（朱雀）院からも、このようにご病悩である由をお聞きあそばして、お見舞いを非常に御丁重に、度々申し上げなさる。同じような状態のまま、二月も過ぎた。

紫の上、いたうわづらひ給し御病ののち、いとあつしくなり給ひて、そこはかとなくなやみわたりたまふこと、ひさしくなりぬ。をどろをどろしきさまにはあらねど、年月かさなれば、たのもしげなくいとどあえかになりまさりたまふ。

（大島本／あえかになりまさりたま**へるを、院の思ほし嘆くこと、限りなし**）

（保坂本「御法」巻、一三八一①〜③）

訳　紫の上は重く御患いになった御病悩の後、とりわけ衰弱がひどくおなりになって、**どこそこが御悪いというのでなく、**ご気分がすぐれない状態が長くなっていた。たいへんな重篤ではないままに、年月だけが重なるので、頼りなげに、ますます衰弱は目に見えてお進みになる（ことを六条院はお歎きになることこの上ないのであった）。

四年前の正月の女楽の直後発病し、四月危篤状態まで陥ったが（若菜下）、その後全快せず、幻巻に至っている。「そのことおどろおどろしからぬ御心地なれど」を『集成』は「どこが悪いと、ひどく苦しんだりはなさらぬ病状であるが」とし、「むつかしげに所狭く悩みたまふこともなし」に『完訳』は「いかにも重病人めいてひどくお苦しみになるといったこともない」と評する。『新編全集』「死病になることが多い症状。「きと取りしきるやうにもなく、又、よくもなきやう也。わろき病相也」(孟津抄)」とあるように、特に病名は不明ながら、衰弱がひどくなっていく様子だと解釈したのであろう。前掲『枕草子』の「胸の病」にも諸註釈に結核の指摘はない。当時は疫病蔓延の時代であったし、今日のインフルエンザも確認されているものの、世界的にも大流行していた結核、特に接触の多い若い女性の病についての認定は少なかったようである。(1) 服部敏良『王朝貴族の病状診断』にも「胸病」の説述があり、紫の上の当該記述については、結核を疑いつつも、心臓疾患の可能性が言及され、判然としない。

例えば、正暦四年(九九三)〜長徳元年(九九五)まで咳逆病(インフルエンザ)と疱瘡(天然痘)が大流行し、藤原道兼は後者によって没したとされているものの、紫の上の場合、疱瘡には該当しない。また咳逆病を起因としても、療養期間の四年はあまりにも長すぎるように思われる。紫の上の病悩を結核と診断したのは、医学者の酒井シズ『病が語る日本史』(二〇〇八年)であった。(2) 酒井氏は、我が国結核文学史の先蹤として紫の上の死を位置づけていたのである。

昔大将の御母君うせ給へりし時の暁をおぼしいづるにも、かれはなを、もののおぼえけるにや、月の顔の明らかにおぼえしを、今夜はただくれまどひ給へり。十四日にうせ給て、これは十五日の暁なり。日はいとはれやかにさしあがりて、野辺の露もかくれたるくまなくて、世中おぼし続くるに、いといとはしくいみじければ、「おくるとてもいくよかは経べき」。かかるかなしさのまぎれに、むかしよりの御本意もとげまほしくおぼせど、心よはきさまに、のちのそしりをおぼせば、（「このほどを過ぐさむ」としたまふに／底本ナシ）、胸をのみせきあまるぞ、たえがたかりける。

（保坂本「御法」巻、一三九三⑭～一三九四⑥）

訳 （六条院）昔、（夕霧）大将の君の御母君（葵上）がお亡くなりになった時の暁のことをお思い出しになっても、あの時は、やはりまだ物事の分別ができたのであろうか、月の顔が明るく見えたが、今宵はただもう真暗闇で何も分からないお気持ちでいらっしゃった。（七月）十四日にお亡くなりになって、葬儀は十五日の暁であった。日はたいそう明るくさし昇って、野辺の露も隠れるところなく光を照らし出して、人の世をお思い続けなさると、ますます厭わしく悲しいので、「先立たれたとて、何年生きられようか」。（と）、このような悲しみに紛れて、昔からのご本意の出家を遂げたくお思いになるけれども、後のちの叱責をお考えになると、「この折（出家の時）を逃がすまい」とお考えにもなるが、胸に込み上げてくるものがね、我慢できないのであった。

横光利一『春は馬車に乗って』（一九二六年）、堀辰雄『風立ちぬ』（一九三八年）に代表される結核文学が多くの読者の涙を誘ったことはよく知られている。その淵源が『源氏物語』の紫の上最晩年の物語なのであった。さながら「御法」巻は、紫の上が最後に選んだサナトリウム二条院の物語であり、死を看取る文学そのものなのであった。作者当人もまさかの細菌感染症に倒れたことになるのだが、後述する娘賢子による翌年三月の悲嘆の桃の詠歌からして、母は急逝であったことが裏付けられるように思われる(3)。

注

（1）河添房江「『源氏物語』と王朝の疫病―薄雲巻の「世の中騒がし」を中心に」（「文学語学」二三一号、全国大学国語国文学会、二〇二一年三月)、服部敏良『王朝貴族の病状診断』(吉川弘文館、二〇〇六年、原著一九七五年)には晩年の道長の「胸病」を糖尿病に伴う呼吸器系疾患・結核性疾患を疑うものの、これは否定している。

(2) 酒井シズ『病が語る日本史』(講談社学術文庫、二〇〇八年)

(3) 上原作和『紫式部伝』第二〇章「紫式部の死」(勉誠社、二〇二三年)二九一頁

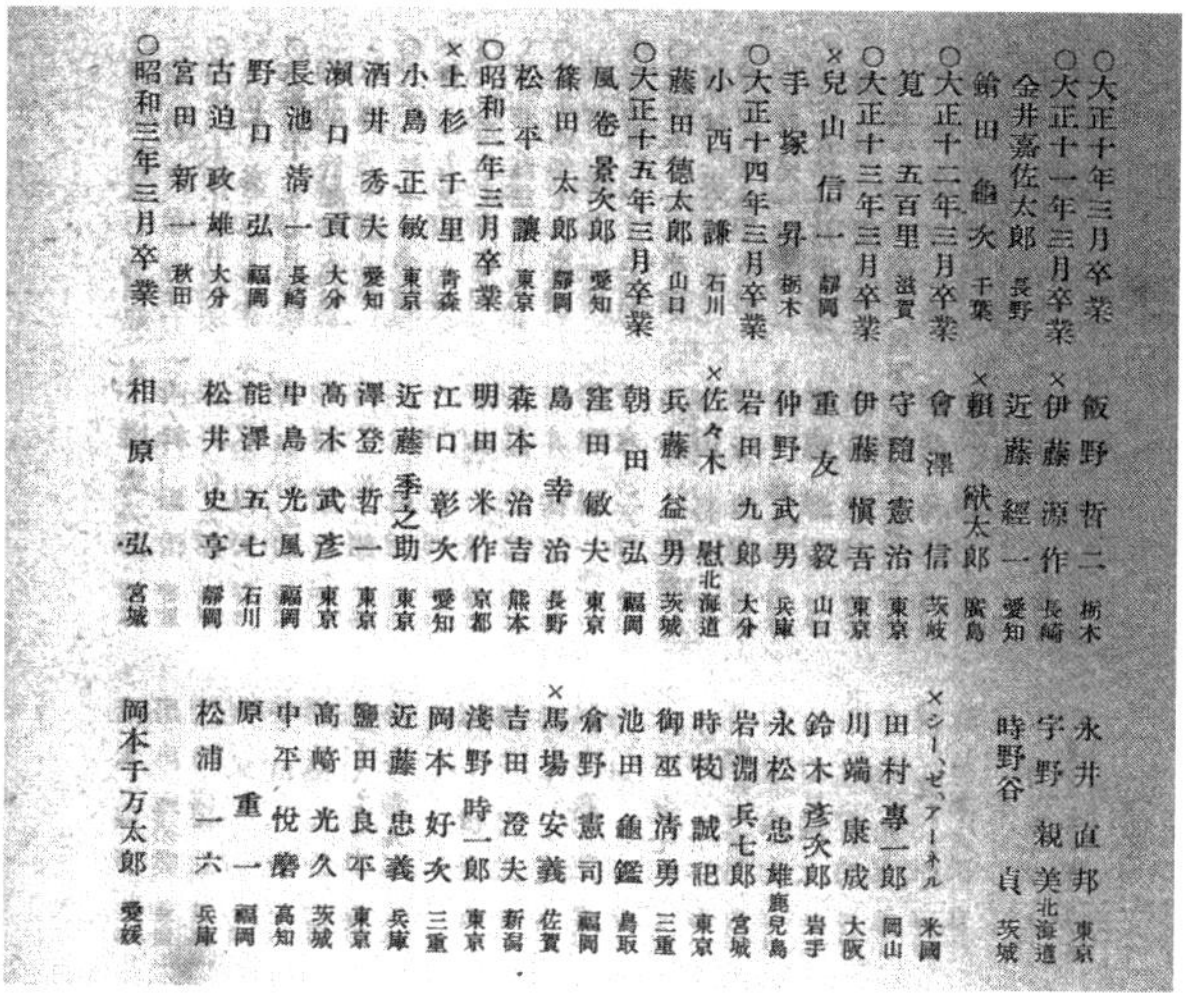

○大正十年三月卒業
飯野哲二 栃木
×伊藤源作 長崎
近藤經一 愛知
○大正十一年三月卒業
金井嘉佐太郎 長野
×頼 献太郎 廣島
鈴田亀次 千葉
會澤 信 茨城
○大正十二年三月卒業
守随憲治 東京
筧 五百里 滋賀
伊藤慎吾 東京
○大正十三年三月卒業
重友 毅 山口
×兒山信一 静岡
仲野武男 兵庫
手塚 昇 栃木
岩田九郎 大分
○大正十四年三月卒業
×佐々木慰 北海道
小西 謙 石川
兵藤益男 茨城
藤田徳太郎 山口
朝田 弘 福岡
○大正十五年三月卒業
窪田敏夫 東京
風巻景次郎 愛知
島 幸治 長野
篠田太郎 静岡
森本治吉 熊本
松本 讓 東京
明田米作 京都
○昭和二年三月卒業
江口彰次 愛知
×上杉千里 青森
近藤季之助 東京
小島正敏 東京
澤登哲一 東京
酒井秀夫 愛知
高木武彦 東京
瀬口 貢 大分
中島光風 福岡
長池清一 長崎
能澤五七 石川
野口 弘 福岡
松井史亨 静岡
古迫政雄 大分
相原 弘 宮城
宮田新一 秋田
○昭和三年三月卒業

永井直邦 東京
宇野親美 北海道
時野谷 貞 茨城
×シー・ゼ・アーネル 米國
田村專一郎 岡山
川端康成 大阪
鈴木彦次郎 岩手
永松忠雄 鹿児島
岩淵兵七郎 宮城
時枝誠記 東京
御巫清勇 三重
池田亀鑑 鳥取
倉野憲司 福岡
×馬場安義 佐賀
吉田澄夫 新潟
淺野時一郎 東京
岡本好次 三重
近藤忠義 兵庫
鹽田良平 東京
高崎光久 茨城
中平悦磨 高知
原 重一 福岡
松浦一六 兵庫
岡本千万太郎 愛媛

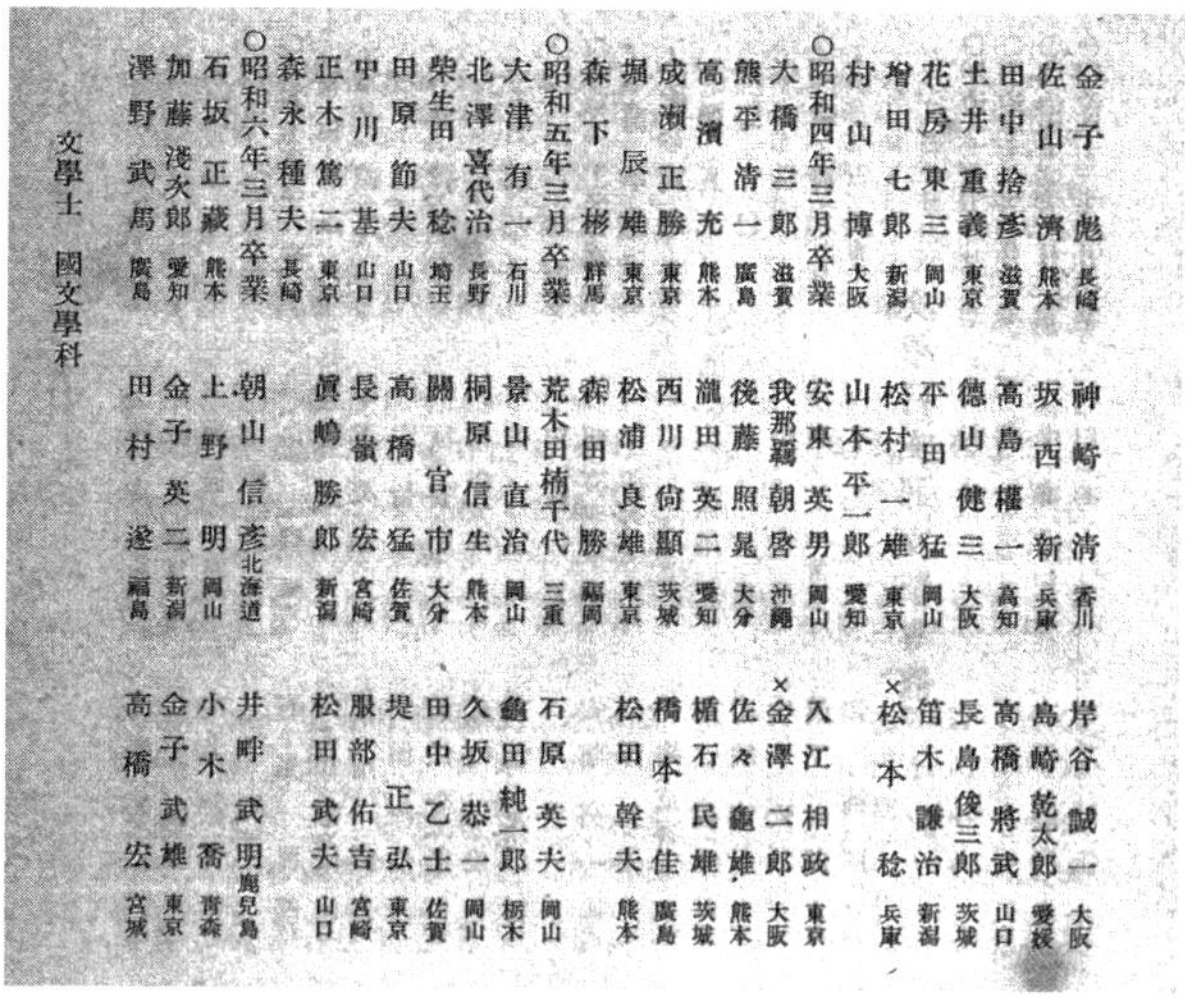

金子 彪 長崎
佐山 濟 熊本
田中捨彦 滋賀
土井重義 東京
花房東三 岡山
増田七郎 新潟
村山 博 大阪
○昭和四年三月卒業
大橋三郎 滋賀
熊平清一 廣島
高濱 充 熊本
成瀬正勝 東京
堀 辰雄 東京
森下 彬 群馬
○昭和五年三月卒業
大津有一 石川
北澤喜代治 長野
柴生田稔 埼玉
田原節夫 山口
中川 基 山口
正木篤二 東京
森永種夫 長崎
○昭和六年三月卒業
石坂正藏 熊本
加藤淺次郎 愛知
澤野武馬 廣島

神崎 清 香川
坂西新一 兵庫
高島權一 高知
德山健三 大阪
平田 猛 岡山
松村一雄 東京
山本平一郎 愛知
安東英男 岡山
我那覇朝啓 沖縄
後藤照晃 大分
瀧田英二 愛知
西川尚顯 茨城
松浦良雄 東京
森田 勝 福岡
荒木田楠千代 三重
景山直治 岡山
桐原信生 熊本
關 官市 大分
高橋 猛 佐賀
長嶺 宏 宮崎
眞嶋勝郎 新潟
朝山信彥 北海道
上野 明 岡山
金子英二 新潟
田村 遂 福島

岸谷誠一 大阪
島崎乾太郎 愛媛
高橋將武 山口
長島俊三郎 茨城
笛木謙治 新潟
×松本 稔 兵庫
入江相政 東京
×金澤二郎 大阪
佐々龜雄 熊本
樋石民雄 茨城
橋本 佳 廣島
松田幹夫 熊本
石原英夫 岡山
鶴田純一郎 栃木
久坂恭一 岡山
田中乙士 佐賀
堤 正弘 東京
服部佑吉 宮崎
松田武夫 山口
井畔武明 鹿児島
小木 喬 青森
金子武雄 東京
高橋 宏 宮城

文學士 國文學科

図1 東大卒業生名簿昭和8年(部分)
(神野藤昭夫氏紫草書屋蔵)
上図:3段目右から12番目に池田亀鑑
下図:1段目右から13番目に堀辰雄

# 七　『夢の通ひ路物語』散逸部断簡の出現

## はじめに

左の影印は二〇一四年冬に架蔵となった未詳物語切である。二〇二一年公刊された塩田公子校注訳『夢の通ひ路物語』(1)の人物系図に完全一致したことによって、本作の書誌と物語内容の関係が明らかとなった。すなわち、この断簡の物語内容が、巻一後半以後、巻二前半以前の現存テクストには存在しない散逸部分であることが判明した。ここにその仔細を報告する。

本作『夢の通ひ路物語』巻六が、平成二十七年(二〇一五)大学センター試験「国語／古文」に出題されたことは周知のことであろう。一條権大納言と、帝に寵愛されることとなった梅壺女御(京極の三の君)の悲恋が軸となる物語である。出題されたのは本作クライマックスに向かう巻六前半部であった。出題のリード文を引用する。

次の文章は『夢の通ひ路物語』の一節である。男君(一條権大納言)と女君(梅壺女御)は、人目を忍んで逢う仲であった。やがて、女君は男君の子を身ごもったが、帝に召されて女御となり、男児を出産した。生まれた子は皇子として披露され、女君は秘密を抱えておののきつつも、男君のことを思い続けている。その子を自分の子と確信する男君は人知れず苦悩しながら宮仕えし、二人の仲介役である「清さだ」と「右近」も心を痛めている。以下の文章は、それに続くものである　【（）内は上原注記】

本作の物語劈頭から、吉野の阿闍梨が亡き一條権大納言から夢の中で託された巻物に書かれた内容が物語を領導し、巻六巻末で首尾呼応して完結するという、他に類を見ない入れ子型時間軸の物語となっている。夢や予言によって物語が展開する『源氏物語』の先蹤はあるものの、これを巻物としたのは本作の独自の発想である。本筋の一條権大納言と梅壺女御の悲恋は、柏木と女三宮、そして光源氏の存在をプレテクストにしたと思われるが、本断簡テクストに連なる「かざしの君の継子いじめ」や、その夫となる「岩田中納言の流罪と復権」などの傍流の物語も、紫の上の継子物語と光源氏の須磨流離を想起させるものである。このように、物語は多角的に展開され、複雑に絡み合う長編物語の構造を備えていると言えよう。

本作は『無名草子』に言及が無く、『風葉和歌集』にも別作『夢の通ひ路』二首を除き、現存作中歌九九首の採録がないことから、十五世紀までに成立したものとされている。

伝本は、昭和四年（一九二九）、山岸徳平によって発見された蓬左文庫本が天下の孤本であり、一九七二年、古典研究会叢書として影印が刊行された[2]。「解題」で平沢五郎は、書写年代を「江戸中期をやや下った頃か」とする。したがって、本断簡は、書写様態からして、蓬左文庫本に先行することが明らかである。基礎的研究としては、工藤進思郎・伊奈あつ子・高見沢峡子・川嶋春枝著『夢の通ひ路物語』（一九七五年）に底本の本文と頭注を翻刻し

た先駆的業績があり、(3) 市古貞次・三角洋一『鎌倉時代物語集成』巻六（一九九三年）にも翻刻本文が収められた。(4)

詳しくは、委細を尽くした塩田氏の中世王朝物語全集の下巻解題を参照願うこととして、以下、架蔵断簡の紹介と、その意義を論じることとする。

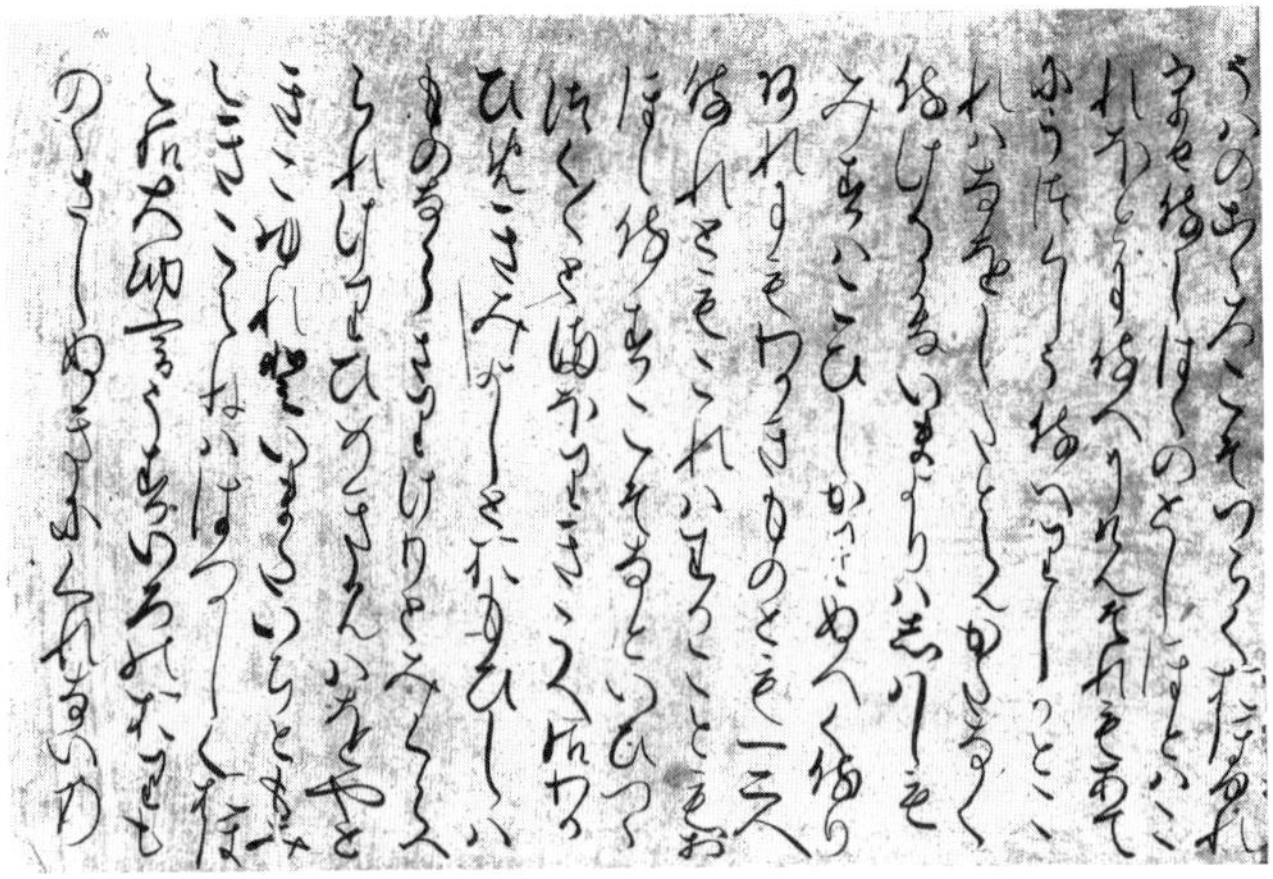

図1　夢の通ひ路断簡（架蔵）

図2　夢の通ひ路断簡（架蔵）右端

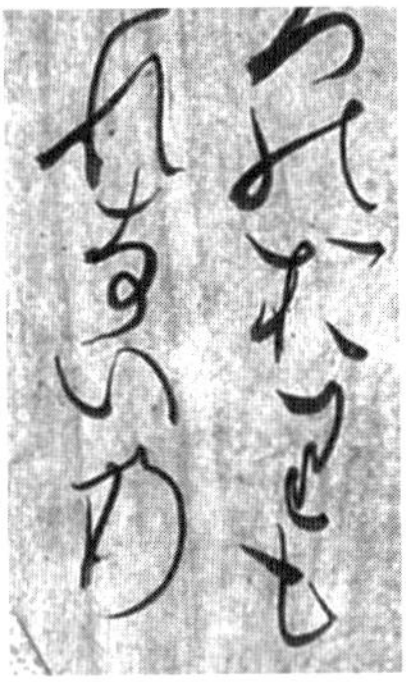

図3　夢の通ひ路断簡（架蔵）左端

図4　未詳物語人物相関図（上原作成）

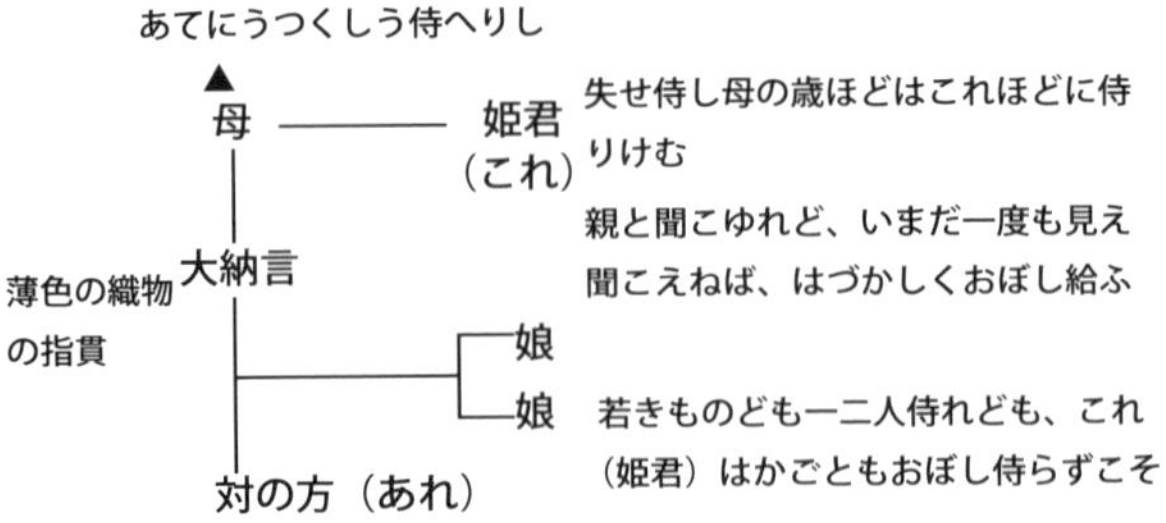

（斐紙、縦一三・八×横二〇・二糎、字高一三〜一二・五糎、捲り、極札なし）

**料紙**　現状は赤茶色の薄様に裏打ちを施してある。左下隅が一部捲れており、薄様なのは裏面を剥がしたためであろう。楮打紙と思われるが、刷毛の跡が全面に確認され、胡粉を引いた具引紙、あるいは渋柿のようなものを塗ったのかもしれない。

**横長四半**　現状十八行であるが左端下「おほゆれ」の右脇に文字の跡が残り、行間で切断したことが分かる（図2）。少なくとも一面十九行となり、巻本装だった可能性もある。ただし、物語の場合、絵巻以外の巻子本の類例はない。しかしながら、本作のモチーフである「巻物」に由来する装幀とすれば、巻子装もあながち否定できないように思われる。

**書写年代**　鎌倉末から南北朝、本作成立直近の書写であろう。四半横長で書写された物語としては、天理図書館蔵『あさぢが露』がある。十二・四糎×十五・二糎と本作より横の狭い横長本であり、かつ、同筆ではなが、書風に親近性が認められる。中村忠行は「鎌倉末」、文化庁の国指定文化財等データベースは「時代区分：南北朝」とあるが、武藤那賀子は「平安後期から鎌倉初期」とする。(5)『あさぢが露』は武藤論文に指摘されるとおり、丁によって、行数に大きな差があり、七十丁あたりは一面二十行を超える書写もある。かつ巻末誤脱と、『夢の通ひ路物語』の書写様態、現存状況にも同時代性が認められる。

**釈文**

① うはのこ、ろこそつらくおほゆれ

② はうせ侍しは、のとしほとはこ

③れほとに侍へりけむそれもあて
④にうつくしう侍へりしかとこ
⑤れはなを〳〵たとえむかたなく
⑥侍けるかないまよりはしはしも　しー〳〵
⑦みすはこひしかりぬべく侍り
⑧あれにもわかきものとも一二人
⑨侍れともこれはわかこともお
⑩ほえ侍らすこそなといひつゝ
⑪つく〳〵とまほりきこへ給わか
⑫ひめきみよしとおもひしは
⑬ものならさりけりとみくらへ
⑭られけりひめきみはをやと
⑮きこゆれといまたいちともみ
⑯えきこえねははつかしくおほ
⑰え給大納言うすいろのおりも

**現代語訳**

……（姫君と対面した父の按察使大納言は）上の空で胸苦しく思うのだが、「亡くなった時の母宮は、この姫君の齢の頃であったからでしょう、彼女も高貴でうつくしい女人でありましたが、この姫君はさらにさらに喩えようもない女人であることだ。これからはしばしもお逢いしないではいられぬほど恋しい娘となりましょう。（後妻の）対の方にも若き娘達が一二人おりますけれども、これでは恨み言をする気にもなりません」などと言いながら、つくづくと見守っていらっしゃる。「《わたくしの姫君たちはなんと美しいことか》と思っていたものの、到底太刀打ちできる器量ではなかったことだ」と見比べておられたのだった。姫君は自身の父親とは申しながら、いまだ一度もお逢いしたことがなかったので、気後れなさっていらっしゃる。大納言は薄色の織物の指貫に紅の……

## Ⅰ　本断簡の物語内容とその定位

○父・大納言は、大人になって対面した娘が母宮の亡くなった当時の年齢になっていたことを知り、胸つぶれる思いである。
○母も高貴で美しい女人であったが、娘はさらに喩えようもない美しさである。
○大納言は、この娘にしばしば逢わないと恋しくなるだろうと思っている。
○かの（対の君／北の方・後妻）君には若い娘がひとりふたりいるが、（この姫君と比べると）まったく及ばない容貌である。
○大納言は後妻の娘たちこそが、美しい女人と思っていたが、この姫君の存在を知り、それはたんなる自分の思い込みであったと知る。
○姫君は父親の存在を知っていたが、まだ一度も逢ったことがないので、いざ父と初対面してみると「恥ずかし」と思ったのであった。

○大納言は、薄物の織物の指貫に紅の衣裳である。

「はじめに」に記したように本断簡は、『夢の通ひ路物語』現存巻一と巻二の間に位置する物語内容である。現存巻一、五月雨の夜、靫負佐が宰相中将、宮の中将を前に、「雨夜の品定め」の如く、自身の恋愛体験を語り、世の女人達の噂話をする中で、「按察使大納言の娘（かざしの君）」が古き帝と更衣との間に生まれた母宮を失っても、亡き母宮の所有する宇治の邸に住み、母宮相伝の琴を爪弾く姫君として初めて言及される。父大納言は「故宮のおはせましかば、さる方にも後ろやすかるべけれど、**むらなる大納言殿の御心ならひにて**、もどき給ふらん」と宮の中将の人物評は辛辣である。大納言は「宮のはかなき夢のやうにて消え失せ給ふままに、ほどなく異腹迎へ給ひつる」とすぐに継母となる後妻を迎え、「後腹にもあまた君たち生ひ出で給ふほどに、かの姫君はあるかなきかに押し込め奉りしと、聞き侍りし」と靫負佐は語っている（二六）。このあと、巻一ではこの姫君の挿話は見えない。

ついで、巻二において、継母である対の方によって、「（宇治で）**なにごとにもらうらうじう住みなし給ふをも、いとど北の方は憎み給ひて、西の対に古りたる殿侍りしを、取り繕いなどもせで移し奉り**、いつしかに大納言も気遠くもてなし給へば、まうで仕うまつるべき人もあらず」とあって、強引に姫君を大納言邸に迎え取り、西の対に幽閉する挿話（十一）によって、姫君は現存本では初登場となるから、本断簡の大納言が娘と再会する挿話は宙に浮き、話も繋がらない。(6) さらに継母は姫君をなにがしの受領一派に略奪させようとしたものの、この計略は失敗に終わる（十二）。大納言は再会の時とは態度も一変、「むらなる大納言殿の御心ならひ」なる人物造型は一貫して優柔不断、後妻の言いなりで、これ以後も、対かざしの君処遇の主導権は一貫して後妻にある。

ここに、噂の姫君に懸想する岩田中将が登場し（十三、十四）、中将と姫君の後朝の文「**かざしても**なほこそ

ぬるれ 我が袖は 露に映えなき 花の朝顔」から、姫君は「かざしの君」と呼ばれるようになる（十五）。かざしの君は懐妊し、北の方、大納言は激怒する（十六、十七）。かざしの君は夢に亡き母宮が現れて「ついにめでたかるべければ」と将来は幸せになれると告げる（十八）というのが巻二の構成である。したがって、本断簡は、現存巻一巻末と巻二前半の間に置かれて何ら矛盾はないのである。

物語は最終巻六に致り、一條権大納言の遺児・三の皇子が父の遺した巻物を読み、すべてを知って出家を願うが（四四）、阿闍梨に諭され、仏の教えを学び（四六）、父遺愛の笛を手に入れる（四七）。かざしの君は前述のように「琴」を相承する血脈として造型され、権大納言は柏木・薫に倣って「笛」を相承し、楽統の物語として完結するのである。(7) したがって、本断簡の出現は、かざしの君物語の始発にあって、極めて重要な意味を持っていたのであった。

付言すると、本断簡の末尾に、「大納言は、薄物の織物の指貫に紅の衣裳」とあるが、続けて姫君の衣装も描かれていたことが予想される。このように、重要場面で男女の衣装に言及するのは、本作の常套表現である。

## Ⅱ 本断簡出現による巻一巻末欠陥部の想定

ちなみに、巻一末尾は「こよなううち乱れぬる御物語に、何となう暇行きて、宵過ぐるほどに、客人も帰らせ給ひけり」と靫負佐《ゆげいのすけ》の恋愛体験を聞き終えた宰相中将らが帰邸する話で文章に乱れはなく、物語内容も『夢の通ひ路』版の「雨夜の品定め」譚として完結している。くわえて、蓬左文庫本は六十九丁表最終行まで認められている。また、巻二冒頭は「かくて、三条にはいとど御日数遠ざかるままに、はかなき御跡のみ懐かしう正身には御涙の晴れ間なく」と語り始められ、巻頭の物語構成を備えてはいる。

ところが、巻二の前半は年立て上、八年の空白があり、かつ、巻二の丁数が、他の巻の墨付き五十一（巻二）

～百二（巻六）の半分以下の二十六丁であることから、塩田氏はその散逸部の物語内容の復原に傾注した。ちなみに巻三の冒頭は、「げにや、おとどは、あまた御子たちおはしつる御中にも、いとわけて映え映えしうかしづき聞こゆる藤壺の女御、水無月のころより例ならぬ気色ならば、申しおろし奉らん」と、右大臣の娘の藤壺女御の懐妊の兆候が語られ、物語内容の具体的な検討がなければ、この巻ですら脱落は想定しがたい写本の様態であった。しかし、本断簡の出現によって、「かざしの君」物語の始発が繋がらないことから、巻三以外にも散逸が想定されることとなった。山岸氏は、袋綴じの蓬左文庫本は発見時に「製本し直し」て「綴じめが窮屈になった」と回想している（八〇〇頁）[8]。したがって、本作の散逸は同書から発生した可能性もあるだろう。前述の塩田氏は、この伝本に欠損の痕跡がないことを根拠として、本文の欠損を否定しているが、なにより、江戸期蓬左文庫の文書整理の問題でもあるように思われるし、また、山岸発見当時のかかるような事情も斟酌されなければなるまい。

## Ⅲ　蓬左文庫本頭注による散逸部復原と本文校訂の問題点

蓬左文庫本には、本文と同筆の頭注が施されており、三角洋一説に原作者による注記説があるものの、切断前の架蔵断簡にも頭注はなかったものと思われる[9]。とすれば、本断簡と蓬左文庫本の先後関係から頭注は後人のものと判断され、本文の散逸は頭注以後、昭和四年までの間ということになる[10]。頭注から散逸内容の復原も一部可能で、例えば、巻五の頭注21は宮の中将の「わがあやしかりしまなじり（底本本文「あやしき」）」について、「按察使の大納言の女一の君にあひ給ひし時のことをおぼしいでたるなり。まなじり、ことのほか赤黒みたるやうなりしとなり。はじめにあり」とある。塩田氏はこれを巻三散逸部、頭注の「女一の宮（不審）」とし、顔が赤黒かった女二の宮との逢瀬とする（「梗概」下巻、二七五頁、二九四～二九五頁）。塩田氏が「はじめにあり」を巻三散逸部とするのは、蓬左文庫本題箋巻六が、実は巻三であるという巻序の混乱を前提とする想定である。ただし、大納言の女一の君は年立上、かざしの君なのであり、まなじりは宮の中将のそれであるとすると、巻一散逸巻末に、噂を聞いた宮の中将が宇治に赴いた際の挿話があったと解釈可能であり、かつ、頭注の「はじめにあり」と矛盾しない。本断簡の前後にこの挿話があったとすると、脱落は最低二丁以上と言うことになるだろう。

なお、塩田氏が「校訂一覧」に蓬左文庫本の「9謙譲表現の多用」「10四段・下二段『給ふ』の誤用」を総覧しているが、本断簡でも前者「侍り」は丁寧語を含め七例と同傾向を示すものの、後者の誤用はない。学校文法の「誤用」と『源氏物語』写本の問題は、新出定家本「若紫」の拙稿等でも言及したので、ぜひ参照願いたい(11)。

## むすびに

以上、本断簡の出現により、『夢の通ひ路物語』の成立年代を鎌倉末・南北朝以前とすることが可能であること、ならびに、物語内容は、「かざしの君物語」の始発部に位置するものとして、巻一巻末もしくは、巻二前半部以前の散逸部分に置かれるべきことを検証した。なお、『寝覚』『とりかへばや』のような改作も想定しなければならないが、本断簡の物語内容を敢えて省筆する必然性はない。したがって、本作は改作ではなく、少なくとも冊子装前後二丁が脱落して当該逸文が発生したと考えられる。大方のご批正を乞う次第である。

### 注

(1) 塩田公子校注訳『夢の通ひ路物語』上下巻(笠間書院、二〇二一年)。章段番号、本文の引用は総て本書による。

(2) 山岸徳平・平沢五郎解題・古典研究会叢書『夢の通ひ路物語』(汲古書院、一九七二年)

（3）工藤進思郎・伊奈あつ子・高見沢峡子・川嶋春枝著『夢の通ひ路物語』（福武書店、一九七五年）

（4）市古貞次・三角洋一『鎌倉時代物語集成』巻六（笠間書院、一九九三年）

（5）中村忠行「解題」（『天理図書館善本叢書6あさぢが露・在明の別』八木書店、一九七二年）、武藤那賀子「『浅茅が露』の書誌再検討―書写状況と巻末の脱落を考える」（『王朝文学の〈旋律〉』新典社、二〇二二年）。本論中の料紙、書写年代について、慶応義塾大学斯道文庫長・佐々木孝浩氏に御教示賜ったところがある。銘記して謝意を表する。

（6）塩田公子「『夢の通ひ路物語』・「かざしの君物語」周辺―付 上原作和氏所蔵物語断簡」（「古代文学研究第二次」三十二号、二〇二三年十月）では、宇治での居住を巻一の一時期と解釈し、かつ現存伝本に巻一、巻二間の欠脱が窺えないことから、本断簡を別の物語とみる。しかし、なにより、人物系図の一致度を重視すべきであろう。

（7）血脈による楽統相承、いわゆる「一子相伝」については、上原作和・正道寺康子『日本琴學史』（勉誠出版、二〇一六年）、毛利香奈子『いはでしのぶ物語の研究―王朝物語文学の終焉』（武蔵野書院、二〇二二年）参照。

（8）山岸注（2）前掲書「解題」参照。

（9）三角洋一「源氏物語伝説」（『源氏物語講座』第九巻、勉誠社、一九九二年）

（10）安道百合子「『夢の通ひ路物語』の成立について再考―頭注は手がかりになり得るか」（『中世王朝物語の新展望―時代と作品』花鳥社、二〇二三年）。また、中島正二「中世擬古物語『夢の通ひ路物語』蓬左文庫本頭注の方法」（『江戸の「知」―近世注釈の世界』花鳥社、二〇一〇年）によれば、この伝本の頭註は『岷江入楚』を参照したものと推測している。当該書は、中院通勝が、慶長三年（一五九八）、細川幽斎の委託を受け、諸注集成を目的に作ったものであり、これ以降の施註と判断される。

（11）上原作和「定家本『若紫』の本文史」（「物語研究」二一号、物語研究会、二〇二一年三月）、「このクラスにテクストはありますか―定家本『源氏物語』／校訂本文／解釈共同体」（「物語研究」二二号、物語研究会、二〇二二年三月）。

# 初出一覧

## 第一部　諸説総覧　紫式部伝

ある紫式部伝・第三稿―日記の成立過程と読者圏、道長妾問題の現在
（『物語研究』二十三号、物語研究会、二〇二三年三月）

ある紫式部伝・第二稿―本名・職階・没年説の現在
（『古代文学研究第二次』三十一号、二〇二二年十月）

## 第二部　紫式部伝　論攷編Ⅰ

第一章　ある紫式部伝―本名・藤原香子説再評価のために
（南波浩編『紫式部の方法　源氏物語・紫式部日記・紫式部集』笠間書院、二〇〇二年）

第二章　宇治十帖と作者・紫式部―「出家作法」揺籃期の精神史
（久下裕利・横井孝編『知の遺産シリーズ⑤宇治十帖の新世界』武蔵野書院、二〇一八年）

第三章　紫式部の生涯―『紫式部日記』『紫式部集』との関わりにおいて
（久下裕利・横井孝編『知の遺産シリーズ⑦紫式部日記・集の新世界』武蔵野書院、二〇二〇年）

第四章　「藤式部」亡き桃花の宴―西本願寺本兼盛集附載逸名歌集注解攷
（吉海直人編『平安朝の物語と和歌』新典社、二〇二三年）

第五章　『紫式部日記絵詞』人物注記の方法―日記承継者は幼少女性親族か

（書き下ろし）

第六章　『源氏物語』作者・紫式部の楽才

（『論叢』三十一号、聖徳大学言語文化研究所、二〇二四年三月）

**第三部　『源氏物語』と暦象想像力　論攷編Ⅱ**

第一章　「入る日を返す撥こそありけれ」―徳川本『源氏物語絵巻』「橋姫」巻瞥見

（『水門』三十一号、水門の会・勉誠社、二〇二四年二月）

第二章　中世源氏学の「准用」を疑う

（「文学・語学」二三一号、全国大学国語国文学会、二〇二一年四月）

第三章　「ついたちごろのゆふづくよ」の詩学―桃園文庫「浮舟」巻別註と木下宗連書入本

（「国語と国文学」九十一巻十一号〈特集・『源氏物語』研究の展望〉東京大学国語国文学会、二〇一四年十一月）

**附篇**

附篇Ⅰは全国大学国語国文学会第一二九回大会、於早稲田大学、二〇二四年六月十六日の「紫式部と清少納言の家」の発表に基づく。附篇Ⅲは「汲古」八十一号（汲古書院、二〇二二年六月）。他は書き下ろし。

# 跋――『源氏の物語』を伝えた人々

## 大島本『源氏物語』と佐渡の田中とみ・続

二〇一二年に武蔵野書院から上梓した前著『光源氏物語傳來史』では、佐渡時代の大島本『源氏物語』を、昭和初期、南葵《なんき》文庫主事高木文、大島雅太郎、池田亀鑑らと売却交渉に当たった「田中とみ」なる女性を、金井《かない》村貝塚《むらかいづか》田中家に身寄りを亡くして同居していた「加藤とみ」（一九二三年生）と推定した。この田中家は、江戸時代、佐渡に奉行代官として越左してきた相川の田中氏ではなく、千利休四男宗忠一統のことである。初代宗忠は弘治二年（一五五六）、織田信長、豊臣秀吉の時代、佐渡河原田に移住して本間佐渡守に仕え、天正の乱（一五八二年）に没したという。後、貝塚に居を構えて、医業の傍ら、中村春彦に師事して歌人として生きた田中穂積（一八四三～一八九二）が著名である。(1) 穂積は最後の佐渡奉行鈴木重嶺（一八一四～一八九八）とも歌縁を結び、明治二十三年（一八九〇）勝海舟の斡旋による毛利家の『源氏物語』売却に際して、これを購入して佐渡に架蔵としたようである。前著では、大島本売却交渉の際、田中氏の女当主で小学校教員だったタズ（一八九八～一九七八）が幼少のとみ氏の名を用いて売却交渉をしていたと推定していた。(2)

ところが、もうひとり、貝塚の隣、新穂村《にいぼむら》に婦人運動家の田中とみ（旧新穂村武井、旧姓・田辺、一八八〇～一九六〇）のいたことが判明、『紫式部伝』（勉誠社、二〇二三年）にその詳細（「大島本『源氏物語』と佐渡の田中とみ」）を記したところであった。(3)

図１　田中亮一・とみ（田中家蔵）

その後、驚くことがあって、本年六月、その田中亮一の曾孫にあたる新潟市の田中淳氏から連絡を頂いたのである。田中氏から、亮一には医薬に関わる『不老の光』なる著作があり、二味庵宗常筆『利休百歌』を蔵しているという新情報がもたらされた。このことによって、千家の末裔を名乗り、医業の傍ら茶人・歌人の家であった貝塚田中家と縁戚であることが証されたのである。

前著では、田中亮一について、佐渡の郷土史料『新穂村文化の先達』[4]によったところ、不正確な記述があった。正確を期すと、とみの夫・亮一（旧新穂村舟下。実父・牛尾神社宮司土屋一丸（号は賢継）[5]は土屋家からの猶子で、生没年は、明治九年（一八七六）～大正九年（一九二〇）享年四十五。立憲政友会の代議士にして大東文化学院第四代会頭・山本悌二郎（一八七〇～一九三七。『源氏物語』売却の際、とみに紹介状を書いている）の支援者で、佐渡県会議員であった。当家は、大正十二年、蔵書・田中文庫（全三〇〇〇冊）を新穂図書館に寄贈し、現在でも佐渡市立図書館新穂図書室に、芳賀矢一・佐佐木信綱『謡曲大観』（博文館、一九一四年）など、大正時代の刊行物の蔵書が確認され、漢籍・和書もあるという[6]。ただし、田中文庫は漢籍が多くを占め、『源氏物語』に関しては潟上・土屋一丸家蔵書に『源氏無外題』（元和元年）三冊が見えるのみ。亮一は土屋家出身であるから持参本であろう。

妻の田中とみは、A級戦争犯罪人にして、精神疾患で免訴された思想家・大川周明（一八八六～一九五七）の日記にも登場する。大川は自身の日記の中で[7]、田中亮一子孫の来訪と、田中トミ（とみ）からの付け届けを記していた。田中家には、その時の礼状が現存した。

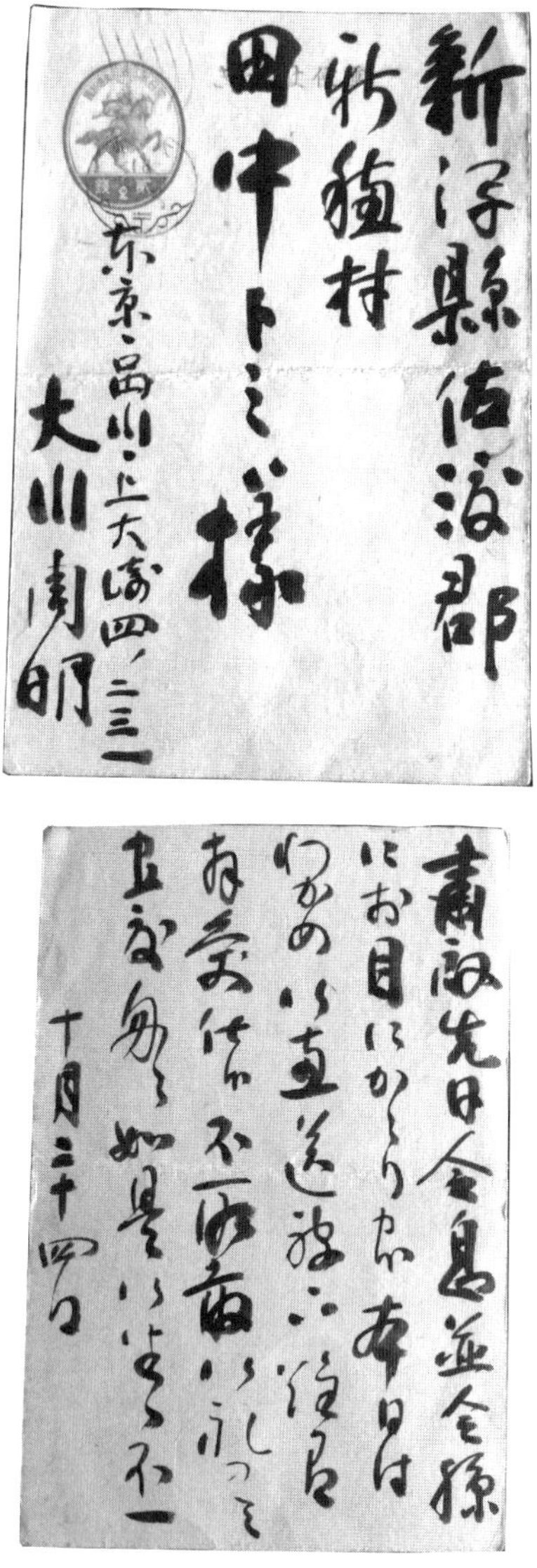

図2　大川周明はがき
（田中家蔵）

『**大川周明日記**』

昭和十八年十月十八日

　二十年以前に知合へる佐渡田中亮一氏の子及び孫来訪。

昭和十八年十月二十四日

　佐渡田中トミ女史より味附わかけ《（ママ「め」か）》罐入恵送。

「田中亮一氏の子及び孫」とあるものの、二人に実子はなかったので、とみの弟貞作が養子となり、貞作の実子三名が孫、淳氏の母が本年物故した孫の妻である。この五人が大川周明を尋ねてきたのである。田中氏によれば、とみは婦人運動によって東京での活動も多岐に渡り、東条英機の感謝状、市川房枝のとみ追悼歌短冊も残っているという。また、大島雅太郎に譲渡した『源氏物語』も、当家のものではないかという問い合わせであったが、歌縁と縁戚関係のさらなる調査によって、佐渡に『源氏物語』をもたらした鈴木重嶺、そして池田亀鑑、大島雅太郎に繋がる可能性があるだろう。系図化すると以下のようになる。

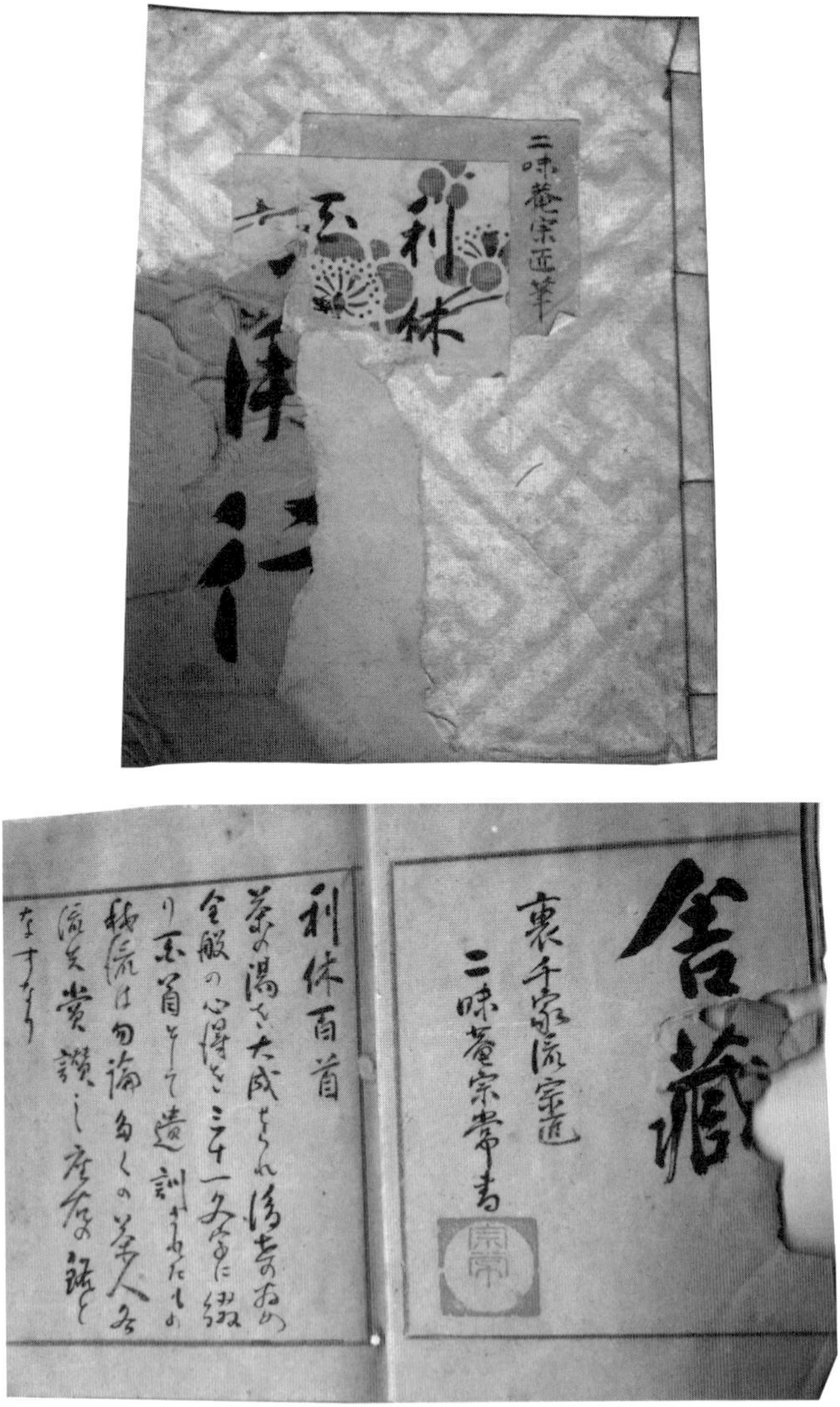

図3　利休百首（田中家蔵）

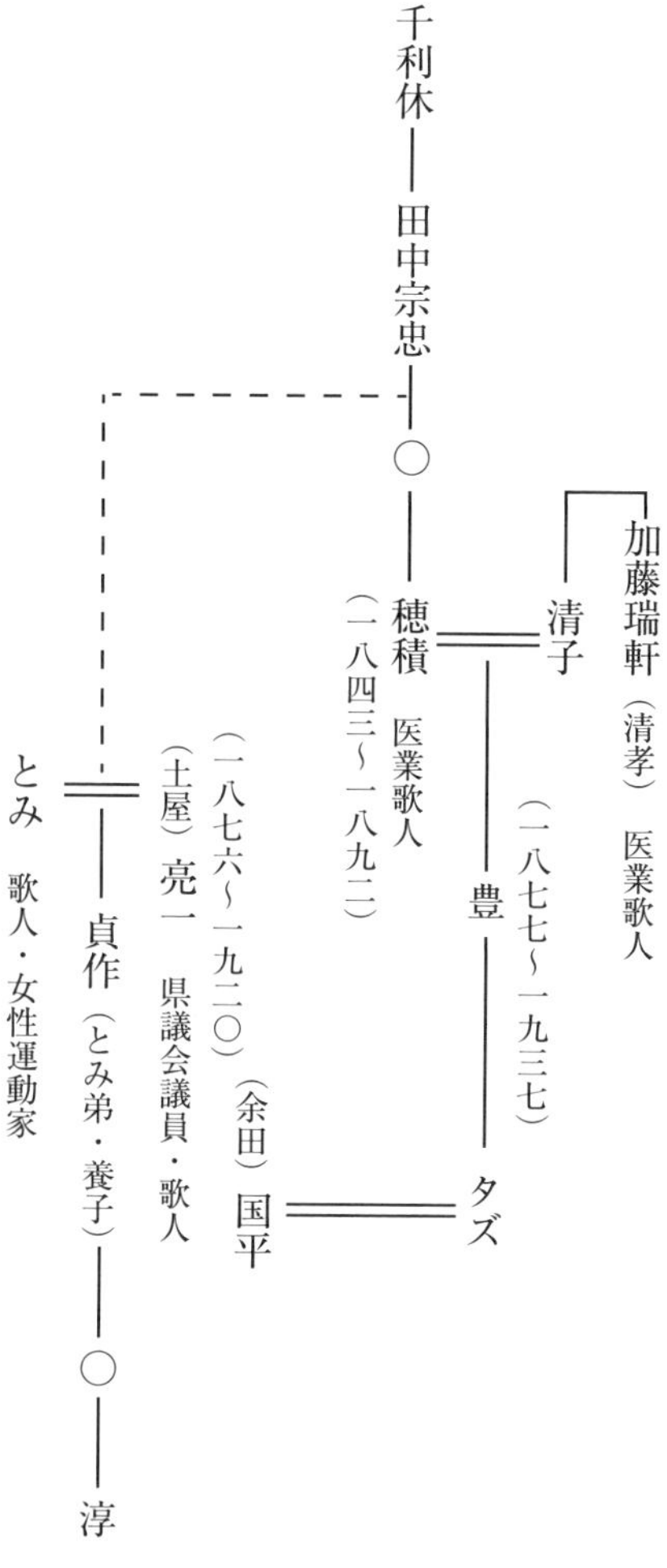


## 注

（1）「明治・大正の開業医たち・田中穂積」（『金井を創った百人』金井町、二〇〇〇年）。医者にして茶人・歌人とある。

（2）上原作和「佐渡時代の大島本『源氏物語』と桃園文庫」（『光源氏物語傳來史』武蔵野書院、二〇一一年）一四二～一六一頁。

（3）『新穂村史』（新穂村、一九七六年）。田中とみ／一八八三～一九六〇年。

（4）川上三吉編著『新穂村文化の先達』（一九八七年）には生年未詳、推定没年昭和十二年、県議選不出馬等の誤伝があることが判明した。

（5）前掲注（3）書。一丸は、書家にして短歌結社を主宰、明治九年、潟上小学校設立に尽力したとある。

(6) 前掲注(3)書(「資料編」「4、村内の近世及び近代(明治年代)の蔵書調」)
(7)『大川周明日記　明治三六年~昭和二四年』(大川周明顕彰会、岩崎学術出版社、一九八六年)

本書は、二〇一一年刊行の前著『光源氏物語傳來史』以降、公刊してきた紫式部と『源氏物語』の暦象に関する論攷を一書とした。紫ゆかりの武蔵野書院代表前田智彦氏のいつもながらのご理解によって本書は生まれた。また編集実務の吉見香南美氏の丁寧な校閲は、驚嘆に値する神業的作業であって、自身の為事の荒さを痛く自覚することとなった。

武蔵野書院からは、前著を挟んで盟友・三橋正の遺稿集『古記録文化論』(二〇一五年)を上梓した。吉見さんは、青山学院女子短期大学で三橋の日本史を履修したことがあるという。同じく校閲をお願いした関口崇史氏は、三橋のロンドン大学研究出張以降、後任として日本史を担当していた。いずれも三橋の繋いだ縁《えにし》であって、人生の不思議な巡り合わせによって本書はなる。上梓なるの後、命日十一月七日には、没後十年を閲した三橋正の霊前に本書の刊行を報告したい。

その吉見氏と、戦友ともいうべき同社の本橋典丈氏、前田智彦代表、お三方に深甚の謝意を表して擱筆とする。

武蔵野の仮寓にて　著者識

令和甲辰新秋

## 『みしやそれとも　考証――紫式部の生涯』を読むための人物誌

**一條天皇**　天元三年（九八〇）〜寛弘八年（一〇一一）宝算三十二
父円融天皇、母藤原詮子。花山天皇出家に伴い、七歳で即位。漢詩文にも優れ賢帝と賞される。左大臣藤原道長のもと、定子、彰子後宮に多彩な女房集団が形成され、世界的にも稀な女性文学を開花させた。

**具平親王**《ともひら》　応和四年（九六四）〜寛弘六年（一〇〇九）享年六十八
村上天皇の第七皇子、母は女御荘子女王（醍醐天皇の第二皇子代明親王の次女）。二品・中務卿。文人として知られ、一條朝文壇の重要人物。叔父の兼明親王（醍醐天皇皇子）が「前中書王」と呼ばれたのに因み、「後中書王」と呼ばれた。詩歌管絃、書、陰陽道、医術にも通じていた。

**藤原兼輔**　天慶元年（八七七）〜承平三年（九三三）、享年三十七
紫式部の曾祖父。堤中納言とよばれ、具平親王家司として当代歌人たちのパトロン的存在であった。紀貫之、清原深養父を庇護。「人の親の心は闇にあらねども子を思ふ道に惑ひぬるかな」は「心の闇」なる歌語で『源氏物語』に二十六度引用される。

**藤原雅正**《まさただ》　生年未詳。応和元年（九六一）、周防守在任中に卒。
紫式部の祖父。堤第で紀貫之、伊勢らと交流。「花鳥の色をも音をもいたづらに物思ふ身は過ぐすのみなり」は歌語「花

鳥の色をも」として『紫式部日記』一度、『源氏物語』五度引用される。『紫式部集』の「西へ行く」女友達は雅正娘と平惟将の間の娘（角田文衞説）。

**藤原為頼**《ためより》　生年未詳。長徳四年（九九八）没
紫式部の伯父。家集『為頼集』がある。小野宮実資家司。母の早世した紫式部兄妹を室が養育する。

**藤原為時**　生没年未詳。長和五年（一〇一六）出家　没年未詳
越前・越後の国司をつとめ、一流の文人であったが、不遇な生涯を送った。

**藤原文範**《ふみのり》　延喜九年（九〇九）〜長徳二年（九九六）　享年八十八
紫式部の母方の曾祖父。学者としての見識を備え、権中納言に昇った。

**藤原為信**《ためのぶ》　生没年未詳。
文範の子。紫式部の母方の祖父。宮道忠用の娘との間に紫式部の母を儲けた。

**紀時文**　生年未詳．長徳二年（九九七）八月十九日以前没。七十歳前後没か。
紀貫之嫡男。紫式部初婚の夫。「梨壺の五人（大中臣能宣、源順、坂上望城、清原元輔）」として『万葉集』の訓釈と『後撰和歌集』を編纂。

**藤原宣孝**《のぶたか》　長保三年（一〇〇一）四月二十五日、正五位下、右衛門佐山城守在任中に卒。五十歳前後没（萩谷朴説）。

紫式部の夫、大弐三位賢子の父。花山朝蔵人時代、為時とともに、実資の部下として仕える。異装の御嶽詣により筑前守任官、有職にして舞にも優れる。

**藤原惟規**《のぶのり》　生年未詳。寛弘五年（一〇〇八）、蔵人を辞して父為時の越後赴任に従い、彼の地で没。紫式部の弟。『惟規集』がある。紫式部には、ほかに早く亡くなった姉や、常陸介惟通ら異腹の弟妹がいた。紫式部の母方の叔父にあたる康延と異母弟の定暹は、園城寺僧侶。

**藤原賢子**　長保三年（一〇〇一）～永久二年、（一〇七四）八十余歳で没　紫式部の娘で歌人。後冷泉天皇の乳母、晩年は太宰大弐を務めた高階成章と結婚し、為家などの子を儲けた。歌集「藤三位集』がある。大弐三位は成章の職名と自身の位階による。

**藤原実資**《さねすけ》　天徳元年（九五七）～寛徳二年（一〇四六）正月十八日、享年九十　斉敏の子で祖父実頼嫡子。時の有識として、円融、花山、一條朝の蔵人頭。検非違使別当、右大将（一〇一一）、右大臣（一〇二一）。世に賢右府と賞賛された。道長の政治的ライバルとして三條天皇の信任厚く、彰子皇太后宮女房の紫式部は取り次ぎ役を務めた。『小右記』は紫式部研究の一等史料。

**藤原道長**　康保三年（九六六）～万寿四年（一〇二八）一二月十四日、享年六十二　藤原兼家四男。『源氏物語』の時代の最高権力者。一條天皇中宮彰子の父。『御堂関白記』（長徳四年（九九九）～治安元年（一〇二一）現存）は世界記憶遺産。天元三年（九八〇）従五位下、天元六年侍従。長徳元年（九九五）、内大臣道隆、道兼の相次ぐ急死により、伊周と覇権を争うも姉詮子の推挙により、弁官（太政官職）を経ないまま、内覧（天皇奉呈文書、裁可文書を事前確認する役）、右大臣。翌年左大臣。長和五年（一〇一六）摂政、一年で辞す。御堂関白と呼ばれるが、関白は不任。

**源倫子**　康保元年（九六四）～天喜元年（一〇五三）享年九十

宇多天皇曾孫。父は左大臣源雅信、母は藤原穆子。道長室。頼通、教通、彰子、妍子（三條天皇妃）、威子（後一條天皇妃）、嬉子の母。女房赤染衛門を擁した。

**藤原彰子**　永延二年（九八八）～承保元年（一〇七四）十月二日、享年八十七

父母は道長、倫子。十二歳で一條天皇中宮、出家して上東門院。紫式部の宮仕え中、深い信頼関係で結ばれた。

**源俊賢**《としかた》　天慶元年（九六〇）～万寿四年（一〇二七）

醍醐天皇孫、源高明男。道長妾妻明子（高松殿）の兄。道隆の厚遇により、五位ながら蔵人頭に抜擢される。寛弘五年当時（一〇〇八）権中納言。寛弘の四納言（公任、斉信、行成）のひとり。

**藤原公任**《きんとう》　康保三年（九六六）～長久二年（一〇四一）享年七十五

具平親王、為頼とは母方の血縁関係にあり、『源氏物語』を早くから手に取っていた。寛弘五年（一〇〇八）十一月一日「あなかしこ、わが紫やさぶらふ」の戯言から二〇〇八年源氏物語千年紀、古典の日が制定された。

**藤原斉信**《ただのぶ》　康保四年（九六七）～長元八年（一〇三五）享年六十九

太政大臣為光男。寛弘五年（一〇〇八）時、権中納言中宮大夫。五月二十二日、土御門第法華三十講結願の日、「徐福文成

証誕が多し」と朗唱。

**藤原行成**　天禄三年（九七二）～万寿四年（一〇二八）五十七歳で道長と同日に没　正二位権大納言。能筆で知られ、三蹟のひとり（小野道風、藤原佐理）。『権記』を記した（正暦二年（九九一）～寛弘八年（一〇一一）が現存）。清少納言の「夜をこめて鳥の空音にはかるとも世に逢坂の関は許さじ」は、孟嘗君伝を念頭にした行成の戯言から詠まれた。

**藤原伊周**《これちか》　天延三年（九七四）～寛弘七年（一〇一〇）正月二十八日薨　享年三十七　摂政道隆嫡男。母は高階貴子。兄妹に一條天皇中宮定子（九七七～一〇〇〇）、隆家（九七九～一〇四四）。大納言、内大臣と栄達するが、長徳の変（九九六）で失脚、大宰権帥。復権して長保五年（一〇〇三）従二位、寛弘二年（一〇〇五）准大臣（儀同三司）、容姿端麗、漢詩文に優れる。

**大斎院選子**　応和四年（九六四）～長元八年（一〇二五）享年七十一　村上天皇皇女。号大斎院。円融、花山、一條、三條、後一條、五代五十七年の間、斎院を務めた。『源氏物語』の創作を依頼したとされる文芸サロンを形成した。

**赤染衛門**《あかぞめえもん》　天暦十年（九五六）頃～長久二年（一〇四一）以後　大隅守・赤染時用の娘。文章博士大江匡衡室。源倫子女房、彰子後宮に出仕し、紫式部・和泉式部・清少納言・伊勢大輔らに影響を与え、詠歌を残す。『栄華物語』正編の作者と伝えられ、巻八「はつはな」には『紫式部日記』の引用が見られる。

**清少納言**　康保三年（九六六）～万寿二年（一〇二五）頃か
父清原元輔五十九歳時の娘。正暦四年（九九三）秋頃から定子後宮に出仕。『枕草子』を著す。定子薨去後、再婚していた藤原棟世の任地・摂津に赴くも、一條天皇の要請により再出仕して定子遺児を養育（角田文衞説）、のち父の別業桂山荘の隣に隠棲、さらに愛宕山清滝の月の輪で過ごした。

**和泉式部**　天元元年（九七八）～没年不詳
越前守・大江雅致の娘。長保元年（九九九）、橘道貞と結婚、小式部を儲けるも為尊親王召人、敦道親王との恋で知られる。長和二年（一〇一三）、道長の郎党、武勇で知られる藤原保昌と再婚。

# 源氏物語・紫式部年表

※光源氏の生年は藤井貞和説による。

閏年と閏月が重なる年

| 干支／閏月 | 元号 | 光源氏・薫・紫式部年齢 | 平安時代史 |
|---|---|---|---|
| 九一二 壬申 5 | 延喜一二 | 1歳 光君誕生（桐壺）。 | |
| 九一三 癸酉 | 延喜一三 | | 古今集、この頃までになる。 |
| 九一四 甲戌 | 延喜一四 | 3歳 母更衣死す（桐壺）。 | 三善清行、意見封事十二ケ条を上申。 |
| 九一五 乙亥 2 | 延喜一五 | | |
| 九一六 丙子 | 延喜一六 | 5歳 | |
| 九一七 丁丑 10 | 延喜一七 | | |
| 九一八 戊寅 | 延喜一八 | 7歳 読書始・高麗相人観相（桐壺）。 | |
| 九一九 己卯 | 延喜一九 | | 渤海使（七二七年以来31回）・裴璆来日。 |
| 九二〇 庚辰 6 | 延喜二〇 | | 皇子高明親王らに源朝臣を賜姓。 |
| 九二一 辛巳 | 延喜二一 | 10歳 | |
| 九二二 壬午 | 延喜二二 | | 渤海使（32回）・正使不明来日。 |
| 九二三 癸未 4 | 延長元 | | 新羅使来日（最後の新羅使）。 |
| 九二四 甲申 | 延長二 | 13歳 元服任中将、葵上の婚姻（桐壺）。 | |
| 九二五 乙酉 12 | 延長三 | | |
| 九二六 丙戌 | 延長四 | 15歳 | 任国着任勤務しない官人を罰す。 |
| 九二七 丁亥 | 延長五 | | 藤原忠平ら「延喜式」を撰進。 |
| 九二八 戊子 8 | 延長六 | 17歳 六条に通い、夕顔を失う（夕顔）。 | |
| 九二九 己丑 5 | 延長七 | 18歳 正二位中将、北山で紫君と出会う（若紫）。 | |

| | | | |
|---|---|---|---|
| 九三〇 庚寅 | 延長八 | 19歳 7月、宰相兼中将（紅葉賀）。 | 醍醐天皇（46歳）崩御 朱雀天皇即位忠平摂政。 |
| 九三一 辛卯 5 | 承平元 | 20歳 | 諸国の不耕作田の開発を奨励する。 |
| 九三二 壬辰 | 承平二 | 21歳 参議兼近衛右大将（葵）。 | |
| 九三三 癸巳 | 承平三 | 22歳 嫡男夕霧生、葵上死去（葵）。 | 南海の海賊横行により諸国に警護使。 |
| 九三四 甲午 1 | 承平四 | 23歳 譲位により朱雀帝即位（葵）桐壺院崩御（賢木）。 | |
| 九三五 乙未 | 承平五 | | 平将門、平国香を殺す。 |
| 九三六 丙申 11 | 承平六 | | 土左日記なる 藤原純友、海賊の勢力と結ぶ。 |
| 九三七 丁酉 | 承平七 | 26歳 官位返上し須磨退去（須磨）。 | 将門追捕の官符下る。 |
| 九三八 戊戌 | 天慶一 | 27歳 明石一族と出会う（明石）。 | 高麗との交渉始まる僧空也、金仏宗創始。 |
| 九三九 己亥 2 | 天慶二 | 28歳 帝都召還（大将兼員外権大納言）、譲位により冷泉帝即位（澪標）。 | 平将門、関東に挙兵、反乱。 |
| 九四〇 庚子 | 天慶三 | 29歳 任内大臣、明石の君生（澪標）。 | 平貞盛・藤原秀郷ら、将門を討つ。 |
| 九四一 辛丑 | 天慶四 | 30歳 | 11月、藤原忠平関白となる。 |
| 九四二 壬寅 3 | 天慶五 | 31歳 絵合の儀（絵合）、二条東院落成（松風）。 | |
| 九四三 癸卯 | 天慶六 | 32歳 従一位藤壺中宮崩御（薄雲）。 | |
| 九四四 甲辰 12 | 天慶七 | 33歳 元服した夕霧を大学に入れる（少女）。 | |

| | | | |
|---|---|---|---|
| 九四五 乙巳 | 天慶八 | | 呉越人100人、肥前国に来着。 |
| 九四六 丙午 | 天慶九 | 35歳 | 朱雀天皇（30歳）譲位村上天皇即位、藤原師輔娘安子女御入内。 |
| 九四七 丁未 7 | 天暦元 | 36歳 3月、胡蝶の宴（胡蝶）。 | 藤原実頼、越王に書を贈る 疱瘡流行。 |
| 九四八 戊申 | 天暦二 | | 京都に群盗横行 右近衛府・清涼殿に押し入る。 |
| 九四九 己酉 | 天暦三 | | |
| 九五〇 庚戌 5 | 天暦四 | 39歳 六条院で薫物合（梅枝）、明石姫君入内、秋、任准太上天皇（藤裏葉）。 | 内裏歌合 赴任しない受領を罰する。 |
| 九五一 辛亥 | 天暦五 | 40歳 四十賀、女三宮降嫁（若菜上）。 | 梨壺に撰和歌所設置。 |
| 九五二 壬子 | 天暦六 | 41歳 明石姫君皇子出生（若菜上）。 | |
| 九五三 癸丑 1 | 天暦七 | | 藤原師輔、呉越王に書を送る。 |
| 九五四 甲寅 | 天暦八 | | |
| 九五五 乙卯 9 | 天暦九 | | |
| 九五六 丙辰 | 天暦一〇 | 45歳 | 源信、15歳、村上天皇より法華八講の講師に選ばれる。 |
| 九五七 丁巳 | 天徳元 | 46歳 冷泉帝退位、今上帝即位（若菜上）。 | 藤原実資生、呉越国特礼使、言上書を進上 疱瘡流行。 |
| 九五八 戊午 7 | 天徳二 | 47歳 正月女楽、紫の上危篤、6月女三宮懐妊、師走、朱雀院五十賀（若菜下）。 | 乾元大宝鋳造。 |

| | | | |
|---|---|---|---|
| 九五九 己未 | 天暦三 | 48歳 正月、女三宮薫を出産し出家、三月、薫五十日の祝い（柏木）。 | この頃までに後撰集なる。 |
| 九六〇 庚申 | 天暦四 | 49歳 柏木死す（柏木）。 | |
| 九六一 辛酉 3 | 応和元 | 50歳 8月15夜、鈴虫の宴（鈴虫）。 | 薩摩国国分寺、大宰府安楽寺の末寺となる。 |
| 九六二 壬戌 | 応和二 | 51歳 8月14日、紫の上、「胸の病」に死す（御法）。 | |
| 九六三 癸亥 12 | 応和三 | 52歳 薫5歳 服喪師走、光源氏、紫の上の文反故を焼いた後、晦日に出家（幻）。 | |
| 九六四 甲子 | 康保元 | 53歳 嵯峨の御堂に隠棲する（雲隠）。 | |
| 九六五 乙丑 | 康保二 | | |
| 九六六 丙寅 8 | 康保三 | | 藤原兼家男、道長生、清原元輔（58歳）娘（清少納言）生 桂川決壊し、京都洪水。 |
| 九六七 丁卯 | 康保四 | | |
| 九六八 戊辰 | 安和元 | 薫10歳 | 7月、村上天皇（42歳）崩御、11月、冷泉天皇即位 藤原実頼関白となり延喜式を施行。東大寺・興福寺の両寺乱闘。 |
| 九六九 己巳 5 | 安和二 | | **3月、安和の変源満仲の讒言により左大臣源高明、大宰権帥に左遷。** 8月、冷泉天皇（20歳）譲位、円融天皇即位。 |

| | | | |
|---|---|---|---|
| 九七〇 庚午 | 天禄元 | | 5月、摂政・藤原実頼薨去。藤原伊尹、藤氏長者、任摂政。 |
| 九七一 辛未 | 天禄二 | | |
| 九七二 壬申 2 | 天禄三 | 薫14歳 元服、任侍従、秋、右近中将（匂兵部卿宮）。 | 11月、藤原兼通、兼家を差し置いて関白内大臣。 |
| 九七三 癸酉 | 天延元 | 薫15歳 | |
| 九七四 甲戌 2 | 天延二 | **紫1歳 3月3日、藤原為時（27歳）の娘・もも（香子・紫式部）生母為信娘。** | 藤原道隆男・伊周生、尾張の百姓の訴えにより、国司を解任。 |
| 九七五 乙亥 | 天延三 | | 蜻蛉日記なる。 |
| 九七六 丙子 | 貞元元 | | |
| 九七七 丁丑 7 | 貞元二 | 薫19歳 任宰相中将（匂兵部卿宮）。 | 10月、藤原兼通、関白を頼忠に譲る弟兼家を左遷。 |
| 九七八 戊寅 | 天元元 | 薫20歳 薫、八宮と親交（橋姫）。 | |
| 九七九 己卯 | 天元二 | 薫21歳 宇治八宮邸で大い君、中君を垣間見る（橋姫）。 | |
| 九八〇 庚辰 3 | 天元三 | 薫22歳 秋、左大臣崩御に伴い、任中納言、中将如元8月、八宮薨去（椎本）。 | 秋除目7月1日、小除目9月22日。 |
| 九八一 辛巳 | 天元四 | 薫23歳 11月、大い君を喪う（総角）。 | |
| 九八二 壬午 12 | 天元五 | 薫24歳 8月、中君に執心、浮舟の存在を知る（宿木）。 | |

| | | | |
|---|---|---|---|
| 九八三 癸未 | 永観元 | 薫25歳　2月、薫、権大納言兼右大将、女二宮と婚姻（宿木）。 | |
| 九八四 甲申 | 永観二 | 薫26歳　9月、浮舟を宇治に隠す（東屋）薫、浮舟のいる宇治を訪れず（浮舟）。 | 8月、円融天皇譲位、花山天皇即位（7歳）。 |
| 九八五 乙酉 8 | 寛和元 | 薫27歳　2月、浮舟板挟みとなり失踪 3月、四十九日の供養を行う（蜻蛉）。 | 3月、源信『往生要集』なる。 |
| 九八六 丙戌 | 寛和二 | **薫28歳　夏、浮舟生存を知る（夢浮橋）。** | 6月、兼家・道兼の策謀で花山天皇（19歳）出家、一條天皇（7歳）即位　兼家摂政（**寛和の変**）。 |
| 九八七 丁亥 | 永延元 | 紫14歳　父・藤原為時、花山院落飾後、散位となる。 | |
| 九八八 戊子 5 | 永延二 | **紫15歳　この頃までに具平親王家に出仕か。この頃、紀時文と婚姻か。** | 11月、尾張国郡司・百姓、国守藤原元命の解任を求めた「尾張国解文」事件。 |
| 九八九 己丑 | 永祚元 | | 8月、台風により鴨川決壊等の被害甚大、翌年改元へ。 |
| 九九〇 庚寅 | 正暦元 | 紫17歳　この頃、姉と就寝中、方違えに来訪した男と「なまおぼおぼし」き体験（『紫式部集』）。 | 5月、藤原道隆、摂政関白、娘定子（14歳）、一條天皇（11歳）に女御として入内。 |

| | | | |
|---|---|---|---|
| 九九一 辛卯 2 | 正暦二 | | 2月、円融上皇（33歳）薨、9月、一条天皇、皇太后・詮子に東三條院の号を宣下。初の女院号。 |
| 九九二 壬辰 | 正暦三 | 紫19歳　この頃までに姉没。筑紫の友と和歌を贈答（『紫式部集』）。 | 1月、藤原道長嫡男、頼通生（母源倫子）。 |
| 九九三 癸巳 8 | 正暦四 | 紫20歳　この頃から物語習作を始める。 | |
| 九九四 甲午 | 正暦五 | | 8月、藤原伊周（21歳）、道長らを越えて任内大臣。 |
| 九九五 乙未 | 長徳元 | | 4月10日道隆、5月8日道兼、薨去。7月、道長（30歳）内覧宣旨、9月、道長右大臣。若狭来着宋人を越後に移す。 |
| **九九六 丙申 7** | 長徳二 | 紫23歳　1月、為時任越前守。 | **1月、花山院奉射事件。5月、伊周、隆家左遷。定子落飾、7月、道長左大臣（長徳の変）。10月、高階貴子薨。** 12月脩子生誕。 |
| 九九七 丁酉 | 長徳三 | **紫24歳　8月19日、道長「故大膳大夫紀時文後家香子申事等」を処理（『権記』）、この後（翌夏か）、越前下向。** | 4月5日女院御悩により大赦、太政官符を以って召還を決す。8月、疱瘡流行。租庸調を免除、12月、伊周帰洛。 |
| 九九八 戊戌 | 長徳四 | 紫25歳　藤原宣孝（49歳）、任右衛門権左兼山城守。 | 4月、疱瘡流行。落雷により金剛峯寺炎上。 |

| | | | |
|---|---|---|---|
| 九九九 己亥 3 | 長保元 | **紫26歳　越前から帰洛。この頃、宣孝と結婚か。** | 2月、道長娘彰子、女御（12歳）入内、8月、宣孝所領田中庄早米使殺害事件。 |
| 一〇〇〇 庚子 | 長保二 | 紫27歳　娘・賢子生。 | **2月25日定子皇后、彰子皇后と中宮に冊立され、「一帝二后」。12月16日定子、第二皇女媄子内親王出産、薨去（24歳）。** |
| 一〇〇一 辛丑 12 | 長保三 | 紫28歳　4月25日宣孝（52歳）卒（『尊卑分脈』）。 | 12月、大和国の百姓、愁状を提出、実資、右大将。 |
| 一〇〇二 壬寅 | 長保四 | | 11月、宇佐八幡宮神人ら、大宰府権帥平惟仲の苛政を訴える。 |
| 一〇〇三 癸卯 | 長保五 | | この頃までに雑纂本『枕草子』なる。 |
| 一〇〇四 甲辰 9 | 寛弘元 | 紫31歳　この頃、源倫子女房として出仕か。 | 花山法皇を中心に『拾遺和歌集』なる。 |
| 一〇〇五 乙巳 | 寛弘二 | | 2月、藤原伊周（32歳）、初の准大臣（自称・儀同三司。大臣の下、大納言の上の待遇）、11月内裏焼亡、東三条院遷御。 |
| 一〇〇六 丙午 | 寛弘三 | 紫33歳　12月29日、彰子（19歳）の許に初出仕（『紫式部日記』）。 | 3月、頼通（15歳）従三位、公卿。3月、一條院遷御。 |
| 一〇〇七 丁未 5 | 寛弘四 | 紫34歳　1月29日「有掌侍召、以藤香子可被任者」（『御堂関白記』、『権記』）。 | 8月、道長、吉野金峰山詣、伊周らの道長暗殺策謀説流布（『小記目録』）。 |

| | | | |
|---|---|---|---|
| 一〇〇八 戊申 | 寛弘五 | 紫35歳　5月以降、紫式部、親王生誕記を綴る。9月11日、敦成親王生、11月1日、公任、『源氏物語』にちなむ戯言「我が紫」を弄す（『紫式部日記』）。 | 5月、定子腹・媄子内親王薨（9歳）。 |
| 一〇〇九 己酉 | 寛弘六 | **紫36歳　正月三日若宮御戴餅儀（『紫式部日記』）暮れ、枇杷殿還御に伴い、脩子女房清少納言と接触す。** | 2月、伊周呪詛事件、朝参停止。6月復権。11月、一條院焼亡、枇杷殿還御。 |
| 一〇一〇 庚戌 2 | 寛弘七 | 紫37歳　正月元日敦成・敦良親王たちの御戴餅、15日、敦良親王五十日祝。日記最終記事（現存『紫式部日記』成立）。 | 1月28日、伊周薨。 |
| 一〇一一 辛亥 | 寛弘八 | 紫38歳　春、為時、任越後守。惟規（38～36歳）も越後下向、直後に病没。 | 6月、一條天皇（32歳）、三條帝に譲位後崩御。八月、内裏還御。 |
| 一〇一二 壬子 10 | 長和元 | | |
| 一〇一三 癸丑 | 長和二 | 紫40歳　5月25日、越後守為時女、藤原実資（57歳）に「雑事」を啓す（『小右記』）。 | |
| 一〇一四 甲寅 | 長和三 | 紫41歳　為時、任期を一年残して越後より帰任。 | 2月、内裏焼亡、枇杷殿遷御。 |
| 一〇一五 乙卯 6 | 長和四 | | 9月、内裏還御、11月内裏焼亡、枇杷殿遷御。 |

| | | | |
|---|---|---|---|
| 一〇一六 丙辰 | 長和五 | 紫43歳　4月29日父、為時、異母弟定暹阿闍梨の三井寺で出家（『小右記』）。 | 3月、頼通（26歳）、任内大臣、摂政宣下。氏長者。6月、一條院遷御。 |
| 一〇一七 丁巳 | 寛仁元 | 紫44歳　7月、同僚女房・小少将の君の兄・雅通（37歳）卒。小少将もほどなくの卒去。加賀少納言と挽歌を贈答。 | 1月、三條天皇（42歳）眼疾により譲位、後一條天皇（12歳）即位。道長摂政。 |
| 一〇一八 戊午 4 | 寛仁二 | 紫45歳　1月、為時生存が確認される最終記事（『小右記』）。ただし、紫式部没後、賢子との和歌の贈答あり（『後拾遺集』）。 | 10月16日、威子中宮「一家立三后、未曾有也」「望月」詠。4月、内裏還御（『小右記』）。 |
| 一〇一九 己未 | 寛仁三 | 紫46歳　1月5日、5月19日、「女房」紫式部（46歳）、実資に応対（『小右記』）。 | 3月、道長剃髪、東大寺で受戒頼通関白。 |
| 一〇二〇 庚申 12 | 寛仁四 | **紫47歳　「女房」の介在が確認される12月30日（『小右記』）から疫病蔓延死者多数と記される閏12月25日（『小右記』）の間に没。** | **3月、刀伊の入寇。隆家応戦し勲功。西から疱瘡流行、12月、疫病蔓延死者多数。** |
| 一〇二一 辛酉 | 治安元 | 3月3日、娘・賢子、亡き母を偲ぶ桃花の詠（平兼盛集附載逸名歌集）。 | 7月、頼通、左大臣、実資、任右大臣兼右大将如元。 |

《著者紹介》


## 上原作和（うえはら・さくかず）

1962年長野県佐久市生まれ。大東文化大学大学院博士課程単位取得退学。博士（文学―名古屋大学）。現在、桃源文庫理事。明治大学法学部兼任講師。
主な研究テーマ：文献史学、日本琴學史、物語文学。

主著『光源氏物語の思想史的変貌―〈琴〉のゆくへ』（有精堂出版、1994年）、『光源氏物語學藝史―右書左琴の思想』（翰林書房、2006年）、『光源氏物語傳來史』（武蔵野書院、2011年）、『紫式部伝―平安王朝百年を見つめた生涯』（勉誠社、2023年）
共編著『人物で読む源氏物語／全 20 巻』（勉誠出版 2005-2006年）、『テーマで読む源氏物語論／ 1~3 巻』（勉誠出版、2008年）、『日本琴學史』（勉誠出版、2016年）、『古典文学の常識を疑う』（勉誠出版、2017年）、『古典文学の常識を疑う II』（勉誠出版、2019年）

創設 40 周年記念中古文学会賞、第 2 回全国大学国語国文学会賞受賞。



みしやそれとも　考証 ―― 紫式部の生涯

2024 年 11 月 1 日　初版第 1 刷発行

著　　者：上原作和
発 行 者：前田智彦
装　　幀：武蔵野書院装幀室
発 行 所：武蔵野書院
〒101-0054
東京都千代田区神田錦町 3-11 電話 03-3291-4859　FAX 03-3291-4839

印刷製本：三美印刷㈱





ISBN 978-4-8386-1017-4 Printed in Japan